passion

of the books, by the books, for the books

Passion 25

齊瓦哥事件

光明與黑暗在一本諾貝爾得獎小說背後角力

The Zhivago Affair: The Kremlin, the CIA, and the Battle Over a Forbidden Book

作者：Peter Finn（彼得・芬恩）、Petra Couvée（佩特拉・庫維）
譯者：陳榮彬
責任編輯：冼懿穎
封面設計：林育鋒
美術編輯：Beatniks
校對：呂佳真

法律顧問：全理法律事務所董安丹律師
出版者：英屬蓋曼群島商網路與書股份有限公司台灣分公司
發行：大塊文化出版股份有限公司
台北市 10550 南京東路四段 25 號 11 樓
www.locuspublishing.com
TEL：(02)8712-3898　FAX：(02)8712-3897
讀者服務專線：0800-006689
郵撥帳號：18955675　戶名：大塊文化出版股份有限公司

總經銷：大和書報圖書股份有限公司
地址：新北市 24890 新莊區五工五路 2 號
TEL：(02)8990-2588　FAX：(02)2290-1658
製版：瑞豐實業股份有限公司

初版一刷：2016 年 7 月
定價：新台幣 420 元
ISBN：978-986-6841-74-3

國家圖書館出版品預行編目 (CIP) 資料

齊瓦哥事件：光明與黑暗在一本諾貝爾得獎小說背後角力 / 彼得 . 芬恩 (Peter Finn), 佩特拉 . 庫維 (Petra Couvée) 著 ; 陳榮彬譯 . -- 初版 . -- 臺北市 : 網路與書出版 : 大塊文化發行 , 2016.07
424 面 ; 14*20 公分 . -- (Passion ; 25)
譯 自 : The Zhivago affair : the Kremlin, the CIA, and the battle over a forbidden book
ISBN 978-986-6841-74-3(平裝)

1. 帕斯特納克 (Pasternak, Boris Leonidovich, 1890-1960) 2. 訪談 3. 禁書 4. 美俄關係

784.88　　105009309

齊瓦哥事件

光明與黑暗在一本諾貝爾得獎小說背後角力

THE ZHIVAGO AFFAIR

The Kremlin, the CIA, and the Battle Over a Forbidden Book

Peter Finn（彼得・芬恩）
Petra Couvée（佩特拉・庫維）著

陳榮彬 譯

SECRET

CONTENTS 目次

THE ZHIVAGO AFFAIR

序曲

——這是《齊瓦哥醫生》，希望它有機會出現在世人眼前。

一九五六年五月二十日，兩個男人從莫斯科的基輔車站搭乘電車前往西南方郊區的佩羅德爾基諾村（Peredelkiro），車程三十分鐘。那是個天空蔚藍的禮拜日早晨。前一個月才剛剛下完最後一場春雪，空氣裡瀰漫著丁香花盛開的香甜味。佛拉登・佛拉迪米爾斯基（Vladlen Vladimirsky）比另一個人高大多了，他頂著一頭發亮金髮，身穿寬鬆長褲與大多數蘇聯官員最喜歡的雙排扣外套。他的同伴消瘦，顯然是個外國人，因為他身上的西方國家服飾，許多俄國人都取笑他是"stilyaga"，意思是「時尚大師」。他叫作塞喬・丹傑羅（Sergio D'Angelo），在這個大家都生性謹慎的國家裡，他的另一個與眾不同之處是常常露出微笑。來自義大利的他之所以會出現在佩羅德爾基諾村，是為了說服一位詩人。[1]

丹傑羅是一個在莫斯科電台（Radio Moscow）工作的義大利共產黨黨員，前一個月他讀到一則簡短的文化新聞，知道俄國詩人鮑里斯・帕斯特納克（Boris Pasternak）的第一本小說即將出版。那一則只有兩句話的新聞沒有透露太多訊息，只說帕斯特納克的書一定會成為另一本俄國史詩鉅作。那本小說叫作《齊瓦哥醫生》（*Doctor Zhivago*）。

離開義大利之前，丹傑羅曾答應一家位於米蘭，由忠實共產黨黨員姜賈柯莫·費爾特內里（Giangiacomo Feltrinelli）成立的新出版社，說要幫他們物色新的蘇聯文學作品。對於他自己與那間新的出版社而言，如果能爭取到蘇聯最知名的詩人第一本小說的版權，都是一項重大成就。四月底時他寫信給米蘭的一位編輯，在收到回信以前，就先請電台同事佛拉迪米爾斯基幫他約見帕斯特納克。

佩羅德爾基諾村是一個政府打造出來的「作家村」，本來是某位俄國貴族的莊園所在地。村子坐落於一片原始林地裡，四周到處是松樹、椴樹、西洋杉與落葉松；在一九三四年落成，用於獎勵最知名的蘇聯作家，讓他們有個可以遠離城裡公寓的休閒住處。村子裡大約有五十座俄式鄉間別墅（dacha），一大片總計二百五十英畝的土地。村民除了作家，還有一些住在小木屋的農民，女人都戴著頭巾[2]，男人的交通工具是馬拉的雪橇。

村民中的俄羅斯文壇要角包括小說家康斯坦汀·費丁（Konstantin Fedin），還有維塞沃洛德·伊凡諾夫（Vsevolod Ivanov），他們倆剛好是帕斯特納克的左鄰與右舍。蘇聯最受歡迎的童書作家科涅依·丘柯夫斯基（Kornei Chukovsky），還有文學批評家維克多·什克洛夫斯基（Viktor Shklovsky）都住在兩三條街以外。儘管村莊外觀充滿田園風味，但難免讓人想起過往的死者：在一九三〇年代末的大恐怖時期（Great Terror），作家伊薩克·巴別爾（Isaak Babel）與鮑里斯·

皮涅克（Boris Pilnyak）都是在村子裡的自家別墅被逮捕。後來別墅也易主，改由其他作家住進去。

根據村子的傳說，蘇聯領導人史達林（Joseph Stalin）曾詢問蘇聯文學之父高爾基（Maxim Gorky，他同時也是社會主義式寫實主義文學流派的創始人）：西方的作家都是怎麼過日子的？[3] 高爾基說，他們都住在別墅裡，所以史達林便下令建造佩羅德爾基諾村。無論這傳說是否屬實，作家無疑是一種特權階級。他們被組織成一個成員大約四千多人的蘇聯作家協會（Union of Soviet Writers），享盡一般蘇聯國民無法想像的榮華富貴，一般人都只能住在小屋子裡，為了一般食物，還得忍受大排長龍的痛苦。對於政府的待遇，丘柯夫斯基是這樣描述的：「把作家關在舒適的蟲繭裡，在他們身邊安插了一整個間諜網絡」。[4]

小說、戲劇與詩歌被當成大眾宣傳的重要工具，足以促使民眾信奉社會主義。史達林希望他的作者能夠用小說或詩歌來歌頌共產主義國家，故事的字裡行間充滿了工廠與田裡的辛勤勞動畫面。一九三二年，史達林在高爾基家中與作家聚會，他邀大家舉杯敬酒，新文學也就此展開：「製造靈魂比製造坦克更重要……在此，有人說作家一定不能光是坐著，他們必須了解國人的生活。這說法是正確的。生活本身會重新創造人類。但是，在重製靈魂的過程中，你們也能夠扮演襄助的角色。靈魂的生產是很重要的。作家們，這就是為什麼我要舉杯敬你們，你們都是靈魂的工程師。」[5]

離開火車站後，丹傑羅與佛拉迪米爾斯基經過了一間高牆包圍起來的別墅，那是俄國東正教主教夏天的住所。他們越過墓園邊的一條河流，走過一些仍然有點泥濘的道路，接著轉進了帕夫蘭科街（Pavlenko Street），帕斯特納克他家就在這一條位於村子邊緣的窄街上。丹傑羅不太確定他們會面對什麼情況。透過研究，他知道帕斯特納克備受尊崇，是公認的天才詩人，西方學者也都稱讚他，說他在蘇聯文壇的一片僵化文風之中顯得出類拔萃。但丹傑羅還沒真正看過他的作品。在蘇聯政府中，許多人因為帕斯特納克的政治傾向而不太願意認同他的才華，這位詩人的原創作品已經有好久未被出版。他的謀生方式是翻譯外國文學作品，也成為莎士比亞戲劇與歌德鉅作《浮士德》（*Faust*）的翻譯專家。

帕斯特納克的兩層樓別墅矗立於冷杉與白樺樹林之間，外面是巧克力色，裝有幾扇凸窗，還有一道走廊。某些訪客覺得這別墅看起來有點像美式木造房屋。丹傑羅走到木門時，六十六歲的帕斯特納克身穿威靈頓靴、家常便褲與夾克，正在前院整理花園，園子裡種了果樹、灌木叢與花卉。帕斯特納克的身形非常吸引人，看來很年輕，那似乎像石雕的臉長長的，嘴唇豐潤，有一雙靈動的栗色眼睛。女詩人瑪琳娜·茨維塔耶娃（Marina Tsvetaeva）曾說，他看起來就像一個阿拉伯人，**還有**他的馬i。[6]曾有人去佩羅德爾基諾村拜訪他之後說，有時候如果他注意到「自己的奇特臉龐」讓人感到訝異，「斜斜的棕色雙眼就會半開半闔，把頭轉過去，那樣子讓人聯想到一隻止步不前的馬。」[7]

帕斯特納克歡迎訪客，握手時很用力。他的微笑極為燦爛，幾乎可以說帶著一點孩子氣。帕斯特納克喜歡外國人造訪，這對蘇聯人民來講是一種難得的樂趣，因為他們才剛剛從史達林於一九五三年去世後對外開放。那年夏天造訪佩羅德爾基諾村的另一位西方訪客，是牛津大學的教授以撒．柏林（Isaiah Berlin），他說跟村子裡的作家聊天時，覺得他們「好像荒島上的船難倖存者，與文明已經隔絕了幾十年，對於聽到的一切消息，他們都感到如此新奇、興奮與愉悅」。[8]

花園裡有兩張位置垂直的長凳，三個人坐在上面，「丹傑羅」這個姓氏讓帕斯特納克覺得挺有趣的，用他那低沉而帶有一點鼻音的聲音慢慢念出來。他詢問那個姓氏的來源。丹傑羅說，源自拜占庭帝國時代，但在義大利很常見。詩人高談闊論，聊起了他二十二歲在德國馬堡大學（University of Marburg）主修哲學時，曾經去過一趟義大利，那是一九一二年夏天的事了。他坐在最便宜那一節火車車廂，造訪威尼斯與佛羅倫斯，但是早在抵達羅馬之前就把錢花光了。他曾在一篇自傳式散文裡面回憶義大利之旅，提及他抵達米蘭不久後，曾有半天都昏昏欲睡。他回想起自己造訪了米蘭大教堂，在越走越近的過程中，他試著用不同角度看教堂，他說教堂「就像一道正在融化的冰河，在八月熱氣構成的深藍垂直線之下，持續變大，無數的米蘭咖啡廳似乎都被籠罩在冰與水裡面。最後，一道狹窄的平台終於出現在我的腳底下，我低垂著頭，廊柱與塔樓傳來了低沉的聖歌聲響，就像一根雪柱插進排水管裡」。[9]

四十五年後，帕斯特納克的人生即將又與米蘭產生連結。就在大教堂不遠處，穿越玻璃穹頂下的埃馬努埃萊二世拱廊街（Galleria Vittorio Emanuele II）之後，經過斯卡拉大劇院（La Scala），就是安德加里街（Via Andegari）。費爾特內里的辦公室位於那條街的六號，他就是後來不顧蘇聯的阻撓，初次出版《齊瓦哥醫生》的人。

有時候，帕斯特納克與別人的談話會變成自言自語。一旦打開了話匣子，他的話似乎都是雜亂無章，講了很久才停，內容熱情奔放，說的話與觀念都漫無邊際，最後才會拉回他原先要說的重點。以撒．柏林說，「講話時，他的語調總是充滿了一種特有的活力，想像的天賦奔放其中。」[10]丹傑羅聽得入迷，樂於當個好聽眾，後來帕斯特納克才為自己的長篇大論道歉，詢問來者有何指教。

丹傑羅表示，他在莫斯科的職務是義大利共黨幫他安插的，因為希望黨內精英都有機會能夠體驗蘇聯的生活。丹傑羅在莫斯科電台擔任義大利語節目製作人與記者，該台是蘇聯官方的國際廣播公司，公司所在地位於莫斯科市中心普希金廣場（Pushkin Square）後面的兩棟大樓裡。在來到莫斯科之前，他當過羅馬新生書店（Libreria Rinascita，義大利共黨所屬的書店）的經理。丹傑羅來自一個反法西斯主義的家庭，是個立場堅定的激進分子，於一九四四年入黨，但他的某些義大利同志覺得他有一點太過學究，缺乏足夠的熱情。他們希望，如果他能在莫斯科待一陣子，就能點燃內心熱情。黨內領導階層幫他安排了為期兩年的蘇聯首都工作機會。他是在三月來到蘇聯的。

丹傑羅的俄語流利，只是偶爾詞不達意，需要佛拉迪米爾斯基幫他，他跟帕斯特納克說，他也兼差，幫費爾特內里的出版社當經紀人。丹傑羅說，費爾特內里不只是個忠貞共黨黨員，也很有錢，年紀輕輕卻有數以百萬計的身家，來自於某個義大利商家豪門，是在戰時變成激進分子的。費爾特內里最近開了一家出版社，他對於當代蘇聯文學特別有興趣。丹傑羅說，不久前他聽說《齊瓦哥醫生》這本小說，覺得似乎非常適合那一間新出版社。

帕斯特納克揮揮手，打斷正在自我推銷的丹傑羅。他說，「那一本小說沒辦法在蘇聯出版。它與官方的文化方針不符。」

丹傑羅提出反駁，他說那本書即將出版的消息已經發布了，而且自從史達林死後，蘇聯社會顯然變得開放一點，這種發展還獲得了「解凍」（"the thaw"）——源自於伊利亞．愛倫堡（Ilya Ehrenburg）寫的同名小說——的稱號。就在過去的教條遭到挑戰的同時，文壇的空間似乎變大了。有些小說對不久前的蘇聯體制提出批判，書裡面出現許多複雜而有缺陷的角色，但還是能夠出版。

丹傑羅說，他提議帕斯特納克給他一本《齊瓦哥醫生》，由費爾特內里交給別人翻譯，只不過他當然必須等到小說在蘇聯出版後，才能把書帶回義大利。他還說，帕斯特納克大可以信任費爾特內里，因為他是忠貞共產黨員。對於一頭熱的丹傑羅來講，這聽來是如此合理，因為他急於取得稿子，藉此證明他並非白拿費爾特內里的津貼。

如果把稿子交給外國人，帕斯特納克勢必得承擔極大風險，但丹傑羅並不了解這一點。他非常清楚，如果未經批准就把在蘇聯尚未問世的作品拿到西方國家出版，任何作家都可能會受到背叛黨國的指控，危及自己與家人。一九四八年十二月，他曾寫信告誡兩個住在英國的妹妹，要她們千萬別把他寄過去的前幾章稿子以任何形式印行發表：「如果在國外出版，我就會身陷險境，甚至性命不保。」[11]

皮涅克與帕斯特納克曾經是佩羅德爾基諾村的鄰居（兩家花園之間的小門從來沒有關起來過）[12]，後來皮涅克於一九三八年四月遭人從後腦勺開槍處決，一槍斃命。皮涅克對於蘇聯的社會主義計畫有所懷疑，小說論及亂倫等禁忌主題，並且曾表示史達林與高爾基操弄文壇，等於是閹割了藝術。其實一九二九年皮涅克就曾經被誣指與人共謀在外國出版他那本頁數不多、帶有反蘇維埃精神的小說《紅木家具》（*Mahogany*），很可能他的厄運早在當時就已經註定了。故事發生在大革命過後的鄉間城鎮，他的筆調對主角充滿同情心，而主角支持的，剛好就是史達林的死對頭托洛斯基（Leon Trotsky）。結果，皮涅克遭到媒體圍剿。無禮而好鬥的布爾什維克派詩人佛拉迪米爾．馬亞科夫斯基（Vladimir Mayakovsky）在一篇《紅木家具》的書評裡面寫道，「我認為，完工後的文藝作品就像武器」[13]，而且他還坦承自己事實上沒看過那本小說，一點也不會不好意思。他說，「也許，皮涅克認為有些作品不會被人拿來進行階級鬥爭——但那種作品是不存在的——即便如此，把作品交給西方媒體，就等於是強化了敵人的力量。在這風雲變色的當下，他的作為等於是臨陣倒戈。」

皮涅克試著挽回共產黨對他的青睞，寫了一些對史達林歌功頌德的東西，但卻救不了自己。他的檔案裡已經留下了一筆背叛黨國的記錄。在「大恐怖」的全盛期，他因為害怕自己隨時會被逮捕而備受煎熬。整個國家對黨內、官僚組織、軍方、知識界甚至各個族群進行瘋狂清算，殺人無數。一九三六到三九年間，數十萬人被處死或死於牢裡，受害者有數以百計的作家。帕斯特納克記得皮涅克常常往窗外看。[14]許多遇到他的熟人對於他還沒被逮捕感到很驚訝。「真的是你？」[15]他們總是這樣問。到了一九三七年十月二十八日，祕密警察還是來了。帕斯特納克與妻子剛好在他家，因為那天皮涅克幫兒子（跟帕斯特納克一樣，名叫鮑里斯）慶祝三歲生日。當晚一台車停在外面，幾個穿制服的男人走出來。過程中他們很客氣。其中一位警察說有急事，皮涅克必須跟他們出去一趟。

他的罪名是「加入了反蘇維埃的托洛斯基派組織，意圖謀反，施行恐怖主義」，準備暗殺史達林，幫日本進行間諜工作；他曾於一九二七年到日本與中國遊歷，還寫了遊記。一九三一年，他也曾獲得史達林的特准，在美國待了六個月，駕駛一輛福特轎車周遊全美各地，並曾短暫地在好萊塢擔任米高梅（MGM）電影公司的編劇。他把旅遊見聞寫成小說《好啊！》（*Okay*），對美國式的生活多所批評。

皮涅克選擇「認罪」，但是在軍事法庭上他的遺言是，希望庭上可以「給他一張紙，讓他有機會寫下一些對蘇聯人民有益的話」。[16]一九三八年四月二十日，從下午五點四十五分到六點，歷經短短十五分鐘的審判之後，皮涅克被處以「極刑」，並且於隔天執行（「極刑」兩字充分反映出官方的惡毒心態），行刑者是「第一特別部第十二組組長」。皮涅克之妻被判了十九年徒刑，監禁地點是古拉格集中營（Gulag），孩子交由住在蘇聯所屬喬治亞共和國的外祖母扶養。圖書館與書店把所有皮涅克的作品撤掉銷毀。[17]根據蘇聯一位出版審查官員的報告，一九三八到三九年之間，總計有兩千四百一十三萬八千七百九十九本因為「政治觀念有害」，或是「對於蘇聯的讀者而言毫無價值」的作品被銷毀，變成紙漿。[18]

皮涅克與其他作家遭逮後，帕斯特納克夫婦與村裡許多人一樣都生活在恐懼中。「真是太可怕了，」帕斯特納克之妻席奈妲（Zinaida Neigauz）說，當時她肚中正懷著他們的長子。「我們無時無刻都怕鮑里亞ii會被抓走。」[19]

即便在史達林死後，一提到在國外出版作品，任何蘇聯作家都會想起皮涅克的下場。而且，自從一九二九年以降，沒有任何人打破這個不成文的鐵律：未經批准，禁止在外國出版作品。

丹傑羅繼續喋喋不休，但突然意識到帕斯特納克沉思了起來。帕斯特納克的鄰居丘柯夫斯基認為他有一種「夢遊症病人一般的特質」[20]，當他開始沉思盤算時，「聽到的話總是左耳進，右耳出」。帕斯特納克對於自己的作品與天分非常有自信，也覺得應該盡可能讓更多人讀到他的作品。他深信《齊瓦哥醫生》是他畢生的顛峰之作，非常忠實地傳達出他的看法，而且品質更勝於過去幾十年來他寫的所有知名詩作。他說，「那作品把我最後的喜樂與瘋狂都傳達了出來」。[21]

《齊瓦哥醫生》[iii]是一部史詩般的自傳式小說，故事聚焦在醫生詩人尤里・齊瓦哥（Yuri Zhivago）身上，還有他的藝術、愛戀與失落，時間背景是一九一七年俄國大革命前後的數十年之間。雙親辭世後，齊瓦哥成為莫斯科某個中產階級知識分子家庭的養子。在這有教養與開明的環境中，他發現了自己在詩歌與醫療方面的天分。他從醫學院畢業，娶了養父母的女兒東妮婭（Tonya）。一次大戰期間，他在南俄的野戰醫院裡結識護士拉拉・安季波夫（Lara Antipova），並且愛上了她。

一九一七年回家後，齊瓦哥發現城裡人事已非。莫斯科被紅軍控制，捲入情勢混亂的革命中，市民嗷嗷待哺。那個注重藝術、閒適氛圍與知性沉思的舊世界已經灰飛煙滅。齊瓦哥原先對於布爾什維克主義的熱忱很快就消失了。為了躲避斑疹傷寒的疫情，齊瓦哥與家人逃往瓦雷金諾（Varykino，他們家位於烏拉山〔Urals〕山區的莊園）。齊瓦哥與拉拉在附近的小鎮尤里亞金（Yuryatin）重逢。拉拉的丈夫隨著紅軍離開了。齊瓦哥內心重新燃起對她的渴望，但是這不倫戀深深困擾著他。

一群出身農夫的士兵抓住齊瓦哥，強拉他去當戰場軍醫，過程中他見識到俄國內戰的殘酷，無論是紅軍，或者與之敵對的白軍（由反布爾什維克勢力組成的盟軍）都做了很多壞事。最後，齊瓦哥「叛逃」，離開革命戰場，回家後發現家人都以為他死了，已經逃離俄國。於是他住進了拉拉的家。隨著戰火逼近，他們躲到瓦雷金諾的莊園。一時之間，他們與世隔絕，齊瓦哥的靈感再現，突然想要重新寫詩。屋外的狼嚎對於兩人的關係而言是個惡兆。戰爭結束後，布爾什維克政權穩固了下來，命運讓這一對愛侶永遠分開。拉拉前往俄國的遠東地區。齊瓦哥回到莫斯科，於一九二九年逝世。他的身後留下一部詩集，成為小說的最後一章，是他殘存於世上的藝術遺緒與人生信條。

齊瓦哥是過去的帕斯特納克的分身。小說主角與作者本人都是來自於一個早已逝去，充滿文化教養的莫斯科知識階層。就算在作品中提及那個世界，蘇聯文壇也只會鄙棄它。帕斯特納克深知，《齊瓦哥醫生》與蘇聯唱反調，宗教氣息過於濃厚，完全不理會社會主義寫實主義風格的種種要求，也沒有對十月革命卑躬屈節，出版界肯定會望而卻步。小說中的種種異端思想實在不可勝數，而且毫不掩飾，許多蘇維埃主義的信徒都沒料到會被這樣打臉，非常震驚。「禽獸不如的叛黨行徑」：這是早期官方對於那本小說的批判。[22]就在小說接近完成之際，帕斯特納克深知他並未把革命描寫成「上面塗有奶油的蛋糕」。「有誰想要原稿，就應該拿給他，」他說，「因為我不認為這小說有機會印行。」[23]

先前，帕斯特納克並未考慮把小說拿到西方國家出版，但是等到丹傑羅找上門，他已經忍耐了五個月：自從他提交稿件給國家出版社（Goslitizdat，蘇聯的文學出版機構）以來，始終沒有獲得任何回覆。本來他希望規模最大的兩本雜誌《旗幟》（*Znamya*）與《新世界》（*Novy Mir*）能夠刊登《齊瓦哥醫生》的書摘，但他們一樣毫無回應。丹傑羅認為他是在對自己最有利的時機出手的；這個提議完全出乎帕斯特納克的意料，一聽之下就打算行動了。儘管身處於一個極權社會，但過去長期以來他的言行始終能展現出不凡的大無畏精神：家裡有人被送進古拉格集中營後，許多人對這種家庭避之唯恐不及，生怕惹禍上身，但他卻常去探訪與接濟；還與當局交涉，為政治犯求情；而且當大家一窩蜂連署請願書，要求將國家公敵處以極刑時，他卻拒絕簽名。當許多作家陷入團體迷思之際，他總是不願從眾。他向來主張國家不該對作家下令，某次公開會議上還為此受到質疑，他卻對其他作家說：「別對我大吼大叫。但如果你們非叫不可，至少可以不要圍剿我。」[24]帕斯特納克覺得自己沒有必要為了國家的政治需求而量身訂做藝術作品；他深信，如果要他的小說為此犧牲，等於是糟蹋了自己的天分。

「我們就別管俄文版小說最後是否能出版了，」他對丹傑羅說，「我願意把原稿給你，條件是費爾特內里承諾在出版後，要在幾個月內把書寄給其他重要國家的出版社，其中最重要的是法國與英國。你覺得呢？你能問問米蘭那邊嗎？」丹傑羅說，這不僅是可能的，而且也無可避免，因為費爾特內里當然也想要把書的版權賣給其他國家。

帕斯特納克又頓了一下，接著說聲抱歉，走進屋內，他創作的地方就在二樓的一個簡樸書房裡。每逢冬天，書房眺望著「一大片白色世界，舉目所及只見山丘上的一個小墓園，感覺起來有點像夏卡爾（Chagall）畫作裡的背景」。[25]不久之後，帕斯特納克從別墅裡走出來，拿出一大包用報紙包起來的東西。原稿總計四百三十三頁，文字行距很密，總計分成五個部分。[26]每個部分都用柔軟的紙張或厚紙板裹起來，把紙張聚集在一起的是一根細麻線，它穿過每一頁打字稿的不整齊孔洞，接著打了結。小說第一段標明的年份是一九四八年，頁面上到處都是帕斯特納克修改的痕跡。

「這是《齊瓦哥醫生》，」帕斯特納克說，「希望它有機會出現在世人眼前。」

儘管此舉的後果不堪設想，帕斯特納克的願望依舊沒有動搖。

丹傑羅說，他應該可以在幾天內就把打字稿送到費爾特內里手上，因為他正在計畫回西歐一趟。快要中午了，他們三個又繼續聊了幾分鐘。

他們站在花園門口道別，丹傑羅用手臂夾著打字稿，帕斯特納克的臉擠出一種奇怪的表情，像在做鬼臉，挖苦別人似的。他對丹傑羅說：「你就此受邀參加我的處決儀式。」[27]

《齊瓦哥醫生》於一九五七年在西方世界出版，鮑里斯．帕斯特納克隨即於隔年獲得諾貝爾文學獎殊榮，這也在冷戰時期的國際文化界引發一陣風暴。因為《齊瓦哥醫生》的吸引力持續不墜，一九六五年又被大衛．連恩（David Lean）改編成電影，它已經變成了小說史上的里程碑。然而，很少讀者知道它曲折離奇的出版過程，也不清楚在當年兩大強權進行意識形態對決的情境之下，它對一個分裂成兩半的世界帶來了多大的衝擊。

在蘇聯，《齊瓦哥醫生》是禁書，克里姆林宮還試圖透過義大利共黨干預，不讓小說的義大利文版面世。不管是帕斯特納克或者米蘭的出版商費爾特內里，都受到莫斯科官員與義大利共黨高層的威脅。未曾見面的兩人都頂住了壓力，建立起出版史上最偉大的夥伴關係。他們倆的祕密信件都是由可以信賴的第三者夾帶進出蘇聯，信件內容可說是對於藝術自由的重大宣言。

蘇聯對於《齊瓦哥醫生》所展現出來的敵意被媒體大肆報導，促使它在各國成為暢銷書，否則的話，讀者可能只是一小群精英分子而已。等到帕斯特納克在一九五八年榮獲瑞典皇家科學院（Swedish Academy）頒發諾貝爾文學獎之際，《齊瓦哥醫生》原本已經令人驚詫的銷量又增加了。他的詩歌作品早已受到肯定，因此曾數度獲得提名，但那本小說的問世幾乎讓帕斯特納克成為獎項的不二人選。克里姆林宮對他的獲獎嗤之以鼻，覺得那只是一種反蘇聯的挑釁行徑，這也促成了國內撻伐聲浪持續不斷，一時之間他變成了叛國賊。帕斯特納克被逼得幾乎自殺。這位老作家所遭受的抨擊之猛烈與惡毒，讓世人震驚，包括許多原本認同蘇聯的各國作家。從海明威（Ernest Herringway）到印度總理尼赫魯（Jawaharlal Nehru）都挺身為帕斯特納克辯護。

在俄國社會裡，小說、詩歌與劇本都是人們用來傳達訊息與提供娛樂的重要憑藉。文學的主題、美學與政治角色往往是激烈的意識形態爭論的題目，有時候爭辯的人輸了，甚至會性命不保。一九一七年以降，將近有一千五百名蘇聯作家因為各種莫須有的罪名而被處決，或者死於勞改營裡面。[28]作家們要不是被收編，負責創造全新「蘇維埃人」（Soviet man）的工作，就是被隔離起來，有些作家的人生甚至被毀了；文學可以為革命服務，也可以服務國家公敵。

蘇聯領導階層對於為革命服務的藝術曾有過許多論述，他們花很多時間演講，闡釋小說與詩歌的創作目的；也在克里姆林宮召見作家，大談他們肩負的職責。克里姆林宮高層甚至更在意寫作這件事，因為他們體驗過寫作的改變能力。革命之父列寧（Vladimir Lenin）之所以變成激進分子，就是因為讀了尼古拉．車爾尼雪夫斯基（Nikolai Chernyshevsky）的小說《該做些什麼？》（*What Is to Be Done?*）。「藝術屬於人民，」列寧說。「我們應該讓群眾了解並且深愛藝術。必須讓藝術把群眾團結起來，提升他們的情感、思想與意志。藝術必須能刺激他們起而行動，培養他們內在的藝術本能。當廣大的工農群眾嗷嗷待哺時，難道我們還應該為一小群人提供精緻甜點嗎？」[29]

一九三〇年代初，史達林開始掌權後，嚴格管控全國的文藝活動。文學家不再是黨的盟友，而是變成僕人。一九二〇年代文藝圈曾經擁有過的活力消失殆盡。史達林年輕時也曾是詩人，還曾大量閱讀小說，有時候一天可以讀幾百頁。他把令他不悅的文字都用紅線畫起來，親自審閱哪些劇本可以登上舞台。他還曾經打電話給帕斯特納克，與他討論詩人奧西普．曼德爾施塔姆（Osip Mandelstam）究竟是不是一位大師，而實際上這次談話的內容即將決定曼德爾施塔姆的命運。哪一個作家能夠獲頒該國最重要的文學獎，也是由他決定，而且文學獎的名稱當然是叫作史達林獎（Stalin Prize）。

蘇聯群眾渴求偉大的文學作品，但很少如願以償。因為擺的都是一些按照國家需求打造出來的假貨，枯燥而制式化，似乎連書架都開始抱怨哀鳴。以撒·柏林說，那些都是「無藥可救的二流作品」。[30]能堅持為自己發聲的作家不多，包括帕斯特納克與詩人安娜·艾哈邁托娃（Anna Akhmatova）等少數幾位都獲得人民的回報，被當成崇拜的偶像。他們舉辦的朗讀會總是讓演奏廳爆滿，而且他們的作品即便被禁，還是會在民間口耳相傳。白海（White Sea）附近歐博塞卡（Obozerka）勞改營的某些囚犯找樂子與支撐下去的方式，居然是比賽誰能夠背誦最多帕斯特納克的作品。[31]流亡海外的蘇聯批評家維克多·法蘭克（Victor Frank）說，帕斯特納克之所以具有吸引力，是因為在他的詩作裡，「天空較為深邃，群星較為璀璨，雨聲較為嘈雜，太陽較為毒辣……無論是在俄國文壇，甚或就全世界而言，沒有任何詩人能夠像他那樣，把我們無聊生活中的無聊事物寫成了帶有魔力的文字。他像是個小孩、像發現某個新星球的人，對於他那銳利的目光而言，沒有什麼東西是微不足道、是沒有意義的：無論是雨後的小水坑、窗台、鏡子架、圍裙、火車車廂的門，或是大衣沾濕後表面浮現的毛絲——這所有雞零狗碎的生活細節都能被他轉化為一種永恆的喜樂。」[32]

這位詩人與共產黨、共黨領袖、蘇聯文學體制之間的關係非常矛盾。在一九三〇年代末期的大恐怖來臨以前，帕斯特納克曾寫詩讚揚列寧與史達林，而且有一段時間他還曾懾服於史達林的狡詐與權威。但是，就在血腥的清算風潮席捲全國各地之後，蘇維埃國家讓他幻滅了。為何這麼多人都死於持續不斷的盲目清算活動，他卻能在大恐怖後倖存？答案不一而足。大恐怖時代是奇怪而捉摸不定的：很多忠黨愛國的人被清掃掉，反而留下了一些疑犯。讓帕斯特納克得以存活的是運氣，還有他的國際聲譽，也許最重要的，更是因為史達林欣賞他，覺得他那偶爾有點古怪的獨特天分很有趣。

帕斯特納克並未找機會與當局對抗，而是故意離群索居，在鄉間創作與過活。他從一九四五年開始寫《齊瓦哥醫生》，耗時十年才完成。寫作過程斷斷續續，因為他數度罹病；有時則是為了掙錢而必須把小說擺一邊，接受外國文學翻譯的委託案。另一個導致速度變慢的原因，則是他的企圖心越來越強，同時也對自己筆下的文字感到驚嘆不已。

實際上，帕斯特納克完成了他那本小說處女作時已經六十五歲。他把自己的許多經驗與看法都寫進去。他並不是要用《齊瓦哥醫生》來爭論什麼，或是藉它攻擊蘇聯政府，抑或為任何其他政治體系辯護。那本小說的力量，來自於個人精神，來自於帕斯特納克想要跟土地有所交流，想要發現一些人生的真理與真愛。他跟杜斯妥也夫斯基（Dostoevsky）一樣，都想擺脫過去的束縛，透過一種「真誠而詩意的真理」來表現這個時代的俄國史。[33]

隨著故事的發展，帕斯特納克意識到齊瓦哥醫生這個角色，代表他對於蘇聯這個年輕國家提出的控訴。無論是情節、角色與氛圍，這小說都與蘇聯文學格格不入。雖然與作者同時代的許多人都受到蘇聯意識形態的鼓舞，但這小說的字裡行間在在都流露出對於那種思想的不屑，因其「麻木而無情」。[34]《齊瓦哥醫生》是帕斯特納克留給世人的最後證言，他所珍惜的那個時代與那種感知力已經被摧毀殆盡，只能透過小說向其致敬。他決心要讓那本小說出版，簡直到了執迷不悟的地步——他不像同世代的某些作家，都是偷偷創作，然後把作品「束之高閣」。《齊瓦哥醫生》陸續在義大利、法國、德國、英國和許多其他國家以不同語言的版本問世，但是一開始並沒有俄文版。

直到一九五八年九月，世界博覽會在布魯塞爾舉行，梵諦岡館的人員才把精裝版的俄文《齊瓦哥醫生》發送給許多蘇聯遊客，這精美的版本使用的是藍色亞麻布封面。這神祕的精裝版小說到底從何而來？不久後就謠言四起了，一開始就有人提及美國中情局（CIA）是祕密的出版者。時至今日，中情局未曾承認過自己所扮演的角色。

多年來，始終有許多真實性令人存疑的故事指出，中情局如何設法取得了《齊瓦哥醫生》的原稿，也提及該局想要在俄國出版那本小說，其實別有用心。據說，英國情治單位曾強行逼迫一架飛機降落馬爾他島（Malta），因為機上載著從莫斯科離開的費爾特內里，他們把他託運的行李箱從貨艙拿出來，偷偷取出原稿來拍照。[35]這件事純屬子虛烏有。帕斯特納克的某些法國友人則是深信，如果要讓他取得獲頒諾貝爾獎的資格，就必須要讓《齊瓦哥醫生》以他的母語出版[36]——儘管此一理論屢屢被舊調重彈，但並不正確。[37]中情局的目標並非諾貝爾獎，而且一張記載相關費用的該局內部帳單也顯示，他們並未把書送到斯德哥爾摩；中情局只是希望能夠把《齊瓦哥醫生》弄進蘇聯境內，讓該國國民取得。

向來也有人主張，俄文版是流亡歐洲的俄國人出版的，中情局出力不多，最多也只是出資贊助那些流亡在外的俄國人而已。[38]但實際上中情局與這件事的關係非常密切。俄文版《齊瓦哥醫生》的出版與散布是由中情局蘇聯分局執行的任務，直接由局長艾倫·杜勒斯（Allen Dulles）監控，負責決策的則是艾森豪總統（President Eisenhower）麾下的行動協調委員會（Operations Coordinating Board），該會必須直接向白宮的國安會（National Security Council）匯報負責。該局於一九五八年在荷蘭印製了精裝俄文版的《齊瓦哥醫生》，然後又於一九五九年在華府總部印了一個袖珍的平裝版。

《齊瓦哥醫生》可說是一本奇書，它所扮演的角色之一，就是東西兩大陣營意識形態戰爭中的利器。

---

i 暗諷帕斯特納克的臉跟馬一樣長。
ii Borya，鮑里斯的暱稱。
iii 以下譯名參考遠流版《齊瓦哥醫生》。

壹。

——整個俄國已經陷入了天翻地覆的局面。

帕斯特納克家位於莫斯科市中心沃爾康加街（Volkhonka Street）的那棟公寓遭到彈襲，子彈射穿玻璃，嗖一聲射進了家裡的灰泥材質天花板。[1]一開始本來只是斷斷續續的幾場槍戰，後來衝突升溫，鄰近地區已經整個變成了巷戰的戰場，他們全家人隨即躲進寬敞二樓公寓裡後面的幾個房間。就連打中公寓大樓後方的砲彈碎片似乎也很危險。幾個冒險出門的平民在沃爾康加街上蟹行，在一個個藏身地點之間緩慢前進。帕斯特納克家的某位鄰居走過自家窗口，結果當場中彈身亡。

一九一七年十月二十五日，布爾什維克黨人發動了一場沒有流太多鮮血的政變，奪權成功，地點是舊稱聖彼得堡（Saint Petersburg）的俄國首都彼得格勒（Petrograd）——它的舊名一直沿用到第一次世界大戰爆發之際，直到俄國人再也受不了那個充滿日爾曼風味的名字才改掉。要拿下其他大城卻沒那麼容易，效忠革命領袖列寧的革命黨人與三月開始掌權的臨時政府進行激戰。莫斯科是該國商業中心兼第二大城，當地的戰鬥已經持續了一個多禮拜，帕斯特納克一家發現他們深陷其中。他們住的那棟公寓矗立在山丘上，有九扇臨街的窗戶，可以眺望莫斯科河（Moscow River）與基督救世主大教堂（Christ the Savior Cathedral）的巨大金色穹頂。沿著河灣往東北方走下去，克里姆林宮只有幾百公尺之遙。帕斯特納克自己在阿爾巴特街（Arbat）那一帶租了一個房間，開戰前一天剛好去他爸媽家，結果就被困在那裡，他跟爸媽與二十四歲的弟弟亞歷山大（Alexander）緊緊相擁，一起躲在鄰居位於樓下的公寓裡。電話不通，電燈也沒電，時有時無的自來水水流很小，而且供水時間短暫。鮑里斯的兩個妹妹約瑟芬（Josephine）與莉荻雅（Lydia）也陷入了類似的窘境，被困在附近的親戚家裡。那天晚間氣溫異常溫和，所以她們出門去散步，沒想到許多裝甲車突然間開上街頭，居民也隨即都消失無蹤。一個男人在橫越街道時遭到擊斃，姊妹倆則是早一步躲進親戚家裡，逃過一劫。機關槍的噠噠聲響與轟隆隆的炸彈爆炸聲有好幾天未曾停歇，期間偶爾夾雜著「雨燕與燕子的盤旋鳴叫聲」。[2]這場動亂的降臨與消失都很突然，「空氣又清新了起來，一片可怕的沉寂降臨」。[3]莫斯科落入蘇維埃政府的手裡。

前一年二月，彼得格勒的婦女為了買不到麵包而走上街頭，數以萬計的罷工工人加入她們的行列，同時因為對世界大戰感到厭倦不已，人山人海般的群眾聚在一起，向精疲力竭的獨裁政府示威抗議，革命就此揭開序幕。兩百萬俄國人死在東方戰線（Eastern Front）的殺戮戰場上，還有一百五十萬名老百姓因為疾病與軍事行動而死亡。龐大但落後的俄羅斯帝國面臨經濟瓦解的窘境。效忠沙皇的部隊朝著群眾開槍，數百人遭到擊斃後，首都的人民開始公然造反。沙皇尼古拉二世（Nicholas II）遭到俄國大軍背棄，於三月三日宣布退位，已經有三百年歷史的羅曼諾夫王朝（Romanov dynasty）就此告終。

帕斯特納克本來被派往烏拉山山區的化學工廠工作，支援前線，此刻也趕回莫斯科。有一部分路程他是搭乘 kibitka（一種有車篷的馬車），用羊皮外套與乾草禦寒。[4]帕斯特納克與他的弟妹們都很高興沙皇垮台，也支持新的臨時政府，更重要的是他們樂於見到憲政體制的曙光。帝國臣民變成公民，這轉變讓他們如癡如狂。帕斯特納克跟一個友人說：「想像一下，這就像一片血海與穢物居然開始綻放光芒」。[5]根據妹妹約瑟芬的描述，政治領袖亞歷山大・克倫斯基（Alexander Kerensky）的魅力，還有那年春天他對莫斯科大劇院（Bolshoi Theatre）外面那些群眾的影響力，在在都令帕斯特納克「折服」與「陶醉」。[6]臨時政府廢除了出版審查制度，讓民眾享有集會自由。

這時的興奮之情日後都被寫進帕斯特納克的小說裡。主角齊瓦哥醫生對於這百家爭鳴的時代感到心醉，四處充滿了蓬勃的活力，幾乎可以用神奇來形容眼前景象。「昨晚我目睹一場集會，那盛況令人震驚，」尤里・齊瓦哥如此描繪沙皇垮台之後的頭幾個月。「祖國俄羅斯已經開始前進了，不會靜止不動，它會走個不停，永不厭煩，講話講個不停，永遠都講不夠。講話的好像不只是人民。星辰樹木好像也聚在一起交談，夜裡的花卉開始進行哲學思考，石造建物也在開會。有時候就像基督福音，不是嗎？就像使徒們身處的那個時代。記得嗎？就像使徒保羅說的，『所以那說方言與預言的，就當求著能翻出來。』i」

在齊瓦哥看來，「整個俄國已經陷入了天翻地覆的局面」。[7]政治動亂讓臨時政府變得很脆弱，導致政令無法宣達執行。對臨時政府產生最大傷害的，是它決定繼續參加第一次世界大戰，民間則是普遍痛恨此一決策。因為布爾什維克黨人承諾人民都能享有「麵包、和平與土地」，才普遍獲得支持；再加上列寧估計奪權在望，所以布爾什維克黨帶頭叛亂，在十月發動二次革命。「以熟練的技術把發臭的老舊膿瘡一舉割除，」帕斯特納克在《齊瓦哥醫生》裡面寫道，「是多麼偉大的手術啊！」[8]

在布爾什維克黨人提出的憲法中，他們承諾要建立一個烏托邦，藉此「揚棄人與人之間的相互剝削，徹底清除社會階級，對剝削者予以無情的打壓，建立社會的社會主義組織，讓社會主義能夠在各國取得勝利」。[9]

新秩序帶來動亂，很快就讓尤里·齊瓦哥幻滅了：「首先，他們自從十月革命以來所強調的普遍進步觀念，無法燃起我的熱情。其次，那些觀念都還沒有實現，光是在談論的階段，大家就已經付出了如此血腥的代價，讓我覺得不能『為達目的，不擇手段』。第三個則是最重要的：當我聽到他們說要重新創造生命，我就無法自已，陷入了絕望的深淵中」。[10]

重新創造（remaking）一詞，跟史達林在舉杯向作家敬酒，要求他們成為「靈魂的工程師」

時所使用的詞彙一模樣。在談話時，齊瓦哥對著一個游擊隊指揮官說：「我承認你們都是俄國的啟蒙之光與解放者，而且如果沒有你們，它就會衰敗，就會沉浸在貧窮與無知之中，儘管如此我還是不想與你們為伍，我唾棄你們，不喜歡你們，希望你們都去死吧。」11

做出這些判斷時，帕斯特納克已經垂垂老矣，他在革命的三十年後寫下這些話，帶著悲傷與厭惡的情緒回顧過往。在帕斯特納克年僅二十七歲的革命時期，他是個熱戀中的男詩人，跟著「偉大的運動」在歷史洪流中前進。

在莫斯科文藝知識分子階層中，帕斯特納克家是個顯赫的家族，那個階層崇尚西方，而且傾向於透過政治手段來改革一個獨裁而僵化的體系。鮑里斯之父列昂尼德（Leonid）是知名的印象派畫家，在莫斯科繪畫、雕刻與建築學院（Moscow School of Painting, Sculpture and Architecture）擔任教授。他來自一個經營客棧的猶太家庭，他的出生地奧德薩市（Odessa）位於黑海（Black Sea）旁，在大部分俄國猶太人被迫定居其中的所謂隔離屯墾區（Pale of Settlement）裡，是一個具有多元種族背景、充滿活力的大城。奧德薩的文化極其豐富，大文豪普希金（Alexander Pushkin）曾於十九世紀初住在當地，他曾寫道，那裡「瀰漫著來自全歐各地的氣息」。列昂尼德最初於一八八一年遷居莫斯科，在莫斯科大學學醫。到了一八八二年秋天，由於厭倦了與死屍為伍，他棄醫習藝，成為慕尼黑巴伐利亞皇家藝術學院（Bavarian Royal Academy of Art）的學生。據女兒莉荻雅的描述，他是一個「愛作夢而且性情溫和的人……除了工作之外，對所有事情都慢吞吞而猶豫不決」。[12]

服完義務役之後，列昂尼德於一八八八年重返莫斯科，他第一幅賣出去的畫作是《家書》（*Letter from Home*），買主是名為帕維爾・特列季亞柯夫（Pavel Tretyakov）的收藏家，而作品能夠被他買下，也象徵著列昂尼德已經成為他眷顧的藝術家之一。列昂尼德也以精湛的插畫技巧聞名，曾為一八九二年版的托爾斯泰（Leo Tolstoy）小說作品《戰爭與和平》（*War and Peace*）繪製插畫。列昂尼德與托爾斯泰於隔年相識，成為朋友。他們相交多年，列昂尼德曾多次為托爾斯泰繪製素描畫像，包括一九一〇年托爾斯泰於阿斯塔波沃（Astapovo）火車站病逝後，他也去那裡畫遺像。列昂尼德帶著鮑里斯搭乘夜車，去瞻仰托爾斯泰的遺容，根據鮑里斯回憶，那曾經挺拔的老人看來如此瘦小乾癟，不再雄偉如山，只是「父親曾經描繪過，遍布畫冊中的十幾人之一」。[13]

托爾斯泰曾造訪過帕斯特納克家位於莫斯科的公寓，還有許多當時文化界人士也是，包括作曲家拉赫曼尼諾夫（Sergei Rachmaninov）與史克里亞賓（Alexander Scriabin），其中有許多人都曾經讓列昂尼德畫過肖像畫。孩子們早已把那些名流的來訪當成家庭生活的一部分。日後帕斯特納克在回憶那些造訪家中客廳與父親工作室的名流時，曾經寫道：「我從小就開始觀察藝術與名流，因此我早已習於把生活中的崇高與獨特元素視為自然而然的，是一種生活規範」。[14]

帕斯特納克也過了一個充滿音樂的童年。他的母親蘿薩莉雅出嫁前姓考夫曼（Rozalia

Kaufman），是個早熟的音樂神童：年僅五歲第一次接觸鋼琴時，光是看過一個同輩親戚演奏的樣子，就能夠把樂曲精確地重彈一遍。大家都稱她為蘿薩，她父親是奧德薩市一個富有的汽水製造商。家人在她八歲時幫她舉辦第一次獨奏會，到了十一歲，她的演出已經深獲當地各家媒體好評，兩年後她開始在俄國南部巡迴演出。她到聖彼得堡去表演，前往維也納習藝，不到二十歲就被指派為奧德薩音樂學院的教授。「母親就是音樂的化身，」她的女兒莉荻雅寫道，「也許有比她更厲害的行家、更出色的演奏家，但是她的音樂的穿透力無人能及，那是一種無法定義的東西，第一個和弦出來後就足以讓人眼淚奪眶而出，每個樂章都能讓人感受到純粹的愉悅與狂喜」。[15]儘管充滿潛力，蘿薩終究沒有成為當時的大鋼琴家，只因她受限於焦慮症與心臟病，後來又走入婚姻。一八八六年，她與列昂尼德．帕斯特納克在奧德薩相識，一八八九年二月就在莫斯科結婚。鮑里斯於隔年誕生。他的弟弟亞歷山大、妹妹約瑟芬與莉荻雅也陸續於一八九三年、一九〇〇年與一九〇二年出生。

到了十二歲時，鮑里斯已經開始想像往後要成為鋼琴家兼作曲家。如他所說：「對於即興演出與作曲的渴望在我心中燃起，變成一股熱情」。[16]後來他還是放棄了，因為他意識到自己的鋼琴技巧不像他崇拜的史克里亞賓等作曲家那樣，沒那麼出色，欠缺天賦。帕斯特納克設法排除失敗的可能性，一定要讓自己達到偉大成就。小時候，他曾經是最棒最出色的，內心對於自己的技巧相當自傲。同時他對於自己的體能與智力也有相當的自信。某年夏天在鄉間，他看見當地農家女孩不用馬鞍騎馬後，他深信自己也可以辦到。這種想要測驗自己的想法變成一種執念。最後他說服某個女孩讓他試騎她的馬，後來那小母馬在跳越一條小河時慌慌張張，把年僅十二歲的他甩下來，摔斷了大腿腿骨。傷癒後，他的右腿變得稍短，儘管他一輩子都把自己跛腳的事實掩藏得很好，但卻也讓他無法在第一次世界大戰期間進入軍中服役。其弟亞歷山大說，他因為資質過人，「因此深信自己擁有強大的力量與能力，認為自己一定會成功」。[17]任何事如果只能拿到第二名，就會被他在憤怒之餘鄙棄，就此忘卻。「我討厭任何不具創意的事物，任何劣等作品，那是因為我有足夠的自負，認為自己足以評斷那些東西，」多年後帕斯特納克如此寫道。「我想，在真實人生中，所有事物應該都是奇蹟，都是天生註定的，任何事物都不能隨意粗製濫造，都不能按照人們自己的想像去創造。」[18]放棄了鋼琴之後，他開始投身詩歌創作。

就讀莫斯科大學期間，帕斯特納克一開始主修法律，後來轉攻哲學，最後以全年級第一名的優異成績畢業。大學時代他加入了一個由年輕作家、音樂家與詩人組成的沙龍，他們以「醺醉社團」（"tipsy society"）自稱，除了進行藝術實驗與發現之外，也愛喝加了蘭姆酒的茶。[19]當時莫斯科有許多成員重疊、相互敵對的沙龍，各自擁護不同的藝術哲學立場，儘管帕斯特納克名氣不大，卻是熱中的沙龍成員。他的朋友康士坦丁．洛克斯（Konstantin Loks）說：「他們絲毫沒有察覺自己眼前站著一個偉大詩人，只覺得他吸引人而新奇，並未認真看待他。」[20]某個曾經去參加過朗讀會的人說，「他說話的聲音單調沉悶，幾乎把所有的詩句都忘了……他給人的印象是痛苦而全神貫注，讓人想要推他一把，像推動一輛走不動的馬車那樣——『趕快走吧！』——而且沒有一個字是他說出口的（他像是一頭剛剛醒來的熊那樣喃喃低語），他讓人不耐地心想：『天啊！他為什麼要這樣折磨自己與我們。』」[21]帕斯特納克的表妹歐爾嘉．佛萊登伯格（Olga Freidenberg）則認為他「並非來自於這個世界」[22]，他常常分神，專注在自己的思緒裡。某次跟他散步很久之後，歐爾嘉在自己的日記裡這樣呼喊：「跟以往一樣，今天鮑里亞還是自顧自講個不停！」[23]

帕斯特納克很容易陷入不求回報的迷戀中，這能夠刺激他的詩興，但卻也把他變成一個容易沮喪的年輕人。一九一二年夏天，他曾前往馬堡大學研讀哲學，在那裡他向莫斯科富有茶商之女伊妲．維索茲卡雅（Ida Vysotskaya）示愛，遭到拒絕。「試著用正常的方式過生活，」伊妲跟他說。「你的生活方式讓你迷失了。只要不吃午飯，少睡一點，任誰都可以發想出很多異想天開而了不起的觀念。」[24]被伊妲拒絕後，那天他本來該繳交一篇哲學課的論文，但卻詩興大發。最後，他決定不留在德國的大學繼續攻讀博士學位。「天啊！我這趟馬堡之行實在收穫太多。但是我放棄了一切，只剩下藝術，除此之外一無所有。」[25]帕斯特納克喜歡在他愛上的女人面前講個不停，在狂想的情話之中夾雜一些哲學學說。另一個只願當朋友，不想進一步發展的女性友人則是抱怨，他們「見面時總是由他自言自語」。這些失敗的戀愛經驗讓帕斯特納克心碎，但也每每促成他積極投入寫作。

一九一三年夏天，他充分發揮創作力，「詩作不像往常那樣罕有，而是常見與持續出現，就像繪畫或作曲那樣」，接著在同年十二月他就出版了第一本專屬的詩集。[26] 那本名為《暴風雲雨中的雙胞胎》（*Twin in the Storm Clouds*）的詩集並未引發太多注意或熱愛，帕斯特納克年紀較長後，更是認為那些作品寫得過於造作。第二本詩集《翻越藩籬》（*Over the Barriers*）在一九一七年年初問世。可悲的是，其中一些詩作被沙皇政府的出版審查官員刪修，書裡也有很多印錯的地方，最後也是沒有引發多少評論家的注意。不過，《翻越藩籬》讓帕斯特納克第一次拿到版稅：一百五十盧布，而這對於任何作家來說，都是值得回憶的時刻。蘇俄作家安德烈．西尼亞夫斯基（Andrei Sinyavsky）曾說，帕斯特納克的前兩本詩集是「牛刀小試之作」，「在這多樣化的文學激流中，他還在尋找屬於自己的聲音、自己的生活觀、自己的定位。」[27]

一九一七年夏天，帕斯特納克愛上了女學生葉蕾娜．維諾葛拉德（Yelena Vinograd），年輕的她因為戰爭而成為寡婦，而且是革命的熱情支持者。她帶著詩人去示威抗議與出席政治集會，喜歡他的陪伴，但是不想與他發展出男女關係。某位學者寫道，「這一段關係是柏拉圖式的戀情，尚未進入肉體階段，在情感方面也不圓滿，因此讓帕斯特納克倍感煎熬。」[28] 在熱情與挫折的觸發之下，再加上身處一個歷經劇變的社會，帕斯特納克才得以寫出一系列躍居俄國文學界前段班的詩作。這本詩集名為《妹妹啊，我的人生》（*My Sister Life*），而且有個副標題：「一九一七年夏天」。一開始四處流傳的，只是手寫的稿件，而且「自從普希金以降，沒有人能夠像他那樣，光憑手寫稿就」獲得如此普遍的歡迎。[29]

因為革命的動盪，以及隨後內戰造成的民不聊生，導致缺紙而讓文學出版整個停擺，直到一九二二年才又有書籍出現：此時維諾葛拉德早已離開帕斯特納克的人生，他終於在藝術家葉夫根妮亞・盧里耶（Yevgenia Lurye）身上找到愛。

他們相識於一場生日派對上，葉夫根妮亞身穿一襲綠色洋裝，令人印象深刻，吸引了許多青年。帕斯特納克念詩時，年輕的她心不在焉，並沒有聽進去。「你是對的，幹嘛聽那些廢話？」帕斯特納克說。[30]

她希望再與他見面，也對他充滿激情的言詞有所回應。結婚前，她去探望爸媽，他在寫給她的信裡面這樣描述自己的思念之情，「啊，最好我能夠永遠都不要失去這感覺！」他說，「就像與你對話，深情的呢喃，愛意無聲地、祕密地滿溢出來，而且如此真確……我該怎麼辦？我該怎樣稱呼這種魅力，這種你像旋律般讓我如此飽滿的狀態，不只是迫使我分心，而我也將抗拒，像在森林中迷路的人。」[31]

他們在一九二二年結為連理。帕斯特納克把他高中時期贏得的金牌獎盃拿去熔掉，改造成結婚戒指，他自己在上面用潦草的字跡刻下：「葉夫根妮亞與鮑里亞」。[32]把「葉夫根妮亞」這個名字稍微更改一下，給生於一九二三年的兒子取名為葉夫格尼（Yevgeni）。帕斯特納克家的舊公寓如今已經被分給六個家庭，他們住在其中一個單位裡。他向全俄作家協會（All-Russian Union of Writers）抱怨道：「我被四面八方的噪音包圍，只能斷斷續續地在極度的純粹絕望之餘，在一種類似忘我的狀態下集中注意力。」[33]他通常只能趁夜裡公寓陷入一片沉寂之際開始寫作，靠抽菸與喝熱茶提神。

就藝術創作而言，帕斯特納克與葉夫根妮亞都有各自的企圖心，這段婚姻的顯著之處，就是他們處於一種創作上的競爭關係，互不相讓。無可避免的一個事實是，他們也越來越清楚，帕斯特納克「無疑的具有較多天分」，他們的兒子日後這樣寫道。[34]

婚後，帕斯特納克與其他女性的關係不曾斷過。他與女詩人瑪琳娜·茨維塔耶娃的通信內容充滿熱情，這不但有損婚姻，也讓妻子憤怒不已。一九三〇年夏天，夫婦倆與葉夫根妮亞的鋼琴家摯友金利克·涅高茲（Genrikh Neigauz）一起前往烏克蘭度假，帕斯特納克發現金利克的妻子席奈妲越來越吸引他。席奈妲是一八九七年出生於聖彼得堡，父親是個工廠老闆，母親有一半義大利血統。[35]十五歲時，她與一個已婚而且有兩個小孩的四十幾歲表親交往，這件事後來也反映在《齊瓦哥醫生》女主角拉拉的早年經驗上。一九一七年，席奈妲遷居葉利沙維特格勒（Yelisavetgrad），在那裡認識並且嫁給她的鋼琴老師涅高茲。

尚未確定席奈妲的感覺，帕斯特納克就跟妻子坦承自己戀愛了。接著他立刻也把自己的情意向金利克宣告。帕斯特納克與金利克都哭了，但席奈妲還是暫時與丈夫在一起。隔年年初，他們倆就發生了關係，席奈妲也寫信給當時在西伯利亞巡迴演奏的丈夫，坦承婚外情。他哭著離開某個演奏會，回到莫斯科。

帕斯特納克向來自戀，他說他大可以讓婚姻與婚外情同時持續下去，保有友誼，而且也不會受人責備。「我向〔金利克〕表明自己不配擁有他的友情，不過無論現在或未來，都會愛他如昔，」帕斯特納克在寫給爸媽的信裡面這麼說。「我讓〔葉夫根妮亞〕忍受可怕而痛苦的長久煎熬——不過與先前相較，重獲新生的我更為純粹無邪了。」36

這複雜的男女關係持續了一段時間。葉夫根妮亞帶著年輕的兒子遠走德國，成全了鮑里斯與席奈妲。他寫了一首詩，鼓勵葉夫根妮亞應該把他拋諸腦後，重新開始：

別苦惱、別哭泣，別謾罵
你最後的力量，還有你的心，不會讓你熬煎。
你仍活在我心裡，如此完整，
是我的支柱、我的朋友、我的冒險。

我騙你我對我們的未來有希望，
如今我不怕騙子的身分曝光。我們毀掉的不是人生，不是合而為一的靈魂，而是互相欺騙的扯謊。[37]

多年後，在他記憶中那段婚姻是不快樂而缺少熱情的。他說，「唯有夫妻之間有真感情才生得出漂亮的孩子，孩子是熱烈真愛的印記。」[38]他還覺得，他一看到兒子那張紅通通且長滿雀斑的「醜臉」，承載著這份失敗之愛的痕跡，便深感太不公平了。

最後，葉夫根妮亞還是在一九三二年年初返回莫斯科，這讓鮑里斯與席奈妲在城裡沒有容身之處，因為公寓實在太貴。席奈妲覺得「痛苦而尷尬」，她回到金利克身邊，請求他的接納，把她當成「孩子們的保母」，「幫他操持家務」。[39]帕斯特納克也回到葉夫根妮亞身邊，不過只維持了三天。「我懇求她能諒解——諒解我崇拜〔席奈妲〕，諒解我如果抗拒這種感覺，那就太過可鄙了。」[40]每當與朋友見面，他總是用很長的時間淚訴自己的複雜家務事。[41]

愛到無法自拔的帕斯特納克實際上已經無家可歸，他開始陷入絕望。「當時是午夜前後，天寒地凍。我的無助感是如此可怕，越來越確定，像彈簧那樣在我的內心緊縮起來。突然間我看到我的整個人生已經破產。」[42]他跑了好幾條街，到涅高茲夫婦的公寓去。金利克開門時，只是簡簡單單地用德文說了一句："Der spät kommende Gast?"（遲到的賓客？）就立刻離開了。進屋後，帕斯特納克拿起架上的一瓶碘酒，一口氣喝下去。「你在嚼什麼？怎麼會有那麼濃的碘酒味？」席奈妲開始尖叫。他們找來住在同一棟公寓裡的醫生，他持續幫帕斯特納克催吐，然後讓仍然非常虛弱的他躺到床上休息。「在這極樂的狀態中，我的脈搏幾乎沒了，我覺得自己置身純粹、純真的自由之中，擺脫了所有束縛。我一心求死，幾乎可以說了無生趣，就像有些人渴求一塊蛋糕那樣。如果我身邊有一把左輪手槍，我一定會毫不猶豫把它拿出來，就像拿糖果似的。」[43]

此刻，金利克似乎樂於擺脫席奈妲，他說：「好啊，你滿意了嗎？他向你證明了他對你的愛了嗎？」[44]

對於帕斯特納克而言，他現在的妻子席奈妲持家有道，讓他能安定身心，能幫他創造出工作的空間，而這是葉夫根妮亞比較不願去做的。

葉夫根妮亞「遠比席奈妲聰明而成熟，也許受過的教育也更好」，帕斯特納克跟爸媽說。[45] 葉夫根妮亞「比較純真而脆弱，比較像孩子，但是急性子的她向來快人快語，生性固執而且喜歡虛幻的理論思考」。席奈妲的「最大特色則是工作認真勤奮，這源自於她剛強（但是沉默寡言）的個性」。

葉夫根妮亞的兒子說，「她的下半輩子仍然一直愛著我父親。」[46]

帕斯特納克的複雜感情關係並未就此告終。充滿衝勁的他並不打算向天命低頭。至於在接下來史達林開始進行大規模清算的那些年頭，帕斯特納克為何能夠僥倖逃過一劫，也許就是因為命運之神對他的眷顧吧。

i 語出《新約聖經》的〈哥林多前書〉，但與原文稍有不同（原文是：「所以那說方言的，就當求著能翻出來」）。

貳。

——帕斯特納克已經進入了史達林個人的生命而不自知。

革命過後，紅軍與各種反布爾什維克勢力組成的白軍（the Whites）又展開了長年的內戰，導致食物短缺。[1]每年冬天的日子特別難熬。鮑里斯把書賣掉，換取麵包，也到鄉間去跟親友乞討蘋果、餅乾、蜂蜜與肥肉。他與弟弟把沃爾康加街公寓閣樓裡的木料鋸下來，當成取暖用的木柴，而他們在公寓裡的生活空間也被政府縮減為兩個房間。到了夜裡，兄弟倆有時會外出偷竊圍欄還有其他可以當柴燒的東西。幾乎所有人的健康都變差了，到了一九二〇年，因為蘿薩心臟病發作，列昂尼德設法找路子，獲准帶她前往德國醫治。他們的兩個女兒也遷居德國，一家人就此永久分離。最後在二次世界大戰爆發前，帕斯特納克的爸媽與妹妹們在英國定居。

鮑里斯與爸媽只再見過一次面，也就是在與第一任妻子葉夫根妮亞結婚後，曾到柏林去探視他們。當時柏林已經成為最多流亡海外的俄國人的居住地，在那裡長期居留十個月過後，帕斯特納克深信，唯有在祖國他的作家生涯才能大有可為，他不應該陷入海外俄國人社群特有的那種懷鄉氛圍與紛爭。後來也回到莫斯科的文學理論家兼批評家什克洛夫斯基寫道：「帕斯特納克覺得柏林讓他不自在……在我看來，他覺得住在我們這裡就是缺乏一股衝勁……我們是難民。不，不是難民，而是逃犯，現在還成了不請自來的居民……柏林的俄國人社群是漫無目標的。沒有自己的命運可言。」[2]帕斯特納克與莫斯科和俄國之間的關係已經根深柢固。丘柯夫斯基說，「在莫斯科的大街小巷與庭院裡，他覺得如魚得水；這裡是最適合他的環境，而且他的話語是道道地地莫斯科式的……我還記得他那一口莫斯科方言讓我感到震驚，而且他的言談與那種莫斯科人特有的態度舉止是密不可分的。」[3]

以撒．柏林說，帕斯特納克「渴望被當成一個深植於俄國土壤的俄國作家，這幾乎變成了他的執念」，而且特別能顯示出這一點的，是他「顯然對於自己的猶太血緣抱持一種負面的態度……他希望猶太人都能被同化，希望猶太民族消失。」[4]透過《齊瓦哥醫生》裡米沙．戈爾東（Misha Gordon）這個角色的話，能把以上論點陳述得更為清楚，米沙大聲疾呼：「醒一醒吧！真是夠了。不需要再這樣了。別再使用你們的舊名字。別聚在一起，分散開來。跟大家融合在一起。你們是世界上第一批、也是最棒的基督徒。」[5]小時候，帕斯特納克的保母曾帶他去莫斯科的東正教教堂，種種儀式在香煙氤氳的環境裡進行，被牆上許多拜占庭時代的肖像環伺著。但是，他的妹妹們說，在一九三六年以前他都沒有被俄國東正教的神學給打動過，至於以撒．柏林則是表示，直到一九四五年他還是沒有顯露出對基督宗教有興趣的跡象，所以那興趣是「逐漸累積，到後來才出現的」。[6]年紀漸長後，帕斯特納克開始信奉自己所理解的基督宗教，他的信仰受到東正教影響，但與教會的看法並不完全相同。「我生來是個猶太人，」晚年他曾跟一位記者說，「我們家對於音樂、藝術有濃厚興趣，但不太重視宗教信仰。因為我急迫地感受到自己必須找到一種與造物主溝通的管道，所以才開始信奉俄國東正教。但是，雖然我盡可能嘗試了，還是無法獲得徹底的屬靈經驗。因此我仍是個追求者。」[7]

到了一九二一年年初，與布爾什維克黨敵對的白軍被擊潰，殘破的俄國又慢慢開始出現了文藝活動。同時也在柏林出版的詩集《妹妹啊，我的人生》一開始印了大約一千本。這本書採用看起來不怎麼有價值的卡其色書衣，是「某家快倒閉的出版社的孤注一擲」。[8]《妹妹啊，我的人生》獲得許多書評紛紛叫好，受其吸引，這也宣告了一位文壇巨匠就此誕生。

詩人奧西普．曼德爾施塔姆說，「閱讀帕斯特納克的詩歌給人一種清喉嚨的感覺，呼吸變得順暢不已，肺部有力，那是一種足以治療結核病的詩作。在這當下，沒有人的詩作比他更健康！他的詩就像馬奶酒（koumiss）。」[9]

一九二二年，女詩人茨維塔耶娃寫了一篇如癡如醉的書評：「我就好像醍醐灌頂一樣……像一陣光打在我身上。」她還說，「帕斯特納克全身都是敞開的，包括他的雙眼、耳朵、嘴唇、鼻孔，還有他的雙臂。」[10]

除了茨維塔耶娃所謂「微乎其微的暗示」之外，這本詩集好像幾乎沒有觸及一九一七年發生的那些真實事件。書裡面唯一用到**革命**一詞的地方，是他對於一個乾草堆的描述。這本詩集之所以會受到吹毛求疵的批評，有人說帕斯特納克似乎被過分吹捧，是因為開篇第一首詩〈關於這些詩作〉（"About these *Poems*"）充分展現出漠視當時政治氛圍的高傲態度：

我把窗戶打開，
還戴著禦寒口罩，
對著院子裡的孩子發問，
「現在外頭是什麼世道？」[11]

信奉馬克思主義的批評家瓦萊里安．普拉夫杜金（Valerian Pravdukhin）對他嗤之以鼻，說「在這大家都住在私人房舍的社會裡，他是個溫室中的貴族」。[12]類似的批評終將變得越來越大聲，但是在一九二二年，就算從意識形態的角度能夠抓到他的一些小辮子，還是會被忽略，因為大家已經普遍認可他那洋溢於字裡行間的詩歌天賦。

帕斯特納克的時代來臨，過沒多久，蘇聯政府的領導階層就注意到他。一九二二年六月，他獲得革命軍事委員會（Revolutionary Military Council）召見，與他會面的托洛斯基是紅軍統帥，也是蘇聯首席馬克思主義理論家，是名氣僅次於列寧的領導人。在中央政治局成員中，托洛斯基對文化最有興趣，而且他深信如果要提升勞動階級，藝術家與政治宣傳可以扮演關鍵角色，最終目的就是要創造出他所謂「史上第一個真正屬於全民的無階級文化」。一九二二年，托洛斯基開始親近知名作家與文壇新秀，隔年他出版了《文學與革命》（*Literature and Revolution*）一書。「這世上最愚蠢、荒謬與遲鈍的事，」他在引言中寫道，「莫過於假裝藝術將會無視於時代的變動……如果自然、愛情與友誼跟時代的社會精神無關，那麼抒情詩老早就不復存在了。因為歷史的巨變，因為社會階級的重組，導致個體性受到衝擊，人們也因而從一個新的角度去了解抒情詩的基本問題，如此一來也讓藝術得以免於一再的重複」。[13]

「就文化事務而言，托洛斯基並非自由派，」某一本他的傳記這樣寫道，「他認為，蘇維埃政府不該容忍任何人挑戰新秩序，即便只是透過小說或繪畫也不行。但是在這嚴格的框架中，他希望進行一種能夠彈性管理的政策。有些知識分子尚未與黨敵對，甚至有可能成為朋友，他們的目標就是要爭取他們的認同。」[14]

托洛斯基想知道帕斯特納克是否願意奉獻他的抒情天分，為了「革命」的偉大理念而委曲他的個體性。前一晚帕斯特納克喝醉了，委員會來電時他還沒完全酒醒。[15]他與葉夫根妮亞即將展開德國之旅，把妻子介紹給爸媽，在沃爾康加街公寓舉辦的歡送派對讓幾個人喝到醉醺醺。電話來時已是中午，但帕斯特納克還在睡覺。革命軍事委員會通知他，一小時內要去謁見托洛斯基。帕斯特納克很快地刮了鬍子，把水倒在仍然陣陣抽痛的頭上，用冷掉的咖啡漱漱口，然後才把上了漿的白襯衫穿好，還有剛剛熨好的藍色夾克。委員會派來接他的是一輛加掛邊車的摩托車。

見面時，他們倆自報名字與來自父親的中名i，互相問候。

帕斯特納克向托洛斯基致歉：「很抱歉，昨晚我們辦了一個歡送派對，喝了不少酒。」

「的確，」托洛斯基說，「你看起來真的挺憔悴。」

兩個人聊了半個多小時，托洛斯基問帕斯特納克為什麼他「刻意避免」針對與社會有關的主題發言。帕斯特納克說，「他的答案與解釋可說是為一種真的個人主義辯護；就這種主義看來，在新的社會有機體裡面，個人可說是一種新的社會單位。」帕斯特納克某個朋友說，托洛斯基令他陶醉著迷，但他也坦承後來說話的大都是他自己，因此托洛斯基根本無法充分表達己見。事實上，他在這次對談中似乎表現得很出色，讓托洛斯基有點吃驚。

「昨天我才開始慢慢梳理你那些像密林一般的文字，」托洛斯基指的是他的詩集《妹妹啊，我的人生》，「你想透過這本書表達什麼？」

「這件事就要問讀者了，」帕斯特納克答道，「你也可以有自己的看法。」

「喔，好吧。如果是這樣，那我就繼續慢慢梳理密林了。很高興認識你，鮑里斯．列昂尼多維奇。」

《文學與革命》並未提及帕斯特納克——雖然他被冷落了，但卻也很幸運，因為托洛斯基與史達林之間的權力鬥爭開始檯面化，而且最後輸的人是托洛斯基。列寧於一九二四年逝世後，史達林逐漸佔上風，擊垮了所有黨內政敵。

帕斯特納克與蘇聯政府之間的關係，往後也持續反映在他與當權者的互動上，但人非常容易遺忘他曾經與當權者見過面。蘇聯人民往往因為害怕觸犯意識形態與其他禁忌，而在表達意見時有所顧慮，但在這樣的社會中他卻能異常地暢所欲言。帕斯特納克未曾公開地對蘇聯政府展現敵意，而對於克里姆林宮裡的那些人物，他的態度也總是在迷戀與厭惡之間擺盪不定。能夠像這樣一方面深深吸引他，另一方面又讓他感到極度厭惡，在態度上顯得奇怪而模稜兩可的，莫過於史達林——至於史達林自己對於帕斯特納克那種「詩人兼預言家」的美譽，似乎也有點忌憚。詩人奧西普．曼德爾施塔姆的妻子娜德茲妲（Nadezhda Mandelstam）曾經寫道：「我們的領導人都有一個顯著特色：他們對於詩歌都有一種近乎迷信的無限崇敬。」[16]這句話特別適用於史達林與帕斯特納克之間的關係。他們未曾見過面，只講過一次電話，但兩人之間卻存在著一種神祕的未知關聯性。帕斯特納克曾經是獨裁者史達林的崇拜者。史達林則是盡可能縱容忍耐帕斯特納克。

一九三二年十一月十一日，帕斯特納克站在沃爾康加街公寓窗邊，看著一列要開往新聖女公墓（Novodevichy Cemetery）的黑色馬車，馬車上裝飾著洋蔥形圓頂，車上載著的是史達林的亡妻。[17]根據帕斯特納克之子表示，當時他很激動。[18]六天後，他對這樁喪事的回應才被公開刊登出來，這也讓世人不斷如此揣測：儘管可能性不高，但曾當過神學院學生的史達林可能像神父賜福信眾那樣，特別庇護帕斯特納克。

一九三二年十一月九日一大早，時年三十一歲的史達林之妻娜嘉·阿里盧耶娃（Nadya Alliluyeva）自殺身亡。沒人聽見槍聲。等到一位女僕發現她躺在克里姆林宮臥室地板上的血泊裡，屍首已經冷掉了。相隔一道走廊的另一個臥室裡，她的丈夫因為前一晚喝了很多酒，還在熟睡。前天晚上，許多共黨巨頭聚在國防人民委員[ii]克利緬特·伏羅希洛夫（Kliment Voroshilov）家裡，舉辦革命十五週年慶的盛宴。所有的領導人都住在克里姆林宮的厚重紅磚高牆裡，住處都很小，而且距離非常近。類似宴會都是狂歡暢飲的場合，那天晚上，骨子裡跟外表一樣兇殘的史達林表現得特別可憎。妻子雖然和他育有一子一女（十一歲的兒子瓦西里〔Vasili〕，和六歲的絲薇特蘭娜〔Svetlana〕），但是對待他向來嚴肅而冷淡，她自己是個樸素的布爾什維克主義者，喜歡那種盡責公僕的單調打扮。嫁給四十一歲的史達林時，她是一個年僅十八的姑娘。他疏於呵護妻子，她則是罹患了越來越嚴重的偏頭痛，也時而會出現歇斯底里與身心衰竭等問題。根據一本史達林的傳記，阿里盧耶娃「罹患了各種嚴重精神疾病，也許是遺傳性的躁鬱症或者邊緣性人格異常」。[19]

那天晚宴上，阿里盧耶娃顯得比較放得開。[20]她身穿一襲紅玫瑰繡花的美麗黑色洋裝，那是她在柏林買的。與她各自前往會場的丈夫儘管就坐在對面，位置跟她一樣在餐桌中間，卻沒有注意到。而且他還跟某位紅軍指揮官的影星老婆調情，玩遊戲似的屢屢朝她丟小塊麵包。當晚他們用來佐餐的是生產於喬治亞的葡萄酒，也常常拿伏特加來敬酒。席間史達林舉杯呼籲大家一起消滅所有國家公敵；阿里盧耶娃刻意不理會他，並未舉起酒杯。「嘿，你給我喝酒！」史達林對她大吼大叫，她則是用尖銳的聲音回應：「你誰啊！居然敢叫我嘿！」根據某些人的說法，史達林把一根點燃的菸丟向她，菸掉在她的洋裝上。阿里盧耶娃拂袖而去，追上去的是人民委員會（Council of People's Commissars）主席維亞切斯拉夫・莫洛托夫（Vyacheslav Molotov）的妻子寶麗娜（Polina）。她向寶麗娜抱怨丈夫的行徑，提起她懷疑史達林與其他幾個女人有染，其中一個是克里姆林宮的髮型設計師。蘇聯前總書記赫魯雪夫（Nikita Khrushchev）在回憶錄裡表示，當天稍晚阿里盧耶娃打算見她丈夫，卻從一個愚笨的守衛口中得知，史達林在附近一間別墅裡與女人幽會。據說，娜嘉寫了一封遺書給史達林（但是並未流傳下來），裡面充滿各種人身攻擊，還有政治上的謾罵。她用槍打自己的心臟。

死亡證明由乖乖聽話的醫生們簽發，上面寫的死因是盲腸炎。自殺並非可被接受的死因。根據蘇聯政府的儀式，各行各業的人士必須集體表達哀悼之意。一群作家聯名寫信給《文藝週報》（*Literaturnaya Gazeta*），表示阿里盧耶娃「鞠躬盡瘁，為了解放千百萬被壓迫的人類而努力，而您就是此一解放理念的領導，我們願意追隨您，藉此證明此一理念具有某種無法被摧毀的活力」。署名者有三十三人，包括皮涅克、什克洛夫斯基與伊凡諾夫，但帕斯特納克的名字並未與他的許多同行在一起。不過，他設法讓自己的個人悼詞刊登在另一個地方。「我跟我的同志們有同樣感受，」他寫道，「前天晚上，我初次從一個藝術家的角度深入而集中地思考史達林。到了早上我看見新聞。我的震驚宛如親身經歷，就在他的左右，看見這一切。」[21]此一聲明非常奇怪，暗示帕斯特納克好像知悉內情，但沒有任何文件記錄了史達林對此的回應。自殺事件後，史達林極為傷心，曾公開啜泣，還說「他也不想活了」。帕斯特納克的那幾句話與其他誇張與枯燥的聲明截然不同，在史達林眼裡，也許會覺得他就像是個"yurodivy"——一個「神聖的愚人」，一個具有預言天賦的世外高人。流亡海外的俄國學者米哈伊爾．柯里亞科夫（Mikhail Koryakov）曾在紐約的俄文報紙《新報》（*Novy Zhurnal*）上面撰文表示：「在我看來，從一九三二年十一月十七日那天起，帕斯特納克已經進入了史達林個人的生命而不自知，他成為史達林內心世界的一部分。」[22]獨裁者史達林是否為了回報帕斯特納克的聲明，在屠殺其他作家的同時卻對他張開保護傘？就算真有此事，帕斯特納克也無從得知，因為在史達林營造出來的肅殺氛圍之下，他自己也深感恐懼。

一九三四年四月某晚，帕斯特納克在特韋爾斯科伊大道（Tverskoi Boulevard）上巧遇奧西普．曼德爾施塔姆。他是一個熱情而固執的詩人，喜歡與人高談闊論，也被帕斯特納克認定與自己的地位相當，是大師級詩人。[23]但他也常常怒批政府，口沒遮攔。因為「隔牆有耳」，所以他就在大街上朗讀了一首關於史達林的新作。那首詩是這樣寫的：

我們活著，對腳底的土地充耳不聞，
才十步之遙，卻沒有人對我們聞問。

但哪怕只是聊個三兩句話
克里姆林的登山家就知道有人提到他。

他的手指跟蛆蟲一樣肥潤
他的話就像鉛錘，從嘴唇拋滾，

他用蟑螂鬍鬚睥睨
而他的靴面閃動光暈。

他身邊的細頸領袖是烏合一群——
生出供他玩耍的半人。

只要他閒聊或動動手指
他們就會咿咿嗚嗚哀鳴，

幫他制定一條條法律，像馬蹄鐵那樣
丟到人的頭上、鼠蹊或眼睛。

對於那胸膛寬闊的奧塞梯人（Ossete）而言
殺人是莫大的筵宴。[24]

後來，引起祕密警察注意的，是這首詩的另一個版本，結尾有「兇手與農夫殺手」這幾個字。[25]「我會當作沒聽見，你沒念給我聽過，」帕斯特納克說，「因為，你也知道現在的局勢艱險。他們已經開始抓人了。」[26]他說寫這種詩形同自殺，懇求曼德爾施塔姆別再把詩念給任何人聽。曼德爾施塔姆不聽，而且他當然就被出賣了。五月十七日凌晨，祕密警察出現在曼德爾施塔姆的公寓。詩人安娜．艾哈邁托娃前一晚去找曼德爾施塔姆夫婦，而且就住在他們家。搜索行動開始時，他們三個坐在那裡不發一語，滿懷恐懼，四周安靜得連鄰居在彈奏烏克麗麗的聲音都聽得見。[27]祕密警察把書的書背都割開，想要找出那一首詩，但找不到。曼德爾施塔姆並未把詩寫下來。黎明降臨，詩人被帶往莫斯科市中心戒護森嚴的盧比揚卡大樓（the Lubyanka），也就是國家政治保衛總局（簡稱OGPU，也就是格別烏〔KGB〕的前身）的總部。偵訊人員拿出那一首詩，一定是告密者背下來後抄錄的。曼德爾施塔姆心想，這下他完蛋了。[28]

尼古拉．布哈林（Nikolai Bukharin）剛剛被指派擔任《消息報》（*Izvestiya*）的編輯，列寧曾經稱他為「黨的寵兒」，是個老牌布爾什維克黨人，一九一七年革命的領導班子成員，此刻成為帕斯特納克上門求情的對象。布哈林熟識也崇敬該國的許多文藝精英，甚至包括那些不受共黨教條束縛的，而且根據他的一位傳記作者表示，他「堅決反對收編文化圈」，他還抱怨：「我們所提供的意識形態糧食實在是太過單調」。[29]成為《消息報》的編輯後，版面開始有了新意，出現許多新的主題與作家。帕斯特納克才剛剛幫該報翻譯了喬治亞詩人保羅·亞什維里（Paolo Yashvili）與提齊安·塔比澤（Titsian Tabidze）的一些作品。

帕斯特納克找上門時，布哈林剛好外出，於是他留下一張紙條，希望布哈林介入幫忙。一九三四年六月，布哈林寫信給史達林，信末加了一個附註：「對於曼德爾施塔姆被捕，帕斯特納克感到極為困惑。」[30]

他的求情奏效了，本來曼德爾施塔姆有可能因為被冠上恐怖主義的罪名而被送往白海運河旁的勞改營，那幾乎等於是送死，但卻獲判相對來講較為輕微的「撰寫與散布反革命作品罪」。史達林向所屬相關單位下達了令人不寒而慄的明確指令：「予以隔離，但要保住他的命」。[31]五月二十六日，曼德爾施塔姆被判處在國內流放三年的刑期，地點是遠在烏拉山東北方的小鎮切爾登（Cherdyn）。他幾乎是立刻就被送走，妻子也跟他在一起。

到了切爾登，曼德爾施塔姆從一家醫院的二樓窗戶跳下來。所幸，他掉在一堆要用來鋪花床的泥土上，只有肩膀脫臼。他的妻子不斷打電報給莫斯科方面，堅稱應該把他送往較大城市去做心理治療。國家政治保衛總局打算聽從這個建議，因為史達林已經下令要保住他的命。此外，第一屆蘇聯作家大會（Congress of Soviet Writers）很快就要在莫斯科舉行了，領導階層也不樂見一名大作家之死讓活動蒙上一層陰影。史達林再度關心起這件事，他決定直接跟帕斯特納克談一談。

到了一九三四年，沃爾康加街的公寓大樓已經變成一棟公用住宅，每個家庭都分配到一個房間，浴室與廚房則是共用的。電話裝在走廊上。就算並非特別令人吃驚，史達林來電至少也是很異常的一件事，但是帕斯特納克一接到電話就像他每次講電話那樣，免不了要抱怨一下身邊小孩嬉鬧的噪音。

史達林像在跟熟人講話似的，直呼帕斯特納克為**你**，跟他說曼德爾施塔姆的案子已經重審，「一切都不會有問題」。他問帕斯特納克，為什麼不代替曼德爾施塔姆，直接向作家協會陳情？

「如果我是個詩人，有個詩人朋友遇上麻煩，我一定會盡一切可能幫助他。」史達林說。

帕斯特納克跟他說，自從一九二七年以降，作家協會就再也沒有試著幫助任何被捕的作家。

「如果我真的沒有試著幫忙，可能你也就不會聽到任何相關訊息。」帕斯特納克說。

「但是，畢竟他是你的朋友。」史達林說。

帕斯特納克開始長篇大論地說起了他與曼德爾施塔姆之間的關係，他說詩人之間就像女人，永遠是互相妒忌的。

史達林打斷他：「但他是個大師，不是嗎？」

「但那不是重點。」帕斯特納克說。

「那什麼才是？」

帕斯特納克意識到，實際上史達林只是想要探聽他知不知道那一首詩。「你怎麼會一直講曼德爾施塔姆的事？」帕斯特納克問道。「我早就想要見你，跟你好好聊一聊。」

「聊什麼？」史達林問。

「聊生死。」

史達林把電話掛掉。[32]

帕斯特納克重新撥號，但史達林的祕書說他在忙（或許真的在忙，也有可能在氣頭上）。國家政治保衛總局允許曼德爾施塔姆遷居首都南方三百英里處的沃羅涅日市（Voronezh），但是明令禁止他居住在莫斯科、列寧格勒（改名後的彼得格勒），以及其他十個大城。帕斯特納克與史達林通電話的消息，很快就在莫斯科各地流傳起來，有些人認為帕斯特納克怕了，不敢為詩人朋友剴切陳詞。但是，當曼德爾施塔姆夫婦得知那一通電話的內容，他們很感謝帕斯特納克。「他說得對，我是不是大師根本並非重點，」奧西普說。「史達林為何這麼害怕大師？這就像是他的迷信。他認為我們可能會像巫師一樣，向他下咒。」[33]帕斯特納克還是很遺憾自己與史達林緣慳一面。

「跟我國的許多人一樣，帕斯特納克對於隱居深宮的史達林有種病態的好奇心，」[34]娜德茲妲·曼德爾施塔姆表示，「帕斯特納克仍然認為史達林體現了整個時代、歷史與未來，他就是渴望能夠與活生生的傳奇人物史達林近距離會面。」帕斯特納克覺得自己比較獨特，「他的確有話要對這位俄國統治者說，有很重要的話。」以撒．柏林曾經聽過他的真情告白，柏林覺得這實在是「非常糟糕，而且立場不一致」。35

第一屆蘇聯作家大會在一九三四年八月十七日揭開序幕，直到月底，舉辦了各種演講、研討會與盛大活動。集會過程中壁壘分明，一邊是支持共黨嚴格控制文學活動的人，另一邊則是認為藝術應該享有相當程度自主性的自由派。文學的形式為何？文學與讀者有何關係？文學對於國家的義務何在？關於這些問題的爭辯，在蘇聯藝文界幾乎未曾停歇。這些爭論通常都像宗教歧異那麼激烈，也就是保守派與非正統派之間長期的主導權之爭。布哈林曾發表過一場長達三小時的演說，講題是〈蘇聯的詩歌、詩學，以及詩歌創造性的任務〉（"Poetry, Poetics, and the Tasks of Poetry Creativity in the USSR"）。帕斯特納克就是被他點名稱讚的詩人之一。他說，帕斯特納克「是個不問世事的詩人……他遠離戰爭的喧囂，遠離激烈的鬥爭」。但布哈林說，他不只是「在他的作品上鑲嵌了一整串抒情的珍珠，同時也……帶給我們一些深具真誠革命性的佳作」。對於那些認為詩歌應該走入群眾、應該入世的人而言，這無異於異端邪說。詩人兼歌詞作家阿列克謝．蘇爾科夫（Alexei Surkov）在當時是剛剛嶄露頭角的官員，後來因為妒忌而開始痛恨帕斯特納克，他就曾經針對某次演講做出回應，表示帕斯特納克並非詩壇新秀的典範。

「除非帕斯特納克能夠全心投入『革命』這個龐大、豐富而耀眼的主題，」蘇爾科夫說，「否則他就無法徹底展現自己的傑出才華，而且只有當他把革命融入自我以後，他才會成為偉大的詩人。」[36]

最後史達林終於介入此事，在一九三五年十二月宣稱，早已於一九三〇年自殺的詩人佛拉迪米爾．馬亞科夫斯基「仍然是我們這個時代最棒也最有才華的詩人」。此一聲明促使帕斯特納克寫信感謝史達林：「你的　席話拯救了我。近來，在西方的影響之下，〔人們〕把我的〔重要性〕過度放大，甚至有些誇張到令我覺得噁心：他們開始懷疑我身負某種厲害的藝術力量。如今，既然你已經把馬亞科夫斯基擺在首位，我就不用再被他們懷疑，可以跟往常一樣，用輕鬆的心情生活與工作，低調沉默，保有那些讓我得以熱愛生命的驚喜與奧祕。

「以此一神祕性之名，為你獻上深切的愛意與至誠。帕斯特納克敬上。」[37]

史達林在上面用潦草的字寫下：「存入我的檔案庫。史達林令。」

就像認識帕斯特納克的學者葛里戈里．維諾庫爾（Grigori Vinokur）所說的，「我從來無法確定他在哪裡收起自己的謙卑，從哪裡開始展現出無上的自尊」。[38]

後來，在一九三六年元旦的《消息報》上，帕斯特納克發表了兩首詩，把史達林歌頌成「行動的天才」，而且他隱約地表達出某種「惺惺相惜」之意。後來，提起那些諂媚的言詞，帕斯特納克說「在那一時期，那是我最後一次誠摯而激烈地試著去思考那個時代的思想，與那個時代融洽相處」。[39]

史達林從一九三六年開始著手一系列擺樣子公審（show trials），宛如執導一齣恐怖的戲劇，他在兩年內鏟除了整個舊有的革命領導班子，加米涅夫（Kamenev）、季諾維也夫（Zinoviev）與李可夫（Rykov）無一幸免，到了一九三八年則是輪到布哈林。在最後的信函裡，布哈林問史達林：「科巴（Koba）iii，為什麼你非要我死不可？」[40]一九三八年三月十五日，布哈林在奧廖爾市（Oryol）的一個監獄裡被槍斃。整個蘇聯境內各地興起了一波又一波逮捕與處決的浪潮，受害者遍及黨、政、軍的各個階層，還有許多知識分子。將近二十五萬人遇害，只因他們是威脅國安的少數害群之馬。一場瘋狂而無情的大屠殺波及全國。每次只要有人遭到刑求，國家公敵的人數就會暴增。根據研究大恐怖時期的史家羅伯・康奎斯特（Robert Conquest）所言，在一九三七到三八年間，史達林親自簽署過的死刑名單上總計就有四萬人。他特別指出，光是在一九三七年十二月十二日那一天，史達林就核准了三千一百六十七人的死刑。[41]而且史達林只管中階以上的官員，還有名人。為了奉承上意，位於政府體系底部的那些地方官也殺紅了眼。社會各階層成員發狂似地彼此告發，這也成為政治文化不可或缺的一部分。民眾感受到不得不供出一些敵人的名字，否則自己的名字就會被供出來。

一九三六年八月二十一日，《真理報》（*Pravda*）刊登了一封十六位作家署名的來信，標題是〈讓他們從這世界上消失〉（"Wipe Them from the Face of the Earth"）。那些作家呼籲處決第一次大規模公審的十六名被告，其中包括前共產國際（Communist International）執委會主席季諾維也夫，還有列寧臨終前曾經暫代中央政治局主席職位的加米涅夫。帕斯特納克拒絕簽名，但作家協會並未知會他，就把他的名字加上去。他在最後一刻才知道名字被加上去，但是感受到龐大的壓力，最後只能屈服。其妻席奈妲認為，任何其他決定都是形同自殺，所以支持他的決定。但沒能把自己除名其中，帕斯特納克深感羞愧。那十六名被告都被判有罪，罪名是與托洛斯基派分子共謀刺殺史達林，他們隨即在盧比揚卡大樓裡遭到槍決。文學月刊《旗幟》的編輯安那托里．塔拉申科夫（Anatoli Tarasenkov）寫了一封關於這件事的信給帕斯特納克，但他沒有回。[42]塔拉申科夫為此當面質疑帕斯特納克，他含糊其詞，兩人就此決裂。帕斯特納克決定，從今以後他再也不要妥協了。

這種恐懼感令人窒息，影響力龐大無比。一般的事物都會變調，給人奇怪的感覺。帕斯特納克的表妹歐爾嘉．佛來登伯格回憶道：「每逢收音機提及那些卑鄙的血腥審判，隨後就會播放歡樂的民族舞曲，若非卡馬倫斯卡（kamarinskaya）就是高帕克（hopak）」。

「克里姆林宮的午夜報時聲彷彿監獄的廣播聲，讓我的靈魂受到未曾痊癒的創傷。」歐爾嘉在日記裡寫道，「我家沒有收音機，但是那聲音從鄰居的房間傳出來，隆隆作響，衝擊著我的腦子與筋骨。讓人感到特別惡毒的是，有時候午夜報時聲後面會跟著一句可怕的話：『死刑已經被執行』。」[43]

儘管《真理報》刊登的那封信上面有帕斯特納克的簽名，但是他因為不願配合而被視為嫌疑犯，越來越多信奉文學教條的人對他進行意識形態攻擊。告發別人向來不遺餘力的作家協會總書記佛拉迪米爾．史塔夫斯基（Vladimir Stavsky）指控帕斯特納克，說他在一些關於喬治亞的詩作裡面「詆毀蘇聯人民」。後來帕斯特納克曾寫下當時自己的幻滅心情：「我的內在世界崩潰了，我想要融入那個時代，卻反而開始反對那個時代，而且並未掩飾我的態度。我遁逃到翻譯工作中。我的創作活動就此告終」。[44]

帕斯特納克的一連串違抗姿態讓他置身險境。一九三七年年初，布哈林被軟禁後，帕斯特納克寄了一封信到他位於克里姆林宮的住處（當然，這信件是一定會被人拿去讀的），他寫道：「無論如何我都不會相信你背叛了黨國。」[45]此刻一隻腳已經踏入棺材的布哈林看到那些支持他的話語就哭了出來，他說：「寫這封信對他來講實在是極其不利啊。」詩人班納迪克．李夫席茲（Benedikt Livshits）因為被冠上國家公敵的罪名而遭到草草處決，在一份一九三七年關於他的檔案裡，帕斯特納克也名列許多可能會被逮捕的作家之中。[46]

一九三七年六月，有關單位要求帕斯特納克簽署一份請願書，呼籲將一群來自軍界的被告處死，裡面包括米哈伊爾．圖哈切夫斯基元帥（Marshal Mikhail Tukhachevsky）。當一位官員前往他位於佩羅德爾基諾村的別墅時，被他趕走，他還大吼大叫：「我不知道關於他們的任何事，他們的生命不是我給的，所以我也無權奪走！」[47]一群作家協會的代表隨即找上門，由可惡可鄙的史塔夫斯基帶頭，他大聲咆哮，威脅帕斯特納克。當時有身孕的席奈妲求他簽名。「她跪倒在我腳邊，求我別毀了她與孩子，」帕斯特納克說，「但與我爭論是沒有用的。」他說他寫信給史達林，表示他從小就「受到托爾斯泰的信念薰陶」，還說他「不覺得自己有資格斷定別人的生死」。接著他說，他就上床去，睡得極為香甜：「每次只要做了一些無法挽回的事，我都會這樣」。與其說關切帕斯特納克真正的態度，不如說史塔夫斯基比較擔心自己沒辦法讓他乖乖聽話。譴責信於第二天登了出來，帕斯特納克的名字又被加了上去。他很憤怒，但也因而能夠安然無事。

帕斯特納克也搞不清楚自己為何能倖存。「在那些恐怖而血腥的年頭，任誰都有可能被逮捕，」他回憶道，「我們好像任人擺布的棋子。」[48]但他的倖存也讓他感到害怕，因為也許有人會認為他為了保命而出賣別人。以撒．柏林寫道：「他似乎害怕自己的存活也許會讓人誤會，認為他做了一些讓有關當局息怒的低下舉動，為了躲避迫害而卑鄙地出賣自己的人格。他不斷重申這一點，荒謬而長篇大論地否認自己做得出那些事，他說只要認識他的人都知道他不會。」[49]到底誰會被殺？這並沒有明顯的道理可循。伊利亞．愛倫堡問道：「例如，為什麼史達林能夠饒恕我行我素的帕斯特納克，但是總能光榮完成任務的記者米哈伊爾．柯爾佐夫（Mikhail Koltsov）卻被殺了？」[50]

帕斯特納克身邊有許多人都消失無蹤，包括皮涅克、巴別爾與他那位來自喬治亞的詩人朋友提齊安．塔比澤（帕斯特納克曾幫他譯詩），他們恐怕都已慘遭不測，但沒有人能確認。在喬治亞作家協會（Georgian Union of Soviet Writers）的會議上，他的另一位喬治亞詩人朋友保羅・亞什維里則是在某次會議上掏槍自殺，省去被盤問的麻煩。

唯一令人快樂的是，帕斯特納克之子李奧尼德（Leonid）誕生了。《莫斯科晚報》（*Vechernyaya Moskva*）還刊登了這則消息：「帕斯特納克太太生的兒子，是一九三八年的第一個嬰兒。他生於一月一日的零時零分。」

後來，曼德爾施塔姆在那一年又被逮捕，帕斯特納克說他「被他們的火焰給吞噬了」。[51]一九三八年十二月，他餓死在遠東地區的一個勞改營裡。他在最後的一封信裡向弟弟表示：「我的健康狀況很差。我變得極度消瘦，瘦到外貌幾乎不成人形。」他請弟弟寄食物與衣服過去，因為他「沒有任何可〔保暖〕的東西，覺得非常冷」。[52]曼德爾施塔姆的妻子在一九三九年寄錢過去，信件因為「收信者已經死亡」而退回，這才知道他的命運。

「唯一一個……來探視我的人，只有帕斯特納克——一聽到M的死訊，他就來看我，」娜德茲妲・曼德爾施塔姆說，「除了他以外，沒有人敢來見我一面。」[53]

---

i 帕斯特納克的父親叫作列昂尼德，所以他的中名是列昂尼多維奇（Leonidovich）；托洛斯基的父親叫作大衛，所以他的中名是大衛多維奇（Davidovich）。

ii 相當於國防部長一職。

iii 史達林在黨內的綽號。

爹。

——我已經安排好，要在小說裡與你見面。

帕斯特納克開始用來撰寫《齊瓦哥醫生》的那一疊浮水印紙，原本屬於一位死者。喬治亞詩人提齊安．塔比澤被捕後遭到刑求，於一九三七年被處死，後來他的遺孀就把紙當作禮物送給了帕斯特納克。空白的紙張輕如鴻毛，但帕斯特納克感覺起來卻重如泰山，他寫信給塔比澤的遺孀妮娜（Nina），說希望他的小說配得上她丈夫的紙張。[1]一九四五年十月是喬治亞詩人尼可洛茲．巴拉塔施維里（Nikoloz Baratashvili）逝世一百週年，為此帕斯特納克特別造訪喬治亞，因為前不久他才翻譯了巴拉塔施維里的作品。他還指定要把譯作的四分之一預付款付給妮娜．塔比澤。

帕斯特納克大半輩子都對政治犯或因為政府而貧困的人伸出援手，他的遺物裡面有許多把錢匯往蘇聯各地的匯款單，甚至也有匯往勞改營的。[2]儘管丈夫生前活躍於喬治亞首都第比利斯（Tbilisi）的藝文界，但妮娜．塔比澤卻被迫與那個圈子隔離，有八年之久沒有公開露面。提齊安被羅織叛國罪而遭逮捕，沒有人把他的遭遇告知妮娜，一直要等到史達林在一九五三年死後，參。她才知道丈夫已被處決。儘管妮娜．塔比澤認為丈夫還有一線生機，可能只是被關在某個遙遠的勞改營，但是據帕斯特納克後來表示，當時他並不認為提齊安還有可能活著：「他實在是太過偉大而傑出了，渾身散發著無可掩藏的光芒，所以如果他還活著，一定會有存活的跡象從牢裡傳出來。」[3]到了第比利斯，帕斯特納克說他只會參加那些妮娜也參加的慶祝活動。參加公開活動時，他總是把她的位置安排在自己身邊。他在魯斯塔維利劇院（Rustaveli Theatre）受邀朗誦他所翻譯的巴拉塔施維里的詩作時，還轉身看看妮娜．塔比澤，問她是否希望他朗誦。[4]像他這樣善待遭到排擠的妮娜，無異於蔑視所有的聽眾。帕斯特納克甘冒大不韙，對妮娜展現敬意，她的回報方式就是把紙送給帕斯特納克，用來撰寫計畫中的小說。

儘管帕斯特納克幾乎完全是以詩作聞名於世，但他也曾寫過很多非韻文（prose），包括一些評價不錯的短篇小說、一篇很長的自傳式散文，還有一部小說的數份草稿。這些作品中的理念與角色終將融入《齊瓦哥醫生》裡，但都是經過了完熟的發展：如此看來，彷彿帕斯特納克畢生的旅程就是為了把那本小說寫出來。幾十年來他始終感到有壓力，因為意識到自己必須創造出某個宏觀而大膽的作品，後來他深信若要達到此一成就，只能透過非韻文的創作：「真正的非韻文是多麼了不起，一種神奇的藝術——彷彿鍊金術！」[5]帕斯特納克也相信，「只有能夠表達出各種錯綜複雜關係的，才是偉大的文學作品。」[6]最早於一九一七年，帕斯特納克就在一首詩裡面寫道，「我將與我熱愛的詩歌道別；我已經安排好，要在小說裡與你見面。」[7]他跟女詩人茨維塔耶娃說他想要寫一本「訴說愛情故事，裡面有個了不起的女主角的小說——像巴爾札克（Balzac）那樣」。[8]有人看過早期的初稿後，覺得那部小說寫得「太夢幻、太無聊，因為過於道德而充滿偏見」。[9]帕斯特納克只好從頭來過。他把自己某些沒能達成的理想投射到最後構思出來的男主角尤里・齊瓦哥身上：「讀中學時，他夢想著創作非韻文，寫一本介紹人物的書，藉此他可以把一些爆炸性的觀念，把一些他想要目睹與思考的驚人事物偷渡進去。但他終究太年輕，寫不出那種書，所以他藉由寫詩來補償，就像一個心中有一幅偉大畫作的畫家也可能畢生無法完成，只能靠素描來補償。」[10]

二次世界大戰的爆發讓帕斯特納克更加覺得自己需要寫出一部作品。他的劇作家朋友亞歷山大・格拉德科夫（Alexander Gladkov）說，「他向來就對自己很不滿，如今因為整個國家都動了起來，他卻只能袖手旁觀，那種認為自己什麼都沒做的感覺更是獲得了強化。」[11]一九四一年十月，納粹的部隊進逼莫斯科，帕斯特納克與其他作家被疏散到莫斯科東邊六百英里處一個只有兩萬五千名居民的小鎮，名為奇斯托波爾（Chistopol）。在那裡的將近兩年內，他都是靠蘇聯文藝基金會（Literary Fund）提供的甘藍菜湯、黑麵包果腹，在基金會餐廳裡讀書。在那天寒地凍的地方過著單調的日子。

一九四三年，帕斯特納克曾經到奧廖爾市附近的戰地去勞軍，為受傷的戰士朗讀詩歌。亞歷山大・戈巴托夫（Alexander Gorbatov）將軍邀請一群作家去吃一頓「清醒的晚餐」，享用馬鈴薯與一點火腿，每個人可以喝一杯伏特加，還有茶。[12]許多人在餐會上發表演說。有些作家的演說單調而令人昏昏欲睡，帕斯特納克卻條理分明，充滿愛國情操，並且以笑話與詩歌來助興。所有軍官都聽得鴉雀無聲，非常動容。這一趟戰地之旅促使他寫出幾首戰爭詩作與兩篇短的散文，某些他見證的殘破景象後來也被寫進了《齊瓦哥醫生》的「尾聲」裡。

然而，帕斯特納克不像康斯坦汀．西蒙諾夫（Konstantin Simonov）之類的作家，能夠把國仇家恨融入詩歌與新聞報導裡，讓數以百萬計的國人傳閱。他曾說，「我正在讀西蒙諾夫的作品。我想知道他為什麼會成功。」[13]他曾考慮創作一首敘事長詩，也曾與幾家劇院簽下劇本約，但最後都沒有下文。帕斯特納克抱怨道，他「總是生怕自己會變成一個假貨，那念頭揮之不去」，因為他覺得自己「備受尊敬，但卻沒有名實相副的成就」。[14]他的詩作都是發表在報上，一九四三與四五年分別出版過作品量不大的詩集。他持續靠翻譯謀生。「在奇斯托波爾，莎士比亞這個老傢伙還是養活了我，就跟以前一樣」。[15]

一九四四年，帕斯特納克受到一次揪心的鼓勵，讓他得以繼續追求更偉大的藝術成就。先前被疏散到烏茲別克共和國首都塔什干（Tashkent）的詩人安娜．艾哈邁托娃在一九四四年來到莫斯科，她帶著一封曼德爾施塔姆於死前兩年寫給帕斯特納克的舊信件。那是曼德爾施塔姆的遺孀找到的。曼德爾施塔姆曾經提醒帕斯特納克，說他的翻譯工作終將戕害他的創作[16]，曼德爾施塔姆在信中寫道：「就詩歌而言，我們都是虛有其名，並未充分發揮天賦，我希望你能讓你的詩擁抱這世界，擁抱人民與孩童。容我這輩子最後一次向你表達謝意，謝謝你的一切，也謝謝你還沒有真的做到了一切。」[17]對於帕斯特納克而言，儘管這封信提及的是詩歌，但也讓他在淒苦之餘受到激勵，確定自己還有值得奮鬥的東西。到了隔年五月，帕斯特納克的父親列昂尼德於英國牛津鎮逝世。帕斯特納克更是覺得他應該「讓羞愧的烈火燒死」，因為他「自己的地位被過分地誇大」，但是父親的天分卻未受到「百分之一應有的肯定」。[18]

罪惡感、悲慟，對自己感到不滿，需要一部自己的「偉大畫作」，還有想要寫出一本經典之作，這一切要素都造就了某位朋友所說的「內在巨變」，促使帕斯特納克寫出《齊瓦哥醫生》。[19]這部小說第一次出現在文字記錄中，是帕斯特納克在一九四五年十一月寫給曼德爾施塔姆遺孀的信件，他說他正在寫一部新作品，是一本時間背景橫跨他們一輩子的小說。[20]一九四五年元旦前夕，帕斯特納克在克里姆林宮附近的莫霍瓦亞街（Mokhovaya Street）巧遇格拉德科夫。他們倆被慶祝元旦的人群擠來擠去，但設法在飄零的雪花中講了幾句話，帕斯特納克的領子與帽子都變白了。他說他正在寫一本小說，「如果說我自己有一種風格的話，裡面的角色都是我這種風格的代表性人物」。[21]他不好意思地微笑了一下就走開了。

在一封寄往英國給妹妹們的賀年信件中，他說他不得不用清楚簡潔的非韻文來描繪祖國的重大事件。「我已經動筆了，但我寫的東西與大家對我們期待的，與大家習慣看到的實在截然不同，因此我很難規律地全心投入寫作。」[22]隨著書寫速度加快，帕斯特納克的興致也變得更為高昂。「我的興致跟三十幾年前一樣高昂，這幾乎讓我感到有點尷尬。」[23]他覺得他的日子一天天逝去，時間過得如此之快。[24]「我寫得輕鬆寫意。故事的場景是如此明確，如此美妙而可怕。我只需要傾聽那些場景在我整個靈魂中造成的砰砰聲響，乖乖遵循它們的建議。」[25]一九四六年春天，同樣令帕斯特納克感到鼓舞的是，在一連串文學活動中，莫斯科居民都對他展現熱情的好評。一九四六年四月，儘管他不得不離開舞台，但莫斯科大學裡的民眾還是要他繼續朗誦下去。到了五月，在莫斯科工藝科技博物館（Polytechnic Museum）的一場個人朗誦會裡面，民眾也是安可聲連連。他跟妹妹們說，他彷彿和聽眾談起了戀愛，那真像是出乎意料的童話故事。「任誰都看得出來，因為只要我的名字出現在海報上，演奏廳的票總是立刻賣光，而且每當念詩時有所猶豫，席間總是有三、四個人從不同方向幫我提詞。」[26]（為朗誦會做準備時，有個熟人建議帕斯特納克應該假裝忘了詩句，藉此測驗聽眾，拉近雙方距離[27]。）

一九四六年四月三日，在一場莫斯科與列寧格勒詩人的朗誦會上，帕斯特納克遲到了，當他試著偷溜上台時，聽眾席裡爆出如雷掌聲。正在朗誦的詩人被迫暫停，直到帕斯特納克坐下。[28]被打斷而且肯定感到憤怒的人，就是他的宿敵，接下來仍持續與他作對的阿列克謝．蘇爾科夫，就是蘇爾科夫曾說他必須融入革命，才能寫出偉大作品。同樣的事件於兩年後再度上演，讓人感覺起來不像只是意外，這次蘇爾科夫是在工藝科技博物館發表演說，活動名稱是「詩歌的主題之夜：打倒好戰分子！支持永久和平與人民民主政權」（"An Evening of Poetry on the Theme:

"Down with the Warmongers! For a Lasting Peace and People's Democracy"）。[29]該館是莫斯科最大的活動場地之一，因為聽眾實在太多，導致有人坐在走道上，外面街上也擠滿了進不去的人。當時蘇爾科夫正在念一首痛批北約組織（NATO）、英相邱吉爾與西方好戰分子的詩歌。快結束時聽眾席裡突然爆出如雷掌聲，因為詩還沒念完，鼓掌的時機顯得很不搭調。蘇爾科夫回頭一看，發現又是帕斯特納克搶了他的鋒頭，應該又是要溜上台。他伸出雙臂，要大家靜下來，好讓蘇爾科夫可以繼續下去。最後輪到帕斯特納克時，他不好意思地說，「不幸的是，我並未針對活動主題準備詩歌，但我想念一些戰前寫的作品」。每首詩都引來聽眾愉悅的熱情回應。有人大聲說："Shestdesiat shestoi davai!"（念第六十六首給我們聽！）意思是莎士比亞的第六十六首十四行詩，由帕斯特納克在一九四〇年翻譯成俄文，莎翁是這麼寫的：

政權讓藝術噤聲，
愚者以博士自居，控制巧技，
單純的真理被誣指為無知癡愚
善良的人變成服侍惡人的奴僕：
這一切讓我厭倦，想離開人世，
只是若我死了，我的愛人將孤苦無依。

這些詩句的字裡行間充滿政治意味，帕斯特納克夠聰明，所以沒有朗誦。但持續的掌聲已經變成了大家一起鼓譟跺腳，任誰受到這種愛戴都有可能惹禍上身。（戰時，安娜．艾哈邁托娃也曾在一場朗誦會上受到類似待遇，據說史達林曾說：「是誰安排大家起立鼓掌的？」[30]）活動主持人想要用搖鈴來維持秩序，帕斯特納克露出滿足而得意的微笑。在他徒步回家的路上，有一大群聽眾跟在他身邊。

蘇爾科夫只能生悶氣。戰時他以創作一些露骨的愛國詩歌聞名，有一首是這樣寫的：

法西斯主義去死！蘇聯
號召勇士作戰
子彈畏懼勇士，
刺刀害怕硬漢。[31]

有一個被派駐在莫斯科的西方記者形容蘇爾科夫「特別陽剛」。[32]他一張粉紅色的臉崎嶇不平，肌肉發達，講話很大聲，音量有時大到不像與人對話，彷彿在對群眾演說，而且他走路的步伐大得誇張，速度也快。蘇爾科夫比帕斯特納克小九歲，成長於莫斯科東北方某個地區的農夫家庭，一到莫斯科之後，就因為自己的地位而變了一個人。曾在莫斯科讀大學，認識蘇爾科夫的匈牙利作家久爾吉・道洛什（György Dalos）說他是特別的蘇俄版「中產階級紳士」（bourgeois gentilhomme，法國劇作家莫里哀〔Molière〕筆下的角色）。道洛什的結論是，「若想了解蘇爾科夫那種人物，善與惡不能被視為對立的，而是同樣屬於不可分割的整體」。[33]曾有一位叛逃西方的蘇聯人前往美國國會作證，表示蘇爾科夫是「格別烏的人」，意即他是那種受到信任的要角，必要時會按照祕密警察的指示做事。[34]

在某次對談中，曼德爾施塔姆的遺孀表示，蘇爾科夫總是會提及一個被他稱為「他們」的神祕高層。他常希望能夠對人表達善意，但是除非他能夠先試探出「他們」的意向，否則他就無法行動。

曼德爾施塔姆的遺孀寫道，「我注意到，『他們』總是有許多想法，或把某個觀點交代下來。我曾直接問他：『他們是誰？我倒覺得你就是他們。』我的問題讓他極為吃驚……後來我才了解，在當時那個上下層級分明的世界裡，不同樓層就是不同層級，而『他們』是在上面那個樓層的。」她的結論是：「他跟他那一類人總是會把語言變得很呆板，扼殺思想與生命。如此一來，他也毀了自己。」[35]

蘇爾科夫對於帕斯特納克的積怨特別強烈，不過卻對艾哈邁托娃展現很大的善意，設法減輕她的罪責，並且帶花去探望她。然而，「他全心全意效忠的那個體系，對於每個不受束縛的字詞，特別是對於詩歌，總是懷抱著病態的恐懼。」[36]沒有任何一個詩人比帕斯特納克更能讓蘇爾科夫展現出敵意。親近帕斯特納克的某人曾經做出一個簡單的結論：蘇爾科夫「痛恨他」。[37]但就另一方面而言，帕斯特納克卻未曾因為蘇爾科夫的敵意或批評而被激怒。戰後他還曾稱讚蘇爾科夫的詩歌體現了某種新的寫實主義，是他最喜愛的詩人之一，因為蘇爾科夫的風格粗獷狂野。「沒錯，是真的，別意外。他寫出他的想法，他心裡想著『太棒了！』他就會寫『太棒了！』」[38]

帕斯特納克構思的小說一開始被他命名為《男孩與女孩》（*Boys and Girls*），因為在一九四五到四六年之間的冬天他全力創作，那部小說成為他全神貫注的焦點，他的目標也越來越遠大。「這是一部很嚴肅的作品。我老了，也許很快就會死掉，所以我不能永遠拖拖拉拉，要趕快把我心裡的話寫出來。」他說那本小說是一部史詩，「一個悲傷而淒涼的故事，最好能寫得巨細靡遺，就像狄更斯（Dickens）或杜斯妥也夫斯基的小說那樣。」[39]他說，「這本小說是我的分身，我把我精神特質中具體真實的部分，也把我神經結構的一部分投注在裡面，所以除非在未來一年內它能夠持續存活成長，否則我也活不下去了。」他承諾會把他的藝術觀（如他所說，他的「福音」），他對人類歷史的看法都寫進去。他會透過小說「與猶太精神和解」，與各種形式的民族主義和解。他覺得小說主題就像各色顏料，「自己在畫布上找到最完美的配色方式」。

跟許多同時代的人一樣，帕斯特納克深信（或至少強烈地希望），透過許許多多人在戰爭中犧牲，透過數以百萬計的人捐軀，歷經一番惡鬥，擊敗納粹主義之後，人類就再也不會回歸到過去那種被壓迫的狀態了。但帕斯特納克也有所警覺，因為他發現戰後的氛圍表面上看起來已經緩和了，但隨著蘇聯與西方強權展開冷戰，情勢又緊繃了起來。一九四六年六月，他跟妹妹們說，他就像「游移在刀鋒邊緣……這件事有趣而刺激，也可能很危險」。[40]

對於知識分子的掃蕩於一九四六年八月展開。一開始的目標是諷刺作家米哈伊爾・左琴科（Mikhail Zoshchenko）與女詩人艾哈邁托娃。兩位列寧格勒的報刊編輯因為刊登一些史達林認為「愚蠢」的文章，而被傳喚到莫斯科，遭受嚴詞批評，掃蕩行動也就此展開序幕。史達林抱怨道，左琴科「總是寫一些誇張胡扯的故事，對於心智或心胸沒有任何好處……我們建立蘇維埃秩序的目的，可不是為了教人民說一些蠢話」。[41]隨後，共黨中央委員會通過一篇決議文，左琴科「擅長撰寫一些無趣、沒有內容的粗俗作品，藉此提倡腐敗的不道德精神……意圖迷惑我國青年，荼毒其心靈」。[42]決議文特別提及一篇名為〈猴子歷險記〉（"The Adventures of a Monkey"）的故事，猴子逃走後寧願重返動物園的籠子也不願留在列寧格勒面對每天會碰到的那些事。決議文表示，那篇故事「刻意醜化現實」。艾哈邁托娃面臨的指控則是，其作品體現一種對年輕人有害的「布爾喬亞—貴族式唯美主義和頹廢精神」，也就是所謂「為藝術而藝術」（"art for art's sake"）的論調。

其實，這無情打壓文化界的新時代已於先前透過安德烈．日丹諾夫（Andrei Zhdanov）的一次演講揭開序幕，日丹諾夫自從一九三〇年代以降就是史達林的左右手之一，是個肥胖的酒鬼，每當史達林於晚上喝醉後要唱歌時，他向來負責鋼琴伴奏。[43]他把許多作家、記者、出版家與官員聚集在列寧格勒斯莫爾尼宮（Smolny Institute）的大禮堂，對他們進行演說。那是個很恰當的地點：一九一七年，列寧就是在那個大禮堂宣布蘇維埃已經接收了政權。一位與會者後來寫道，那天活動於下午五點開始，持續到快要午夜，特色是「台下的阿諛奉承之聲不絕於耳，與會的作家進行歇斯底里的自我批判」。[44]

「安娜．艾哈邁托娃的主題都是百分之百個人主義的，」日丹諾夫說，「她的詩歌狹隘得可悲，那種來自沙龍的蠻橫女士就是像她那樣寫詩，在閨房與禱告凳之間來回游移。她的主題不是情色，就是悲悼、憂鬱、死亡、神祕論與疏離……她是修女與妓女的合體，或者說她同時兼有兩者，在她的世界裡把交媾與禱告混合在一起。」[45]

日丹諾夫的政策要求整齊劃一，此一運動擴及戲劇、電影、音樂與大學，最後連科學界也淪陷，而且對於所有西方世界的事物充滿了源自於盲目愛國主義的敵意。帕斯特納克的表妹歐爾嘉在列寧格勒大學任教，她在日記中寫道，新學年一開始，校長身穿農夫襯衫出現在所有教員面前，這象徵著意識形態要向「偉大的俄國人民」靠攏。她悲嘆道，「任何人只要在任何方面對歐洲文化展現出敬意，就是諂媚」[46]，就是「稱讚美國式的民主」，或者「向西方卑躬屈節」。[47]

無可避免的，帕斯特納克也淪為攻擊目標，新任的作家協會總書記亞歷山大・法捷耶夫（Alexander Fadeyev）指控他與人民脫節，「他與我們任何一個人都沒有關聯。」[48]他們要帕斯特納克發表公開譴責艾哈邁托娃的文字，被他拒絕，還說他實在太愛她了。因為艾哈邁托娃被逐出作家協會，無法謀生，每當她到莫斯科寄宿在兩人都認識的朋友家裡，為了接濟她，帕斯特納克總是會在她的枕頭下偷偷塞個一千元盧布。一九四六年八月，帕斯特納克被逐出蘇聯作家協會的理事會，因為他並未去參加一個批判艾哈邁托娃與左琴科的會議。帕斯特納克接獲警告，說他也被懷疑為唯美主義者，罪嫌不亞於艾哈邁托娃，但他只是用他特有的淡然語氣回應：「是啊，是啊，〔與人民脫節〕，與現代脫節……你是知道的，你的托洛斯基也曾經這麼說過我。」[49]

根據《真理報》於一九四六年九月九日的報導，蘇聯作家協會通過了一份決議文，宣稱帕斯特納克「在意識形態上有所欠缺，與蘇聯的現實嚴重脫節」。當時，《齊瓦哥醫生》前面的部分已經完成，那天晚上，最早的幾次朗讀會之一，計畫就要在佩羅德爾基諾村的帕斯特納克家舉辦。他並沒有看報，妻子也沒跟他說他遭到攻擊，所以朗讀會還是照常舉行。出席者有他的鄰居丘柯夫斯基與其子尼古拉（Nikolai），還有文學學者柯內利・澤林斯基（Korneli Zelinsky，後來他將會猛烈抨擊帕斯特納克與他的小說），以及十個或十一個其他聽眾。

丘柯夫斯基覺得《齊瓦哥醫生》讓他很困惑。「儘管某些段落寫得的確迷人，」他在日記中寫道，「但我覺得那小說與我格格不入，令我困惑，與我的生活脫節，而且大部分都無法打動我。」[50]感到困惑的還有其他與帕斯特納克親近的人，他們向來沉醉於他的詩作的抒情美感。艾哈邁托娃在一間莫斯科的公寓裡初次聽到別人念小說的書摘給她聽，「小說讓她極度不悅」。她跟帕斯特納克的物理學家朋友米哈伊爾•波里瓦諾夫（Mikhail Polivanov）說，「那是天才的失敗之作。」[51]波里瓦諾夫向她抗議，他說那小說「精確描繪出那個時代的精神與人民」，艾哈邁托娃的回應是：「那是我生活的時代與社會，但我卻不認得。」某次朗讀會後，帕斯特納克的鄰居維塞沃洛德·伊凡諾夫說他並未展現出任何令人期待的精細手法，還說小說似乎寫得很趕、很粗略。

許多人抱怨帕斯特納克混雜了不同風格，情節過於依賴巧合，文字過於「鬆散」[52]，還有儘管一般俄國小說中的人物本來就很多，他筆下的角色更是不可勝數，只不過這一切都無法動搖他。帕斯特納克的回應是，那本小說的每一個面向，即便是那些所謂的「失敗之處」，都是他刻意安排的。多年後，他用他那深具特色的英文寫信給詩人史蒂芬·史班德（Stephen Spender）解釋道，「他努力地在小說中重現所有事實、存在物與事件的整個序列，把它們寫成一個持續移動的整體，像是一個持續發展、掠過、滾動與匆匆經過的靈感，彷彿現實本身是自由的，有選擇餘地，能夠從無數個變數與不同版本中自我建構」。[53]他說他並未刻畫角色，而是把他們寫得不著痕跡，而巧合則是顯示出「世間事物的自由，一種若假似真，動人而又如此接近的低度可能性」。讓他感到有興趣的不再是風格實驗，而是一種「可理解性」。他說他希望大家都能「一口氣」把小說讀完，「就連女裁縫師或者洗碗工也不例外」。[54]

其他聽眾則是對他們聽到的段落感到很有興趣，而且感動。一九四七年四月，艾瑪·葛斯坦（Emma Gerstein）跟一小群聽眾一起聆聽帕斯特納克朗讀前三章，她說她離開時覺得自己「聽到了俄國」，還說「我用我的眼耳與鼻子感受到那個時代」。[55]來自列寧格勒的詩人朋友塞吉·史帕斯基（Sergei Spassky）對他說，「一股清新的創作能量從你體內湧出。」[56]

帕斯特納克持續在莫斯科的公寓裡向一批批人數不多的聽眾朗讀初稿，那些夜裡他彷彿和聽眾對話了起來，讓他得以針對文字做出一些修正。一九四七年五月的某天，他妻子的前夫金利克·涅高茲也來了（兩人早已和解），其他聽眾裡還包括了托爾斯泰的孫女。帕斯特納克把初稿捲起來，拿在手上。他親親妻子的手，擁抱並且用力親吻了涅高茲，接著坐在一張桌子後面，沒有任何開場白，直接說了一句：「我們開始吧。」[57]他跟大家說，書名還沒決定，此刻只想好了副標題：「半世紀的日常生活場景」（Scenes of Half a Century of Daily Life）。等到隔年他完成四章後，他才會決定書名就叫作《齊瓦哥醫生》。儘管聽起來像是一個來自於西伯利亞地區的姓氏，其實「齊瓦哥」一詞源自於東正教的禱詞。他曾跟待過古拉格集中營，但大難不死的作家瓦拉姆·沙拉莫夫（Varlam Shalamov，他是教士之子）說，小時候每逢朗誦禱詞"Ty est' voistinu Khristos, Syn Boga zhivago"（「祢是真正的基督，活生生的上帝」），在念到"Boga"（上帝）時都會頓一下，接著才念出"zhivago"（活生生的）。[58]

「當時我想到的不是基督，而是一個新的神，只有透過『齊瓦哥』這個姓氏，我才能夠接近祂，」帕斯特納克說，「我花了一輩子才實現了我天真的想法，方式是把這姓氏送給我的小說主角。」

喜愛帕斯特納克的人莫不珍惜這些晚間朗讀會的邀約。一九四七年二月六日，儘管屋外風雪狂暴，鋼琴家瑪莉亞・尤迪納（Maria Yudina）的家仍被擠得水泄不通。[59]尤迪納跟帕斯特納克說，她與朋友們殷切期盼他的朗讀會，「好像在期盼一場盛宴」。[60]

她在一封信裡跟詩人說：「他們會全都擠進我那間只有一個房間的豪宅」。他幾乎沒能趕過去，因為他不確定地址，而且大雪讓他與同伴們搭乘的車子越來越難移動。最後，藉著窗戶裡的燭光，他們才找到正確的方向。人數多到屋內又悶又熱，而且瀰漫著煤油味，因為當天稍早尤迪納用煤油殺蟲未果，牆上還是可以看到蟲子爬來爬去。尤迪納身穿她最棒的一件黑色絲絨洋裝，遊走於賓客之間，拿三明治和葡萄酒給他們吃喝。她彈奏蕭邦（Chopin）的樂曲，彈了好久。帕斯特納克似乎很緊張，又或者只是太熱而不舒服，用手擦掉臉上的汗。他念到年輕學生齊瓦哥與未婚妻東妮婭跳舞，斯文季茨基（Sventitsky）家的耶誕樹燈光閃爍。等到他停下來，大家七嘴八舌發問，想知道故事會怎樣發展。帕斯特納克在黎明降臨時離開，臨別前他跟女主人尤迪納說，這場因為暴雪而幾乎泡湯的晚會讓他詩興大發，那些詩句後來變成小說中尤里．齊瓦哥所寫的〈冬夜〉（"A Winter Night"）：

下雪，雪在整個世界裡
漫天狂飄。
蠟燭，蠟燭在桌上燃燒，
在燃燒。

這些聚會同時也引來一些不怎麼友善的目光。《新世界》的副編輯說，那些是「一本反革命小說的地下朗讀會」。祕密警察也在監控著那些晚會，為了動手抓人的那一刻而事先掌握了小說的內容。

對於帕斯特納克的攻擊持續到一九四七年。點名批判他的人之一，就是作家協會的總書記法捷耶夫。但是法捷耶夫的看法其實也體現了官方對於帕斯特納克的態度非常兩極化。伊利亞．愛倫堡記得，在法捷耶夫公開痛批帕斯特納克之流的作家「漠視人生」之後，他跟法捷耶夫見過面。法捷耶夫帶愛倫堡去一間酒館，點了白蘭地之後，他問愛倫堡是否想要聽一些貨真價實的詩作。「然後他開始背誦帕斯特納克的詩作，念個不停，偶爾才停下來說，『這詩真棒，對吧？』」[61]帕斯特納克曾說，「法捷耶夫個人對我頗有好感，但如果他奉命要把我吊死、淹死然後大卸八塊，他也會毫不內疚地執行命令，覆命時眼睛連眨都不眨一下——只不過下次他喝醉時，就會開始說他為我感到極度遺憾，說我生前真是很棒的傢伙。」[62]一九五六年，法捷耶夫開槍自盡。他的靈柩放置在工會大廈（House of the Unions）的圓柱大廳供人瞻仰遺容。帕斯特納克在對他鞠躬時曾大聲說：「亞歷山大·亞力山卓維奇已經重新做人了。」[63]

官方對於帕斯特納克的批判聲浪在一九四七年來到了頂點，其中最毒辣的莫過於一篇由蘇爾科夫署名的文章，發表在《文化與生活》（*Kultura i Zhizn*）上，這份報紙是執行日丹諾夫政策立場的主要官報，向來被某些知識分子謔稱為「大墓」（"Mass Grave"）。[64]蘇爾科夫指控帕斯特納克的「意識形態反動而落後」，而且他「的言談之間顯然對於蘇維埃革命懷有敵意，甚至恨意」，還有他的詩歌是「直接抹黑了」蘇維埃的現狀。他還說帕斯特納克的「精神資源貧乏」，因此無法「誕生偉大詩作」。

就蘇聯特有的批判慣例來講，帕斯特納克還沒有到會被隔離與毀滅的地步，理由是，如果文章是署名的，威脅性就沒有那麼大。[65]格拉德科夫早就知道官方會出面批判帕斯特納克，因此為老友感到很害怕，但是在把文章重讀一遍後，他說自己鬆了一大口氣。「儘管謊話連篇，故意用魯莽的口氣批判，但並沒有要『放逐』他的明顯意圖」。[66]如果是在大報上刊登沒有署名的文章，用來攻擊他，那就表示他毀了。在接到翻譯《浮士德》的委託案時，他用嘲諷的口吻說：「至少他們並沒打算讓我餓死。」[67]

然而，處罰還是免不了的。《新世界》拒登他的一些詩作。他的莎士比亞譯作的出版計畫也喊停。一九四八年春天，他的兩萬五千本抒情詩詩選已經印好，但是在要發行的前一晚「被高層下令」銷毀。他的朗讀會都被禁止了，他還注意到，「沒有人希望他在公開場合露面」。

帕斯特納克能做到的，是用隱祕的方式報復。他翻譯的《哈姆雷特》（*Hamlet*）在改版時，被他加進了一些與原文不怎麼相符的字句。帕斯特納克的翻譯理念，本來就是認為不應「精確地直譯」，但若是把他翻譯的那些話再改譯成英文，就會變成對於時政的激烈批判。莎士比亞的原文本來是："who would bear the whips and scorns of time"（誰能忍受時間的鞭笞與嘲諷），但到了帕斯特納克筆下，哈姆雷特說的話卻變成了：「誰能忍受統治者假稱偉大，權貴如此無知，偽君子四處橫行，任誰都無法表達真我，還有俗人眼中那種不求回報的愛，以及虛幻的功績？」[68]

戰後的樂觀主義潮流稍縱即逝，文化圈又回歸過去那種死氣沉沉的狀態，這一方面讓帕斯特納克感到沮喪，但卻也促使他一股腦全心投入新計畫裡。「戰爭末期，我們本來樂觀地期待俄羅斯能有一些改變，希望落空後，我又開始寫小說。戰爭本身就好像是一陣具有淨化作用的暴風雨，就像吹進不通風房間的微風。與不人道的謊言相較，戰爭帶來的悲傷與苦楚並沒那麼糟，那些經驗讓我們看清一切虛有其表，看清一切不屬於人類與社會本質，但是卻擁有龐大力量的事物，我們已經被那些東西給控制了。過去雖已消逝，但它的重量還是太過沉重。如果想要把我的感覺表達出來，寫出這本小說是絕對有必要的。」[69]過去，他對國家的態度向來游移於模稜兩可與謹慎的認同之間，如今他雖然保持沉默，但那態度已經變成了徹底的敵視。他寫信跟表妹歐爾嘉說，儘管莫斯科的氛圍已經改變，但他還是跟以往一樣快活。「有人問我時，我既不抗議也不發一語。說什麼都沒用。我不曾試著為自己找理由，或是解釋些什麼」。儘管當局伸出了死亡之手，他卻有理由對其視而不見。[70]

帕斯特納克已經墜入愛河了。

肆。

——你知道那本小說骨子裡就是反蘇維埃的吧？

第二次世界大戰結束時，他與第二任妻子席奈妲之間早已變成一種枯燥的例行公事。席奈妲以嚴格而有效率的方式操持家務，令他很感激。「我老婆熱愛家事，對什麼都很在行——像是洗衣煮飯、打掃帶小孩——這為我創造出舒適的居家環境、一座花園、一種生活方式與常軌，還有平和安靜的氛圍，總之就是工作所需的一切。」[1]他跟某位友人說，他因為她「有一雙大手」而愛她。[2]但是這個家裡卻瀰漫著一種深深的遺憾，「是一個分隔的家庭，因為受苦，因為我們常會回頭去看前面那個家庭而導致我們家被撕裂」。[3]席奈妲於一九三七年懷孕，帕斯特納克寫信給雙親，表示「她目前的狀態完全在我們的意料之外，這件事讓我們驚惶失措，不怎麼快樂，要不是墮胎是非法的，她應該已經去拿掉小孩了」。席奈妲於後來寫道，她很想要「幫鮑里亞生個小孩」，但是對於丈夫隨時可能遭到逮捕，令她感到深深的恐懼——此刻是大恐怖時期的顛峰，而且他又不願意配合簽署各種連署書——因此懷孕生子是很難熬的。[4]

席奈妲對於帕斯特納克的作品沒有多少興趣，她坦承自己不懂他的詩作。[5]她最大的消遣就是坐在廚房桌邊當個老菸槍，與女性友人打牌或打麻將。席奈妲的心情總是很差，常常發脾氣，艾哈邁托娃曾把她描述成一隻「八腳惡龍」。[6]但是她之所以那麼不快樂，都是因為生活際遇造成的。一九三七年，與前夫金利克．涅高茲生的大兒子艾德里安（Adrian）被診斷出骨頭被結核菌感染，此後他的健康就開始長期走下坡，痛苦難耐。一九四二年，為了阻止感染擴及全身，他進行了雙腳膝蓋以下的截肢手術，原本好動的十七歲男孩痛不欲生。[7]一九四五年四月，艾德里安被療養院裡隔壁床的男孩感染，死於結核性腦膜炎，他的母親在病榻邊陪著他。死後，他的屍體被擺在太平間裡研究了四天。等到席奈妲再度見到他時，他已經被做過了防腐處理。她抱起艾德里安的頭，發現「跟火柴盒一樣輕」，這讓她驚駭莫名。[8]因為他的腦部被取走了。那抱著他的感覺在席奈妲心裡揮之不去。兒子死後有好幾天她都想要自殺，帕斯特納克陪在她身邊，跟她一起做家事，讓她分心，安慰她。他的骨灰葬在佩羅德爾基諾村家中的花園裡。席奈妲說她不想理會丈夫，自覺老了好多。親密關係讓她覺得好像是一種「詛咒」，她還說她「並不總是能夠善盡人妻之責」。[9]

一九四六年十月，一場大雪剛剛宣布了冬天的來臨後，某天帕斯特納克走進《新世界》雜誌社，那個寬闊的接待區是由一個舞池改建而成，大文豪普希金曾在裡面跳過舞，此刻已經整個被漆成了蘇聯特有的俗麗鮮紅色。他走過長長的地毯，來到辦公室後側的年輕編輯工作區，遇到兩個要去吃晚餐的女人。其中年紀較大的那個把手伸出去讓他親一下，接著對他說：「鮑里斯．列昂尼多維奇，容我介紹一個死忠的仰慕者給你」。[10]那個仰慕者就是身穿一襲老舊松鼠毛皮外套的金髮女郎歐爾嘉．伊文斯卡亞（Olga Ivinskaya），《新世界》雜誌社的編輯。她的年紀比帕斯特納克小二十幾歲，她給了帕斯特納克靈感，才寫出《齊瓦哥醫生》裡的拉拉．安季波夫一角。儘管蘇聯的社會風氣拘謹，三十四歲漂亮性感的伊文斯卡亞對自己的女性魅力很有自信，也立刻感覺到他的目光始終停在自己身上，「那讚嘆不已的目光是絕對不會有任何疑問的」。他對著伊文斯卡亞鞠躬，把她的手拉過去，問她手裡有哪幾本他的書。她坦承只有一本。他承諾改天會送幾本給她。「真有趣，我居然還有仰慕者。」隔天，伊文斯卡亞的桌上多了五本書。

不久前伊文斯卡亞才去參加一場帕斯特納克在國家歷史博物館（Historical Museum）舉辦的朗誦會。那是她第一次近距離看到他，她說他「又高又瘦，非常年輕，強健的脖子看起來像年輕男子，聲音低沉，與聽眾對話時像在跟好友聊天」。午夜過後，她回到公寓，母親得起床幫她開門，為此抱怨了一下。「別煩我，」伊文斯卡亞說，「我剛剛才跟上帝說過話。」

帕斯特納克總是嫌自己沒有魅力，還說「那幾個曾與我談過戀愛的女人……能受得了我這個令人難以忍受的無趣男人，簡直是偉大的烈士」。[11]他愛慕崇拜女人，表示她們的美貌總是令他震驚愕然。帕斯特納克的風流韻事在文壇是非常知名的。[12]許多女人都被他吸引。席奈妲說，戰後帕斯特納克開始收到大量信件，還有些不請自來的年輕女性都被她趕出院子。[13]帕斯特納克稱她們為「芭蕾女伶」。其中一個在來信中表示，自己願意幫帕斯特納克生一個基督。

伊文斯卡亞曾結過兩次婚，她說自己曾談過許多短暫的戀情。她的第一任丈夫在一九四〇年自縊身亡時才三十二歲，原因是她外遇，那外遇對象後來成為她的第二任丈夫。歐爾嘉的女兒伊芮娜（Irina）說，「可憐的媽媽好難過」，但她的悲傷並未持續太久，四十天守喪期一過，「就有一個身穿皮衣的傢伙在我們家門口出現了」。[14]伊文斯卡亞的第二任丈夫於戰時因病去世，但是在那之前還告了岳母一狀（也許是因為嫌公寓太擠，想把她弄走），害她因為一番毀謗史達林的言論而去古拉格蹲了三年。

到了一九四六年，伊文斯卡亞與母親和繼父住在一起，家裡還有分別與兩任丈夫生的兩個小孩，包括八歲的伊芮娜與五歲的狄米崔（Dmitri），以及她的許多愛貓。五十六歲的帕斯特納克帶她走出那個狹窄的世界，躋身莫斯科的各大文學沙龍。伊文斯卡亞說：「我渴求認同，希望大家羨慕我。」她深具誘惑力，樂於獻身，很黏人又工於心計。帕斯特納克則是一尾大魚。

還是少女時代伊文斯卡亞就已讀過帕斯特納克的詩作，她說自己是與偶像會面的粉絲。「他像是魔法師，很久以前在我十六歲時就初次進入我的生命，如今活生生出現在我眼前，如此真實」。後來，女兒伊芮娜幫帕斯特納克取了「大師」（"Classoosha"，源自於俄文的經典一詞）的暱稱，母女倆每次提及他都是用暱稱。

他們一開始用非常老套的方式談戀愛。因為兩人的家裡都有家人，帕斯特納克和伊文斯卡亞並沒有可以幽會的地方。帕斯特納克總是在工作日結束時出現在《新世界》雜誌社，然後陪著她一起在街頭閒逛，聊個不停，之後在她的公寓前與她道別。

「我戀愛了，」帕斯特納克跟某位友人說，對方問他這會怎樣影響他的人生。「但人生是什麼？」帕斯特納克這樣回應，「如果沒有愛，人生是什麼？而且她好迷人，渾身散發著金黃色光芒。如今她像金黃色太陽進入我的人生，這是如此的美好、如此美好。我從來沒想到自己還能體驗這種喜悅。」他年歲漸長，每逢生日好像都會想起自己的來日無多，甚至拒絕慶生。[15] 這出乎意料的戀情，好像是一劑回春的萬靈丹。

這聊天散步的儀式持續到四月某天，伊文斯卡亞的家人出城，整天不在。「（我們）像新婚夫妻一樣初次一起過夜，整天都在一起。他精神大振，為了得到我而喜氣洋洋」。那一天，帕斯特納克在一本詩集上面題字：「我的生命、我的天使。我真心愛你。一九四七年四月四日。」

他們因為家裡顯然曾有許多問題而說好要分手，但始終沒做到，這剛剛開始的戀情也被寫進了小說，融入齊瓦哥所寫的一些詩歌裡：

別哭，別噘起你那腫脹的雙唇。
別把嘴唇那樣噘在一起。

這則香豔的醜聞很快成為莫斯科人聊天的話題，有些帕斯特納克的女性友人——其中一些對他也是情深義重——不怎麼喜歡伊文斯卡亞。有些到後來還是一直不信任她。與伊文斯卡亞在《新世界》雜誌社共事的女作家莉荻雅．丘柯夫斯卡亞（Lydia Chukovskaya）表示，某天晚上他們倆「的臉貼在一起。在他那一張不加修飾的臉旁邊，她的濃妝豔抹看來慘不忍睹」。[16]文學學者艾瑪．葛斯坦則是說「她是個稍嫌色衰的金髮美女」，並且表示某次帕斯特納克的朗讀會上，「她躲在碗櫥後面，匆匆幫鼻子補妝」。[17]然而，曾在另一次朗讀會上看過她的年輕詩人葉夫格尼．葉夫圖申科（Yevgeni Yevtushenko）則說她「是個美女」。[18]

一九四八年冬天，因為幫帕斯特納克清理書房，發現一封伊文斯卡亞寫給他的短信，席奈妲才發現了兩人的婚外情。一開始她覺得有罪惡感，認為都是她的錯。她也認為，從戰後開始，「我們村子裡的男人似乎都開始離開糟糠之妻，找更年輕的女人另結連理」。[19]席奈妲到莫斯科去質問伊文斯卡亞，說她對他們的戀情不屑一顧，而且她並不打算讓自己的家為此分裂。她拿一封帕斯特納克寫的分手信給伊文斯卡亞。伊文斯卡亞的女兒回憶道，他們家的孩子曾於無意間聽見「媽媽打算服毒自殺」。[20]

帕斯特納克在家庭與愛火之間擺盪游移，他覺得自己不能背叛席奈妲與兩人的兒子，為此他覺得心裡好累。帕斯特納克有可能再次離婚，並且結第三次婚，還有許多潛在的混亂問題，這一切都讓他身心俱疲、難以忍受。他與伊文斯卡亞常常蜷縮在門口爭執。回家後她往往把帕斯特納克的照片拿下來。等到她又把照片放回去，她女兒問她：「媽，難道你沒有尊嚴嗎？」她母親看不慣女兒變成情婦，嘮嘮叨叨地教訓她與帕斯特納克。「我愛你女兒更勝於我自己的命，」帕斯特納克跟她說，「但請別指望我們的生活能夠立刻有所改變。」有一個時刻，這段婚外情看起來已經告終。一九四九年八月，帕斯特納克寫信給表妹，坦承他「找到另一個深愛的女人，但因為我與〔席奈妲〕的關係無可取代，遲早我必須犧牲另一段戀情。奇怪的是，儘管如今我的人生充滿苦惱、矛盾與良知的責難，甚至恐懼，我卻能輕易忍受，如今甚至還能開始享受一些事物帶來的樂趣，因為我已經與自己的良知和家庭和解了，把我自己簡化成一種了無生趣的存在狀態：我是如此孤寂，我的文學地位岌岌可危，我在文壇的一切努力最終都是沒有意義的，我的人生則是奇怪地被分化為『這裡』和『那裡』」。[21]他還曾經想像自己能夠安排席奈妲、歐爾嘉與前妻葉夫根妮亞歡聚在別墅裡，跟他一起坐在陽台。[22]有個朋友說，「他從來不想讓任何人傷心，但還是有人傷了心。」

到了一九四九年，儘管在莫斯科已經被放逐到文壇邊緣，帕斯特納克在國際間已經小有名氣。先前在一九四六年，牛津大學的詩歌講座（Chair of Poetry）教授塞西爾·莫利斯·波拉（Cecil Maurice Bowra）已經提名他角逐諾貝爾文學獎，後來在一九四七與四九年又再度榮獲提名。[23]一九四八年，波拉在倫敦出版了他所編輯的《俄國韻文的第二本書》（*A Second Book of Russian Verse*）[i]，裡面也收錄了十七首帕斯特納克的詩作。一九四九年，一本帕斯特納克的

《詩選》（*Selected Writings*）在美國紐約出版。他被某位最具權威的西方學者稱為「最偉大的俄國詩人」。[24]接著在一九五〇年七月，為了邀請帕斯特納克到牛津大學，國際英語教授研討會（International Conference of Professors of English）寫信給駐英蘇聯大使，聲稱「毫無疑慮的是，我們認為當今蘇聯最出色的文人……非鮑里斯．帕斯特納克莫屬」。[25]

克里姆林宮的領導階層正聚精會神地與西方進行全球性的意識形態鬥爭，每逢有西方人對蘇聯文化進行任何描述，他們都非常敏感，而且也正傾全國之力來凸顯該國知識界的成就。在此同時，政府還在進行一個敵意越來越強烈的運動，強烈反對所謂的「無根國際人」（"rootless cosmopolitans"），而此政策可說具有相當醜陋的反猶太色彩。一直以來，不斷有帕斯特納克會被祕密警察逮捕的傳言，艾哈邁托娃還曾經從列寧格勒打電話給他，確認他的安全無虞。曾經任職總檢察長辦公室的某位資深調查員表示，他們曾於一九四九年數度計畫要逮捕帕斯特納克。當他們通知史達林此事，他便開始朗誦帕斯特納克翻譯的巴拉塔施維里的詩作〈天國的顏色，蔚藍的顏色〉（"Heavenly Color, Color Blue"）（帕斯特納克曾於一九四五年在第比利斯的朗誦會上念過這首詩）。然後史達林說，「別抓他，他可不是凡夫俗子。」[26]

伊文斯卡亞就沒有這種保護傘了：她變成了用來打擊情夫的犧牲品。同樣的無情命運也降臨在艾哈邁托娃身上：其夫其子先後在一九四九年的下半年被捕，但卻沒有動到她。一九四九年十月九日，祕密警察闖入伊文斯卡亞的公寓。[27]有十來個便衣警察進行搜索，整間公寓被他們的香菸燻得藍煙裊裊，他們的目標是沒收任何提及帕斯特納克的書籍、信件、文件，甚至紙張。伊文斯卡亞幾乎過沒多久就被帶往可怕的祕密警察總部：盧比揚卡大樓，遭人脫光搜身，珠寶與胸罩全都被拿掉，隔離在一個黑漆漆的陰鬱房間裡。[28]他們任由她在裡面乾著急，三天後才把她跟其餘十四個女囚關在一起。為了進行夜間偵訊，擁擠的牢房裡燈火通明，藉此確保她們無法睡覺，神智不清。伊文斯卡亞回憶道，「女囚開始覺得時間停滯下來，她們身邊的世界崩塌了。她們不再確定自己是清白的，也不確定招認了什麼，更不知道除了供出自己，還出賣了其他哪些囚犯。如此一來，不管面前的文件再怎樣荒謬，她們也會簽名。」

伊文斯卡亞的獄友之一是托洛斯基的二十六歲外孫女雅莉珊德拉（Alexandra），她剛剛才從地質學院（Institute of Geology）畢業，被控抄錄了一首非法的詩作。後來，雅莉珊德拉被移送到哈薩克的一個勞改營，多年後伊文斯卡亞仍然忘不了她被帶走時那絕望的嚎哭聲。另外一個與伊文斯卡亞友好的，是克里姆林宮的一位女醫生，她因為參加派對時不慎說了一句「史達林還不是會死」而入獄。

被捕兩週後，獄警把牢房裡的伊文斯卡亞叫出去，帶著她走過幾道長廊，沿路一扇扇牢門緊閉，但沉悶的痛哭聲依稀可聞。最後她被關進一個碗櫥狀的小隔間，隔間旋轉了一下，打開後是一個前廳。一群祕密警察看到她之後都靜了下來，站在旁邊看著她被帶進一個大辦公室。有一張辦公桌桌面鋪著一塊綠毛呢，後面坐著國安部門首長維克多．阿巴庫莫夫（Viktor

Abakumov），他是史達林麾下眾多暴力的左右手之一。戰時，阿巴庫莫夫是反間諜總局（SMERSH，是「遇間諜格殺勿論」的縮寫）的局長。這個軍方的反情報單位在前線戰地後方設立攔截據點，只要有蘇聯士兵打算撤退就會被他們處死。這個單位也負責追捕逃兵，偵訊德國戰俘時嚴刑拷打。阿巴庫莫夫最為人知的一件事，就是向受害者施刑之前會先鋪一條沾滿血漬的地毯，以免弄髒亮晶晶的地板。[29]

「現在就告訴我，你認為帕斯特納克到底是不是反蘇維埃的？」阿巴庫莫夫身穿軍裝，鈕扣扣到他粗大脖子上。

伊文斯卡亞還沒答覆，阿巴庫莫夫又接著問道：「你為什麼一副有苦難言的樣子？一定是有什麼理由為他擔心！招認吧——我們都知道了。」

面對阿巴庫莫夫這種可怕的人物，任誰都該小心，但在那當下，伊文斯卡亞還不知道偵訊她的是誰，因此還回了嘴：

「誰不會關心自己愛的人。至於，鮑里斯·列昂尼多維奇是不是反蘇維埃——你們調色盤上的顏色太少了，只有黑白兩色。不幸的是你們欠缺各種中間色。」

從公寓搜來的書籍與物品都堆在阿巴庫莫夫的辦公桌上。根據格別烏列出來的清單，伊文斯卡亞被沒收的東西包括：帕斯特納克、艾哈邁托娃與莉荻雅·丘柯夫斯卡亞的詩集（丘柯夫斯卡亞的詩集上寫著：「送給我親愛的歐爾嘉·伊文斯卡亞」）、一本日記（三十頁）、各種詩集（四百六十頁）、一首「情色詩作」、許多信函（一百五十七件）、伊文斯卡亞的照片，還有一些她自己的詩。其中還有一小本帕斯特納克的紅色詩集，是他們倆於一九四七年初次燕好之後由他贈送的。[30]

「關於帕斯特納克大家傳閱的那本小說，我建議你要好好想一想，因為在這當下，有很多人都在反政府，而且我們可說是強敵環伺，」阿巴庫莫夫說，「你知道那本小說骨子裡就是反蘇維埃的吧？」

伊文斯卡亞提出抗議，開始描述起那本小說的完整內容，結果被打斷了。

「你會有很多時間思考這些問題，還有該如何回答。但我個人給你的建議是，認清現狀，我們已經把一切都搞清楚了，所以你跟帕斯特納克的命運將會取決於你說了多少真話。希望下次見面時，你不要再隱瞞帕斯特納克的反蘇維埃觀點。」

然後，阿巴庫莫夫對警衛說：「把她帶走。」

接下來負責偵訊的官員，是遠比阿巴庫莫夫資淺的安納托利·謝苗諾夫（Anatoli Semyonov），他跟老闆一樣並未對伊文斯卡亞動粗。他指控伊文斯卡亞打算與情夫一起逃到國外。他說，帕斯特納克是一名英國間諜，是個親英派，而且重複提及一個比喻，表示帕斯特納克根本就是與英國人和美國人同桌，「但是卻吃俄羅斯培根」。偵訊她的人認為有足夠的證據顯示他的不忠：因為帕斯特納克有家人在英格蘭，一九四六年也曾數度與英國外交官以撒·柏林會面。此刻偵訊已經變成夜裡的痛苦磨難，如此進行了好幾週，最後變成了例行公事，「非常無聊」。

「你會怎麼形容帕斯特納克的政治傾向？你對他那些帶有敵意的作品，對於他的親英色彩，對於他想要叛國的企圖有多少了解？」

「他不是那種帶有反蘇維埃色彩的人。他並不打算叛國。他一直是個愛國的人。」

「但是我們在你家裡搜到了一本帕斯特納克作品的英文版。你怎麼弄到的？」

「那本書真的是帕斯特納克給我的。那是一本關於他那畫家父親的小說，在倫敦出版的。」

「那帕斯特納克又是怎麼弄到的？」

「是西蒙諾夫〔知名戰爭詩人，《新世界》雜誌的編輯〕出國回來後帶給他的。」

「對於帕斯特納克與英國的關係，你還知道些什麼？」

「我想他曾經接獲妹妹們寄來的一個包裹，她們都住在英國。」

「你和帕斯特納克是怎樣擦出感情火花的？畢竟他年紀比你大那麼多。」

「因為愛。」

「不是，你們是因為政治立場相同，共謀叛國而結合的。」

「我們從來沒有那種打算。我是以他作為一個男人而愛他的。」

在偵訊記錄中——格別烏官員謝苗諾夫所說的話與威脅言語當然有一部分肯定都被刪除竄改過——伊文斯卡亞也被冠上了毀謗蘇爾科夫的罪名（不過，記錄把蘇爾科夫的姓名拼錯了）。

「經過證人指認，你對於帕斯特納克的作品讚譽有加，還拿愛國作家蘇里科夫ii與西蒙諾夫的作品與之相較，不過帕斯特納克用來描繪蘇聯現狀的方式是錯誤的。」

「我的確對他評價很高，把他當成所有蘇聯作家的典範。他的作品是蘇聯文學的重要資產，而他的文學手法並非錯誤的，只是主觀。」

「你暗示蘇里科夫完全沒有任何技巧可言，還說他的詩作會被印刷出版，只是因為他歌頌本黨。」

「是的，我認為他那些半弔子作品毀了詩歌的理念。但我向來認為西蒙諾夫是很有天賦的。」

他們命令伊文斯卡亞寫一份《齊瓦哥醫生》的摘要，根據摘要，那本書所描繪的是一個醫生兼知識分子在一九〇五到一九一七年之間，幾度革命發生時的人生，結果遭到謝苗諾夫嘲笑。「你只要說，你真的看過那本書，裡面到處都是對於蘇聯生活現狀的惡意批評」。謝苗諾夫曾經說〈抹大拉的瑪莉亞〉（"Mary Magdalene"）那首詩作讓他很困惑，以及詩裡的瑪莉亞所指的是伊文斯卡亞的可能。「那首詩的背景是哪個年代？還有，你怎麼沒跟帕斯特納克說自己是蘇聯女人，不是抹大拉的瑪莉亞？而且，用那種女人來比擬自己的愛人是不對的？」iii另一天晚上，他還質疑他們的戀情。「你們倆有何共同點？真是難以置信，像你這種俄國女人居然會愛上那個老猶太人？」某次偵訊過程因為遠處傳來嘈雜聲響而被打斷，謝苗諾夫笑說：「聽到沒有？那是帕斯特納克想要闖進來找你！別擔心，他很快就能如願了。」

帕斯特納克得知伊文斯卡亞被捕後，打電話給兩人的某位共同朋友，約好在蘇維埃宮殿（Palace of Soviets）地鐵站附近見面，那個人發現他坐在長凳上哭泣。「一切都完了。他們奪走了她，我再也看不到她了。這真是比死亡更痛苦。」[31]

伊文斯卡亞說，被拘留幾週後，她的獄卒們都發現她已經懷孕。她受到的待遇有些微改善。不但睡覺時間變長，除了吃粥，還有沙拉與麵包。累人的偵訊持續進行著，但是謝苗諾夫沒有多少收穫——她並未崩潰，也拒絕簽署任何譴責帕斯特納克的文件。

他們曾經分手很長一段時間，她也許是兩人和解後在夏末懷孕的。帕斯特納克把那和解的時刻寫進詩作〈秋日〉（"Autumn"）裡面：

你的洋裝脫落
宛如樹葉墜地。
穿著帶有絲質流蘇的睡袍

你落入我的懷裡。

（艾哈邁托娃痛罵這些情詩，她說：「所謂『穿著帶有絲質流蘇的睡袍』，還有『落入我的懷裡』，說的就是歐爾嘉。真是受不了。六十歲的人了不應該寫那種詩。」32）

終於，獄方吩咐伊文斯卡亞做好與情夫見面的準備。她很矛盾，既害怕他是不是在附近的牢房裡受罪，又很高興自己也許能夠跟他說上幾句話，甚或擁抱他。伊文斯卡亞被人簽名帶走，離開盧比揚卡大樓，搭上一輛車窗黑漆漆的囚車，載往位於郊區的另一個祕密警察據點。她被帶進一間地下室，突然被用力推進一扇鐵門裡，門隨即在她身後關上。裡面的能見度很低，有一股奇怪的氣味。她腳卜的白色地板上有淺淺的積水。等到伊文斯卡亞的眼睛調適好了，在一片接近漆黑的室內，她看見一張張擺著死屍的桌子，每具屍體都蓋著灰色防水布。「那是停屍間特有的甜味，錯不了。其中一具屍體就是我的愛人嗎？」

他們把伊文斯卡亞關在監獄停屍間裡面一陣子，但這種想要恐嚇她或讓她絕望的把戲失敗了。「突然間我感受到完全的平靜。總之，就像上帝讓我頓悟似的，我才了解這整件事只是個殘忍的騙局，鮑里亞不可能在那裡。」

她被停屍間的低溫凍到發抖，接著被帶去找謝苗諾夫。「請原諒我們，」他說，「有人搞錯了，把你帶到另一個地方去。那是護衛隊的錯。但是，現在請做好準備，我們正在等你。」

接下來，伊文斯卡亞所接受的是蘇聯特有的偵訊方式：她應該是先受到了嚴刑拷打，接著他們找了一個配合演出的證人來演出對質戲碼，提供她叛國的罪證。被帶進房裡的是一個叫作塞吉．尼基佛洛夫（Sergei Nikiforov）的老人，是她女兒伊芮娜的英語老師。在伊文斯卡亞被捕之前不久，他就被逮了。他看起來茫然而邋遢。

「昨天你說，帕斯特納克與伊文斯卡亞之間出現那段反蘇維埃對話時，你在場。可以確認你的口供嗎？」

「是的，我可以。我在場。」尼基佛洛夫說。

伊文斯卡亞開始抗議，但他們叫她閉嘴。

「還有，你說伊文斯卡亞跟你說過，她計畫與帕斯特納克一起逃出國，他們試著說服一位機師用飛機載他們出國。這你也能肯定嗎？」

「是，可以。」

伊文斯卡亞高喊：「塞吉．尼可拉葉維奇（Sergei Nikolayevich），你不會覺得丟臉嗎？」

他的回應是：「但是你自己也都招認了，歐爾嘉．維塞沃洛多夫娜（Olga Vsevolodovna）。」

伊文斯卡亞看得出來，他們先跟尼基佛洛夫說她已經招認了，藉此誘導他提供偽證。多年後，尼基佛洛夫寫信給伊文斯卡亞：「我想了好久，不知道是否該寫信給你。到頭來，身為一個誠實的人，還是因為良心過意不去而決定寫信說明。請相信我，我之所以會害你，是有苦衷的，因為當時的情況不利於我。我知道你的遭遇跟我類似，相當程度你也體驗過。但是與女人相較，我們男人的感受比較強烈與嚴厲。在我們見面之前，雖然我已經簽署過兩份文件，但事後又被我駁斥了。然而在面對絞刑台的時候，能夠展現膽識與正直本色的人畢竟是少數。不幸的是，我並非那種人，因為我不是孤家寡人。我必須為我老婆著想，保護她。」33

歷經停屍間那場可怕的鬧劇，再加上與尼基佛洛夫對質後身心俱疲，伊文斯卡亞被載回盧比揚卡大樓時覺得震驚又緊張。她說她突然感到一陣劇痛，於是被帶往監獄的醫院。當時她已經懷孕五個月。「鮑里亞和我的小孩根本沒機會出生就離世了。」34

伊文斯卡亞說，透過一位獲釋的獄友，家人才得知她懷孕的事，接著才轉告帕斯特納克。然而，流產的消息並沒有立刻傳到他們耳裡。一九五〇年春天，祕密警察命令帕斯特納克到監獄去報到，他以為是要去把嬰兒接出獄。

「我跟席奈妲說，我們一定要接納他，照顧他，直到歐莉雅出獄，」他跟一個朋友說，還說他老婆「把場面弄得很難看」。35

到了盧比揚卡大樓，帕斯特納克只是領到一些書籍和信件。一開始他拒絕接受，寫了一封抗議信給阿巴庫莫夫，卻一點用都沒有。一九五〇年七月五日，伊文斯卡亞因為「與疑似間諜的人物密切接觸」而被判處五年勞改營徒刑。

肆。

i 第一本（*A Book of Russian Verse*）出版在一九四三年。

ii Surikov，是 Surikov 的訛誤。

iii 據説耶穌門徒抹大拉的瑪莉亞是個妓女。

伍。

——直到小說完成以前，我都不是自由之身，荒唐而瘋狂。

一九五二年十月，帕斯特納克心臟病發作，病情嚴重，被趕緊送往莫斯科的波特金醫院（Botkin Hospital），他說在那裡他第一次「與各種各樣將死之人」一起過夜。[1]他時而清醒，時而昏睡，因為醫院人滿為患，不得不躺在走道上一張輪床上，他說他喃喃自語：「上帝啊，感謝祢把這世界畫成一幅色彩濃烈的畫，感謝祢讓生死跟祢的語言一樣那麼崇高而具有音樂性，還讓我變成創作藝術家，感謝祢透過藝術創作讓世人學習，也感謝祢讓我為了這個夜晚而準備了一輩子。」[2]

帕斯特納克與死亡擦肩而過，在城裡一些頂尖心臟專科醫生的照料之下，他在急診室待了一週，接著又到一般病房住了兩個半月。入院前，帕斯特納克常常牙痛，牙齦起泡。[3]他看完牙醫，返家後昏倒，才發現他的心臟病發作。住院期間他也動了牙齒的手術，一口馬齒般的不平整牙齒被換成了美國製的亮晶晶假牙，艾哈邁托娃說這讓他看起來「煥然一新」。[4]

醫生們要他小心一點。他的心臟早已於兩年前就出了問題，大概是在伊文斯卡亞被捕與他去了一趟盧比揚卡大樓之後。跟其他很多方面一樣，他依舊透過尤里．齊瓦哥這個角色來檢視自己的狀況，讓齊瓦哥罹患類似的心臟疾病：「這是我們這個時代的疾病。我想這是一種道德性的疾病。我們大多數人必然要歷經一種持續的分崩離析狀態。像我們這樣每天違背自己的感覺，拚命去做自己不愛的事情，為了帶給自己不幸的事物而歡呼，健康不可能不受到影響……就像牙齒佔據嘴巴裡的空間，靈魂也佔有我們的內在空間。靈魂不可能永恆無事、無恙。」5

伊文斯卡亞被火車載往莫斯科東南方三百英里外的莫爾多維亞（Mordovia），火車上囚犯極為擁擠，她睡覺的地方是位於車廂高處的行李架。離開車站後，她們被迫徒步前進，來到了位於鄉間的勞改營。在營服刑的日子只有兩種：在臭蟲為患的夏季，每天都在田裡待很久，用十字鎬整地；到了酷寒的冬日，每天則是關在什麼都沒有的營房裡。只有近親獲准寫信給囚犯，所以帕斯特納克都是用他那種充滿個人特色的流暢文字寫明信片，以伊文斯卡亞的母親之名義寄出：「一九五一年五月三十一日。我親愛的歐莉雅，我的喜悅！你生我們的氣是應該的。在寫給你的信裡面，我們應該與你分享心裡的許許多多柔情與悲傷。但是我們不可能每次都像那樣真情流露。真情都會因為謹慎與擔心而減損。某天，B夢到你身穿長長的白衣。他持續遇到各種不順心的事，但每次想起你，他就會心情快活，受到鼓舞……親愛的，願上帝與你同在。這一切都像是夢。獻給你無數個吻。母字。」6

伊文斯卡亞不在了，帕斯特納克持續資助他的家人，要求某家出版社把他的版稅直接付給她母親。伊文斯卡亞曾說：「沒有他，我的孩子們不可能活得下去。」[7]

帕斯特納克一方面接翻譯案賺錢，一方面繼續寫《齊瓦哥醫生》。他跟表妹說：「我正埋首於工作中。」[8]但他覺得那小說不太可能出版，所以說，「我不知道這本書到底會在十個月內或五十年後出版，但那都無關緊要。」[9]

他持續獲得朋友們的鼓勵。莉荻雅．丘柯夫斯卡亞讀完第三部之後，在一九五二年八月寫信給他：「我已經有一天不吃不睡，忘我地讀著那本小說。從頭到尾讀，從尾到頭，或分成幾個部分閱讀……讀你的小說時，好像在看一封寫給我的信。我想把小說擺在包包裡，隨身攜帶，以便隨時可以拿出來，讓我確信它還在，讀一讀我最喜歡的那些片段。」[10]

帕斯特納克持續舉辦小型的《齊瓦哥醫生》朗讀會，但如今他大都待在家裡，夏天住在佩羅德爾基諾村的別墅裡，冬天回到莫斯科的公寓，與他來往的僅限於一小群他信得過的朋友與年輕作家。在別墅裡，他朗讀的地方是樓上書房，最多有二十個人可以參加兩三個小時的週日朗讀會，還有一些聚會可以替代蘇聯作家協會的正式活動。朗讀會的常客包括莫斯科藝術劇團（Moscow Art Theatre Company）的知名演員鮑里斯．里瓦諾夫（Boris Livanov）、總是沒精打采地坐在椅子上的青年詩人安德烈．沃茲涅先斯基（Andrei Voznesensky）、[11]總是瞇著眼睛沉思的鋼琴家斯維亞托斯拉夫．里赫特（Svyatoslav Richter），跟他畢生的愛侶、女高音妮娜．多里亞克（Nina Dorliak）等等。

某些週末尤里．克洛特科夫（Yuri Krotkov）也在。[12]克洛特科夫是劇作家，也住在佩羅德爾基諾村，是附近創作藝術之家（House of Creative Artists）的房客。他與城裡某些外交官和記者都很熟。因為他會玩牌，席奈妲很喜歡他，是她的牌搭子。他也是格別烏的線民，曾參與過一些任務，例如法國大使被某位俄國女演員仙人跳就與他有關。

朗讀會結束後，大家會拿著自己的椅凳回到樓下，圍繞在席奈妲準備好的酒菜旁邊：通常有葡萄酒、伏特加、克瓦斯（kvass，一種自製的發酵淡酒），佐以魚子醬、滷鯡魚、醃菜，偶爾接下來還會有一道燉煮的野味。[13]帕斯特納克坐在桌子的一頭，里瓦諾夫坐在另一頭，這種相對關係似乎暗示著他們倆講話總是你一言，我一語，喧鬧的賓客都覺得他們有趣極了。

「我有個問題要問斯拉瓦（Slava）！」帕斯特納克看著里赫特說，「斯拉瓦，說吧！世界上真有藝術這回事嗎？」

里瓦諾夫高聲說：「我們為詩歌乾一杯吧！」

隨後，某些人對於小說的評價還是褒貶互見，但帕斯特納克不為所動。「讀過我的小說的人大都感到不滿。他們說那是失敗的作品，對我有更多期待，他們說小說寫得不夠精彩，不像我會寫的東西，這些我都知道，但也只是咧嘴一笑，把這些汙辱與咒罵都當成是稱讚。」[14]

一九五二到五三年之間，以所謂「無根國際人」為無情攻擊目標，深具反猶太色彩的長期運動進行得如火如荼。所有以意第緒語（Yiddish）創作的頂尖蘇聯作家都因為被控叛國罪而接受了祕密審判，於一九五二年遭到槍決。一九五三年一月，《真理報》發布一則「醫生密謀」（"Doctors' Plot"）的新聞，表示許多猶太內科醫生涉嫌以醫學手法謀殺日丹諾夫等權貴。曾迫害過艾哈邁托娃與左琴科的官員於一九四八年八月去世，死因是飲酒過量引起了心臟病。但隨後他的死卻被描繪成美國與猶太人連手促成的陰謀。被捲入這一波整肅風潮而遭到無情折磨的，包括前紅軍總外科醫師米隆．沃伏希（Miron Vovsi），還有一位剛剛救活帕斯特納克的心臟科醫師。沃伏希認罪，表示就是他慫恿一群克里姆林宮的醫生進行恐怖主義活動。[15]一些知名的文化界猶太人士，包括記者瓦西里．葛羅斯曼（Vasili Grossman）與小提琴家大衛．歐伊斯特拉夫（David Oistrakh）都被迫簽署一份請願書，敦促史達林把所有猶太人遷往東部，以免「遭到民眾的怒火波及」。

帕斯特納克拒絕簽署此一請願書，但性命卻未受到威脅，很可能是因為心臟病發的緣故。出院後，他住進了一家位於莫斯科東北邊近郊布爾什佛鎮（Bolshevo）的療養院，繼續調養與寫作。「如今我覺得快樂而自由，健康而神清氣爽，儘管我對別人沒有太大用處，但能坐下來繼續寫《齊瓦哥醫生》，讓我心情輕鬆。」[16]一九五三年三月五日，政府發布了史達林的死訊，當時帕斯特納克人在布爾什佛。席奈妲曾說她的兩個兒子愛史達林更勝於愛她，此時她跟大多數蘇聯國民一樣為他哀悼。[17]她建議帕斯特納克寫一首紀念他的詩。他說史達林殘殺知識分子，是個滿手鮮血的屠夫，因此拒絕了。[18]

三月二十七日，史達林死後不久，新的領導階層宣布一道廣泛的特赦令，對象是有小孩的女囚犯，還有刑期在五年以下者。伊文斯卡亞回到莫斯科，她變瘦了，而且因為整天待在田裡而曬得渾身通紅。一開始帕斯特納克對於是否該重燃愛火感到猶豫不安。因為席奈妲的照顧，他才得以恢復健康，因此他覺得自己的命是她幫忙撿回來的。但是，要他親口跟伊文斯卡亞分手，他也辦不到，搞得他像個孩子一樣不知所措。在伊文斯卡亞回到莫斯科之前，他先與她女兒伊芮娜碰面。他要十五歲的伊芮娜轉告母親，說他仍然愛她，但兩人的關係不可能繼續維持下去。伊芮娜覺得很荒謬，認為自己不該幫忙傳話，於是什麼也沒跟母親說。伊文斯卡亞是在多年後才知道這件事，她覺得這反映出「一種既坦率又狡猾的魅力，而且無疑的也很無情」。[19]她的愛人真是笨拙而殘酷。

一九五三年，佩羅德爾基諾村的別墅增建了許多禦寒設施[20]，還裝了瓦斯管、自來水管、一間浴室與三個新房間。帕斯特納克說，他那寬敞的大書房與房裡的拼花地板都華麗得讓他感到羞愧。他把父親的畫作掛在整面刷成粉紅色的牆上，其中包括幾幅為托爾斯泰小說《復活》（*Resurrection*）畫的初版插畫。他開始一整年都住在村子裡，這也是醫生們給他的建議，那裡的生活環境比莫斯科還適合調養身體。伊文斯卡亞回到莫斯科後，一連好幾個月帕斯特納克都刻意疏遠她。但是，他們在一九五四年舊情復燃，那年夏天她常常去別墅找他，尤其是當席奈妲與列昂尼德到黑海海濱雅爾達市（Yalta）去度假時。伊文斯卡亞再度懷孕，但是八月時因為搭乘一輛小貨車而感到身體不適。救護車還沒抵達醫院，孩子就在路上流產了。一年後，到了一九五五年夏天，伊文斯卡亞租下伊茲馬爾科沃湖（Izmalkovo Pond）湖畔一間別墅的一部分，那裡與佩羅德爾基諾村只相隔一條小小的人行木橋。她在玻璃陽台擺了一張大床，為了保有隱私而加裝深藍色印花棉布窗簾。[21]到了夏末，她又租下附近房屋裡一個可以保暖的房間，如此一來，她就可以跟帕斯特納克整年都待在一起了。他周旋於妻子與愛人之間，有時住在他所謂的「大別墅」，有時住在那個保暖房間：他的生活模式是去跟伊文斯卡亞吃午飯，共度慵懶的午後，接著才回家吃晚餐。[22]早上則是特別為翻譯與寫作保留的時間。

此刻，伊文斯卡亞開始充當帕斯特納克的經紀人，為他打理莫斯科的大小事，所以他很少進城。此角色讓伊文斯卡亞的可信度再度浮上檯面，各種形式的不同指控也會持續籠罩在她身上。莉荻雅·丘柯夫斯卡亞說她已於一九四九年與伊文斯卡亞絕交，因為「她生活放蕩、不負責任，任何工作都做不來，還有貪婪導致她說謊」。[23]丘柯夫斯卡亞表示，就在伊文斯卡亞獲釋後，還是把現金交給她，請她購買並且郵寄食物、衣服與書籍給她們共同的友人，也就是仍在勞改營服刑的娜德茲妲·阿道夫—娜德茲迪納（Nadezhda Adolf-Nadezhdina）。丘柯夫斯卡亞說，伊文斯卡亞以莉荻雅的心臟有問題為由，堅持幫忙郵寄，而且她必須大老遠前往莫斯科郊區的一間郵局，才能把包裹寄到勞改營。但是，娜德茲迪納未曾收到任何東西，丘柯夫斯卡亞指控伊文斯卡亞侵吞了那些用來幫助囚犯保命的物資。丘柯夫斯卡亞跟艾哈邁托娃與其他人提起這件遭到背叛的事，但她說她未曾告訴帕斯特納克，因為不希望讓他難過。「就算是幫派分子，我也沒聽過有人做過這種事，」艾哈邁托娃說。[24]但是，後來娜德茲迪納得知這種說法，卻強烈駁斥丘柯夫斯卡亞，表示沒有任何證據顯示伊文斯卡亞私吞了送給她的物資，她之所以沒有收到，還有其他可能性。

伊文斯卡亞稍後寫道：「就算莉荻雅．丘柯夫斯卡亞只接受其中一項毀謗的片面之詞，她都覺得很心痛。」但是她接受帕斯特納克的建議，不理會「那些骯髒的含沙射影」。

「了解你的人絕不會相信你會偷竊、殺人或為非作歹，」她寫道。「如果毀謗你的話變成了流言，不要說什麼……所以我就只是保持平靜。」

然而，那些指控依舊深深影響了帕斯特納克某些摯友對於伊文斯卡亞的態度。原本已經有人認為伊文斯卡亞表現得頤指氣使，喜歡操弄別人，在她遭毀謗過後，有人甚至因此認為她做得出各種背信棄義之事，甚至連帕斯特納克都能出賣。

有些證據顯示，她並不總是忠於帕斯特納克。瓦拉姆．沙拉莫夫（古拉格的倖存者，是帕斯特納克最為忠心的仰慕者）曾經於一九五六年寫過兩封情書給伊文斯卡亞，似乎認為他們倆未來有機會在一起。沙拉莫夫顯然不知道她與帕斯特納克的關係，因為他曾經在古拉格待了十六年，一九五三年獲釋後，政府還下令他不能住在莫斯科。後來他回憶起來，把那整件事稱為「令人心痛的道德缺陷」。[25]

「伊文斯卡亞女士只是極其憤世嫉俗地把帕斯特納克當成一種交易物、一筆買賣，而這一點帕斯特納克當然也知道，」他在信裡面向曼德爾施塔姆的遺孀表示，「帕斯特納克是她的籌碼，一種能用就會拿出來用的籌碼。」[26]

史達林時代對於文藝圈的意識形態箝制在他死後遭到嚴厲批判，大家都希望政府能讓想像力有更多發揮的自由。一九五三年夏天，《新世界》雜誌的編輯亞歷山大．特瓦多夫斯基（Alexander Tvardovsky）發表了一首煽動力很強的詩作，論及文字創作的悲哀現況：

一切看來如此真實，一切都相似於
現實或可能的徵候
但整體而言這讓人難以承受
讓人想要痛苦怒吼。[27]

在同一年十月號的《旗幟》雜誌上，伊利亞．愛倫堡發表一篇名為〈關於作家的工作〉（"Concerning the Writer's Work"）的文章，主張「作家並非一種記錄事件的機械式工具」，而是透過寫作「向人民披露自己的個人感覺，因為他們在寫書時已經『開始感到心痛』」。[28]許多人呼籲文學應該「力求真誠」。同一個月，帕斯特納克隔著籬笆對著丘柯夫斯基他家大聲吶喊，宣稱：「新時代來臨了，他們想要出版**我的**東西！」[29]

一九五四年年初，帕斯特納克翻譯的《哈姆雷特》在列寧格勒的普希金劇院（Pushkin Theatre）上演。該年四月，預計擺在《齊瓦哥醫生》結尾的詩歌裡面，有十首被刊登在《旗幟》雜誌上，這是帕斯特納克於戰後第一次有原創作品獲得發表的機會。雜誌把那些宗教意味濃厚的詩歌剔除，但帕斯特納克獲准為《齊瓦哥醫生》寫一篇簡短的介紹文：「那本小說可望於夏天完成。故事的時間背景橫跨一九〇三到一九二九年之間，還有一篇關於偉大的衛國戰爭[ii]的後記。小說主角尤里．安德烈維奇．齊瓦哥是個醫生兼思想家，一個真理的追求者，他有創造與藝術的才智，最後死於一九二九年。在他死後，留下了許多筆記本，還有其他青年時期寫的東西，以及已經完成的詩歌，其中有一部分在此刊登出來，而那些東西也構成了小說的最後一章。」[30]

帕斯特納克感到興高采烈，他說：「『齊瓦哥醫生』那幾個字首度出現在我們這個時代的出版物上面——那幾個字簡直像是醜陋的墨漬啊！」他向表妹表示，「我必須要也想要完成那本小說，直到完成以前，我都不是自由之身，荒唐而瘋狂。」[31]

這一切改變或許讓那些嚴酷的意識形態守衛者感到震驚不已，但他們並未就此退縮。就在那些造成紛擾的小說與詩歌新作紛紛問世之際，蘇爾科夫也在《真理報》上撰文，對那些文學實驗提出警告，並且要求作家必須恪守本分。「本黨一直提醒蘇聯的作家們，文學必須親近人民的生活才會有力量，文學不能與生活脫節……過去我們努力對抗那些外來或者舊有的文學勢力，避免受到影響——對抗布爾喬亞的民族主義、西方列強的沙文主義以及國際人的叛國活動」。[32]到了下一個月，另一位保守派批評家點名批判帕斯特納克的詩作〈結婚派對〉（"The Wedding Party"），是反映這種普遍虛矯心態的代表作。其他人則是持續把帕斯特納克當成文壇的小角色。蘇聯作家協會海外分部總書記鮑里斯．波列沃伊（Boris Polevoi）曾經在造訪紐約時表示，他未曾聽說過帕斯特納克有任何小說作品。一位隨行的蘇聯記者說，帕斯特納克沒辦法完成那本小說，因為他已經因為翻譯作品而「變有錢，懶惰了起來」。[33]

一九五四年冬天，帕斯特納克大都待在佩羅德爾基諾村，把全部的精神都投注在小說最後幾章的創作上。他的書房可以眺望花園，寬闊牧草的另一頭有一間他偶爾會去的小教堂。書房裡有吊床、衣櫃與兩張書桌（一張站著時用的），還有一個黑漆漆的窄書架，上面擺著一本厚厚的俄英字典，還有俄文版《聖經》，以及為數不多的藏書。「我個人沒有保存任何傳家寶、檔案與收藏品的習慣，不管書籍與家具都是。我不會把信件與作品草稿保存下來。我的房間不會堆積任何東西，比飯店房間還容易清理。我的生活跟學生一樣。」[34]

他是個生活規律的人。早早起床後，他會用室外的水泵沖澡，就連嚴冬期間也是這樣，水氣在他的臉部與胸口周圍瀰漫著。年輕時他常到河裡洗澡，直到此刻，每逢春天河面結冰破掉之際，他還是會把頭伸進河水裡浸泡。每天他都會疾走，可以走很遠，也會隨身攜帶糖果，發給在村子裡遇到的小孩。

帕斯特納克在樓上書房寫作，席奈妲極力維護他的隱私，拒絕讓訪客打擾他。那年冬天她特別小心，因為已經知道丈夫與伊文斯卡亞的舊情復燃。艾哈邁托娃表示，帕斯特納克既像生病，又像被軟禁，還說席奈妲對他很粗魯。[35]某位訪客形容她「噘著嘴，形狀像受傷丘比特的弓」。[36]因為急著完成《齊瓦哥醫生》，偶爾會因為分心的事情而被惹惱。為了德國劇作家布萊希特（Bertolt Brecht）前往莫斯科去領取史達林獎，他還不情願地幫忙翻譯他的講稿。可是當蘇聯作家協會建議他翻譯一些布萊希特的詩作時，他毫不掩飾自己的惱怒：「布萊希特當然知道花時間做翻譯是很丟臉的。我正忙著創作重要作品——不像布萊希特那些陳舊的垃圾，我的作品的時代還沒來臨」。[37]他拒絕為了接待來訪的德國人而去一趟莫斯科。

一九五五年，小說即將完成，整個夏天他持續進行潤稿。看過一份新的打字稿之後，他說有些「冗長而複雜的段落必須簡化變少」。[38]即便在氣氛相對來講較為輕鬆的「解凍期」，他還是不看好那本小說有出版的機會。那年秋天某天晚間，帕斯特納克與伊文斯卡亞一起散步跨越伊茲馬爾科沃湖上的小木橋，他說：「記下我說的話：這世上沒有任何事物能夠促使他們出版我的小說。我認為他們永遠都不會出版。我的結論是，我應該讓小說四處流通，任人傳閱。」[39]

到了十一月，他完成了最後的修訂。一九五五年十二月十日，他說小說已經完成：「任誰都無法想像我的成就！過去幾十年來的種種痛苦、困惑、驚訝與爭議，都已經被我化為書中那些帶有魔法的神奇文字。我試著用簡單易懂的悲傷文字去描述一切。同時我也重新活化與定義了那些最珍貴與重要的事物，包括土地與天空、熱情、創造精神，還有生命與死亡。」[40]

伍。

i 就是斯維亞托斯拉夫·里赫特。

ii 衛國戰爭（Great Patriotic War, 1941.6 -1945.5），即二次世界大戰期間的蘇聯與德國之戰。

陸。

——如果這本小說沒有出版，對於文化來講會是一種罪過。

出版商姜賈柯莫．費爾特內里是那種最不可能成為共產黨員的人。他出生在一個企業世家，從十九世紀中葉開始，經過好幾代而累積出龐大財富。1他的家族出了許多生意人，他們的事業橫跨多國與各種產業部門，藉此把「費爾特內里」變成一個能夠與義大利北部工業發展畫上等號的姓氏，就跟阿涅里（Agnelli）、莫塔（Motta）與皮瑞里（Pirelli）等姓氏一樣。姜賈柯莫．費爾特內里生於一九二六年六月十九日，從小就備受呵護，被許多保母與家庭教師環繞，隨著季節的更迭而遷移於一個個別墅與飯店之間，住處遍布於義大利的科莫湖（Lake Como）、加爾達湖（Lake Garda）、蘇黎世湖濱的巴爾拉克飯店（Baur au Lac），還有威尼斯利多島（Lido）上的卓越酒店（Excelsior）。他們家跟義大利實業界的其他家族一樣，與一九二二年上台的墨索里尼（Mussolini）法西斯政府共存，有時關係緊張，有時互蒙其利。姜賈柯莫的父親卡洛（Carlo）於一九三五年逝世，享年五十四歲，當時他們家正因為他母親在海外擁有的龐大資產，而與法西斯政府發生財務爭議。此後，姜賈柯莫的母親姜娜麗莎（Giannalisa）就開始要母兼父職，擔負起他與妹妹安冬內拉（Antonella）的教養工作，盡可能把時間挪給他們。她「總是在處罰小孩後又後悔。把他們處罰到覺得丟臉之後，她會不斷對他們親親抱抱」。母親幫費爾特內里報名參加了義大利青年刀斧手（Gioventù Italiana del Littorio，法西斯政府所屬的青年團體）。因為姜娜麗莎慷慨資助政府，故而她兒子年紀還很小就被墨索里尼封為加格納諾侯爵（Marquess of Gargnano）。

根據費爾特內里後來的描述，他青少年時期的人生充滿矛盾，一方面支持窮兵黷武的法西斯政府，但也反對德國人，喜歡收聽某些人所謂的「倫敦廣播電台」（Radio London），也就是戰時的BBC全球廣播網（BBC World Service）。他在家備受冷落，所以在母親的農莊裡與工人、農場長工成為好朋友，一個先前沒有見識過的世界就此出現，眼前盡是飽受不公平對待的勞苦工人。年輕的他本來就正在尋找自己可以皈依的思想體系，此刻因為盟軍的轟炸行動，以及德國派軍來到義大利幫墨索里尼撐腰，更讓他變成激進派青年。

無論是對於政治或文學，費爾特內里都很熱情。他很重視自己的忠誠度與思想，但是當兩者相互衝突時——就像當他看到《齊瓦哥醫生》那本書——他總是遵循自己的良知，而非黨的路線。有朋友說他的熱情很容易就會被撩起，而且他是個很有原則的人，「但他不會固守成規，如果覺得某個理念已經過時了，或者違背他的思想，他隨時都可以放棄那個理念」。[2] 一九四四年，羅馬被盟軍解放之後，年僅十八歲的費爾特內里讀起了《共產黨宣言》（*The Communist*

Manifesto）與列寧的《國家與革命》（*State and Revolution*）。同年十一月，他加入了萊尼亞諾作戰部隊（Legnano combat unit），與美軍第五軍團（Fifth Army）並肩作戰，在波隆那（Bologna）親眼目睹一些戰役。

一九四五年三月，費爾特內里加入義大利共產黨。他那支持王室的母親被嚇壞了。一九四六年六月，義大利舉行公投，決定到底是要保留王權體制，抑或成立共和國。姜娜麗莎·費爾特內里在羅馬街頭發送傳單，呼籲大家支持薩伏依王室（House of Savoy）——只不過，她是打開車窗，坐在勞斯萊斯裡頭發傳單。他透過母親家召開的那些保王黨會議蒐集到許多情報，在那些消息登上共產黨所屬《統一報》（*L'Unità*）以前，他就已經逃離羅馬。報導是這麼寫的：「因為掌握了可靠的消息來源，我們才能得知某個重要會議的內幕，而那場會議的舉行地點就是在實業界財閥費爾特內里家族的家裡。」

墨索里尼垮台時（他曾經短暫霸占費爾特內里家位於加爾達湖的別墅，四周由納粹的精英部隊進行戒護），義大利共產黨本來只是個黨員不到一萬名的小小地下組織，到了該國舉行戰後第一次選舉時，已經變成了黨員人數一百七十萬的大黨。[3]讓義共受益最多的，是他們在反抗運動中扮演了中流砥柱的角色：有三分之二的反抗軍部隊都是支持共產主義理念的。戰後在務實派義共總書記帕爾米羅·陶里亞蒂（Palmiro Togliatti）的領導之下，該黨積極提倡「激進民主政權」，凸顯強烈的反法西斯立場，降低反資本主義色彩。義共似乎對於文藝與社會科學的創新抱持著開放的態度。該國一些最為激進的政治勢力都是義共盟友，或受其控制，例如強調女性主義的義大利婦聯會（Unione Donne Italiane）、南方復興運動（Movement for the Rebirth of the South），以及流行運動聯合會（Union for Popular Sport）等等。[4]那可說是義共氣勢如日中天之際。前後兩個世代的義大利知識分子與理想主義者都受其吸引，其中有些人剛剛擺脫了法西斯主義的長年荼毒，得以倖存，也有費爾特內里這一類希望透過政治運動來改變社會的年輕人。義大利作家卡爾維諾（Italo Calvino）曾說過，反法西斯主義的熱潮在戰後湧現，在那個「小小的大世界」（"little big world"）裡面，都是渴求一個嶄新義大利的信仰者，義國共黨自然而然成為他們的歸宿。[5]費爾特內里是一個守規矩而且認真的新進年輕黨員。「至少在某種程度上，我學會了控制自己，不再那麼衝動急躁。我學會了論辯的方法，學會如何說服同志，如何清晰地表達自己。」[6]

滿二十一歲之後，費爾特內里繼承了遺產，包括營建、木材、銀行等各種事業的大量股權，也成為義共的重要資助者。根據一位義共黨員回憶，「姜賈柯莫……可以幫我們實現夢想，能夠獲得他的支持，似乎就像是一種奇蹟。」[7]他提供加爾達湖的別墅給義共當作年輕黨員的夏令營營地。費爾特內里總是開著他那台藍灰色的別克敞篷車去幫義共張貼海報。[8]在他與新婚妻子的家裡，除了懸掛許多古代藝術大師的作品，還有一幅史達林的肖像（他的妻子還被婆婆取了一個「莫斯科之花」〔Muscovite Pasionaria〕的外號）。[9]

到了一九四〇年代末期，費爾特內里正式踏足圖書業。他與信奉馬克思主義的學者兼作家吉塞培・戴爾波（Giuseppe Del Bo）共同創辦了一個圖書館，藏書全部以勞工階級與社會運動史為主題。義大利警方將那個圖書館稱為「小型的馬克思主義大學」[10]，但是因為費爾特內里財力雄厚，又醉心於在歐洲各地蒐集罕見書籍與稿件，他其實是創立了一個激進文學的寶庫，數以萬計的收藏品包括一本第一版的《共產黨宣言》、馬克思與恩格斯親手撰寫的工作筆記、第一版的盧梭（Jean-Jacques Rousseau）《社約論》（*Social Contract*）、法國文豪雨果（Victor Hugo）寫給加里波底i的信函，還有一本罕見的托瑪斯・摩爾（Thomas More）的《烏托邦》（*Utopia*）。這些收藏品讓蘇聯也注意到費爾特內里。一九五三年，他受邀前往莫斯科，商討他那間姜賈柯莫費爾特內里圖書館（Biblioteca Giangiacomo Feltrinelli，圖書館設在米蘭市）與馬列學院（Institute of Marxism-Leninism）之間的合作計畫。會議並沒有太多具體結果，那也是他唯一的莫斯科之旅。

費爾特內里也經營自己的事業，充分顯現他是個很能幹的經營者與資本家，偶爾也有冷靜而精明的一面。義共不只依靠他的金援，也因為他的財務管理能力而獲得好處。一九五〇年，費爾特內里參與經營一家和義共有關的出版社，為那混亂的公司引進管理系統，建立財務管控制度。那間出版社終於在一九五五年垮了，改組成新的費爾特內里出版社（Feltrinelli Editore）。

此刻，二十九歲的他成為一個獨立於義共之外的米蘭出版商，看起來也很有那個架式：他的髮線已經開始稍稍變高，留著一副八字鬍，戴著黑框眼鏡，臉部的弧線看起來像貓一樣，因

陸。

此有人幫他取了「美洲豹」的外號。[11]一九五五年六月，費爾特內里出版社的頭兩本創業作問世：一本是《尼赫魯自傳》（*An Autobiography: Jawaharlal Nehru*）；另一本則是利物浦男爵愛德華．羅素（Lord Russell of Liverpool）寫的《荼毒世人的納粹》（*The Scourge of the Swastika*）。費爾特內里希望出版一些新鮮、激進、立論與眾不同，而且深具影響力的書。他希望能帶來知性的刺激，還有各種新發現。

一九五六年二月二十五日，在第二十屆蘇聯作家大會舉辦期間，俄共總書記赫魯雪夫在一場祕密舉行的會議上，對史達林展開驚人的猛烈抨擊，他的演講題目是〈論個人崇拜及其後果〉（"On the Cult of Personality and Its Consequences"）。他說神聖的領導人史達林犯下了濫權的重罪，史達林統治期間「有千千萬萬人遭其大規模逮捕與流放，未經審判或正常調查程序就遭處決，導致民心不安，被恐懼與絕望籠罩」。[12]赫魯雪夫還提及史達林嚴刑拷打了許多人，就連一些中央政治局的卸任成員也遭其毒手。他說列寧曾打算解除史達林的共黨總書記職務。他說，當納粹入侵時，史達林慌了手腳，根本像是失蹤一樣不見人影。克里姆林宮金色大廳（Great Hall）裡的作家代表們聽得瞠目結舌，不發一語。[13]

這所謂「祕密談話」的內容後來被美國中情局取得，洩漏給《紐約時報》。世界各地的許許多多共黨黨員儘管感到震驚，但一種求新求變的欲望也油然而生，好像要參與一場世代交替的運動。這種變革的感覺並未持續太久，很快就隨著蘇聯入侵匈牙利而消逝了。但費爾特內里就是在這短暫的空窗期中拿到《齊瓦哥醫生》的。既然克里姆林宮都要大張旗鼓地進行改革，在他看來，與蘇聯作家和出版社合作是特別切合時宜的。費爾特內里還沒有意識到，因為他取得《齊瓦哥醫生》的版權曾惹惱了蘇聯的領導階層。

一九五六年五月，丹傑羅造訪帕斯特納克位於佩羅德爾基諾村的別墅，隔週他就搭機飛往柏林。離開莫斯科時他沒有被搜身，也許因為他是來自國外的共黨同志，而且他也沒想過把那本小說帶出境會惹來什麼麻煩。當時柏林市尚未被柏林圍牆一分為二，在東柏林的舍內費爾德機場（Schönefeld Airport）落地後，他住進了一間飯店，西柏林的購物天堂選帝侯大街（Kurfürstendamm）就在不遠處。丹傑羅打電話到米蘭，費爾特內里決定親自搭機到柏林去拿小說的打字稿。[14]隔天，打字稿就在約辛姆斯塔勒大街（Joachimstaler Strasse）上的一間小旅館裡易手了。《齊瓦哥醫生》終於有了出版社。費爾特內里不懂俄文，所以等他帶著打字稿從柏林回到米蘭，他就寄給義大利的斯拉夫語學者彼得．茲維特洛米希（Pietro Zveteremich）審閱。審閱結果很快就出來了：「如果這本小說沒有出版，對於文化來講會是一種罪過。」[15]

把書稿給了丹傑羅之後，帕斯特納克對自己似乎挺滿意的，但他也知道親友們或許會認為他太魯莽。五月交出書稿後，那個禮拜天他把這件事告訴他的繼子與其妻，要他們別跟席奈妲說。不過，那禮拜某天與朋友共進晚餐時，他自己還是說了出來。席奈妲用嘲弄的語氣說：「你在胡說什麼？」[16]在場的人都不發一語。

帕斯特納克與丹傑羅見面時，伊文斯卡亞人在莫斯科，到了那天晚上才返回佩羅德爾基諾村。帕斯特納克在通往他家的一條路上遇到她，跟她說先前有兩個迷人的年輕人來訪，一個是來自義大利的共黨黨員，另一個是蘇聯駐羅馬大使館的官員。丹傑羅的同伴並非外交官，他只是想要掩蓋一個事實：他把書稿交給了兩個陌生人，其中一個還是外國人。伊文斯卡亞怒不可遏，她深知就算後史達林時代再怎麼前途一片光明，任何作家如果私通外國人，還是犯了蔑視黨國的大忌。

伊文斯卡亞是為了與國家出版社洽談一本詩集的出版事宜才去莫斯科，出版工作的負責人是同情帕斯特納克的年輕編輯尼古拉·巴尼可夫（Nikolai Bannikov）。她大聲咆哮：「那本詩集可能因為這樣就泡湯了！」她深恐自己的安全受到威脅，因此說道：「別忘了我曾被關過一次，當時在盧比揚卡大樓裡，他們已經一再問我那本小說的內容了……我實在很訝異你會做這種事。」[17]

帕斯特納克有點膽怯，但不感到抱歉。「歐莉雅，你真的是太小題大作了，這根本沒什麼。就讓他們看看吧。如果他們喜歡，就任由他們處理，我說我不介意。」為了安撫愛人，帕斯特納克說，如果她真的那麼不高興，可以試著把書稿要回來。他還提議，也許她可以去打聽一下官方對於這件事的回應。

伊文斯卡亞趕回莫斯科，與巴尼可夫見面。這位詩集編輯也很熟悉《齊瓦哥醫生》。那本書稿已經在國家出版社裡塵封了好幾個月，帕斯特納克在詩集的導言裡面還提起了這件事：「近來我完成了我最重要的代表作，它是唯一一本不會讓我感到丟臉的作品，任何有關它的問題，我都可以毫無疑慮地回答，它是一本叫作《齊瓦哥醫生》的散文體小說，最後面附了一些詩歌。收錄在小說裡的那些詩歌是我在畢生不同階段創作的，每個階段都是這部小說的準備期。事實上，出版那些詩歌，也等於是為了小說的出版暖身。」[18]

國家出版社對於帕斯特納克的書稿可說是三緘其口，我們幾乎可以確定，原因就是資深編輯認為小說有爭議。伊文斯卡亞捎來的訊息把巴尼可夫嚇壞了。她離開後，巴尼可夫寫了一封短信給她，信寄到她位於波塔波夫街（Potapov Street）的公寓：「怎麼會有如此不愛國的人？任誰難免都與國家有一些歧見，但他所做的卻等於是叛國——他怎麼不想想他的作為會對自己與我們帶來什麼後果？」[19]

為了取得版權，費爾特內里很快就出手了。他在六月中寫信感謝帕斯特納克給他出版《齊瓦哥醫生》的機會，還說那是一本極具文學價值的小說。接著他就開始談起了正事，討論有關版稅與國外版權的問題。費爾特內里請一個他信得過的人把那封信還有一式兩份的密封合約送過去。如果帕斯特納克真的想要把書稿要回來，就該趁現在提出。但是他並未重新考慮。與丹傑羅會面後兩三週，義大利學者艾托爾．羅嘉多（Ettore Lo Gatto）來訪，他跟羅嘉多說：只要小說能夠出版，他願意面對「隨之而來的任何麻煩」。與兒子們商量過後，帕斯特納克決定與費爾特內里簽約。六月底帕斯特納克回信，表示儘管他不是那種完全不在意金錢的人，但是因為地緣與政治因素，他不可能拿得到版稅。他提醒費爾特內里，先在西方出版那本小說會讓他承擔許多風險，但是他沒說不能出版：「已經有好幾家雜誌社承諾要出版，如果他們那邊耽擱了，你的版本率先問世，那我就會陷入悲劇一般的困難處境。但這並非你該考量的。以主之名，請按照你的意思找人翻譯，將書出版。祝你好運！任何理念問世後都不該被掩藏起來，也不該在誕生時就被扼殺，而是應該傳達給世人！」[20]

克里姆林宮的領導階層很快就知道帕斯特納克與費爾特內里聯絡了。一九五六年八月二十四日，過去長期幫克里姆林宮執行各種任務（包括在東歐地區）的格別烏主席兼祕密警探頭子伊凡．謝洛夫（Ivan Serov）寫信給蘇聯的領導班子，也就是中央政治局。在總書記赫魯雪夫的領導之下，該局負責監督蘇共中央委員會與其所屬各個單位，包括文化部。謝洛夫寫了一份篇幅很長的備忘錄給蘇共領導階層，表示書稿已經被送到費爾特內里手上，帕斯特納克還要求他與英法兩國的出版社簽訂版權。他特別指出《齊瓦哥醫生》尚未獲准在蘇聯出版，接著他還引述了最近帕斯特納克寫給法國巴黎記者達尼爾•雷尼科夫（Daniil Reznikov）的話——引自一封短信，但信件與隨信寄出的一篇散文都被格別烏攔截了下來：「我完全了解（那本小說）目前不會被出版，而且接下來有一段時間都會是這樣，甚至永遠如此，」帕斯特納克寫道。他提及了在外國出版那本小說的可能性，接著表示：「現在，我有預感他們會把我大卸八塊，人在遠方的你，將會難過地見證此事。」[21]然而，帕斯特納克似乎不怕讓自己的處境變得更加危險：他隨函附上一篇自傳式散文，是先前他幫國家出版社寫的，預計會出現在即將出版的詩集裡。帕斯特納克告訴該年稍早曾去拜訪他的雷尼科夫說，他可以隨意處理那篇散文。

謝洛夫指出，帕斯特納克是猶太人，並非黨員，並且說他的作品特色是「疏離了蘇聯的現實生活」。

一週後，中央委員會文化部為領導階層準備了一份關於《齊瓦哥醫生》的詳細報告，報告裡引述了許多帶有強烈個人色彩的小說內容，足以將作者定罪。他們說那本小說惡意攻擊十月革命，毀謗布爾什維克派的革命烈士，作者向來被視為一個「帶有布爾喬亞色彩的個人主義者」。[22]報告的結論是，當然不能容許這種小說出版。蘇聯的外交次長寫了一張便箋附在報告裡，表示外交部門可以透過義共那邊的窗口來阻止小說的出版。費爾特內里畢竟是個義共黨員。

我們無法百分之百確定格別烏到底如何掌握帕斯特納克與費爾特內里的聯絡內容細節，包括作者希望能與英法兩國的出版社簽約。一定是有人呈報了帕斯特納克與丹傑羅會面之事，同時也把上述訊息傳達了出去。丹傑羅與同伴佛拉迪米爾斯基在他們工作的莫斯科電台，都曾公開談論他們取得書稿後拿給費爾特內里這件事。[23]

伊文斯卡亞與她認識的幾個編輯接觸過，釋出了帕斯特納克與義大利出版社接觸的訊息，想請教他們該如何挽救此一情勢，這勢必也驚動了整個黨政體系。國家出版社的某位資深編輯跟伊文斯卡亞說，她會把小說拿給中央政治局資深委員維亞切斯拉夫．莫洛托夫看看，請教他接下來該怎麼辦。[24]《旗幟》雜誌的編輯則是說（該雜誌曾經刊登過帕斯特納克的一些詩作），他會向蘇共中央委員會的某位官員呈報此事。

接下來兩年，伊文斯卡亞成為當局屬意的傳話管道，往往透過她與帕斯特納克聯絡。這是個吃力不討好的爭議性角色。包括作者本身是否能安好、伊文斯卡亞對於自身安危的顧慮，還有國家的利益，在她有時稍嫌慌亂的協調過程中，全都攪和在一起了。帕斯特納克曾向妹妹表示：「她讓我免於跟當局進行惱人的協商，把種種衝突都攬在自己身上。」[25]她是他選擇的特使，但某些帕斯特納克的至親好友卻用懷疑的眼光去看待她與官方的接觸。她無疑陷入了一個無助的局面。幾十年後，有人把她貼上「線民」的標籤，但那並非事實。[26]在當時一份最高機密等級的備忘錄裡面，格別烏主席對她的評語是：「深具反蘇維埃的色彩」。[27]她試著取悅與她接觸的官員，官員有意無意之間也想將她當工具一樣利用，但是她對於帕斯特納克終究並無太大影響力。在接下來即將上演的戲裡面，帕斯特納克是個很有主見與先見之明的演員，而且從他把書稿交給丹傑羅那天開始，關鍵決定就都是他自己做的。

很快地，中央委員會文化部部長狄米崔．波里卡波夫（Dmitri Polikarpov）就召見伊文斯卡亞。憔悴而睡眼惺忪的波里卡波夫叫她非得把書稿要回來不可。伊文斯卡亞表示，義大利方面也許不會願意把書稿還回來，最理想的解決方式，是盡快讓《齊瓦哥醫生》先於任何國外版本在蘇聯出版。

「不行，」波里卡波夫說，「我們必須把書稿拿回來，理由是，如果我們刪去了一些章節，但他們卻完整地出版，到時候局面會很難看。」[28]文壇人士都稱呼波里卡波夫為「米提亞大叔」（dyadya Mitya）[ii]，對於維護蘇共的正統性他向來毫不手軟，總是拿作家犯的錯來當面數落他們。[29]波里卡波夫曾向《文藝週報》的副編輯表示：「看著你的報紙時，我手裡總是拿著鉛筆。」詩人葉夫格尼．葉夫圖中科則是說，「他認為黨是至高無上的，比人民還大，包括他自己。」

波里卡波夫在伊文斯卡亞面前打電話給國家出版社社長安納托利．柯托夫（Anatoli Kotov），叫他起草一份與帕斯特納克的合約，並且指定一位編輯負責。他說：「那位編輯應該有能力思考哪些段落應該修改或刪除，還有哪些是可以原封不動印出來。」伊文斯卡亞幫帕斯特納克爭取到出版機會，但他並不覺得感動：「既然不能按照原貌出版，我壓根都不希望在此刻出版它。」但他還是同意與柯托夫見面，對方向他鄭重表示，《齊瓦哥醫生》是一部了不起的作品，只是「必須刪減某些文字，也許還要加一些東西進去」。帕斯特納克認為柯托夫的提議實在是荒謬絕倫。[30]

作家瓦拉姆．沙拉莫夫寫信給帕斯特納克，其中寫道：「無疑的，這一場出版大戰的最後勝利者將會是你。」他跟帕斯特納克說，「你是我們這個時代的良心，就像托爾斯泰也是他那個時代的良心」，而且「我們這個時代的價值將會在未來受到肯定，只因為你生活在其中」。[31]

那年夏天，帕斯特納克持續把書稿交給好幾個造訪佩羅德爾基諾村的外國訪客，包括法國學者伊蓮．佩提耶（Hélène Peltier），後來她也成為法文版《齊瓦哥醫生》的譯者。佩提耶的父親是法國外交官，所以她才有機會在一九四七年於莫斯科大學攻讀俄國文學：這實在是個幸運的機遇，因為冷戰即將在隨後擴大，蘇聯自此刻意避免外國人未經安排就與一般俄國人民接觸。她在一九五六年重返莫斯科，認識了帕斯特納克，他提供一份書稿給她閱讀。[32]大概在那年九月或是年底，她又前往佩羅德爾基諾村的時候，帕斯特納克把一封寫給費爾特內里的短信託付給佩提耶。他拿習字帖撕下來的狹窄紙片充當信紙，上面並未註明日期，內容是用打字機打的：「接下來如果你收到法文以外的任何信件，絕對不要按照信裡面的要求去做，只有用法文寫的信才需要理會」。[33]事後證明這實在是有先見之明而且關鍵的安全措施，足以讓費爾特內里區分哪些是受到威脅才寫出來的信件，哪些是出於作者的自由意志，因為帕斯特納克很快就會感受到當局對他相當不滿。

牛津大學教授以撒．柏林是在一九四五年年底與帕斯特納克初次見面，到了一九五六年夏天，因為後史達林時代的自由開放風氣，柏林跟許多學者一樣得以取得重返蘇俄的簽證。柏林與席奈妲的前夫涅高茲一起前往郊外的佩羅德爾基諾村。涅高茲向柏林表示自己為帕斯特納克的安危感到擔憂，因為他一心一意想要出版小說。涅高茲說，如果柏林有機會，應該勸帕斯特納克終止或至少延後國外的出版計畫。他說，「這很重要，是關鍵中的關鍵，也許攸關生死。」[34]柏林也認為，「也許帕斯特納克不該與他自己見面，以免有危險」。對這件事他特別謹慎，因為他很擔心艾哈邁托娃之所以會遭到迫害，重要原因之一就是他們倆曾於一九四六年見面。

帕斯特納克帶柏林到書房，把一個厚厚的信封交到他手裡，跟他說：「我的書，整本都在裡面了。那是我最後的話。請你讀讀看。」回莫斯科後，柏林立刻讀了起來，隔天就讀完了。他說，「跟蘇聯與西方的某些讀者不同，我認為那是一本才華橫溢之作。無論當時或現在，我都覺得那部小說重現了人類的所有經驗，作者用一種充滿想像力而且前所未見的語言創造出一個世界，儘管那世界裡只有一個人存在。」幾天後柏林又與帕斯特納克見面，作者表示他已經把各國的版權簽給了費爾特內里。帕斯特納克「希望他的作品能周遊列國」，他還引述普希金的詩句，希望那本小說能夠「點燃人們心中的火焰」。

席奈妲趁機把柏林拉到一旁，哭著求他說服帕斯特納克，除非政府允許，否則別在外國出版那本小說。她說她不希望自己的小孩受苦。席奈妲相信，他們的兒子李奧尼德參加高等技術學院（Higher Technical Institute）入學考試時之所以不幸落榜，就是因為他是帕斯特納克之子。[35]一九五〇年五月，就在史達林的反猶太運動雷厲風行之際，帕斯特納克的長子葉夫格尼本來在莫斯科軍事學院（Moscow Military Academy）進行學士後研究，卻被迫中斷，先後被派往烏克蘭與俄蒙邊界去服義務役。[36]柏林請帕斯特納克考慮一下，與當局作對的後果不堪設想。他向帕斯特納克保證，那本小說肯定能流傳後世，他自己會把書稿製作成四份微縮影片，深埋於世界上的四個不同角落，如此一來就算核戰爆發，《齊瓦哥醫生》也能逃過一劫。這番話激怒了帕斯特納克，他用諷刺的語氣向柏林的關心表達感激之意。[37]他說他已經與兒子們談過了，「他們已經做好了受苦受難的準備」。他要柏林別再說了。帕斯特納克說，柏林當然了解《齊瓦哥醫生》應該廣為流傳，那是一件大事。柏林說他覺得非常丟臉，無言以對。後來他的結論是，帕斯特納克「完全了解自己與家人身陷險境」，但還是「選擇公然」尋求出版的機會。[38]回到英國後，柏林帶了一份書稿到牛津去給帕斯特納克的妹妹們。他還幫忙帶了一封信，自從一九四八年以降，那還是定居英國的帕斯特納克家人頭一次收到家書。提起那本小說時，一開始帕斯特納克就用一貫的警語對妹妹說：「你們甚至可能不喜歡這本小說，認為小說裡的哲學令人覺得厭煩而陌生，有些段落無聊而冗長，第一卷顯得枝節龐雜，一些過渡性的部分也非常灰暗、呆板與無力。儘管如此，這本書還是很重要，其重要性無與倫比，我不能因為考慮自己的下場，或對自身安危有所疑慮，就不讓它問世。」[39]他跟她們說，他已經請求柏林，最多可以複製十二份書稿，讓小說在英國的俄國人精英階層裡流傳。她還吩咐妹妹們要幫小說找到一個傑出譯者，最好是「俄文能力無懈可擊的英國作家」。

到了九月中旬，另一個牛津大學教授喬治．卡特科夫（George Katkov）去拜訪帕斯特納克，他是一位在俄國出生的流亡人士，是個哲學家兼歷史學家。根據某位朋友表示，「他長得很高，留著八字鬍，令人印象十分深刻，彷彿**帝俄時代的知識分子**。」[40]格別烏對他的評語卻很不屑，說他是「流亡的白軍餘孽」。[41]卡特科夫是帕斯特納克家姊妹的朋友，也是柏林的同事。他對於出版那本小說遠比柏林還熱心。帕斯特納克也給了他一份書稿，請他務必設法讓小說能在英國被翻譯出版。卡特科夫說，齊瓦哥寫的那些詩歌會為譯者帶來極大挑戰。他建議詩歌的部分可以交給小說家納博柯夫（Vladimir Nabokov）翻譯。帕斯特納克說：「那行不通，因為他非常妒忌我在俄國的地位，所以沒辦法好好翻譯。」[42]早在一九二七年，納博柯夫就曾說帕斯特納克的風格讓他很火大。「他的韻文看來凸凸腫腫的，好像他的繆斯女神罹患了凸眼性甲狀腺腫似的。他著迷於笨拙的意象，響亮但是過於刻板的韻腳，還有喀啦喀啦作響的韻律」。[43]等到終於看到了《齊瓦哥醫生》，納博柯夫還是不改他的嘲諷口吻，尤其是因為帕斯特納克的小說肯定會把他的小說《羅莉塔》（*Lolita*）從暢銷書榜首位子擠下來。他說：「《齊瓦哥醫生》寫得可悲又笨拙，陳腐而媚俗，到處都是老套的劇情，小說裡的律師都是好色縱欲，女孩美妙絕倫，土匪浪漫無比，還有各種平庸無奇的巧合。」[44]納博柯夫說，那小說一定是帕斯特納克的情婦寫的。[45]

卡特科夫向帕斯特納克打包票，一定會把《齊瓦哥醫生》譯成絕佳的英文。[46]最後他選定的譯者是自己的得意門生麥克斯．海沃德（Max Hayward）：海沃德是牛津大學聖安東尼學院（St. Antony's College）的研究人員，是個很有天分的語言學家，他在六個星期內自學匈牙利文有成，

陸。

更是大家津津樂道之事。[47]與海沃德見過面的俄國人都堅稱俄語是他的母語，或者至少說他是俄僑之子。但這兩種說法都不對。海沃德是個倫敦技工之子，有時候還自稱「倫敦佬」。為了加快翻譯速度，他們還找來曼亞·哈拉里（Manya Harari）一起合作，哈拉里是哈維爾出版社（Harvill Press）的共同創辦人，位於倫敦的該社是柯林斯出版集團（Collins）旗下分公司之一。哈拉里是流亡英國的俄國人，出身聖彼得堡的富有家庭，第一次世界大戰期間隨著家人遷居英格蘭。他們倆分別翻譯單數與雙數章，並且會審閱對方的譯稿。卡特科夫負責監督兩人的翻譯工作，「為了力求準確與精細還逐字讀稿」。[48]

到了一九五八年，卡特科夫與柏林會因為這本小說而發生嚴重衝突。柏林仍然擔憂帕斯特納克的安危，對於任何加速出版之舉都有所疑慮。「真是太亂來了，」柏林說，「那本小說雖然有趣，但不管是現在或十五年後才出版，都沒有關係」。卡特科夫的觀點截然不同。他主張應該讓那部小說廣為流傳，後來他還說，既然帕斯特納克「顯然想要當烈士」，他就「必須為了『理念』而犧牲」。[49]所謂「理念」，就是在冷戰中與蘇聯對抗的理念。

然而，費爾特內里首先必須做到的，是促成《齊瓦哥醫生》在世界各地出版，而在那之前，他則是必須先頂住來自蘇共與義共同志們的阻力。

---

i 朱塞佩·加里波底（Giuseppe Garibaldi, 1807-82），追求義大利統一的民族英雄。

ii 米提亞是狄米崔的暱稱。

柒。

——如果這是西方世界所謂的自由，哼，那我只能說我們對自由的看法與西方不同。

一九五五年九月中旬，《新世界》雜誌的編委會正式以一份又長又仔細的審書報告將《齊瓦哥醫生》退稿。報告的主要執筆人是知名戰時詩人康斯坦汀·西蒙諾夫。編委會其他成員裡還有帕斯特納克的隔壁鄰居小說家康斯坦汀·費丁，他們提供編輯的建議，還有補充意見。文件上有他們五個人的簽名。

他們把那封退稿信與書稿親手交給帕斯特納克，但他幾乎完全不認同他們的看法：「你的小說讓我們感到不安的地方是：無論是編輯或作者都無法透過刪稿或改稿來改變小說。我們所說的是小說的精神、基調，還有作者的人生觀……你的小說在精神上並不接受社會主義革命。你的小說基調，是認為十月革命與內戰帶來的社會變遷對於人民而言沒有任何建樹，只造成苦難，毀了俄國的知識分子，讓他們生病死亡或是道德衰敗」。[1]退稿信的作者們接著把小說的一個個場景拆解開來，指出種種意識形態的缺陷，表示主角尤里·齊瓦哥對於革命的看法充滿「惡意」，他徹底彰顯出一種「膨脹的個人主義」，而這就是他們對於帕斯特納克的基本缺陷之定筆。

經過一番帶有嘲諷的恭維之後，他們開始攻擊《齊瓦哥醫生》的藝術性：「出類拔萃的地方的確不少，尤其是你對俄國自然風光的描寫極為誠摯而帶有詩意。較為劣等的地方也很多，一點也不生動，還因為說教而枯燥乏味。這種缺點在小說的後半部可謂屢見不鮮。」特別是，費丁還引述了齊瓦哥對於同時代俄國人的評語，藉此看出帕斯特納克的許多看法，還有才子的傲慢：「喔，親愛的朋友，你們的小圈圈真是平庸到令人絕望啊！而你們所景仰的那些名人與權威，他們的才華與藝術表現不也是那樣？你們身上唯一生動而閃亮的特色，是你們與我生活在同一個時代，而且認識我。」[2]

帕斯特納克的某位傳記作者指出，退稿信的作者們若非有所遺漏，就是不能體會那本小說裡面「最具異端邪說色彩的影射：除了書寫早期的革命歷史之外，帕斯特納克也巧妙地把史達林時代併入i，我們可以發現，在索忍尼辛（Solzhenitsyn）推出《古拉格群島》（*Gulag Archipelago*）的多年前，帕斯特納克就已經暗指過去二十五年以來的暴政，可說是布爾什維克主義的直接後果」。[3]儘管赫魯雪夫上台後，對史達林主義的血腥清算提出普遍被接受的解釋，直言那是可怕的脫軌行徑，但對於帕斯特納克而言，那卻是列寧所創造出來的黨國體制之自然發展。就算只是一封退稿信，他們也無法把這個觀念挑明著講出來。

費丁的簽名讓帕斯特納克感到特別難以接受，因為他把這位鄰居當成朋友。才兩個禮拜以前，他還在房間裡踱步，熱烈地揮舞雙臂，跟丘柯夫斯基說那本小說「很出色，極其自我中心、高傲無比，優雅而簡樸，但卻是徹頭徹尾的文學作品」。[4]也許是因為那時候他還沒看完整本小說，齊瓦哥那些充滿暗示的話語讓他看了很難過。又或者是因為職責所在，他才會把自己對於小說的真正評價深埋起來。

帕斯特納克並未公開訴說他的怨懟，甚或他也能體諒同事們的無助處境。收到退稿信的一週後，他還邀請費丁在週日到他家去吃午餐，所以他跟其他賓客說：「我也邀請了康斯坦汀．亞歷山卓維奇——跟往年一樣熱情而毫無保留——所以別太意外。」[5]他特別請費丁別提起那封退稿信，費丁到了之後兩人還擁抱了一下。[6]吃晚餐的時候，帕斯特納克也是興高采烈的。

直到一週後，帕斯特納克才勉強自己細讀退稿信。他跟某位鄰居說，信裡的批評「寫得客氣又溫和，字斟句酌，而且從一個已經變成傳統、似乎無可反駁的觀點出發」。[7]他說，他「痛苦而懊悔，因為讓同志們如此費心」，這說法不無嘲諷的意味。

如今，就算是未經刪減的《齊瓦哥醫生》也不太可能在蘇聯出版了，因為西蒙諾夫與其他人都已經宣稱它具有無法挽救的缺點。然而，帕斯特納克還是跟卡特科夫說，在西方國家出版後，蘇聯還是可能不得不跟進出版，還說他也許願意稍稍修改小說內容，以便配合蘇聯讀者的胃口。這是他自己的思考邏輯。蘇聯當局根本就不希望他的小說出版——無論出版地點在哪裡。

到了八月，一群義共資深黨員受邀造訪莫斯科西郊只供特定人士使用的巴維卡度假中心

（Barvikha sanatorium），其中也包括義共副總書記彼得．塞齊亞（Pietro Secchia）。丹傑羅與妻子拜訪了兩個住在那裡的老朋友：一個是大學教授安布洛吉歐．多尼尼（Ambrogio Donini），另一個則是老派共產主義激進分子帕羅．羅伯提（Paolo Robotti）。[8]

過去在一波波清算期間，旅居蘇聯的各國共產黨員也曾被鎖定。二次大戰前，羅伯提就已經遭到史達林的祕密警察逮捕與嚴刑拷打，之所以能撐過去，是因為對共產主義的強烈信念所致。[9]丹傑羅提起他已經把一本蘇聯小說的書稿交給了費爾特內里，羅伯提顯然感到憂心忡忡。他說，根據蘇聯法律，他的行為可能已經觸法。後來，中央委員會負責各國共黨事務的部門派了一位官員造訪塞齊亞與羅伯提。官員說，克里姆林宮高層擔憂義大利版《齊瓦哥醫生》的問世。塞齊亞與羅伯提向官員保證，他們會從費爾特內里那兒把書稿要回來。十月二十四日，透過駐羅馬蘇聯大使館，羅伯提向中央委員會回報，「帕斯特納克的書稿之事已經解決，近期內將回到貴會手上」。[10]羅伯提錯估情勢。受到壓力後，出版社的編輯出現意見分歧。[11]他們從茲維特洛米希那裡把書稿要回去，翻譯工作停擺了好幾個月，而費爾特內里則是猶豫不決，還在考慮要怎麼做。然而，他並未放棄出版的計畫。

駐羅馬大使館發出訊息的前一天，布達佩斯（Budapest）街頭才剛剛湧入幾十萬名要求改革的民眾，匈牙利十月革命（Hungarian Revolution）就此拉開序幕。最後，民眾的起義行動遭到入侵的大批蘇聯部隊鎮壓，在許多血腥的巷戰中有大約兩萬名匈牙利人喪命，西方國家無能為力，呆若木雞，只能無助地旁觀。克里姆林宮與保守的官僚體系藉由布達佩斯的事件來封殺莫斯科的「解凍」氛圍。自由派的《莫斯科文藝年鑑》（*Literaturnaya Moskva*）剛剛才刊登帕斯特納克的作品〈論莎翁名劇之翻譯〉（"Notes on Translations of Shakespeare's Dramas"），此刻被迫關門，許多主流文學期刊的編輯紛紛遭到解雇，一些深受喜愛的年輕詩人，例如安德烈・沃茲涅先斯基與葉夫格尼・葉夫圖申科則是飽受抨擊。最後，赫魯雪夫宣稱，引發動亂的是匈牙利知識分子階層中的「布爾喬亞」傾向。[12]

匈牙利革命遭到血腥鎮壓，許多義共黨員都感到很受傷。義共領導階層大都支持蘇聯入侵，但是二十五萬名一般黨員不認同蘇聯的做法，其中包括許多重要的藝術家、學者與記者。[13]甚至，在布達佩斯的血腥鎮壓發生之前，費爾特內里與一些他設於米蘭的圖書館和學院的同僚就已經連署了一封信，上書義共高層，主張「匈牙利的運動在本質上是積極追求社會主義式民主的」。[14]費爾特內里難過地看著許多知識分子紛紛出走，黨內高層所謂「失去一小撮知識分子並不是什麼大事」[15]的說法，更是激怒了他。

費爾特內里的回應是：「這些同志們不僅為本黨、為勞工階級與社會主義運動增添光彩，自從法西斯主義垮台之後，他們還讓我們得以進行許多政治與文化計畫」。[16]費爾特內里並未立刻退還黨證，但已經漸漸不願扮演金主角色。這一切只會讓他更想出版帕斯特納克的書。

到了一九五七年[illegible]月，蘇共中央委員會的文化部與各國共黨事務部門開始出手了。儘管義共同志們在前一年十月就做出了承諾，但還是不見書稿蹤影。他們不再寄望於費爾特內里會服從義共高層旨意，而是決定要利用帕斯特納克本人來取回書稿。不過，他們所採取的手段必須是讓人信得過的。一九五七年一月七日，帕斯特納克與國家出版社簽了一個合約。「我一定會把小說變成能夠反映出俄國人民的榮耀，」他的編輯安納托利・史塔羅斯汀（Anatoli Starostin）說。史塔羅斯汀非常崇拜帕斯特納克，但他只是一枚棋子，合約也只是虛晃一招。他們只是要讓合約變成一個法律依據，促使費爾特內里不得不把書稿交回去。

到了二月，費爾特內里收到帕斯特納克發過去的一份電報。電文是用義大利文寫的：「經國家出版社要求……請將義大利版《齊瓦哥醫生》之出版延後半年，直到俄文版於一九五七年九月問世。請回覆電文給國家出版社——帕斯特納克。」但就在費爾特內里發電報之前，帕斯特納克先寫了一封法文信到米蘭給他。他說他因為受到壓力才會發電報，還說政府打算要出版一本修訂版的《齊瓦哥醫生》。他建議費爾特內里同意將義大利文版延後六個月推出。他接著向他的出版人懇求說：「更動我的原文已經是在所難免的，這固然令我難過，但如果你辜負了我希望你能忠於原文的期待，打算採用更動後的文字來進行翻譯，才真會讓我感到悲傷不已。」

到此時，費爾特內里已經沒有理由懷疑蘇聯版會在九月問世。他寫信告知帕斯特納克，表示他同意延後出版，他也會敦促譯者茲維特洛米希加快腳步，如此一來義文版就能夠緊接在俄文版之後立刻推出。根據國際出版法規，費爾特內里必須在蘇聯版問世後的三十天內出版，藉此確立他在西方世界擁有小說的版權。

到了四月，帕斯特納克寫信給他的一位蘇聯編輯，希望能夠預支一點版稅，無論是他那本即將上市的詩集、他翻譯的俄文版《浮士德》，甚或《齊瓦哥醫生》的版稅都好——儘管他早已認定自己不太可能因為那本小說而拿到錢，因為所有關於它的一切都只是「幻影」。[17]

費爾特內里與丹傑羅在五月於米蘭會面。費爾特內里說，茲維特洛米希的譯文幾乎快要完成了，詩人馬里歐·索克拉提（Mario Socrate）正在潤飾《齊瓦哥醫生》書末的那些詩文。在丹傑羅看來，費爾特內里不但滿意，也鬆了一口氣。「他向我保證，他還是個左派人士，他將會永遠為了自由而奮鬥，身為出版人，他也會永遠為了思想與文化自由而奮鬥」。[18]

到了六月，費爾特內里寫信給國家出版社。他同意，在九月之前都不會出版《齊瓦哥醫生》。他向「親愛的同志們」表達自己對於那本小說的意見：儘管小說達到了蘇聯的美學成就，但也會在莫斯科造成一些傷害。「他完美地呈現出俄國的自然、靈魂與歷史：他遵循最純正的寫實主義精神，不再只是追求流行，而是以藝術手法清楚而具體地描繪角色與事物」。[19] 費爾特內里表示，那本書也許會造成些許爭議，但是在蘇共二十大（the Twentieth Congress）召開過後，史達林的罪狀都已經曝光了，「揭露某些事實已經不會讓人感到驚訝或不安」。

「此外，西方讀者將會第一次有機會看到一位偉大藝術家、一位偉大詩人透過藝術作品來仔細分析十月革命——若是沒有此次革命，也不會創造出一個新時代，讓社會主義成為唯一理所當然的社會生活形式。對於西方群眾而言，那部小說的作者遠離政治活動，因此可以確保那些文字是他的肺腑之言，也才值得相信。我們的讀者一定看得出那部小說是俄國人民歷史中種種事件的全景式展現，它超越了所有的意識形態教條，他們也不會忽視這小說的重要性，他們看得出小說蘊含的積極展望。他們將會越來越深信，蘇聯人民所走的是一條進步的道路，也深信資本主義的歷史即將終結，一個新時代已經開始。」

費爾特內里的結論是，無論莫斯科方面有何疑慮，他從未想過「要藉著小說的出版造成轟動」。

帕斯特納克感謝他願意延後出版，但也讓他知道所謂小說會在九月於莫斯科出版云云，只是一場騙局：六月底他在一封給費爾特內里的信裡面寫道，「這小說永遠不可能在俄國問世」。[20]他還表示，「如果小說在蘇聯這裡並未問世，但卻在國外出版了，的確可能會為我帶來許多麻煩與不幸，但無論你我都不該擔心這點。重點在於讓那部作品得以與世人見面。請勿在此時收回對我的幫助。」

帕斯特納克寫信給他信任的作家好友安德烈．西尼亞夫斯基，表示許多人相信，赫魯雪夫治下的所謂「解凍」將會讓更多書籍有機會出版，但他「不常抱持那種信念，就算有，也只是偶爾隱約那麼認為而已」。他還說，《齊瓦哥醫生》的出版是「絕無可能的」。[21]

莫斯科的氛圍變得對於藝文界越來越有敵意。一九五七年五月，包括赫魯雪夫在內的蘇共高層與蘇聯作家協會的理事會成員見面。赫魯雪夫發表了將近兩小時的演說。[22]他說佛拉迪米爾．杜金采夫（Vladimir Dudintsev）剛剛出版的小說《不單是靠麵包》（*Not by Bread Alone*），「從骨子裡就是虛假不實的」。那是一本痛斥官僚體系的小說，喜歡的讀者都認為它是一本大膽與過去說再見的作品。赫魯雪夫還說，《莫斯科文藝年鑑》裡面充斥了「在意識形態上有所謬誤」的作品。這位蘇共總書記還說，「儘管史達林對於黨國而言還是帶有正面的意義」，但有些作家似乎「一股腦地完全否定他」。

到了六月，國家出版社宣布他們已經取消出版帕斯特納克的詩集。那年夏天，新成立的波蘭期刊《公論》（*Opinie*）刊登了一篇多達三十五頁的《齊瓦哥醫生》文摘。丹傑羅去佩羅德爾基諾村拜訪他之後，過沒多久，帕斯特納克就把書稿給了一位波蘭翻譯家朋友。那本七月／九月號的《公論》是討論波俄兩國友誼的專刊，在文摘前面有一篇介紹性短文，表示那本小說「是一個無所不包但又錯綜複雜的故事，主題是歷經一連串悲劇性衝突之後，俄國知識分子的命運與其意識形態轉變」。[23]

在蘇共文化部提供中央委員會的說明文件中，該部表示「透過該雜誌社為第一期刊物選擇的種種故事，可以看出該社對我們懷有敵意」。[24]文化部表示，「有必要授權蘇聯大使照會波國同志們，申明該雜誌對我們並不友善」。蘇聯的《文藝週報》受命抨擊波蘭期刊《公論》，但是「切莫驚動國外各界，導致帕斯特納克的邪惡詭計引發關注」。那些波蘭譯者獲召前往莫斯科，遭到訓斥。《公論》就再也沒有出刊了。另一件惹火當局的事，是《齊瓦哥醫生》裡面那些較為精神性的詩歌作品，被俄國流亡人士的雜誌《邊界》（*Grani*）刊登了出來，該雜誌於西德發行，是鷹派組織俄國民族團結聯盟（National Alliance of Russian Solidarists，簡稱NTS）的官方刊物。帕斯特納克並未同意他們刊登詩作，他們也沒有註明作者是誰，但誰都看得出是他的作品。

許多官員都曾在備忘錄中抱怨帕斯特納克，雖說他已經同意採納《新世界》對他進行的種種批判，據此修改《齊瓦哥醫生》，但就像某位官員所說的，「他並未著手編輯他的小說或者進行適當的修改」。一九五七年春天與夏初，大部分時間他都在住院，右膝半月狀軟骨發炎讓他痛苦不堪（席奈妲天天都去探望他，但有一次院方問起她是誰，讓她很不高興。等到她拿出身分證明，某位醫院員工說，一個小時以前，也有一位金髮女性自稱是帕斯特納克太太[25]）。

中央委員會的官員主張，應該再次透過義共方面拿回書稿，因為當時有個義共代表團為了參加世界青年大會（World Youth Festival）而去了莫斯科。那些義共代表遭到嚴厲斥責。赫魯雪夫本人向義共外交部門首長維利歐．斯帕諾（Velio Spano）抱怨，他說丹傑羅應該善盡朋友與賓客的本分，但卻因為帕斯特納克的小說引發一場風波。[26]顯然，已經有人把「小說中最無法令人接受的那些部分」拿給赫魯雪夫看過了。[27]

在此同時，帕斯特納克也向義大利方面傳達了一些訊息。他在七月寫信給義文版譯者茲維特洛米希，表示不管他可能必須面對什麼結果，都希望所有西方國家的出版社能持續進行出版工作。

他說，「我寫那本小說就是希望它能獲得出版，有人閱讀，如今那仍是我唯一的希望。」[28]

到了八月，帕斯特納克已經遭人緊緊盯上了。他寫信寄往英格蘭給妹妹莉荻雅，但都被格別烏攔截下來，她根本未曾拿到。[29]同一個月，蘇聯作家協會通知帕斯特納克，要他出席一場與協會高層之間的會議。帕斯特納克寫了一封短信給伊文斯卡亞，要她代表他參加會議。陪她同行的，是預計要負責俄文版《齊瓦哥醫生》的編輯史塔羅斯汀。會議由已經升任蘇聯作家協會總書記的蘇爾科夫擔任主席。蘇爾科夫首先與伊文斯卡亞密會，很客氣地詢問那本小說在國外的出版工作進行得如何了。伊文斯卡亞說，帕斯特納克的想法「根本與小孩一樣任性」，他深信「藝術無國界」的觀念。[30]

「沒錯，沒錯，」蘇爾科夫說。「他那個人的個性就是如此。但這也太不識時務了。你早該阻止他——畢竟你可是他的美好天使。」

等到公開會議開始後，帕斯特納克「背叛黨國的行徑」讓蘇爾科夫越來越激動，剛剛的平靜神態也就蕩然無存了。他指控帕斯特納克受到貪婪左右，表示他打算靠小說從國外弄到錢。伊文斯卡亞想要發言，但是遭到喝斥，有人叫她不要打岔。擔任理事會成員的小說家瓦倫汀·

卡塔耶夫（Valentin Katayev）對她咆哮：「你來這裡實在是毫無意義。你以為自己是誰的代表？是詩人或叛徒？還是你不在意他背叛了國家？」等到卡塔耶夫發現史塔羅斯汀是那部小說的編輯，他接著說：「編輯？你想得美！**那種東西**怎麼能夠被編輯呢？」

史塔羅斯汀沮喪不已，在遭到連番痛斥之後，他對於那本小說已經不再懷抱著幻想了。「離開時我們都身心俱疲，因為我們知道《齊瓦哥醫生》已經走入了死胡同，不可能出版了。」[31]

跟據帕斯特納克於後來的描述，那場會議「就像是一九三七年ii那種會議，在會上總有人憤怒咆哮，說某件事前所未見，要求一定要把帳算清楚」。[32]隔天，伊文斯卡亞幫帕斯特納克安排好，要與中央委員會的文化部部長波里卡波夫見面。會面之前，帕斯特納克要伊文斯卡亞把一封信交給波里卡波夫。那封信似乎是為了激怒他而寫的：「謹守道德分際的人對自己未曾感到滿意。有很多事情令他們感到遺憾，很多事都是重蹈覆轍。這輩子只有一件事未曾讓我感到悔恨：就是寫出那本小說。我把我的想法寫出來，直到今天，我的想法仍然沒變。我沒有把小說藏起來，也許是錯的。如果小說被我寫得軟弱無力，我敢跟你保證，我一定會把它藏起來的。但事實證明，它所蘊含的力量超乎我的想像，那力量是渾然天成的，所以它的命運已非我能掌控。」[33]

波里卡波夫怒不可遏，要求伊文斯卡亞在他面前把那一封短信撕掉。他堅持要見帕斯特納克。接下來幾天，波里卡波夫與蘇爾科夫都與帕斯特納克見了面。會談的氣氛雖然緊張，但雙方都算客氣，他們倆都向帕斯特納克表示，他必須發電報給費爾特內里，要求歸還書稿。他們警告帕斯特納克，如果他辦不到，「後果將會對他非常不利」。[34]他們幫帕斯特納克起草了一份電文，希望他能發給費爾特內里，內容是：「我已經開始重寫《齊瓦哥醫生》的草稿，而且此刻我深信，現有的版本無論如何都不能算是成品。你手裡的書稿只是初稿，尚需徹底修改。在我看來，以小說目前的狀態而言，要出版是不可能的。這將會違反我的原則，也就是只允許定稿出版。懇請將《齊瓦哥醫生》的書稿寄回到我在莫斯科的地址，如果沒有它我就無法重寫。」[35]

帕斯特納克拒絕發送電文。伊文斯卡亞請丹傑羅跟帕斯特納克談一談，勸他發電報。丹傑羅根本還來不及說話，帕斯特納克就怒道：「如果你來這裡是要建議我屈服，那麼你該知道你自以為是為我好，但卻不尊重我。你把我當成沒有尊嚴的人。《齊瓦哥醫生》的出版已經成為我人生中最重要的事，別打算阻止我。現在如果費爾特內里收到一封電報，發現內容反駁了我過去在信裡面寫了又寫的那些話，他會怎麼想？他會當我是瘋子，還是懦夫？」[36]

丹傑羅向帕斯特納克轉述他在米蘭與費爾特內里的對話。書是一定要出版的。此外，就算費爾特內里聽命於那顯然是出自逼迫的電報，還是有好幾家西方國家出版社已經取得書稿，它們肯定會自行出版。丹傑羅告訴帕斯特納克，沒有必要拒絕發電報，儘管那只是無用之舉，卻能解救他自己與他深愛的那些人。丹傑羅宣稱，蘇聯政府已經輸掉了這一場與《齊瓦哥醫生》對抗的荒謬戰爭。

那封俄文電報在一九五七年八月二十一日發出。波里卡波夫立刻知會了中央委員會，並且建議也發個副本給義共，如此一來他們才能向費爾特內里施壓。費爾特內里前往義共位於米蘭的辦公室，獲派與他會面的，是資深黨員兼文評家馬里歐．阿里加塔（Mario Alicata）。阿里加塔在費爾特內里面前憤怒地揮舞著帕斯特納克的電報，但這位出版人不願讓步。[37]

在此同時，帕斯特納克也急著向費爾特內里與其他人發送訊息，以免他們把電文當真。他告訴造訪佩羅德爾基諾村的哈佛教授米莉安．柏林與其丈夫iii，他當然希望那本小說能在蘇聯以外的地方出版。帕斯特納克的妹妹約瑟芬曾經請柏林向帕斯特納克確認他的意向。帕斯特納克說，電文是他被逼迫才寫出來的，所以不應予以理會。他說，「我的下場如何並不重要。我這一生算是完了。那本書是我為文明世界留下的遺言。」[38]義國學者維托里歐．史特拉達（Vittorio Strada）去拜訪他，離別時他對史特拉達低聲說，「維托里歐，告訴費爾特內里，我希望我的書能夠問世，不計一切代價。」[39]

儘管當局對帕斯特納克軟硬兼施，在諸多訪客面前他還是顯得很平靜。那年九月，葉夫格尼．葉夫圖申科帶著另一位義國教授安傑羅．里佩李諾（Angelo Rippelino）去拜訪他。帕斯特納克說，「很喜歡義大利人」。他邀請他們留在家裡吃晚餐。葉夫圖申科注意到，「帕斯特納克看起來就像只有四十七、八歲而已。他整個人顯得煥然一新，非常驚人，彷彿一束剛剛剪下來的紫丁香，葉子上面仍有清晨的露珠。他似乎全身容光煥發，從各種很炫的手勢，到驚人的孩子般微笑，常常會在他那生動的臉上閃現」。[40]里佩李諾離開後，帕斯特納克與葉夫圖申科繼續邊喝邊聊，直到寅夜。[41]席奈妲責備年僅二十三歲的葉夫圖申科：「我丈夫會被你害死」。

不久後，葉夫圖申科讀了《齊瓦哥醫生》，但他「覺得失望」。他說，深深吸引後史達林時代年輕作家的，是海明威那種充滿陽剛氣息的散文與小說；還有沙林傑（J. D. Salinger）與雷馬克（Erich Maria Remarque）等作家的作品。相較之下，《齊瓦哥醫生》似乎比較老派，甚至有點無聊，是老一代的作品。他沒有把小說讀完。

蘇聯版《齊瓦哥醫生》的九月期限已經過了，莫斯科的官員們開始急了起來。駐巴黎與倫敦的蘇聯外貿代表分別想請伽利瑪（Gallimard）和哈維爾兩家出版社歸還書稿未果。[42]駐倫敦蘇聯大使館也堅持，如果哈維爾出版社非出版不可，應該在小說前面的導言申明，帕斯特納克自己不希望出版。[43]英國外交部非但勸哈維爾出版社不要把英文譯本送給帕斯特納克修改，還提出建議，不用提及帕斯特納克本人反對出版，只要註明「本書為蘇聯禁書」就好。外交部代表菲利浦．德朱略塔（Philip de Zulueta）在英相官邸發文表示，「也許，這不只是從宣傳的角度來講是好事一樁，甚或能對帕斯特納克本人稍稍產生保護的作用。」這種說法或許有點好笑，理由是：儘管註明是蘇聯禁書當然能促進銷量，但沒人知道這對帕斯特納克是否有所幫助。

到了十月，彼得．茲維特洛米希前往莫斯科，發現「那本小說造成了某種非常惡劣的氛圍」。[44]茲維特洛米希是以義大利代表團成員的身分造訪，受到蘇聯作家協會的招待，幾乎一到莫斯科就有人告訴他，《齊瓦哥醫生》的出版將會同時汙辱了帕斯特納克與蘇聯。茲維特洛米希拿到一份打字的信函，據說是由帕斯特納克署名，裡面重申了某些已經出現在二月那份電文裡的東西，還抱怨費爾特內里始終沒有回覆。[45]在與作家協會的一些官員會面時，茲維特洛米希表示，《齊瓦哥醫生》的出版是無法阻止的。他曾回憶道：「事實上，當時還爆發了口角。」[46]帕斯特納克認為與茲維特洛米希見面並不安全，但是他可以見伊文斯卡亞，她請他轉交一封帕斯特納克的短信給費爾特內里，裡面寫的才是帕斯特納克的真心話。在一封寫給費爾特內里的信裡面，茲維特洛米希寫道：「P.請你千萬別有所顧慮，儘管他們威脅要餓死他，但他已經迫不及待地想看到那部小說問世。」[47]茲維特洛米希因為在莫斯科的遭遇而退出共產黨。後來他寫道：「我深信，蘇聯並沒有社會主義，只有亞洲式的神權專制政權。」[48]在那一封轉交給費爾特內里的信裡面，帕斯特納克寫道，「原諒我把那麼多冤枉事攬在你身上，因為我那可悲的信念，未來你也許還會遇到更多這種事。祝願支撐我活下去的信念，那遙遠的未來，亦可以保護你。」

十月十日，費爾特內里回覆了帕斯特納克的電文。那封信儘管寫著「帕斯特納克收」，但卻是要寫給蘇聯當局看的，由出版社扛下責任，希望他們不要責怪作者，藉此保護帕斯特納克。一開始，費爾特內里寫道，儘管電報提及小說不算成品，需要徹底修改，但他看不出那些缺點。費爾特內里提醒當局，先前他已經同意延到九月出版，如今已經沒有任何理由阻止他。

他還佯裝對他那難搞的作者說教：「你那令人極度遺憾的電報已經在西方文壇造成緊張的局面，為了避免情勢惡化……我們建議你不要再試著阻止小說的出版，此舉不但完全無效，還會讓整件事沾染上政治醜聞的色彩，而那可說是我們始料未及也不樂見的」。[49]

蘇爾科夫於十月以蘇聯詩人代表團成員的身分前往義大利，但他真正的任務卻是去質問費爾特內里。他帶著翻譯衝進出版社位於安德加里街的辦公室。就連樓下街道上都能聽見他用俄語咆哮的聲音。蘇爾科夫跟阿里加塔很像，在費爾特內里面前憤怒揮舞帕斯特納克的電報。費爾特內里在他那牆上掛著帕斯特納克肖像的辦公室裡說，「我知道那種信是怎麼寫出來的」。[50]蘇爾科夫在那裡鬧了三個小時，但無功而返。費爾特內里說，他是「自由國度裡的自由出版商」。[51]他還跟蘇爾科夫說，藉由出版那本小說，他讓蘇聯文學史又多了一部偉大的敘事作品。他表示，儘管莫斯科的文化事務官員不懂，那本小說可說一字一句都是真理。與蘇爾科夫會面後，費爾特內里說他看起來就像「浸過糖漿的鬣狗」。[52]

蘇爾科夫不打算就此放棄，他還使出迄今最為厲害的撒手鐧。他接受義共黨報《統一報》的專訪（十一年前，費爾特內里就是該報特約記者）。他是第一個公開評論《齊瓦哥醫生》的蘇聯官員，在專訪中他表示自己句句屬實，「說的都是真心話」：帕斯特納克的小說之所以會被他的同志們鄙棄，是因為他質疑了十月革命的正當性。帕斯特納克接受批判，要求義大利出版社退還書稿，以便進行修正。根據媒體報導，儘管違背了作者本人的意願，小說還是會在義大利問世。

「文學已經開始捲入冷戰之中，」蘇爾科夫強調，「如果這是西方世界所謂的自由，哼，那我只能說我們對自由的看法與西方不同。」[53]專訪他的記者表示，他的一番話「是為了把自己對這整件事的糟糕感受講清楚」。蘇爾科夫接著表示，「在我們的文學史上，自從皮涅克的小說《紅木家具》以來，這是第二次，第二次有俄國人寫的書首先在外國出版。」

皮涅克曾是帕斯特納克的鄰居，已遭處決，提及他可說已是一種直接的威脅。蘇爾科夫向來認同國家暴力的迫切必要性。前一年他曾向某位南斯拉夫記者表示，「我曾目睹許多朋友與作家在我眼前消失，但在當時我認為是有必要的，是基於革命的需求。」[54]費爾特內里向帕斯特納克的美國出版商寇特・沃爾夫（Kurt Wolff）表示，應該盡可能讓蘇爾科夫的話被廣為流傳，而且「應該設法敦促《時代》（*Time*）雜誌與《新聞週刊》（*Newsweek*）出馬」。[55]

到了十月底，帕斯特納克不得不再度向費爾特內里傳話。他說，對於費爾特內里遲遲沒有回信，他「深感震驚」，還表示「如果你是個正派的人，就該遵從作者的意願」。[56]

最後一封電報在十月二十五日發出後，在小說即將出版之際，帕斯特納克又私底下寫了一封短信給費爾特內里，信上註明的日期是十一月二日：

費爾特內里先生鈞鑒：

我對您的感激實在難以言喻。儘管我們蒙受許多可鄙的羞辱，但在未來，你我都將獲得報償。喔，無論是你，或伽利瑪，或柯林斯，都沒有因為我的簽名（！）而接受那些愚蠢與粗暴的要求，沒有被愚弄，這實在讓我樂壞了，因為那根本就是他們對我軟硬兼施，從我這裡勒索到的假簽名。他們以前所未聞的傲慢態度表現出義憤填膺的姿態，說你以「暴力手段」妨礙我的「文學創作自由」，但事實是，他們私底下也以同樣的暴力來對付我。而且，他們還以關心我的名義，以維護藝術家神聖權利的名義來遂行破壞之實！但是，很快我們就能看到義大利文、法文、英文與德文版的《齊瓦哥醫生》，而且有一天搞不好還會在某個遙遠的國度出現俄文版！這是一件大事，所以我們就全力以赴，順其自然吧。[57]

一九五七年十一月十五日，初版的《齊瓦哥醫生》義大利文譯本付印，五天後立刻二刷，又印了三千本。[58]十一月二十二日晚上，出版社在米蘭洲際酒店（Hotel Continental）舉辦新書發表會，隔天小說在各大書店上架，立刻就成為暢銷書。

《米蘭晚郵報》（*Corriere della Sera*）登出最早的書評之一，標題是：「原以為是政治毀謗，卻發現是一部藝術作品」。「身為西方的第一批讀者，帕斯特納克不需要我們給予任何政治評斷，」那篇書評的結論寫道，「也許那老作家正待在寂寞的村子裡，他只想知道我們是否看得出故事的詩意，我們是否能發現任何可證明其藝術信念的證據。答案是肯定的，我們行。」[59]

《齊瓦哥醫生》就此踏上了一趟漫長的旅程。但是，還得要有一位祕密盟友的幫助，它才能返回俄國老家。

i 齊瓦哥醫生雖然於一九二九年心臟病發身故，但小說第十六章〈尾聲〉是從一九四三年夏天開始寫起，那時已經是史達林時代了。
ii 指一九三〇年代，史達林執政時期的大規模清算。
iii 米莉安．柏林（Miriam Berlin, 1926-2015）的丈夫並非以撒．柏林。

捌。

——鐵幕被我們扯破了一個大洞。

一九五八年一月初，兩份膠卷送抵位於華府的中情局總部，那就是由英國情報單位提供的《齊瓦哥醫生》俄文版書稿。[1]這本小說讓局裡的人感到些許振奮。中情局蘇聯分局局長寫了一份備忘錄，給該局祕密行動的負責人法蘭克．威斯納（Frank Wisner）處長，表示《齊瓦哥醫生》「是自從史達林死後，出自蘇聯作家筆下最為離經叛道的作品」。[2]

蘇聯分局約翰．莫瑞（John Maury）局長寫道：「帕斯特納克的小說深具人道主義色彩，他認為無論在政治上效忠誰，或對於國家有無貢獻，每個人都有資格享受有隱私權的人生，應該受到人類該受到的尊重，而這已經嚴重地挑戰了個人必須為共產體制犧牲的蘇聯價值觀。」「小說並未呼籲人民反抗政權，但齊瓦哥醫生主張政治上的消極態度，卻是非常關鍵的。儘管共產政權要求人民積極而熱情地參與官方的活動，但帕斯特納克卻認為，對那些活動抱持消極態度的小人物比當局偏愛的那些『積極參與者』更為優越。此外，他還大膽地暗示，如果沒有那些『狂熱分子』，社會會運行得更順利。」

莫瑞能講流利的俄語，當年希特勒入侵蘇聯時，他是駐莫斯科的海軍助理武官。[3]美國曾於戰時根據租借法案（Lend-Lease program）為蘇聯提供價值一百一十億美元的軍用品，他也曾為了該項計畫而被派駐莫曼斯克港（Murmansk）。然而，莫瑞對於這個戰時的盟國卻沒有任何情感。他深信，想要了解蘇聯的種種行動，必先徹底掌握俄國歷史。他手下某位幹員說，「他認為蘇聯政權是俄羅斯帝國的某種延續，格別烏的真正建立者是恐怖伊凡[i]。」[4]

中情局蘇聯分局的成員以第一代與第二代俄裔美國人為骨幹，許多人的家庭都是為了躲避布爾什維克黨人而逃離俄國。讓分局最得意的是他們舉辦了許多伏特加酒會，席間歡唱俄語歌曲。某位曾於一九五〇年代在該局工作的幹員回憶道，「我們最厲害的就是 *charochka*，那是俄國特有的喝酒歌，中間夾雜著此起彼落的 pey do dna（乾杯聲）。」[5]

英美兩國情報機關的共識是，《齊瓦哥醫生》應該以俄文出版，但英國方面「要求不應在美國出版」。[6]此立場也變成了中情局的政策，因為他們的盤算是，如果在美國出版俄文版，很容易就會被蘇聯斥之為政治宣傳，相較之下，在歐洲某個小國出版反而不會。此外，如果美國公然插手，也唯恐莫斯科當局會迫害帕斯特納克。

《齊瓦哥醫生》在義大利出版後不久，局裡的員工就在一份內部備忘錄裡建議，「應該盡可能促成那本小說在許多國家出版翻譯本，讓它在自由世界享有最高的能見度與讚譽，並且獲得諾貝爾獎這種殊榮的提名」。[7]儘管中情局希望帕斯特納克的小說能獲得全球矚目，包括受到瑞典皇家科學院的提名肯定，但並無任何跡象顯示該局印製俄文版《齊瓦哥醫生》的目的，是要幫助帕斯特納克獲獎。

當中情局在執行《齊瓦哥醫生》的祕密行動時，他們獲得了來自政府最高層的支助。透過監督所有祕密任務的行動協調委員會，艾森豪總統主政的白宮間接地把絕對主導權交給中情局，要他們好好「利用」那本小說。[8]會做出此一決策，背後的理由在於「這個任務的敏感度高，不能讓外界察覺美國政府以任何形式出手干預」。因此美國並未透過國務院或美國新聞總署公開宣傳那本小說，祕密進行的目的，是為了避免「帕斯特納克或其家人可能遭受報復」。行動協調委員會以口頭的方式指示中情局，要他們把那本書「當成文學作品來宣傳，而非冷戰的政宣品」。

事實上，中情局的人本來就喜愛文學，無論是小說、短篇故事或詩歌。尤其是喬伊斯（James Joyce）、海明威、艾略特（Eliot），或者杜斯妥也夫斯基、托爾斯泰，還有納博柯夫。書是一種武器。如果有任何文學作品是蘇聯或東歐民眾無法取得的，或者是禁書，那就可能是一部挑戰蘇聯現狀，抑或呈現強烈反差的作品，中情局就會希望讓東方集團（Eastern Bloc）[ii]的民眾取得。到了一九五八年，冷戰已經持續了十二年之久，因為蘇聯對於布達佩斯的血腥鎮壓，亦因為西方強權，特別是美國往往只能透過鐵絲網旁觀，除此之外無從施力，再也沒有人敢妄想要解放東方集團各國「受到禁錮的人民」。一九五三年，美國無法幫助那些進行大規模罷工的東德民眾，到了一九五六年波蘭人民起義，也是一樣。共產主義之所以不會被打垮，理由很簡單：如果有人出手干涉，衝突可能會升高成東西強權之間的原子彈大戰，而這是沒有人樂見的。

一九五〇年代期間，中情局與克里姆林宮持續於全球各國進行著未曾停歇的政治攻防戰。此行動的目標，除了是為了對西歐的北約組織（NATO）加強援助，也是為了反制蘇聯的政治宣傳，並且挑戰蘇聯在世界各國的影響力。中情局深信，無論是以新聞、藝術、音樂或者文學等各種形式呈現，理念的力量都足以漸漸毀掉蘇聯政權在人民心中的權威，削弱它在東歐各附屬國的影響力。對於中情局來講，這是一場漫長的競賽。負責監督該局大部分祕密政宣活動的中情局國際組織局（International Organizations Division）局長柯德·梅爾（Cord Meyer）曾在書中寫道，接觸西方觀念「的時間越久，就越有機會促成改變，讓社會更為開放」。[9]

為了進一步達成目標，中情局利用許多外圍組織與空殼基金會，把數以百萬計的祕密預算投注在舉辦巡迴音樂會、藝術展，資助知識分子的雜誌、學術研究、學生運動與新聞組織——還有出版活動。在西歐，中情局也資助非共黨左派，把它們視為用來對付共黨敵手的主要灘頭堡。冷戰期間，反共活動與自由派的理想主義的盟友關係「看來極其自然而然，也很恰當」，一直要到一九六〇年代，雙方才分道揚鑣。[10]「我們最主要是為左派和中間派的民主政黨提供援助，」梅爾說。「右翼與保守政治勢力則是擁有自己的資金來源：真正能與共產黨爭搶選票與影響力的，是在政治光譜上的左派陣營，想要促成該陣營裡的工人階級與知識分子結盟，仍有待努力。」

約翰．麥卡錫（Joseph McCarthy）參議員於一九五〇年代初掀起一股反共熱潮後，到了五〇年代中後期雖然早已結束，但麥卡錫主義的餘毒仍在，無論是國務院或其他政府機構都無法說服國會公開資助左翼組織，或在歐洲宣傳藝術。即便是與共產集團國家進行對抗的直接行動，國會在審查預算時也會猶豫不決，因為出版書籍看來實在不太具有實效。幸好中情局有龐大的祕密預算，可說是最適合完成此一任務的單位。該局深深相信，冷戰也是具有文化性質的。[11]他們意識到，每年投入數以百萬計的預算來資助文化活動，「可以彰顯出觀點的多元性與差異性，而且言論自由的概念也能帶來鼓舞作用。因此，許多組織雖然獲得美國各政府單位的贊助，但組織代表與成員所表達的觀點常與美國政府有所不同……只有相當深謀遠慮的人才會了解：容忍人民公開表達非正統觀點這件事本身就是一種潛在的武器，足以用來對抗那種有如鐵板一塊的共產主義式行動一致性」。[12]因此，中情局也就「成為全世界拿出最多錢來贊助各種活動的機構之一」[13]，能夠與福特、洛克斐勒與卡內基等各大基金會匹敵。

總統杜魯門（Harry Truman）並不喜歡美國在承平時代還設有情報機關。各家報社與某些國會議員則是擔心會出現美國版的蓋世太保。二次大戰過後不久，某些政府部門人士對於資助那種見不得人的祕密行動開始感到不安。但是，隨著與蘇聯之間的關係越來越緊張，杜魯門總統所謂一定程度的「集權化刺探工作」（centralized snooping）似乎已經不可避免。[14]於是才會在一九四七年成立中情局，國會除了授權該局負責情蒐工作，也讓該局有權進行「其他與國家安全有關的情報工作與任務」。因為授權內容如此模糊，該局的祕密行動才獲得了法律上的依據，很多行動都是無法溯源到中情局的，美國政府大可以否認那些事；不過，當國會並未具體授權時，該局是否能夠進行「祕密的政宣工作」？中情局的第一任首席法律顧問（general counsel）對此問題仍然是有所疑慮的。[15]冷戰初期，對於該如何建立一個有效率的常設機構，由它來負責執行各種任務（從政治宣傳工作到具有軍事性質的行動，例如為海外流亡團體提供武器，幫他們偷渡回東歐共產集團國家去進行破壞任務），包括國務院與國防部在內的許多政府部門都曾爭議不休。

喬治．凱南（George Kennan）是深具影響力的外交官與政策制定者，也是為美國擘劃祕密行動的政府智囊。在他看來，美國必須動員所有資源與心力，設法阻止蘇聯那種舊式的擴張主義。美國所面對的這個敵人，自從一九二〇年代以來一直善於創造各種外圍組織：各種提倡理想主義論調的國際組織，它們高呼和平與民主等非共產理念，但骨子裡卻都是由克里姆林宮與其代理人控制的。華府需要一個機構「來幫忙處理那些深具必要性，但是又不能由政府直接出手的差事」。[16]一九四八年五月，由凱南擔任主任的國務院政策計畫處（Policy Planning Staff）撰寫了一份備忘錄，題名為〈組織性的政戰已經揭開序幕〉（The Inauguration of Organized Political Warfare）。[17]備忘錄內容指出，「克里姆林宮的政戰作為堪稱史上最為精細而有實效」，還主張美國為了採取反制措施，「如果不把我們的資源用於進行祕密的政治戰爭，後果不堪設想」。裡面還列出了許多建議，認為美國應該支助與培植蘇聯集團內部的反抗勢力，並且援助西方國家的蘇聯流亡分子，以及在意識形態上與蘇聯敵對的勢力。

相隔一個月，國安會就創立了一個叫作特別計畫處（Office of Special Projects）的單位，儘管一開始它是個獨立的單位，但辦公地點就在中情局裡面。這個新單位很快就換了一個也是很低調的名字：政策協調處（Office of Policy Coordination，簡稱OPC）。這個單位的處長是曾在戰時待過軍情單位戰略情報局（Office of Strategic Services，簡稱OSS）的法蘭克·威斯納。從一九四四到四五年之間，他曾被派駐到布加勒斯特（Bucharest）半年，當時他曾經在絕望與憤怒中，目睹七萬名有德國血統的羅馬尼亞人被俄國軍隊用火車車廂押運，要載往蘇聯去當奴工。[18]曾有人寫道，「令這位戰略情報局幹員感到『震驚無比』的是，蘇聯以一種赤裸裸的方式展現其力量，在此同時俄國人正在慶祝盟國的合作模式進入了新紀元。」[19]這經驗讓威斯納畢生難忘。自此他把打擊敵人視為使命，渾身充滿了反共的幹勁。

威斯納把他規劃好的祕密行動劃分成五個不同領域：心理戰、政治作戰、經濟戰、預防性的直接行動，還有各類雜務。[20]他希望該處的業務能夠包山包海，從鼓動蘇聯人民變節，到利用俄國流亡人士發動暴力攻擊，還有培植反共抵抗運動。隨著國安會高層人事的更新，政策協調處持續擴權，人力與資源也越來越多。到了一九四九年，中情局內部已經有三百零二名員工在負責祕密行動。[21]三年後，人數增為兩千八百一十二人，外加三千一百四十二個海外約聘員工。這些間諜與幹員遍布於全球四十七個工作地點，在同樣的三年期間，他們的行動預算由四百七十萬美元增加為八千兩百萬。到了一九五二年，政策協調處與特別行動處（Office of Special Operations）合併，成立一個叫作計畫署（Directorate of Plans）的新單位。

曾任中情局局長的威廉·柯爾比（William Colby）當時還是個年輕的新進員工，他說威斯納為他麾下的組織「營造出一種宛如聖殿騎士團的氛圍，以阻止共產黑暗勢力染指西方自由世界為己任」。[22]威斯納同時也具有一種「帶著孩子氣的魅力，冷靜但隨時都能出擊，是個來自密西西比州的跨欄比賽選手」。[23]他希望他的手下也要有那種「額外的特質」：跟他一樣曾經參戰，運動神經很棒，聰明但並非書呆子，出身自名校，尤其是耶魯大學。[24]

因為受到一種「聖戰」的氛圍吸引，在那當下覺得中情局毫無疑問站在正義的一方，許多作家與詩人都加入了該局。中情局的反情報部門首長詹姆斯·安格頓（James Jesus Angelton）曾經是《耶魯文學雜誌》（*The Yale Literary Magazine*）的編輯，也是該校文學期刊《狂怒》（*Furioso*）的創辦人之一。他把詩人龐德（Ezra Pound）當成密友之一。柯德·梅爾二世也曾是《耶魯文學雜誌》的一員，曾在《大西洋兩岸月刊》（*The Atlantic Monthly*）發表小說作品，當他在負責中情局的政宣工作時，仍然嚮往著作家生涯。被梅爾招募到局裡的羅比·麥考利（Robie Macauley）曾經待過《肯揚評論》（*The Kenyon Review*）iii，後來他離開中情局，成為《花花公子》（*Playboy*）

雜誌的文學編輯，當時梅爾跟他說：「也許我會寄一篇故事給你，用某個恰當的假名投稿」。[25]約翰．湯普遜（John Thompson）是另一個曾待過《肯揚評論》的中情局員工。約翰．杭特（John Hunt）則是大約在他的小說作品《世代傳承》（*Generations of Men*）問世之際被招募的。《巴黎評論》（*Paris Review*）的創辦人之一兼編輯彼得．馬修森（Peter Matthiessen）則是在為該局工作期間，完成他的小說作品《共產黨人》（*Partisans*）。[26]

梅爾曾經參與戰鬥，在關島負傷，並且失去了一隻眼睛，他寫道，「一九五一年春天，我南下華盛頓去加入一場戰鬥，它的暴力程度不及我在十年前志願參加的那場戰爭，但是卻比較複雜而且模稜兩可。」[27]

為了把資金提供給想要贊助的各種活動，中情局創造出許多優越的民間組織。他們找來美國的社會名流擔任組織的理事會成員，但那些有錢的贊助者只是被用來將龐大金流予以合理化的幌子。最早成立的類似組織之一，是創設於一九四九年的自由歐洲國家委員會（National Committee for a Free Europe），該會在紐約設有許多辦公室。委員會成員包括後來很快成為總統的艾森豪、影業大亨塞希爾．德米爾（Cecil B. DeMille）與戴若．札努克（Darryl Zanuck）、福特汽車公司總裁亨利．福特二世（Henry Ford II）、紐約州樞機主教法蘭西斯．史培爾曼（Francis Spellman），還有該組織的執行祕書艾倫．杜勒斯。[28]一九五一年，杜勒斯加入中情局，在一九五三年成為該局局長。這些自願入會的人大都曾被告知該委員會的中情局背景，或是自己猜了出來。該會後來又改名為自由歐洲委員會（The Free Europe Committee），他們聲稱所有資金都是透過一個叫作自由十字軍（Crusade for Freedom）的全國性募款活動集得。但事實上，自由歐洲委員會的預算大約只有百分之十二是募集而來，其餘都是來自中情局的慷慨贈與。[29]中情局透過一家位於華爾街的銀行每週開立一張支票，由該會兌取大量現金。[30]

自由歐洲委員會的主要業務是自由歐洲之聲電台（Radio Free Europe），該台從一九五〇年七月四日開始以捷克語、斯洛伐克語、羅馬尼亞語廣播，緊接著又有波蘭語、匈牙利語和保加利亞語三種語言。自由歐洲之聲之後，一九五三年又有了第二個電台，播音的對象是蘇聯，台名是解放之聲（Radio Liberation）。這家電台後來通稱為自由之聲電台（Radio Liberty），主事者是另一個叫作美國解放委員會（American Committee for Liberation）的非營利外圍組織。這個委員會的辦公室設在紐約市中心曼哈頓地區，委員會成員比較沒那麼有名，運作方式也較為神祕。在第一次理事會會議上，只簡單表示解放之聲的經費來自於「委員會成員的友人」。因為中情局發現，自由歐洲委員會的那些權貴們自大自負，有時候很難控制，所以該局決定，改由身分地位比較沒那麼顯赫的成員來組成解放之聲背後的組織。儘管兩家電台的成立目的，都是為了宣揚美國的外交政策，維護國安旨趣，但兩者都享有相當程度的自主權，理由可能僅僅是因為中情局沒有辦法掌控兩個這麼大的新組織。[31]一開始兩家電台只是發言內容稍嫌尖銳的政府喉舌，後來逐漸演變成可信度較高的新組織，主要分水嶺之一是自由歐洲之聲在一九五六年匈牙利革命期間有鼓動革命成員之嫌，營造美國即將介入革命的假象，為此受到猛烈抨擊後，不得不做出改變。電台的播音內容裡面偶爾會含藏著機密資訊，也有些幹員以電台員工的身分掩護自己。不過，大致上華府方面很少直接插手，只是委由一個美國人組成的經營團隊來監督編輯，而編輯都是流亡海外的共黨國家人民。事實上，對於電台的言論，華府根本不需要加以嚴格管控。中情局看得出他們想要傳達的訊息，總是會自然而然地出現在那些反共員工的日常評論裡。解放之聲所扮演的角色是一個替代性的國內電台，播音內容主要都聚焦在蘇聯國內的時事，而非世界大事。

自由歐洲之聲與解放之聲都是在慕尼黑設站播音。透過美國解放委員會，中情局也在慕尼黑設置了一些相關的外圍組織，例如蘇聯研究學院（Institute for the Study of the Soviet Union）與戰後流亡分子中央協會（Central Association of Post-War Émigrés，通常是根據其俄文簡寫而被稱為 TsOPE）。中情局於慕尼黑無所不在，這已經是個公開的祕密。有一個解放之聲的員工曾經表示，「〔在電台總部裡〕，就算是鍋爐工與清潔工也對真實的狀況略有所知」。[32]格別烏則是把慕尼黑稱為 diversionnyi tsentr，意思是「叛亂總部」。[33]

在蘇聯國內城市的成年人口裡面，大約有三分之一會收聽西方電台的廣播。[34]索忍尼辛曾說，「就連西方人也難以想像，那不帶軍事性質的電台播音內容好像含藏了千軍萬馬，在共產黨的黑暗鐵幕裡深具煽動力」。[35]就一九五八年而言，蘇聯為了干擾西方電台播音而支出的經費，居然多過於他們在國內與國際播音上面所花的錢。[36]

自由歐洲委員會也創立了自家專屬的出版機構，也就是自由歐洲出版社（Free Europe Press）。這出版社沒辦法利用短波播音的方式進入鐵幕，但它也用自己的方式從空中發揮影響力。一九五一年八月二十七日，自由歐洲委員會選擇在捷克斯洛伐克邊境附近的德國巴伐利亞地區施放熱氣球，讓它們隨風穿越國界。有許多來自美國的名流參與了初次施放氣球的儀式，其中包括自由十字軍的主席哈洛德·史塔森（Harold Stassen）、報紙專欄作家德魯·皮爾森（Drew Pearson），還有曾任時代生活出版集團（Time-Life）董事總經理，後來成為艾森豪總統任內主要心戰顧問之一的傑克森（C. D. Jackson）。他們把熱氣球設計成會在九千多公尺的高空爆炸，氣球載運的幾千份政宣傳單就會四散到下方的地面上。「新的風吹了起來。新的希望在蠢動著。自由國度的朋友們找到與你們聯絡的新方式了，」自由歐洲出版社製作的最早幾份手冊之一是這麼寫的。「再深的地牢都關不住真相，再高的圍牆都擋不住自由的訊息。暴政無法控制風向，無法奴役你們的心。自由將會東山再起。」[37]

史塔森曾向《時代》雜誌表示：「鐵幕被我們扯破了一個大洞。」

接下來的五年，自由歐洲委員會施放了六十萬個氣球，將數以千萬計的政治宣傳單空投到東歐各地，其中也包括信函一般大小的雜誌。[38]捷克斯洛伐克試著擊落那些氣球。[39]美國在一九五六年終止了這項計畫，因為西德政府開始抗議，「對於這種從德意志聯邦共和國[iv]境內進行的侵略領空行為感到極度憂慮」。[40]捷克斯洛伐克政府謊稱有一架飛機因為氣球而墜毀。不過，的確曾有氣球造成奧地利的民宅失火（有個家庭主婦被掉落家中的氣球嚇到，不小心把廚房火爐打翻）。這個計畫的成效實在太難以估計，而且過於粗糙，很容易就被看穿。

中情局改變策略，開始寄書。

一九五六年四月，自由歐洲出版社的社長薩謬爾．渥克二世（Samuel S. Walker Jr.）召開一次會議，地點在該社位於曼哈頓西五十七街的辦公室裡，與會者是他手下的美國與東歐青年。議程裡面有一個可能會推動的新計畫：把書籍寄送到鐵幕裡的各個地區。與會的東歐青年都曾經寄包裹給老家的親戚，他們深信寄政宣資料是可行的。其他人則是唯恐共黨政府的檢查人員會把來自西方國家的書籍攔截下來，包括自由歐洲委員會最重要的學界顧問之一，倫敦大學的休．塞頓—華森（Hugh Seton-Watson）教授也這麼認為。最後的決策者是仍然不到三十歲的渥克，他曾經是《耶魯每日新聞》（*Yale Daily News*）的報社社長，為了自由歐洲出版社的反共大業而放棄《時代》雜誌的工作。他說，「我們就放手去做吧。」[41]他們所謂「南邊的朋友們」（中情局的代稱）也支持這個計畫，把書籍寄給某些共黨官員，「動搖他們對於黨國的忠誠度，從而降低共產政權的施政效率」。但這計畫的效果不怎麼樣。頭一批寄出去的大都是一些政治性的書籍（有些是翻譯的，有些沒有），從紐約與歐洲各個城市寄出。許多包裹最後都沒有寄到收件人手裡，或者被收到的人轉交給共黨當局。經過一次次嘗試與失敗，寄書計畫的主事者發現，如果書是從某家出版社直接寄出的，通常可以過關——即便像卡謬（Albert Camus）的《反抗者》（*The Rebel*）這種書名如此聳動的書也是。自由歐洲出版社開始廣發書單給東歐人民，只要收件者願意挑選書籍，就可以免費收到。最後，這個計畫的負責人喬治・敏登（George Minden，他曾經是羅馬尼亞難民）要求手下集中火力在「心理學、文學、戲劇與視覺藝術等類別的書籍，藉此為他們提供對於西方精神價值的最起碼理解。這些書應該取代政治類書籍與其他直接挑起對立的東西」。一份於計畫初期在一九五六年撰寫的備忘錄寫道：「不應對共產主義進行全面性的攻擊……我們的主要目標應該是要展示出較為優越的西方國家成就。」[42]

中情局向歐美各大出版社購買書籍與版權，合作對象包括雙日出版社（Doubleday & Company）、哈潑出版社（Harper & Brothers）、哈佛大學出版社、法柏出版社（Faber and Faber）、麥克米倫出版社（Macmillan Publishing Company）、博德曼出版社（Bertelsmann），以及阿歇特出版社（Hachette）。籌辦所有買賣事宜的，還有開立發票的對象都是位於紐約東六十五街的國際顧問委員會（International Advisory Council），這又是中情局的另一個外圍組織。

有些人收到後很高興，回信到紐約。「我們興奮地收到大量書籍，那些書可以說是在所有人之間傳閱。」一位波蘭羅茲市（Łódž）的學生寫道。他收到了喬治・歐威爾（George Orwell）、米洛凡・吉拉斯（Milovan Đjilas）與切斯瓦夫・米沃什（Czesław Miłosz）等人的作品。「那些書被當成罕見的珍寶，換言之，簡直像前幾名的暢銷書。」[43]一位收到《齊瓦哥醫生》的波蘭學者寫道，「你們的出版品就像無價之寶，包括我和我的一大群朋友都受益良多……那些書會造成轟動的！」[44]

自由歐洲出版社於一九五六年開始寄書，不久後，中情局就透過美國解放委員會批准了一個針對蘇聯的贈書計畫。該局出資成立了同樣也設在紐約市的貝佛出版社（Bedford Publishing Company），計畫把各種西方文學作品以俄文翻譯出版。「蘇聯大眾已經對於共產黨的政治宣傳感到厭煩……他們渴求西方的書籍，」貝佛出版社的第一任社長以撒・派區（Isaac Patch）寫道，「透過贈書計畫，我們希望可以填補空缺，打開一扇通往自由的新鮮空氣的門。」[45]中情局原本贊助一萬美金，後來逐漸增加為一百萬美金的年度預算。在那個金流暢通無阻的年代裡，貝佛出版社在倫敦、巴黎、慕尼黑與羅馬等地方開設辦公室，員工們會在某些地方召開年度會議，例如威尼斯的聖喬治馬焦雷島（San Giorgio Maggiore）就是其中一個。被翻譯成俄文出版的作品，包括喬伊斯的《青年藝術家的畫像》（*Portrait of the Artist as a Young Man*）、納博柯夫的《普寧》（*Pnin*），還有喬治・歐威爾的《動物農莊》（*Animal Farm*）。

貝佛出版社採用的方式並非寄書，因為蘇聯的管制向來比東歐各國更嚴，所以他們直接把書發給造訪西方國家的蘇聯人，或是交給要進入蘇聯旅行的西方人，如此一來，他們抵達之後就可以開始發書。該社也擺了很多書在駐莫斯科美國大使館。有些在中情局印製的小本平裝書被拿到赫爾辛基，擺在知名的史托克曼百貨公司（Stockmann）的架上，如此一來，即將前往莫斯科的西方旅客去購物時就可以拿到（也有些人是去莫斯科，先就近飛往赫爾辛基去購物）。[46]有一些莫斯科愛樂交響樂團（Moscow Philharmonic）的團員前往西方國家參加巡迴演出，拿到之後把書藏在樂譜裡，偷帶回家。[47]也有人把書藏在食物罐頭與衛生棉條的盒子裡，夾帶回國。[48]

在成立後的十五年之間，貝佛出版社發送給蘇聯讀者的書籍超過一百萬冊。這個贈書計畫持續進行到蘇聯瓦解時才喊停，該社在東方集團各國之間發送的書籍與雜誌多達一千萬冊。一位格別烏首長曾經抱怨道，蘇聯學生「對政府的濃厚敵意，主要都是源自於」那些西方書籍與其他印刷品。[49]

儘管中情局的文學品味非常廣泛，但他們也不是來者不拒。引導該局出版工作走向的兩大因素包括：該局幹員與約聘員工的背景，還有他們對於任務的理解。小說家理查・艾爾曼（Richard Elman）曾抱怨道，「中情局是西方基督教傳統階層體系、精英主義的強力支持者，認為相信世界末日的人是愚昧的，應該接受啟蒙，而且該局反對文學與政治上的革命運動。他們強烈地提倡正統性，因此也謹慎選擇資助或幫忙宣傳的對象，那些人都是像奈波爾（V. S. Naipaul）與索爾・貝婁（Saul Bellow）那種與他們有相同傾向的文學家。」[50]有鑑於寄送到東歐的書籍種類與數量都那麼多，上述看法可能有言過其實之嫌，但是如果要完整分析中情局的美學標準，必須要等到他們全盤披露出當年資助、翻譯與發送的作品有哪些——就算真有這樣的書單存在，它迄今也還是機密資料。

主管祕密行動的中情局曾經於一九六一年自誇，表示該局「可以不著痕跡地祕密資助外國出版商或書商，讓書籍在外國出版或流通，而且如果作者的處境『微妙』，還可以讓書在出版時完全顯現不出被美國政府，尤其是被中情局『染指』的跡象，也可以為了執行某個任務而出版書籍，完全不用顧及商業考量」。[51]

中情局的確曾經委託作者創作（這類出版品多達一千本），因為「直接與作者接觸的好處在於，我們可以讓他詳細了解我們的意圖，我們也可以為其提供任何我們認為必須寫進書裡的材料，並且在創作的每個階段都審查書稿」。例如，他們曾經委託一位來自開發中國家的學生寫書，主題是他在某個共產國家讀書的經驗。有個不知道那本書的底細的CBS電視台書評家曾說，「我們的政宣機關的表現可能還比不上這本書，只要讓它在〔外國〕的各大學廣為流傳就好了。」根據《紐約時報》於一九六七年的報導，雙日出版社出版的《潘科夫斯基日誌》（*The Penkovsky Papers*），雖然號稱是雙面間諜歐雷格·潘科夫斯基（Oleg Penkovsky）上校身分洩漏後，遭處決的幾個月前寫的日誌，但實際上卻是中情局找人代筆的：作者是《芝加哥每日新聞報》（*Chicago Daily News*）的某位記者和一位叛逃後為中情局工作的前格別烏幹員，內容取材自該局檔案資料，包括局裡與潘科夫斯基的訪談記錄。[52]「間諜不會寫日誌，」一位前中情局官員向《泰晤士報》（*The Times*）表示，他為造假的指控背書，表示那本所謂「日誌」，最多只是巧妙的偽造品。

捌。

「書籍與其他政宣媒介有所不同，」那位中情局祕密行動主管表示，「主因是，一本書就可能大幅改變讀者的態度與行動，這種衝擊是任何其他一種媒介都無法相提並論的……雖然這種說法並不適用於所有書籍，有時也取決於時機和讀者——但卻也是常常能夠成立的，所以我們可以把書籍當成最重要的（長期）政宣策略武器。」

奇怪的是，這種說法也讓我們回想起高爾基於一九三四年在第一屆蘇聯作家大會上那一番話：「在社會主義文化中，書籍是最重要也最有力的武器。」53

i 俄國沙皇伊凡四世（Ivan the Terrible, 1530-84）。
ii 蘇聯與東歐、中歐共產國家的合稱。
iii 肯揚學院（Kenyon College）出版的文學期刊。
iv 即西德。

玖。

——那我們就印盜版的

一九五八年三月六日，負責指導《齊瓦哥醫生》英譯工作的牛津大學教授卡特科夫造訪美國駐慕尼黑領事館。他前往該城市的目的，是為了向解放之聲電台的員工上一連串的課程。卡特科夫跟一位美國外交官說，他有個情報想要向華府「高層」官員反映。[1]據其表示，法文版《齊瓦哥醫生》的其中一位譯者不久前在莫斯科與帕斯特納克見了一面，他跟那位譯者說，他不希望俄文版的《齊瓦哥醫生》由任何與俄國流亡分子有關的出版社出版。卡特科夫接著表示，儘管帕斯特納克「渴望俄文版能在國外出版」，但他也不希望那本小說在美國境內出版，或者任何由美國資助的團體出版。

總領事發了一封急件給國務院，報告卡特科夫來訪的事，公文寫道：「如果俄文版《齊瓦哥醫生》先在美國出版，或者負責出版的外國組織在一般人眼裡是由美國撐腰的，無論那是官方組織、公司或民間組織」，帕斯特納克都「十分害怕自己會陷入極度艱難的處境」。

卡特科夫說，帕斯特納克的請求並不帶有「反美的意味」，只是基於「個人安全考量」。

基於此一理由，卡特科夫表示，他會建議不要在英法兩國出版俄文版。卡特科夫覺得，瑞典會是一個中立的出版地點。他還提供另一個選擇：知名的荷蘭出版與印刷機構穆彤公司（Mouton & Co.）的學術出版部門已經在協商俄文版的版權；帕斯特納克曾經要求他的一位法文譯者幫忙處理俄文版事宜，所以他們曾在一九五七年十二月與穆彤公司開過會。帕斯特納克相當熱中於此一可能性。他在隔月寫信給法文譯者賈克琳・德・波雅（Jacqueline de Proyart），表示「別讓這大好機會溜走，用雙手擁抱它吧」。[2]帕斯特納克知道穆彤公司的俄文出版很專業，而且也與任何俄國流亡團體沒有關聯。[3]

美國領事館進行過初步的調查，發現沒有任何跡象顯示慕尼黑的俄國流亡分子或類似團體，打算出版俄文版的《齊瓦哥醫生》，也向華府報告了這件事。

華府中情局收到別的單位轉發過來的急件。

慕尼黑兩間電台與寄書、贈書計畫等祕密行動，在中情局內部一般都是由國際組織局局長柯德・梅爾領軍。但是蘇聯分局也負責執行一個設法贈書給俄國人民的計畫，計畫代號為ＡＥ—恐龍（AEDINOSAUR），他們的各項措施中包括買書交給前往蘇聯旅遊的旅客，由他們任選對象送書，每次送個幾本[4]（就行動代號而言，ＡＥ是蘇聯分局所有行動的代稱，「恐龍」則是隨意指定的計畫假名[5]）。經過內部討論後，《齊瓦哥醫生》的出版計畫就以ＡＥ—恐龍為代號，由蘇聯分局來執行。

此刻，中情局已經收到來自兩方面的告誡，不單英國情報單位，就連帕斯特納克也透過卡特科夫反映，要他們別在美國出版，或者顯露美國介入的跡象。如此一來，就不可能利用歐洲的外圍組織來出版了，理由是，就算中情局刻意隱瞞自身的角色，但它們還是被普遍視為美國外交政策的產物。該局決定，請某家紐約的出版社準備一份俄文版書稿，但是把校樣帶到歐洲去印刷，如此一來，就不會用到美國製造的紙張（如果用美國的紙，莫斯科方面會很快就查出來）。如果歐洲的印刷廠從費爾特內里那邊取得了版權，那最好。如果沒有的話，中情局已經打定主意，「那我們就印盜版的」。[6]

中情局選定用來發送《齊瓦哥醫生》的場合，是一九五八年的布魯塞爾世界博覽會。一九五八年的布魯塞爾世界暨國際博覽會是二次大戰後舉辦的第一次世博會，此刻它已經漸漸變成了冷戰期間的國際政治戰場。該次博覽會於四月十七日開幕，一直持續到同年十月十九日。總計大約會有一千八百萬名遊客從入口的十字轉門進去參觀。[7]位於布魯塞爾市中心西北方的展場面積高達五百英畝，參展國有四十二個——其中包括第一次參展的梵諦岡。美蘇兩國興建超大展覽館，藉此展示相互競爭的兩種不同生活方式。讓中情局感到特別有趣之處在於，很少有機會看到數量如此龐大的蘇聯國民到西方國家參加活動。比利時核發了一萬六千份簽證給蘇聯遊客。[8]

「這本書深具政宣價值，」中情局蘇聯分局在一份發給所有部門主管的備忘錄裡面寫道，

「不只是因為小說本身要傳達的訊息與它具有發人深省的特性，也是因為它的出版風波：我們有機會讓蘇聯公民懷疑他們的政府出了什麼問題，因為當今世上最偉大的俄國作家，居然沒有辦法讓自己的作品在自己的國家以母語問世，以供自己的人民閱讀」。9

為了讓布魯塞爾的蘇聯旅客能夠拿到《齊瓦哥醫生》，中情局的動作必須快一點。可是這次任務卻幾乎鬧出了「欲速則不達」的笑話。差一點把這件事搞砸的，是一位紐約的中情局出版夥伴，他是個通過該局安檢處（Office of Security）安全查核的老百姓，可以參加祕密活動。

到了一九五八年，這位叫作菲利克斯・莫洛（Felix Morrow）的出版商，在思想上已經歷經了非常具有紐約特色的轉變，從一個共產黨員變成托派支持者，最後則是變成了中情局旗下心甘情願的冷戰戰士。當時莫洛五十二歲，他那種從左派到右派的思想轉變，可說是紐約市許多激進分子的寫照。一開始他們之所以會對蘇聯幻滅，是因為布爾什維克派的元老們一個個接受了公審。後來蘇聯與納粹簽訂「德蘇互不侵犯條約」（Nazi-Soviet Nonaggression Pact），這更是確認史達林背叛了他們。冷戰開打後，他們幾乎不可避免地慢慢投入了政府的懷抱，因為這個對國家安全有了新要求的政府，就是在那些幻滅的左派分子中尋找最厲害的煽動者。曾有某個忠實的托派支持者表示，莫洛與其他人之所以會「失去信心」，是因為「恐史達林症候群（Stalinophobia），他們對史達林主義深惡痛絕，甚至視其為全世界最龐大的邪惡勢力」。10 紐約思想界的「組織化反共主義已經變成了……一種產業」，中情局可說是花錢不手軟的產業贊助者。[11]美國文化自由委員會（American Committee for Cultural Freedom）是該局最大的外圍組織之一，也是位於巴黎的文化自由協會（Congress for Cultural Freedom）的強力後盾，該委員會內部就有各種各樣的前共產黨黨員。多年前，莫洛就讀紐約大學期間的哲學老師，則是美國文化自由委員會的首任主委悉尼・胡克（Sidney Hook）。他們的師生情誼持續了一輩子。胡克曾是個支持革命理念的馬克思主義者，後來成為中情局的「約聘顧問」[12]，每當該委員會有經費問題時，他總是直接找中情局杜勒斯局長要錢。[13]

一九四六年，莫洛面臨著被美國托派的社會主義工人黨（Trotskyite Socialist Workers Party）開革的命運，此刻令他不敢置信的是，他居然有一天會離黨而去。「你們不能開除我，無論死活，我都要待在運動陣營裡！」他對著黨代表大聲咆哮。[14]十分鐘後，被開除的莫洛「發現自己用輕快的腳步走下會議廳的階梯，未曾感覺到如此快樂與自由」。

才華橫溢的莫洛充滿魅力，曾唱過歌劇，天生就很會說故事。[15]一開始他是《布魯克林每日鷹報》（*Brooklyn Daily Eagle*）的記者，也為《每日工人報》（*Daily Worker*）報導過經濟大蕭條的問題。一九三三年，他的報導曾經被翻譯成俄文，在莫斯科以《這次經濟大蕭條時期的美國人生活》（*Life in the United States in This Depression*）為書名出版。

在與托派運動決裂後，莫洛進入出版業。在《評論》（*Commentary*）雜誌的編輯艾略特・柯恩（Elliot Cohen）的幫助之下（柯恩後來也會成為美國文化自由委員會的理事會成員），莫洛進入紐約有名的蕭肯出版社（Schocken Books）工作。他很快就被升職，成為蕭肯的副總裁。一九五六年，他自立門戶，成立了大學圖書出版社（University Books），專門出版神祕學的書籍。莫洛之所以對那種題材產生興趣，是因為他曾於一九五三年負責出版暢銷書《飛碟已經降落》（*Flying Saucers Have Landed*）。

莫洛與一些冷戰鬥士建立起關係，透過某位在當中情局顧問的朋友，認識了一些該局官員，偶爾也會跟他們一起吃午飯。莫洛住在紐約市郊外長島的大頸區（Great Neck），有個中情局安檢處的官員定期會去他家拜訪，帶著一瓶威士忌與一盒巧克力。[16]

一九五八年六月初，某位該局官員詢問他是否有興趣幫忙進行《齊瓦哥醫生》的出版準備工作。中情局向莫洛表示他們打算在布魯塞爾發書，請他「聯絡阿姆斯特丹和布魯塞爾的反史達林工會成員，設法以低微的成本把書發給打算要前往蘇聯的水手」。[17]莫洛認為這是「一件驚人而有吸引力的差事」。[18]他也覺得自己可以設法在阿姆斯特丹完成小說的印製工作，因為他說當地的一位警察首長過去曾是托派分子，也是他的老友。

莫洛形容自己是一位「企業家」，而且他與中情局討價還價，為自己爭取到最高額的經費，其中包括他的獎金。該局認為莫洛開價較高，但是「因為時效性的關係，可能並非不合理」。[19]一九五八年六月二十三日，莫洛與一位中情局的委託律師簽了約。[20]該局提供一份《齊瓦哥醫生》的書稿給莫洛，並且說很快就會提供一份出版社的說明文字或者序言給他，是要擺在書名頁後面的。[21]中情局想要找個「文壇要角」來寫序言，但是蘇聯分局的某位員工也寫了一份出版社說明，當作備案。[22]一開始，中情局想要印一萬冊《齊瓦哥醫生》。莫洛必須負責完成書稿的排版與設計工作，校對排好的書稿，用照相平版印刷技術複製出兩份校樣。合約載明，如果他能在七月三十一日的期限之前提早交出校樣，每多一天，就會獲頒多一點獎金。中情局還委託他尋找歐洲的印刷廠，並且會支付調查費用，等到確定能在歐洲印製，會再另簽第二份合約。

這項任務從一開始就露出麻煩的端倪：莫洛若非搞不清楚狀況，就是不願從命，總之他並未遵循該局的保密要求。甚至在簽約前，他就已經開始跟外人討論此一任務。六月十九日，莫洛在與一位該局官員會面時表示，他已經透過自己的關係探詢是否可能在美國境內印書。莫洛與密西根大學出版社（University of Michigan Press）的關係密切，他的朋友佛列德．韋克（Fred Wieck）是編輯總監。結果中情局訓斥莫洛，說他沒有權力與任何美國出版社聯絡。

莫洛也沒跟中情局說他找了「可靠的俄國學者檢查過原版以及複製書稿」——此不慎之舉也許足以解釋為何紐約的俄國流亡分子之間盛傳即將會有俄文版《齊瓦哥醫生》問世。[23]此外，《齊瓦哥醫生》的複製書稿是由勞森兄弟公司（Rausen Bros.）製作，那間位於紐約的印刷公司也與城裡的俄國流亡分子密切相關。[24]

中情局跟莫洛說，歐洲的印書工作完成後，他可以從該局購得俄文版《齊瓦哥醫生》的版權——如果費爾特內里知道此事，一定會震驚又訝異，因為他一直都認為自己擁有該本小說的獨家版權，包括俄文版在內，因為小說並未在蘇聯出版。然而，莫洛不打算遵守中情局開出來的條件。在七月七日寫的信裡面，他說他找不到願意配合的歐洲出版社，無法在八週內把書印好。不過，他說他可以在書上面印上某家阿姆斯特丹出版社的標記，但他建議實際上只要在美國印製就好。莫洛也警告中情局：如果該局不支持他的計畫，把印好的書買回去，他大可以把複製書稿的校樣占為己有，拿到別處去印。他向中情局表示，任務結束後，他打算與密西根大學出版社合作，自己也出版一本《齊瓦哥醫生》。他還說，「我可以隨意在任何其他地方出版」。[25]

中情局的計畫正在逐漸崩解。兩週後，讓該局官員感到驚惶失措的是，蘇俄分局接獲訊息，得知密西根大學出版社打算出版俄文版《齊瓦哥醫生》。[26]非但如此，還有華府官員接獲一通電話，是從該出版社位於安娜堡（Ann Arbor）的辦公室打過去的，詢問政府可能會想要購買多少本《齊瓦哥醫生》。中情局官員著急了起來，馬上就想到要問出該出版社從哪裡、還有如何取得那些小說。他們懷疑是莫洛把一份書稿給了他的朋友佛列德．韋克，兩人決定合作出版。[27]

一週後，讓中情局感到更為震驚的是，密西根大學出版社再度向政府詢問是否要買書，而且還想要知道「中情局對於那本書是否有興趣，此外該局是否正在資助那本書在歐洲出版的計畫」。[28]

負責商業活動的中情局官員大發雷霆，表示「他〔莫洛〕與〔密西根大學〕出版社的來往已經過於離譜，而且可能違反了至少一個安全規定」。該局決定阻止密西根大學出版社，他們採取的第一個措施，是找一位紐約的律師與出版社聯絡，「申明義大利出版商已經打算要控告任何出版俄文版《齊瓦哥醫生》的人」。

中情局以費爾特內里的版權為藉口，骨子裡卻是為了自己好，這嚇唬不了密西根大學出版社。該校的律師提出的法律主張是：因為美蘇之間並未簽訂版權協定，所以沒有人擁有俄文版《齊瓦哥醫生》的版權。該社告知中情局，他們打算在「五、六週內讓《齊瓦哥醫生》問世，時間或者會更快」，同時也拒絕透露他們的書稿來源。

在一次局裡的內部會議中，蘇聯分局的代表主張，不能讓密西根大學出版社的版本「比他們在歐洲贊助的俄文版《齊瓦哥醫生》更早問世。如此一來，不但會大大減低歐洲版的效用，另一個重要的因素是，也會影響到他們與其他相關機構之間的合作關係」。[29]

八月二十五日，蘇聯分局的一位幹員和另一位局裡的官員搭機前往密西根，與密西根大學校長哈藍．海契（Harlan Hatcher）見面。[30]去之前在華府國家廣場（National Mall）水池南邊，那些暫時性建物組成的中情局總部裡，局裡面早已提供了一連串說詞給那位蘇聯分局幹員。[31]

他向海契校長表示，在俄文版《齊瓦哥醫生》的出版這件事上面，美國政府「也有出力」。該位幹員跟海契說，「他們覺得，如果想要讓那本書對蘇聯讀者造成最大程度的心理衝擊，俄文版就應該在歐洲出版，而非美國。為了達到此一目標，美國政府已經向幾國政府做出了某些承諾」。

該位幹員也強調：「基於個人安全與其他理由，帕斯特納克還特別要求，希望別在美國出版那本書。我們希望能夠盡力遵照作者所懇求的去做」。他還說，中情局認為該校出版社「並非以正當的方式」取得校樣，而且事實上那些校樣「是美國政府的財產」。

海契被打動了，而且他覺得沒什麼理由不能讓《齊瓦哥醫生》暫緩問世，等到歐洲版上市之後他們再來出版。隔天，兩位中情局代表與編輯總監韋克見面。他們問他，能不能讓他們仔細檢視該社的《齊瓦哥醫生》書稿，以便與他們帶來的中情局版校樣做比較。他們用放大鏡看過以後，結果無庸置疑：兩者是一樣的。經過一番協商，該社同意，在中情局的版本於歐洲出版之前，他們都不會宣布關於出版《齊瓦哥醫生》的任何訊息。[32]

接下來該處理的問題，就只剩莫洛了。中情局同意與他私下和解，但還是先怒斥他怎麼可以做出那種欺騙的行徑。「我們希望莫洛可以徹底了解，其實我們已經知道他在雙方合作時做了一些不值得信任的事，也要讓他知道，我們覺得我們對他的最後處置是非常寬大的。」[33]

莫洛這邊的問題促使中情局不得不趕快與荷蘭的情報機構——國家保安局（Binnenlandse Veiligheidsdienst，簡稱ＢＶＤ）聯絡。中情局早已知悉俄文版《齊瓦哥醫生》很可能會由穆彤公司出版，因為他們與費爾特內里之間的交易看起來成功機率不小。[34]帕斯特納克的美國出版商寇特．沃爾夫也曾聽過穆彤要出版《齊瓦哥醫生》的傳言[35]，到了五月，費爾特內里就確認了這一筆交易成交了：穆彤提出的條件是由他們支付四千一百六十美金來印製三千冊《齊瓦哥醫生》。中情局想要跟荷蘭盟友確認的是，他們是否能提早從穆彤那邊取得一批《齊瓦哥醫生》。

這兩個情報機構的關係非常密切。一九五八年，荷蘭國家保安局全部六百九十一位人員裡面，有大約五十位的薪資是由中情局補助的，保安局的新進員工也都要先到華府受訓。[36]保安局派一位叫作朱普．范德．威登（Joop van der Wilden）的幹員前往美國大使館商討此事，會談對象是中情局派駐海牙的幹員華特．奇尼（Walter Cini）。奇尼表示，這件事很急，而且該局願意出高價，以現金購得少量《齊瓦哥醫生》，不過重點還是在於，不能透露出美國或其他任何情報機構介入的痕跡。

該位荷蘭幹員向華府回報，穆彤可以配合，但如果要趕上九月初的期限，就必須趕快開始印製。大約在七月底，中情局蘇聯分局決定，「如果〔能夠〕把相關細節都協商好，他們就會照這樣去進行」。[37]八月一日，他們把莫洛製作的複製版校樣送往海牙。[38]

國內保安局決定不要直接與穆彤打交道，而是透過魯迪．范德．比克（Rudy van der Beek），他是一位退休的陸軍少校，此刻是反共團體「和平與自由」（Paix et Liberté）的荷蘭分部負責人。[39]「和平與自由」出版過各種各樣反共文宣，包括前不久一份用來批評布魯塞爾世博會蘇聯館的出版品。校樣送抵海牙的幾天後，穆彤出版公司的高層主管彼得・德・里德（Peter de Ridder）與公司的一位印務人員一起跟范德・比克見了面，地點是海牙市中心公主運河（Prinsessegracht）旁，某間宏偉宅邸的寬闊大理石門廳裡——很可能是公主運河路二十七號，亦即荷蘭紅十字會的總部，該會會長就是「和平與自由」的理事會成員。他們三個人談了二十分鐘，范德・比克把小說校樣交給了德・里德，並且保證會購買一千多本。[40]

「那次會面感覺起來有點神祕，」德・里德說，但他決定答應那筆交易。德・里德也從來沒搞清楚自己為什麼會答應。後來到了一九五八年，德・里德向《海牙郵報》（*Haagse Post*）的記者表示，范德・比克提出警告：如果德・里德不印書，那麼他就會找別人，因此德・里德唯恐這會毀了穆彤與費爾特內里談好的那個版本。德・里德說，他試著與費爾特內里聯絡未果，因為他離開米蘭，前往北歐度假了。[41]

「我覺得那是一本必須被出版的書，」德・里德說。[42]他也認為這對他不會造成傷害。據其估計，他和費爾特內里的合約很快就會簽訂了，而他提早幫中情局印的這些書可以賺不少錢，同時也不會有人注意。

到了九月第一週，第一批俄文版《齊瓦哥醫生》付梓，採用穆彤公司特有的亞麻材質藍色封面。[43]書名頁上面用俄文註明著版權所有者：「G・費爾特內里——米蘭，一九五八年」。然而，他們在把「費爾特內里」轉成俄文時，拼錯了字，在「l」與「t」之間少了一個軟音符號（soft sign）「b」。德．里德是在最後一刻才決定把版權聲明擺上去，但在這之前已經印出了一小批書，上面並沒有費爾特內里的名字。而且，在書名頁上面他們印了帕斯特納克的全名，甚至加上了來自父親的中名**列昂尼多維奇**，這也說明了印書的人並非以俄語為母語，因為俄國人不會在書名頁上面使用來自父親的名字。書裡面還有一篇沒有署名的簡短序言，很可能就是原本中情局員工幫莫洛寫的那一篇。

他們把書都用棕色的紙包起來，在紙上註明九月六日，裝進一輛大型美國旅行車的後面，載往駐海牙中情局幹員華特．奇尼的住家。[44] 其中兩百本寄回華府總部。其餘的大都寄給了西歐各個工作站或者工作人員：兩百本寄到法蘭克福，柏林與慕尼黑各一百本，倫敦與巴黎分別是二十五與十本。最多的那一包裡面有三百六十五本，寄到了布魯塞爾。[45]

一九五八年，如果旅客要進入布魯塞爾世界與國際博覽會的蘇聯館會場，必須要先走過好幾段階梯，好像要進入一座宏偉的博物館。在裡面迎接他們的，是兩尊經典社會主義寫實風格的大型男女工人雕像。位於中央的大廳佔地將近一萬一千平方公尺，大廳後方矗立著一尊十五公尺高的列寧銅像。革命領袖列寧把厚重大衣披在肩上，俯視著史普尼克衛星（Sputnik satellites）、農耕機器、蘇聯噴射客機的模型、鑽油平台、煤礦、來自集體農場的展示品，還有一個普通蘇聯民家的廚房。[46]

蘇聯館想要傳達的訊息再清楚不過了。它為蘇聯塑造出一個工業大國的形象。史普尼克一號衛星於前一年發射，是史上第一枚人造衛星，似乎大大提升了俄國人的地位。蘇聯館的人員告訴遊客，「社會主義的經濟原則會確保我們的勝利」，戰勝資本主義。[47]

除了展現國力，該館也提供各種深具誘惑力的文化展示品，從莫斯科大劇院的芭蕾舞到莫斯科馬戲團的表演，兩者都位於布魯塞爾市中心的世博園區。為了讓世人敬畏並且愛上自己的國家，蘇聯人可說是傾巢而出。

明尼蘇達州參議員哈伯・韓佛瑞（Hubert Humphrey）用嗤之以鼻的語氣表示，「據我們所知，蘇聯的計畫是把他們絕大部分知名的蘇聯劇團、芭蕾舞者、音樂家、歌手、舞者或雜耍藝人都找來，只要能在布魯塞爾派上用場，就不會留在國內」。[48]

美國比較晚才意識到布魯塞爾世博會是冷戰的戰場。國會不甘願地批准了一千三百四十萬美金的美國館預算，但蘇聯打算要花的錢卻高達五千萬美金。讓策展人員倍感困擾的是，他們無法確定要展出哪些項目，也不知道是否該讓民眾體認美國社會失序的問題，尤其是前一年發生在阿肯色州小岩城（Little Rock），為了廢除公立學校種族隔離措施而爆發的群眾暴力事件。為此，布魯塞爾世博會開幕後，美國館辦了一個小型的附屬展覽，展覽主題之一就是族群關係，但在南方國會議員群起抗議之後，很快就閉展了。

美國館是一棟龐大的圓形建物，館內空間可以容納兩座美式足球場，設計者是建築師愛德華．史東（Edward Stone），其靈感來自古羅馬競技場。美國館特別採用半透明的塑膠材質屋頂，就是為了讓建物結構「輕盈、通風，而且晶瑩剔透」。策展人達成共識：他們要用一種「迂迴的方式」來宣揚美國，而不是借助「那些沉悶、嘮叨與累人的政治宣傳」。[49]結果美國館變成頌揚美國消費主義與娛樂的場地。每天都有好幾場時尚秀與方塊舞表演，還播放一部由迪士尼公司製作的三百六十度銀幕影片，讓觀眾體驗從紐約市天際線到大峽谷等美國景觀。入館者可以享受熱狗，欣賞抽象藝術作品，聆聽點唱機的音樂，閱讀厚達四百八十頁的週日版《紐約時報》合輯。艾森豪堅持要展出投票機，讓旅客可以在簾幕後選擇自己最喜歡的總統、電影明星與音樂家。

蘇聯部長會議（Soviet Council of Ministers）第一副主席阿納斯塔斯．米高揚（Anastas Mikoyan）造訪美國館，他分別挑選了林肯總統、女星金．露華（Kim Novak）以及爵士樂大師路易斯．阿姆斯壯（Louis Armstrong）。不過在選擇最愛的音樂家時，他曾問道可否挑選蕭士塔高維奇（Shostakovich）。[50]另外一位蘇聯參觀者鮑里斯．阿嘉波夫（Boris Agapov）是《新世界》雜誌社的編委會成員，也曾在《齊瓦哥醫生》一書的退稿信上簽名，他則是覺得美國館沒什麼了不起的。後來他寫道：「那些都是騙人的……這就是為什麼美國館展覽的性質與整體特色令人感到困惑，另一種感覺，則是為其感到羞恥。最丟臉的是，一個如此有天分、有創意與勤奮的民族，居然被描繪成一群喜歡奢侈享受的人，沒有想法又喜歡吹牛。」[51]

美國館不能發送《齊瓦哥醫生》，但不遠處就有中情局的盟友。梵諦岡館號稱「上帝之城」（"Civitas Dei"）。那一座現代主義風格的展館以高達五十八公尺的白亮鐘樓為門面，樓頂有一個大十字架。鐘樓後主樓屋頂的弧面往地上陡降，看起來像個滑雪跳台。裡面有一座大教堂，六個小禮拜堂，以及一些以歷代教宗與教廷歷史為主題的展示廳。美國館與蘇聯館的位置都與梵諦岡館十分接近。

世博會尚未開幕時，梵諦岡的官員與當地羅馬天主教徒早已開始為蘇聯參觀者的到來做準備。伊芮娜・波斯諾娃（Irina Posnova）是比利時某家宗教出版社的創辦人，她發現這是個傳教的大好機會。波斯諾娃在一九一四年生於基輔，她父親是個流亡海外的東正教神學家，後來她在就讀天主教魯汶大學（University of Louvain）期間改信羅馬天主教。二次世界大戰結束後，波斯諾娃在布魯塞爾創立了一個叫作「與神同在」（Life with God）的組織，負責把俄文宗教書籍偷渡到蘇聯境內。波斯諾娃與梵諦岡的策展委員會合作，在展館裡「沉靜禮拜堂」（Chapel of Silence；一個用來回顧世界各地教徒遭受過哪些壓迫的地方）的旁邊設立了一間用簾子遮起來，「有一點隱蔽的」小圖書館。透過使用俄語的教士與俗家志工的幫助，「與神同在」就在展館內發送宗教文學作品，包括聖經、禱告書，還有一些俄國文學作品。前往梵諦岡館參觀的蘇聯民眾絡繹不絕，理由之一是為了去看看羅丹（Rodin）的知名雕刻作品《沉思者》（*The Thinker*）——那是羅浮宮借給該館使用，世博會期間都會擺在那裡。

比利時的揚・朱斯（Jan Joos）神父是梵諦岡策展委員會的祕書長，據他表示，六個月內總計有三千名蘇聯旅客造訪梵諦岡館。他說那些人都是隸屬於「養尊處優的高等階級」，有蘇聯科學院的院士、學者、作家、工程師、集體農場的負責人，還有許多市長。[52]

阿嘉波夫也造訪了梵諦岡館，他是少數幾個曾描述過蘇聯旅客如何被接待的人之一。[53]他說，剛開始歡迎他的是一位說法語的神父，帶著他參觀羅丹的雕像。他還說，講話時他們被一個「穿著邋遢的健壯女士打斷」，她用俄語大聲說話，把他介紹給另一位神父。這位皮耶爾神父（Father Pierre）年約二十五，滿臉通紅，留著薑色落腮鬍，有一雙藍色眼睛，呼氣時都是雪茄與干邑白蘭地的味道。他講的俄文就像個道地的莫斯科人。

皮耶爾神父向阿嘉波夫表示，現代人都活得很困惑，只有在基督教原則的指導之下，才能找到救贖之道。他帶著阿嘉波夫到那個隱祕的圖書館。皮耶爾神父解釋道，「我們會出版一些特別的公報，在上面列出哪些電影、收音機節目與書籍可以欣賞收聽，哪些不行。」阿嘉波夫還很得意地表示，這讓他聯想到古代的「禁書目錄」（Index Librorum Prohibitorum），上面列出了教廷的禁書還有作者名稱。

「除了福音書與禱告書之外，」阿嘉波夫觀察道，「從『上帝之城』裡面取得的各種手冊與小書都記載著，上帝對於我國、共產主義與蘇聯政權有何看法——不過，這種政宣手段是違反世博會大會規章的。」

他接著表示，「到處都有尖鼻子的女士在販賣與發送那些東西，臉上掛著『受到祝福的』微笑」。

到了九月初，那些神父與女士們開始發送俄文版《齊瓦哥醫生》。中情局贊助印製的那個版本終於被放到蘇聯人民的手上。很快地，世博會園區裡開始出現到處亂丟的藍色亞麻封面。有些人拿到小說後，先把書的封面封底扯下來，一頁頁撕開，塞進口袋裡，這樣一來就變得比較容易隱藏。

一份由俄國流亡分子在德國發行的俄文週報寫道，「我們俄國人應該感激梵諦岡館的策展人。多虧他們的付出，帕斯特納克的《齊瓦哥醫生》這部在祖國遭禁的當代俄國最偉大的作品才得以回到國內。有五百多本被俄國老百姓帶回蘇俄了。」

那本小說在世博會會場上出現的消息立刻傳到帕斯特納克耳邊。到了九月，他在寫給巴黎友人彼特・蘇夫欽斯基（Pyotr Suvchinsky）的信裡面寫道：「俄文版的《齊瓦哥醫生》真的出現了嗎？很多去參觀布魯塞爾世博會的人似乎已經都看過了。」[54]

中情局對於此事感到很滿意。九月九日的一份備忘錄寫道：「這個階段可以說是完全成功的。」[55]蘇聯分局的官員也說，「只要再取得更多的小說」，他們就可以拿來「直接送人、寄送，或者讓遊客帶入蘇俄」。中情局派駐海牙的幹員華特・奇尼送了一份英文版《齊瓦哥醫生》給他的國內保安局同僚朱普・范德・威登當禮物。他在上面寫字，用代號署名：「感佩你的勇氣與鍥而不捨的努力，這下子那怪獸要痛苦尖叫了。伏爾泰。」[56]

接下來問題只剩下一個了：穆彤還沒跟費爾特內里簽約。在海牙印製的俄文版《齊瓦哥醫生》是盜版的。那位義大利出版商得知有人在布魯塞爾分送小說之後，感到怒不可遏。九月十八日，他在寫給英文版譯者曼亞・哈拉里的信裡面表示，「我剛剛看到有人在荷蘭用**我的**名義（！）印製出版俄文版《齊瓦哥醫生》。只能說他們實在是神通廣大。」[57]費爾特內里聘了一位私家偵探，也派他的律師到海牙去「打聽此事，搞清楚狀況」。穆彤與范德・比克扮演的角色很快就被查了出來，他威脅他們要提告。

中情局認為此一窘況已經引來他們不樂見的注目。荷蘭媒體報導後，德國《明鏡週刊》（*Der Spiegel*）也進行了後續報導，發現梵諦岡館某位叫作「佛拉迪米爾・托爾斯泰伯爵」（Count Vladimir Tolstoy）的志工，表示他與一個「被稱為自由歐洲委員會的激進美國文化與政宣組織有關」。[58]

帕斯特納克顯然看到了《明鏡週刊》的報導，因為他還詢問某個朋友：「俄文版《齊瓦哥醫生》的某位出版商是佛拉迪米爾・托爾斯泰伯爵」，他是托爾斯泰的孫子嗎？這篇文章應該也讓帕斯特納克驚覺，俄文版是因為有人刻意謀劃才會問世的。[59]

美國媒體很快就看出其中的陰謀。一位《紐約時報》的書評專欄作家在該報上撰文，表示「布魯塞爾世博會步入尾聲的那段期間，有不知名的神父在蘇聯館前面發送《齊瓦哥醫生》給有興趣的人，而且是俄文版的。那些書的來源呢？是機密」。[60]

十一月二日，穆彤公司召開記者會，該公司董事佛列德・艾克豪特（Fred Eekhout）給了一番真假羼半的說詞，希望能讓外界不要再猜測了。他說，德・里德一開始是從某個法國人那邊取得書稿，而且他認定那法國人是費爾特內里的代表。這根本就是胡說。穆彤不想承認自己與一位知名的荷蘭反共分子打交道。穆彤最後在《紐約時報》、《米蘭晚郵報》、《泰晤士報》、《費加洛報》（*Le Figaro*）、《法蘭克福廣訊報》（*Frankfurter Allgemeine Zeitung*）與其他多家媒體刊登道歉啟事，表示「因為令人遺憾的誤解」，該公司才會出版《齊瓦哥醫生》俄文版。[61]

波斯諾娃的組織也睜眼說瞎話。十一月十日，他們在布魯塞爾的天主教東方廳（Foyer Oriental）舉行記者會，安特瓦・伊勒克神父（Father Antoine Ilc）表示，該組織於八月間受邀前往米蘭開會，會中某位不知名的教授說，為了對作者表達感激之意，費爾特內里希望能夠出版俄文版《齊瓦哥醫生》。神父接著說，十五天後，「一批《齊瓦哥醫生》就被當成禮物送到我們手上了」。[62]他說，一張紙條與那些書一起被送來，上面寫著：「送給蘇聯遊客」。

中情局人員在華府看著這些報導，倍感沮喪，到了一九五八年十一月十五日，他們首度被人指稱與那批小說有關，披露此事的是《國家評論快報》（*National Review Bulletin*）——《國家評論》（*National Review*）是由威廉．巴克利二世（William F. Buckley Jr.）創辦的保守派雜誌，該快報是雜誌訂戶專屬的時事通訊副刊。一位以昆西（Quincy）為筆名的作者非常認同《齊瓦哥醫生》被人悄悄地運往布魯塞爾世博會梵諦岡館這件事，他寫道：「中情局是個只會用業餘手法顛覆其他政府的奇怪單位，而且花錢或許花得太兇了，不過他們偶爾還是會做一些值得注意的好事。例如，今年夏天中情局與我們的一些盟友盡釋前嫌，激怒了我們的敵人，而且說來奇怪，居然打了漂亮的一仗……那些書就在莫斯科瘋傳了起來，人人卷不釋手，就好像情色經典《芬妮．希爾》（*Fanny Hill*）在大學宿舍裡流傳那樣。」[63]

穆彤與費爾特內里達成了和解。該荷蘭出版社同意另外幫費爾特內里加印五千本，作為「損害賠償」。[64]這位義大利出版商還特別針對小說的銷售進行管控，表示他不容許穆彤把書賣給任何感覺起來像是要進行情報活動的人。[65]費爾特內里跟記者們說，他希望只要少量的俄文版《齊瓦哥醫生》就好，「如此一來，才能讓十二或十四位專精俄文的書評過目，評估一下該書的品質，至於他自己則認為那是最高水準的作品」。[66]

帕斯特納克最後看到了一本偷渡入境的俄文版《齊瓦哥醫生》——也就是穆彤幫中情局印的那個版本。[67]他覺得失望透頂，因為那個版本所根據的是一部沒有修改過的初期書稿。「書裡錯誤連篇，」他向費爾特內里表示。[68]一九五九年三月，他還寫信向法文譯者賈克琳．德．波雅抱怨，「那幾乎是另一本書了，不是我寫的那一本」。他請求她能夠翻譯出一個「忠於原著的版本」。[69]

費爾特內里急著終結這個在荷蘭發生的爭端，因為另一個爭端已經於美國出現。該年十月，密西根大學宣布他們要推出自己的版本，這時間點是在荷蘭的俄文版出現後，但是還沒有到他們答應中情局的期限。費爾特內里火速發了一封信到安娜堡，寫道：「我們有責任知會貴出版社，帕斯特納克的《齊瓦哥醫生》是受到國際版權保護的。」[70]接著他又發了兩封電報，佛列德·韋克才在回信中以唐突的口吻提出質疑：「我們很想知道你是基於什麼根據而宣稱自己擁有美國版俄文原文的版權。」[71]

帕斯特納克的英文版作品在美國向來由萬神殿出版社（Pantheon）出版，該社的寇特·沃爾夫寫了一封義憤填膺的信給密西根大學校長海契。他在信裡寫道，「我們都很清楚帕斯特納克在祖國必須面對多麼恐怖的壓力，因此令人覺得大開眼界的是，居然有兩大機構試著剝奪他的基本權利：蘇聯作家協會拒絕了讓他在俄國出版小說的權利……密西根大學出版社則是根本沒有獲得他本人或經紀人的同意，而即將出版其作品。」[72]

沃爾夫請該校「應該為一個沒辦法替自己辯護的人撥亂反正」。

韋克的回覆是，該校深信費爾特內里的所作所為無異於「把蘇聯作家協會的審查制度擴及全世界」，唯有抗拒此一作為，才是嘉惠學生與學者之舉。

「因此，我想您也看得出我們絕對不能認同您對密大出版社提出的控訴，」韋克接著寫道，

「也不能同意你居然把我們的舉措，跟蘇聯作家協會的所作所為相提並論」。[73]然而，韋克說他願意妥協，並且建議沃爾夫利用他對費爾特內里的影響力，幫密大出版社取得正式授權，以免發生對簿公堂之事。於是雙方達成協議，密大出版社也得以使用他們從莫洛那裡取得的中情局版校樣，於一九五九年一月出版俄文版《齊瓦哥醫生》。

根據中情局杜勒斯局長發送的一份電文，該局對於俄文版《齊瓦哥醫生》的最後評估是，「從它對蘇聯人造成的影響看來，為此大費周章是值得的」。[74]根據該局贊助的文學月刊《文匯》（*Encounter*）於一九五八年十一月所進行的報導，「一份未經修改的俄文版《齊瓦哥醫生》（在荷蘭出版的）流入蘇俄。這本書在黑市裡的報價據說在兩百到三百盧布之間」。[75]

這幾乎相當於一個工人的週薪，就莫斯科的書市而言，是個非常誇張的價格，但是在那篇報導問世時，瑞典皇家科學院已經宣布帕斯特納克是該年諾貝爾文學獎得主，許多莫斯科人都搶著要買一本《齊瓦哥醫生》來看。

拾。

——同時他看起來還是那個天才：緊張兮兮、淒慘無比、災禍纏身。

一九五八年十月二十二日，《紐約時報》駐莫斯科特派員麥克斯．法蘭克爾（Max Frankel）趕往佩羅德爾基諾村，與帕斯特納克會談，因為該報獲知他似乎已經是相當篤定的諾貝爾文學獎獲獎人。消息即將在隔天發布。他家裡擠滿了人，帕斯特納克跟十幾個朋友聚在一起。[1]在法蘭克爾帶來消息後，聚會立刻瀰漫著慶祝的氣氛。整個屋子騷動了起來，許多人在酒後大放厥詞，法蘭克爾衝進廁所裡，把他們的話偷偷記下來。在這氛圍的鼓動之下，帕斯特納克也放膽大談那本小說的創作背景與他要傳達的訊息：「這本書是一個偉大時代的產物。令人無法置信的是，你可以看到四處都有年輕男女被獻祭給這隻公牛……這現象在我身邊無所不在，因此我不得不寫下來。我唯一害怕的，是自己沒辦法把書寫完。」[2]

艾哈邁托娃認為，帕斯特納克對於諾貝爾獎的渴望「勝過任何事物」[3]，但是在期待此一殊榮的同時，他卻又感到惴惴不安，只為一連串的磨難即將來到而感到戰慄不已。「你會覺得我不夠謙虛，」他向法蘭克爾表示，「但我所想的並非我配不配得獎。這意味著我將要承擔一個新角色、新的沉重責任。我這輩子就是為這件事而活的。這件事發生後，我立刻感覺到一直以來好像都是那樣。喔，我當然非常快樂，但你必須了解，我馬上就會開始扮演起這個寂寞的角色，好像一直以來都是那樣。」[4]

諾貝爾文學獎的授獎單位是瑞典皇家科學院，該獎項是由瑞典實業家兼炸藥發明人阿爾弗雷德・諾貝爾（Alfred Nobel）捐贈遺產成立的，他曾說諾貝爾文學獎的得主應該要「在文學領域中創作出具有理想性格的最出色作品」。[5]瑞典國王古斯塔夫三世（Gustav III）於一七八六年創立皇家科學院，原本只是用來提倡瑞典語文和文學的小機構，其宗旨是「促進瑞典語的純化與活化，令其更為偉大，無論在科學、詩歌藝術與演辯術的領域皆然」。[6]該學院也負責監督各種與瑞典語文的拼字法與文法有關的工作群組，還有一些計畫，例如歷史悠久的皇家科學院瑞典語辭典。

經過一番內部爭辯後，該學院從一個基本上只肩負著地方性任務的單位轉變方向，接受了諾貝爾的遺贈，開始承辦全世界最具有名望的文學獎。諾貝爾委員會（Nobel Committee）這個執行單位是由皇家科學院十八位成員指定的四、五位委員組成。委員會促請世界各地的文學團體與學者建議候選人，經過評估之後，提出決選名單，交由科學院十八位成員進行最後投票。得獎人除了能獲得國際聲望，在一九五八年那年也可獲得總額二十一萬四千五百九十九點四瑞典克朗（kronor）的高額獎金，大約相當於四萬一千美金。[7]

帕斯特納克首度獲得提名是在一九四六年，後來在一九四七年他成為相當有希望的候選人，因為諾貝爾委員會曾經請瑞典學者安東・卡爾格蘭（Anton Karlgren）寫一份關於其作品的詳細報告。卡爾格蘭表示，帕斯特納克是第一個獲得該學院考慮的蘇聯作家。流亡國外的帝俄時代作家伊凡・布寧（Ivan Bunin）曾經於一九三三年獲獎，後來莫斯科當局邀請他返國成為共產國家的公民，卻遭其峻拒。卡爾格蘭的報告大都著墨在帕斯特納克的詩歌，而且並未給予全然正面的評價，表示他的作品常常讓一般讀者難以理解。[8]但是他也說，帕斯特納克已經被最敏銳的西方批評家視為最頂尖的俄國詩人。他還表示，帕斯特納克透過散文展現出他有能力掌握住「人類精神最私密的時刻」，並且把他跟普魯斯特（Proust）相提並論。

從一九四六到五〇年，帕斯特納克每一年都是諾貝爾文學獎候選人。海明威於一九五四年獲獎時，帕斯特納克深信自己應該也是候選人之一——但實際上他並不是。帕斯特納克在寫給表妹的一封信裡面表示，「就算是出於誤解也好，能夠被人拿來與海明威相提並論」，他覺得很高興。[9]表妹在回信裡寫道，「很高興你能被提名成為阿波羅王冠的角逐者，炸藥能夠帶來這麼棒的事情，在歷史上還是頭一遭。」

一九五七年，帕斯特納克終於出現在決選名單上，那一年的獲獎人是卡謬。接受獎項的幾天後，卡謬於一九五七年十二月十四日前往瑞典烏普薩拉大學（University of Uppsala）演講，他提到「偉大的帕斯特納克」，此後一整年大家都在猜測，帕斯特納克的獲獎契機已經出現了。

拾。

儘管渴望此一殊榮，帕斯特納克知道若被提名也要承擔極大的政治風險。卡謬在瑞典演講的四天後，帕斯特納克寫信給住在牛津的妹妹莉荻雅：「就像某些人所料想的，如果我在蘇聯提出抗議的情況下還是獲得了諾貝爾文學獎，那麼為了讓我拒絕受獎，當局可能會用各種方式對我施壓。我想我有抗拒壓力的足夠決心。但他們可能不會允許我出國親自受獎。」[10]

到了一九五八年二月的提名期限，帕斯特納克已經分別獲得哈佛大學雷納多・波奇歐里（Renato Poggioli）與哈瑞・列文（Harry Levin）兩位教授，還有哥倫比亞大學厄內斯特・西蒙斯（Ernest Simmons）教授的提名。其中只有波奇歐里一人真的讀過《齊瓦哥醫生》，他說那本小說是「以《戰爭與和平》為範本，無疑是最偉大的蘇聯文學作品之一，而也就是因為此一理由，才沒有辦法在那裡出版」。[11]

西蒙斯寫道，帕斯特納克「的風格鮮活、創新而艱難，值得注意的是，他那充滿意象而晦澀的獨特語言，還有自由聯想的手法。他的韻文完美地融合了感覺與思想，揭示出一種熱情、激烈，但永遠如此個人化的人生觀。他的散文也一樣充滿詩意，也許是蘇聯文學史上最出色的散文作品，而且透過他的小說，還有他那篇幅較長的短篇故事〈露薇絲的童年〉（Detstvo Lyuvers），他展現出心理分析的神奇力量……如果要形容帕斯特納克的文學況味，我們可以說他就是蘇聯的T・S・艾略特」。[12]

列文則是向瑞典皇家科學院表示，「在這偉大詩作無疑地已經越來越罕見的世界裡，在我看來，帕斯特納克先生可說是我們這個時代最頂尖的六、七個詩人之一……他的文學生涯最特出之處，也許就在於，許多作家都已經因為沉重壓力而讓他們的文字作品變成意識形態的政宣工具，但他還是堅守著某些美學價值，並且以其作品豐富地展現那些價值。正因如此，他的藝術家風骨與典範非常值得貴院肯定。」[13]

《齊瓦哥醫生》在米蘭出版後，帕斯特納克又更受皇家科學院重視了。該院常任祕書安德斯．奧斯特林（Anders Österling）讀了義大利文版，也把它跟《戰爭與和平》相提並論。一九五八年一月二十七日，他那篇對《齊瓦哥醫生》推崇備至的書評刊登在《斯德哥爾摩時報》（*Stockholms-Tidningen*）上，此一早期的肯定就算並不具有決定性，也是十分重要的評價。他寫道：「強烈的愛國情操貫串了整本書，但卻沒有一絲一毫空洞政宣的跡象。除了豐富的寫實記錄，小說具有強烈的地方色彩，坦白剖析人物心理，它以極具說服力的方式展現出一個事實：俄國人的文學創造力絕對沒有絕跡。令人難以置信的是，蘇聯當局居然很可能禁止讓這本小說在其誕生地出版。」[14]

《齊瓦哥醫生》立刻在歐美各地登上報紙版面。媒體都聚焦在他們認定的反共特質，還有克里姆林宮與義共高層努力打壓該小說的經過。一九五七年十一月二十一日，《紐約時報》刊登的一篇文章引述小說某些角色的話，嚴詞批評馬克思主義、集體化，以及沒能達成理想的革命。幾天後，法國《世界報》（*Le Monde*）表示，要不是蘇聯的出版審查人員愚笨至極，《齊瓦哥醫生》很可能會是該國的另一個成就。倫敦的《觀察家報》（*The Observer*）則是提出質疑：「他們到底在怕什麼？」這些文章都有人翻譯給蘇共中央委員會看，但是在蘇爾科夫的義大利之行無法達成任務後，克里姆林宮已經認定「多說無益」，所以對於小說的出版問題持續保持緘默。[15]他們甚至還有一些自欺欺人的作為。例如，波里卡波夫在一封短信裡面向他的同事表示，那本小說在義大利並未受到矚目，因此想要營造反蘇聯氛圍的人失敗了，信的收件人包括中央政治局委員葉卡捷琳娜・福爾采娃（Yekaterina Furtseva）。[16]

歐陸的某些大作家還有俄國學者也紛紛對這本小說提出評價。對於帕斯特納克能否善用小說這種創作形式，他們有些疑慮，但是書裡的世界與其帶來的刺激仍然深深吸引著他們。卡爾維諾在一篇題名為〈帕斯特納克與革命〉（**Pasternak and the Revolution**）的長文裡面寫道，「二十世紀過了一半之後，我們又開始被重返人間的十九世紀偉大俄國文學糾纏住了，一如哈姆雷特被父王的靈魂糾纏。」[17]卡爾維諾主張，帕斯特納克「感興趣的並非心理刻畫、角色、故事情境，而是某種更為普遍與直接的東西：**人生**。帕斯特納克的散文只是詩歌作品的延伸而已」。他還寫道，帕斯特納克「似乎……在兩個方面展現出他對蘇聯共產主義的拒斥：他反對俄國內戰所帶來的野蠻與殘酷行徑」，也「反對理論與官僚的抽象思考，因為那只會導致革命理念被凍結」。

解放之聲電台俄語組組長維克多・法蘭克（他父親是被列寧逐出蘇聯的哲學家謝苗・法蘭克〔Semyon Frank〕）則是在《都柏林評論》（*The Dublin Review*）季刊上撰文表示，帕斯特納克

「並非散文行家」。但他還是認為那部小說是「真正偉大而且真正現代的藝術作品。

「與其他許許多多如同淒涼廉價公寓的作品相較，那本小說之所以看起來像一座阿茲特克神殿一樣奇怪，是因為作者完全不理會官方禁忌與現代蘇聯文學的指令。小說內容讓人以為共產黨並未堅持任何藝術路線。作者守護並且深化了自己的自由，讓自己免於任何外在限制與內在壓抑。」[18]

帕斯特納克也試著掌握小說在西方國家的評價，他看得出有些報導具有反蘇聯的色彩。他主張，如果蘇聯當局能夠「開誠佈公地審查那本小說，刪修後讓它出版，這整件事就會平靜而無波瀾。就像過去在革命之前，托爾斯泰的《復活》和其他人的許多作品也一樣，在國內出版的版本與國外的譯本內容截然不同。而且沒有人覺得這有什麼好丟臉的，大家都高枕無憂，不覺得地板會突然塌陷」。[19]如今，出版的觀念已經變成一種詛咒，那本小說在義大利問世後，蘇爾科夫在某次演講裡，就曾批評那些想要將帕斯特納克的作品「變成經典」的人。[20]

帕斯特納克有一位住在巴黎的俄國友人叫作彼特．蘇夫欽斯基，寫信向他轉達義大利文版的情況。「書評裡的反應都很熱烈，每一篇都認為，這是一本世界級的重要小說。突然間，躲藏起來的俄國與俄國文學又重現在世人面前。我一邊讀你的義大利文版小說，一邊查字典。我想到了好多問題！」[21]

蘇夫欽斯基注意到某些文章帶有冷戰的色彩，他特別補充道：「美國的那些笨蛋居然想把小說拿來當作政治工具，這當然是令人懊惱的，而且罪不可恕、愚不可及。完全沒有任何意義。」如果看到有人把他的小說貶低成批判祖國的政治宣傳手冊，帕斯特納克也會感到很痛苦。「令我深感遺憾的是，我的書居然造成了那麼多爭議，」他在一九五七年年底對人說。「有那麼多人撰文討論我的小說，但到底有誰真的讀過？他們引述了哪些句子？總是同樣的那些段落──加起來也許只有三頁，但那可是一本七百頁的書啊。」[22]

到了一九五八年，一開始帕斯特納克就過得不太順利。一月底他的膀胱出現排尿不順的問題，還持續發高燒，有時候腿部會感到劇烈疼痛。他的家人沒辦法讓他獲得適當治療。前一年，蘇聯作家協會才剛剛宣布，帕斯特納克「沒有資格住進克里姆林醫院」。[23]他的太太幫他在洗澡水裡面加芥末粉，也有護士來家裡幫他裝導尿管。二月三日，帕斯特納克的鄰居科涅依．丘柯夫斯基去探視他。帕斯特納克筋疲力盡，但一開始似乎精神還不錯。丘柯夫斯基表示，他在讀亨利．詹姆斯（Henry James）的作品，同時也聽著收音機。突然間他把丘柯夫斯基的手抓過去親吻。「他的眼裡有恐懼的神情，」丘柯夫斯基回憶道。

「我可以感覺到那種痛楚又回來了。現在我的感覺是，如果想一了百了，不如就……」帕斯特納克說。

他沒有把**讓我死了吧**說出來。

「我已經做完這輩子想要做的所有事情，」帕斯特納克接著說。「那真是一了百了啊。」

讓丘柯夫斯基感到憤怒不已的是，那些他所謂的「小人物與馬屁精」儘管「被大家唾棄，但是卻立刻就能獲得無微不至的治療，而帕斯特納克卻得躺在這裡，連最基本的照護都沒有」。[24]

丘柯夫斯基去了莫斯科一趟，他與其他友人向當局陳情，希望能讓帕斯特納克入院治療。最後他們幫他在蘇共中央委員會診所（Central Committee Clinic）裡弄到一張床，並且派救護車去家裡接他。席奈妲幫丈夫戴上毛帽，穿上大衣。幾位工人把他家門前到街道上的積雪清掉，帕斯特納克被人用擔架抬上在那裡等他的救護車。朋友們都憂心忡忡，經過他們的時候，他對大家獻上飛吻。[25]

帕斯特納克花了兩個月治病與療養。他已經沒辦法長時間工作，而且寫信稱讚他的外國人越來越多，他把很多時間都用來回信。這也讓他有時間反省自己創作出《齊瓦哥醫生》的成就。「命運逐漸把我帶向一個沒有人知道在哪裡的遠方，就連我自己對那個地方也只是一知半解而已，」他寫信給一位喬治亞的朋友表示。[26]「我晚年所做的這些事有何理由？很可能要等到我去世的多年後，大家才能看出理由何在，看出那些理由有多偉大，多麼難以抵抗，看出我做的事有何特質，目的為何，還有我是從哪裡汲取養分，才做得出那些事。」

帕斯特納克於四月出院後，莉荻雅．丘柯夫斯卡亞在她父親丘柯夫斯基家裡看見他。「我的第一印象是，他看起來氣色很好：皮膚黝黑、總是睜大著眼睛、年輕、一頭灰髮，很英俊。

也許就是因為他那麼英俊而年輕，晚年的悲劇在他臉上留下的痕跡就變得更為明顯了。不是勞累，也不是變老，而是悲劇、宿命與厄運。」[27]她父親也同意這種看法，認為帕斯特納克「看起來就像悲劇人物：嘴巴總是歪一邊，如此堅韌……但是，同時他看起來還是那個天才：緊張兮兮、淒慘無比、災禍纏身」。[28]

隨著其他各國語言譯本接近完成，《齊瓦哥醫生》的熱議度也越來越高。萬神殿出版社的老闆寇特·沃爾夫打算在美國出版《齊瓦哥醫生》，於是在一九五八年二月寫信給帕斯特納克毛遂自薦。他向帕斯特納克表示，因為英譯本還在翻譯，他只能閱讀義大利譯本才能看到完整的小說。「在我這長久的出版生涯中，這是我樂意與有幸出版的最重要小說，」沃爾夫寫道。[29]出生於德國的沃爾夫回憶起一九一一年在馬堡當大學生的日子，帕斯特納克則是晚他一年入學的學弟。「能夠與你聊一聊故人往事是很棒的——也許一九五八年年底我們可以在斯德哥爾摩碰面」。帕斯特納克在回信裡寫道，「我們不會有機會在斯德哥爾摩見面，因為我國政府絕不可能允許我出國接受任何獎項。」

一九五八年六月，法文版《齊瓦哥醫生》出版了。等帕斯特納克看到時，他哭了出來。[30]他寫信給譯者德．波雅表示，「《齊瓦哥醫生》在法國出版後，很多人從那裡寫了感人的信給我，令我頭暈目眩，喘不過氣，而這整件事本身就像小說一樣，是一種讓人覺得在談戀愛的特別經驗。」[31]

卡謬也在那個月寫信給帕斯特納克，隨函附上他在烏普薩拉大學的演講內容。「如果沒有十九世紀的俄國，就沒有今天的我，」他說。「我在你身上重新發現了那個讓我成長茁壯的俄國」。[32]

同年九月，《齊瓦哥醫生》在英美兩國出版。馬克·史朗寧（Marc Slonim）在《紐約時報書評》（*The New York Times Book Review*）上發表了一篇很長的書評，給予熱情的回應：「對於那些熟悉過去二十五年以來俄國小說動態的人來講，帕斯特納克的書讓他們感到驚豔不已。此一文學發現在令人愉悅之餘，也不禁感到納悶：帕斯特納克一輩子都住在蘇聯，但是卻能抵抗各種外在壓力與責難，構思並且完成一部完全獨立的作品，書中內容情感豐富，充滿非凡的想像力，這一切根本就是個奇蹟。」[33]隨後在十月初，德文版也在德國出版了，文評家佛里德里希·錫柏格（Friedrich Sieburg）在《法蘭克福廣訊報》上面撰文表示，「這本書對我們來說與其像個難民，不如說是個朝聖者。書裡面沒有恐懼，也沒有歡笑，但是它肯定了一件事：只要還有愛的能力，人類就不會被摧毀。」[34]

評語大致上都是正面的，但也有例外。《紐約時報》的每日書評作家奧維爾·普雷司各脫（Orville Prescott）表示，那本小說「的成就只是值得敬重而已」。

「如果作者是一位俄國流亡分子，或是秉持自己的良知，下了很多工夫去做研究的英美作家，《齊瓦哥醫生》不可能會那麼轟動。」[35]小說家E·M·福斯特（E. M. Forster）則是在英國國家廣播電台（BBC）的節目上表示，他認為那本小說被高估了。「它不像《戰爭與和平》那樣扎實。我不認為帕斯特納克真的對人民有興趣。在我看來，這本書最有趣的地方是它的史詩特質。」

《齊瓦哥醫生》在義大利問世後，儘管克里姆林宮並未發表任何聲明，但是當局對他持續懷抱著敵意。那年夏天，蘇爾科夫在與英國記者兼政治人物克羅斯曼（R. H. S. Crossman）會面時，特別為禁止那本小說出版之舉辯護。「在你們的布爾喬亞社會裡，不只是莎士比亞、格雷安．葛林（Graham Greene）享有所謂的自由，就連情色書刊也一樣。我們只是禁止出版社印行恐怖的漫畫或者有害的小說而已，這並沒有違背道德之處。帕斯特納克是個乖僻的傢伙。有些最具聲望的文壇同行試著說服他，要他修改那有問題的結局，但他就是聽不進去。就作家協會的立場而言，他還是我們的一員，但在精神上他卻是反社會的，是一匹孤狼。」36

克羅斯曼說，包括尼采（Nietzsche）在內，很多偉大作家都是乖僻的，但蘇爾科夫卻揮拳咆哮：「沒錯，而我們也會禁尼采的書，藉此避免希特勒的納粹主義抬頭。」

克羅斯曼注意到，蘇爾科夫在評斷一本他連看都沒看過的小說。

「但是《齊瓦哥醫生》聲名狼藉，」蘇爾科夫憤怒地回答。「每個人都在談論它。」

克羅斯曼用有點幸災樂禍的語氣答道：「所有莫斯科人嗎？」

西方國家開始關注帕斯特納克之後，寫信給他的不是只有書迷，也包括國內的批評者。一位作家從蘇聯旗下立陶宛共和國首都維爾紐斯（Vilnius）寫信批評他：「你聽到美國之音（Voice of America）電台的那些美國走狗對你的小說大加讚賞了嗎？你應該羞愧到無地自容。」[37]文學月刊《十月》（*Oktyabr*）的編輯費奧多．班菲洛夫（Fyodor Panfyorov）則是用激烈的言詞向伊文斯卡亞提出建議，叫帕斯特納克去巴庫[i]寫一些關於興建油井的作品，藉此為自己贖罪。[38]

到了四月，蘇聯作家協會資深成員喬治．馬爾科夫（Georgi Markov）以協會代表的身分造訪瑞典後返國。他帶了一個消息回來給同事們：瑞典的知識分子與媒體都持續在討論帕斯特納克與《齊瓦哥醫生》。在馬爾科夫散布的流言裡，可能獲得諾貝爾獎提名的候選人包括帕斯特納克、義大利小說家阿爾貝托．莫拉維亞（Alberto Moravia）、美國詩人龐德，還有小說《靜靜的頓河》（*And Quiet Flows the Don*）的作者米哈伊爾．蕭洛霍夫（Mikhail Sholokhov）。蕭洛霍夫是赫魯雪夫的姻親，也是克里姆林宮最喜愛的作家。他的小說被當成社會主義寫實風格的典範，也是最多人讀的蘇聯文學作品之一。先前幾年，蘇聯當局都曾大力推薦，希望他能獲得提名。馬爾科夫說，與皇家科學院走得很近的一些瑞典作家都表示，該院也曾討論過要讓帕斯特納克與蕭洛霍夫共享諾貝爾文學獎，而兩位作家共享諾貝爾獎也的確有先例可循。「我們在瑞典的同志認為，如果想讓天理得以彰顯，讓蕭洛霍夫獲獎，那我們就該用更積極的手段來支持他，」馬爾科夫寫道。[39]

拾。

曾經於前一年與蘇爾科夫一起力阻《齊瓦哥醫生》在義大利出版的波里卡波夫敦促他的同志應該要主動出擊，反對帕斯特納克被提名。在一封寫給中央委員會的短信裡，波里卡波夫建議《真理報》、《消息報》與《文藝週報》都應該立即開始刊登文章，討論蕭洛霍夫的作品，報導其公開活動（蕭洛霍夫是該國最高立法機關蘇聯最高蘇維埃〔Supreme Soviet of the USSR〕的代表）。波里卡波夫還說，報紙也該強調，儘管蕭洛霍夫多年來都沒有值得注意的作品問世，但是他剛剛完成了《被開墾的處女地》（*Virgin Soil Upturned*）的第二卷。第一卷是在一九三二年就出版的。

波里卡波夫也希望蘇聯的駐斯德哥爾摩大使館能夠運用他們與瑞典文藝界的關係，極力說明為什麼提名帕斯特納克將會是「不友善之舉」。幾天後，曾當過駐外戰地記者的小說家鮑里斯・波列沃伊寫信向中央委員會示警，表示西方國家有想要透過諾貝爾獎來營造反蘇聯的「氛圍」，以此來強調「蘇聯缺乏言論自由」，並且宣稱「某些作家承受了政治壓力」。波列沃伊也認可帕斯特納克的才氣，但是認為他與蘇聯文壇是格格不入的，「他才華橫溢，但是在我們之間無異於一個外人。」[40]

瑞典皇家科學院也曾經體驗過這種壓力，但是沒讓蘇聯得逞。一九五五年，科學院成員道格・哈馬紹（Dag Hammarskjöld）曾在給某位同事的信中寫道，「根據我的信念，我並不會只是基於藝術的理由就對蕭洛霍夫投反對票，也不會只是因為想要反制那些對我們施壓的人，我還必須考慮的是，如果頒獎給某位蘇聯作家，很容易就會被視為具有政治動機，而這是我並不樂見的。」[41]

幫蕭洛霍夫運作的所有努力再度落空。科學院的決選名單定案，三位候選人分別是：帕斯特納克、阿爾貝托·莫拉維亞，還有曾在一九三七年出版《遠離非洲》（*Out of Africa*），以伊薩克·狄尼森（Isak Dinesen）為筆名的丹麥小說家凱倫·白列森（Karen Blixen）。[42]

到了九月中，葉卡捷琳娜·福爾采娃已經開始要求相關單位研擬對策：如果真是由帕斯特納克獲獎，該怎麼辦？值得注意的是，波列沃伊與蘇爾科夫都說，應該即刻出版五千到一萬本的少量《齊瓦哥醫生》，但不要賣給一般大眾，而是發給某些特定讀者。他們認為，出版後「那些布爾喬亞媒體自然就不可能把這件事捏造成醜聞了」。[43]

此一提議被否決掉，只因中央委員會文化部主事者做出最後結論：無論他們是否出版那本小說，西方媒體都會當成醜聞報導。此外，他也擔心，如果讓那部小說在蘇聯出版，幾乎可以肯定的是，書一定會外流到那些一樣禁止《齊瓦哥醫生》出版的東方集團各國。

為了因應瑞典皇家科學院真的採取了「敵對行動」，把獎頒給帕斯特納克，波里卡波夫與中央委員會的其他成員研擬了一連串對策。克里姆林宮的「軍師」兼意識形態旗手米哈伊爾·蘇斯洛夫（Mikhail Suslov）也在那些提案上簽了名。

一個醜化帕斯特納克的行動就此開始成形：他們要求《文藝週報》刊登《新世界》雜誌社

編委會於一九五六年寫的那封退稿信。《真理報》則是負責刊登一篇貶低《齊瓦哥醫生》的「諷刺文章」，「揭露布爾喬亞媒體為何要為帕斯特納克幫腔，希望他獲得諾貝爾獎，說明此一敵對行徑背後真正意圖為何」。而且還要找一批知名的蘇聯作家發表共同聲明，宣稱諾貝爾獎是用來挑起冷戰的戰端。最後，他們會要求帕斯特納克拒絕接受諾貝爾獎，「因為那個獎與我們祖國之旨趣不合」。

一九五八年夏天，身兼皇家科學院所屬專家身分的瑞典批評家艾瑞克・麥斯德頓（Erik Mesterton）到佩羅德爾基諾村去拜訪帕斯特納克。他們倆討論諾貝爾獎的問題，也論及帕斯特納克如果獲獎，是否會遭遇任何風險。與蘇爾科夫見面後回到瑞典，麥斯德頓向奧斯特林表示，儘管莫斯科的政治情勢不利於帕斯特納克，但還是可以把獎頒給他。[44]帕斯特納克誤以為瑞典皇家科學院一定會在獲得蘇聯當局的批准之後，才讓他獲獎——而且，他認定當局是絕對不可能會批准的。[45]他持續與其他來自瑞典的訪客見面，他對他們說，「我一定會毫不猶豫地受獎。」[46]帕斯特納克持續強調他的作品具有永恆的價值，而且與冷戰的爭論無關。「在這世界大戰一觸即發的年代，在這原子彈的時代裡……我們已經知道自己只不過是世間的過客，在生死之間旅行，」他向另一位與科學院關係密切的瑞典學者尼爾斯・阿克・尼爾森（Nils Åke Nilsson）表示。「我們必須在自己內心尋求安身立命之處。在這短暫的一生中，我們必須設法找出特有的洞見，藉此看待我們自身與我們曾短暫參與的這個世界之間有何關係。否則，我們就會活不下去！」[47]

有關於他將要獲獎的傳聞甚囂塵上，在這段期間，帕斯特納克偶爾也會有看起來挺猶豫的時刻，他在信中告訴妹妹：「真希望這件事到一年後再成真，在那之前都不要。令人不快的糾葛實在是太多了。」[48]他意識到他所遭受的政治威脅只是「暫時放鬆」而已，官方的沉默以對只是表面的，骨子裡卻醞釀著激烈的敵意。

這些憂慮絕大多數都被他擺在心底。每逢有外國訪客找上門，他又會恢復往昔健談的模樣，而且對於他正被嚴密監控的可能性，他也能夠擺出一副毫不在乎的模樣。「有好幾次他提及所謂蘇聯的生活方式時，總是咧嘴一笑，隨手往窗戶的方向比畫一下，說了一句『就那樣』（vsyo eto），」英國學者隆納．欣利（Ronald Hingley）回憶道。[49]某次欣利提及自己要到莫斯科大學去演講，覺得很緊張，帕斯特納克要他別怕：「別想太多。讓他們看看一個自由的人長什麼樣子就好」。但是，等到帕斯特納克與欣利在他家樓上書房聊天，看到一輛黑色轎車數度緩緩通過他家門口時，帕斯特納克還是緊繃了起來。

俄國友人都為他擔憂害怕。丘柯夫斯基曾警告帕斯特納克，要他別去參加一場在作家之屋（Writers House）舉辦的詩歌朗誦晚會，因為聽眾裡面恐怕有些人會「故意鬧場，而這剛好讓蘇爾科夫稱心如意」。[50]那年秋天某次為義大利詩歌舉辦的晚會上，有人問蘇爾科夫為何帕斯特納克沒有出席活動。蘇爾科夫說，那是因為帕斯特納克寫了「一本反對蘇聯革命精神的小說，而且還讓小說在國外出版」。[51]

一九五八年九月，奧斯特林在瑞典皇家科學院所有成員面前主張，應該選擇帕斯特納克為得主，而且別擔心任何有關政治的紛爭。「我強烈推薦這位候選人，而且如果他能夠取得多數票，本學院就可以毫無罪惡感地做出此一決定——不用在乎帕斯特納克的小說因為目前的艱難局面而無法在蘇聯問世」。

十月十九日，為了試著說服瑞典皇家科學院在至少一年以後才讓帕斯特納克成為諾貝爾獎得主，他的德國詩人朋友蕾娜特·史懷哲（Renate Schweitzer）在得主揭曉前的最後關頭，寫信給該學院，隨函檢附了一張帕斯特納克寄給她的信。帕斯特納克在信中表示，「只要走錯一步路，我身邊最親近的人就會因為其他人的妒忌、憎恨、自尊心受傷以及失望而受苦受難，心裡的舊傷疤又會被撕裂開來。」史懷哲懇求委員會暫緩把獎頒給帕斯特納克，一年後再說。在進行最後投票之前，奧斯特林把那封信拿給學院成員傳閱，不過他也表示，那封信雖然據稱是帕斯特納克寫的，但並沒有他的簽名，而且無論如何都不同於麥斯德頓與尼爾森那年夏天拜訪帕斯特納克時聽到的說法。[52]

最後，學院成員以無異議的方式決定帕斯特納克就是得主。但是，為了顧及莫斯科的敏感政治氛圍，他們在表揚帕斯特納克的讚詞裡面並未提及《齊瓦哥醫生》。最後，他們在宣布得主名字時，提及他之所以得獎，是因「在當代詩歌與偉大的俄國敘事傳統領域中都有特出的成就」。但是，奧斯特林的正式聲明裡面還是特別提及了《齊瓦哥醫生》：「在此等困境中居然還能完成這種超越所有政黨藩籬的高貴作品，而且為我們提供一個不夾帶政治色彩的悲天憫人觀點，的確是偉大的成就。」[53]

一九五八年十月二十三日下午三點二十分，奧斯特林走進斯德哥爾摩市諾貝爾圖書館（Nobel Library）的會客室，對在那裡等待的媒體宣布：「得主是帕斯特納克」。

拾。

i 巴庫（Baku），亞塞拜然的首都，裡海地區最大港市。

拾壹。

——很清楚的，他們不會手下留情。

十月二十三日下午，身穿大衣、頭戴舊帽的帕斯特納克頂著強風大雨，在他家附近散步，一群來自莫斯科的記者在樹林裡找到他。記者們說奧斯特林已經宣布他得獎，要他發表感言，他顯然非常高興。「獲得這個獎讓我滿心歡喜，也給了我很大的道德勇氣。但是，如今我的歡喜可說是一種孤獨的歡喜」。[1]他告訴記者們他實在不知道能再多說些什麼，因為他尚未接獲瑞典皇家科學院的正式通知。他的臉似乎紅了起來，還很激動。帕斯特納克向那些駐俄外國記者表示，他總是在散步時才能好好思考，所以他必須再多走一下。

席奈妲與詩人塔比澤的遺孀妮娜到莫斯科去買東西，回家後她向帕斯特納克確認了他得獎的消息。她們在城裡巧遇妮娜的一個朋友，她說她在收音機聽到公布諾貝爾獎得主的消息了。席奈妲感到震驚難過，害怕丈夫成為眾矢之的。[2]

那天夜裡大概十一點，帕斯特納克的鄰居塔瑪拉．伊凡諾娃（Tamara Ivanova）接獲蘇聯作家協會祕書之妻瑪莉亞．提柯諾娃（Maria Tikhonova）來電，表示帕斯特納克已經獲獎。伊凡諾娃很興奮。[3]提柯諾娃深知官方對此事感到憂慮，她說別高興得太早，而且她要伊凡諾娃趕快向帕斯特納克示警，因為他沒有電話。伊凡諾娃把她丈夫維塞沃洛德·伊凡諾夫叫起來，起床後，維塞沃洛德在睡衣外面加了一件家居服，穿上厚重大衣，夫妻倆走到帕斯特納克的家。妮娜·塔比澤開門讓他們進去，興高采烈的帕斯特納克從書房走出來。妮娜負責開紅酒，伊凡諾娃到席奈妲的房間裡去告訴她這個消息。席奈妲不願意起來。她說，她不覺得那個獎會為他們帶來任何好處。

蘇聯官方一開始對於此事沒什麼聲音，而且態度高傲。文化部部長尼古拉·米哈伊洛夫（Nikolai Mikhailov）說他感到很意外。「我知道帕斯特納克是個貨真價實的詩人兼出色的翻譯家，但是他都已經有十幾年沒有出版很棒的詩歌作品了，為什麼現在要頒獎給他？」[4]他向一位駐外瑞典記者表示，帕斯特納克是否會獲准受獎，還要交由蘇聯作家協會來決定。

隔天是二十四日禮拜五，伊凡諾夫夫婦又在早上接到另一通電話。當局吩咐他們通知帕斯特納克家另一側的隔壁鄰居康斯坦汀·費丁，跟他說波里卡波夫已經離開莫斯科，要去找他。稍早中央委員會已經決定，既然費丁對帕斯特納克有些影響力，那就該由費丁傳達克里姆林宮的決策，要他拒絕接受諾貝爾獎。波里卡波夫直接去費丁他家下達指令，並且表示他會在費丁家裡等待帕斯特納克的回應。伊凡諾夫夫婦從住家窗戶看著費丁匆匆走向帕斯特納克他家門前的小路。費丁進門時，席奈妲在烤蛋糕。那天是她的「聖名日」[i]，而且經過前一晚的沉澱後，她的心情轉好，如今已經開始盤算去斯德哥爾摩參加受獎儀式時該穿什麼衣服。但是，費丁沒理會她，直接上樓到帕斯特納克的書房去。[5]他告訴帕斯特納克，他並非以朋友的身分來訪，而是當局派他來的。「我不是來恭賀你的，因為波里卡波夫正在我家，他要求你拒絕受獎」。[6]

「絕對辦不到，」帕斯特納克說。

他們又爭論了幾分鐘，根據一份呈交到克里姆林宮的報告指出，帕斯特納克很兇，他甚至說，「想要怎樣處理我，悉聽尊便」。[7]最後，帕斯特納克說給他一點時間考慮一下，費丁給了兩個小時。波里卡波夫不耐久等，拂袖而回莫斯科。後來，費丁向波里卡波夫回報，帕斯特納克一直沒有現身，所以就沒有下文了。「這應該就意味著他拒絕發表聲明，」波里卡波夫向長官們報告。

費丁離開後，帕斯特納克走到維塞沃洛德．伊凡諾夫他家，轉述了費丁下達的最後通牒。這件事似乎讓他很受傷，覺得被冒犯了。

「就做你覺得該做的事吧！別聽任何人的話，」伊凡諾夫說。「我昨天已經說了，現在再跟你說一遍：你是我們這個時代最棒的詩人。你有資格領取任何大獎。」[8]

「如果是這樣，那我就要發電報感謝他們了，」帕斯特納克對他說。

「恭喜你了！」

丘柯夫斯基從他的祕書那裡得知諾貝爾獎之事，那祕書「高興得蹦蹦跳跳」。而丘柯夫斯基則是一把抓起孫女葉蕾娜（Yelena），趕著去向帕斯特納克道賀。「他很高興，為自己的成就感到興奮，」丘柯夫斯基回憶道。「我把他抱在懷裡，親個不停。」丘柯夫斯基提議大家該舉杯慶祝，而這歡慶的一刻也被許多先到一步的西方與俄國攝影師捕捉了下來（因為早年曾被詆毀逮捕，在心裡留下創傷，丘柯夫斯基唯恐擁抱帕斯特納克的舉動會對自己不利，後來還寫好一封打算交給當局的短信，表示他「不知道《齊瓦哥醫生》裡面有抨擊蘇維埃體制的言辭」）。

帕斯特納克把他收到的一些電報拿給丘柯夫斯基看，全都是來自國外。席奈妲數度表示，諾貝爾獎非關政治，而且她丈夫也不是因為《齊瓦哥醫生》才得獎的，好像這樣就能把她的危機感一掃而盡。她也擔心自己不會獲准前往瑞典，低聲向丘柯夫斯基說：「科涅依・伊凡諾維奇，你覺得呢？……畢竟，我們夫妻倆應該會一起受邀才對。」

攝影師都走了之後，帕斯特納克到樓上房間去撰寫要發給皇家科學院的電文。當天下午他就發了出去：「感激不盡，除了感動、驕傲與震驚，也受之有愧。帕斯特納克。」

寫完後，他跟丘柯夫斯基與孫女葉蕾娜出去散步了一會兒。他跟他們說，他不會帶著席奈妲去斯德哥爾摩。9

離開帕斯特納克之後，丘柯夫斯基去拜訪費丁，費丁跟他說：「帕斯特納克會把我們大家都害死。政府一定會開始強力整肅知識分子。」事實上，丘柯夫斯基很快就接到通知，要他明天去參加作家協會召開的緊急會議。有一位信差來到佩羅德爾基諾村，挨家挨戶遞送開會通知給作家們，大家都知道他們即將要配合演出公開譴責的戲碼，感覺到史達林時代的陰影再現。伊凡諾夫收到通知後就倒了下去，女傭發現他癱倒在地。他被診斷出可能是中風，臥病在床一個月。[10]

信差來到家門前的時候，帕斯特納克「變得臉色鐵青，他摀著心窩，幾乎無法走到樓上房間」。[11]他開始感到左手手臂劇烈疼痛，就好像「被截肢一樣」。[12]

「很清楚的，他們不會手下留情。」丘柯夫斯基在日記裡寫道。「他們要公開羞辱他。他們會把他折騰到死，就像當年的左琴科、曼德爾施塔姆、扎波洛茨基（Zabolotsky）、米爾斯基（Mirsky），還有班奈迪克特．里溫雪斯（Benedikt Livshits）一樣。」[13]

丘柯夫斯基向帕斯特納克提議去見政治局唯一的女性成員葉卡捷琳娜．福爾采娃，跟她說把書稿送往義大利並非他的意思，而且對於別人「利用他的名號來亂搞一氣，他也覺得很煩」。帕斯特納克問塔瑪拉．伊凡諾娃他是否該寫信給福爾采娃。伊凡諾娃覺得那是個好主意，她說：「好啊，因為她畢竟是個女人。」[14]

親愛的葉卡捷琳娜．雅莉賽葉芙娜：

我總是覺得蘇聯人可以做到自認為做不到的事，可以更活潑，更願意爭辯，更自由與大膽。

我不想放棄那種想法，而且為了堅持那想法，我願意付出任何代價。我認為，不是只有我為了我獲得諾貝爾獎而感到高興，身為社會的一分子，我覺得大家都會跟我一樣高興。我覺得那項殊榮並非只是給我的，而是要用來肯定蘇聯文學——我所隸屬、而且也貢獻了微薄心力的文學領域。

無論我與現在的文壇有多少歧異，我都不希望他們用動武的方式來逼我讓步。如果你覺得那是恰當的，那麼我只好忍耐，對一切都逆來順受。但我不希望我的順從被誤解為挑釁或者傲慢。相反的，那是我應該抱持的謙遜態度。我相信，無論在這世上或者我們的生命裡，都有更高層次的力量存在，因此我的驕傲與放肆是天理不容的。

B・帕斯特納克[15]

丘柯夫斯基看到信裡提及上帝與天理，錯愕之餘，絕望地離開了帕斯特納克他家。

那天下午稍後，帕斯特納克也到那個「小窩」去找伊文斯卡亞。他可能帶著要寫給福爾采娃的信——因為後來那封信並未寄出去，直到更久以後才在伊文斯卡亞的文件中被發現。她跟丘柯夫斯基一樣了解，在當局眼裡，那些文字根本不算是悔過。帕斯特納克也把發電報到斯德哥爾摩的事告訴她，而且情緒激動的他一再思量著費丁提出的要求。「你覺得怎樣？我能跟那本小說畫清界線嗎？」他並不是真的要她回答。伊文斯卡亞覺得，他只是持續在與自己進行對話。

西方在帕斯特納克獲獎後也有所回應，克里姆林宮認為這完全是可以預測的。被視為眼中釘的解放之聲電台宣布，他們會在不久後開始播放朗讀《齊瓦哥醫生》的節目，但最後因為版權的問題被中情局喊停。[16]英美媒體都盛讚帕斯特納克是個不畏強權的反對派。蘇聯外交部也對奧斯特林做出正式回應，在提及《齊瓦哥醫生》時表示：「顯然你與那些決策者並不是聚焦在那本小說的文學或藝術特質，因為它一點那種特質也沒有。你們只聚焦在小說的政治面向，因為帕斯特納克用扭曲的方式描繪蘇聯的狀況，毀謗社會主義革命、社會主義與蘇聯人民」。[17]該部指控瑞典皇家學院企圖讓冷戰升溫，在國際間生事。

當局的暴怒可說是已經一觸即發，但帕斯特納克還是持續在家慶祝，越來越多朋友跑來向他敬酒，同時也慶祝席奈妲的「聖名日」。「沒有看出大禍即將臨頭，」丘柯夫斯基在日記中寫道。

因為有傳聞官方將會對帕斯特納克進行強烈抨擊，到了週六早晨，莫斯科人一早就開始搶購《文藝週報》。週報將《新世界》雜誌社編委會於一九五六年寫的那封退稿信完整刊出，還有一篇題名為〈國際反動勢力的挑釁突擊〉（A Provocative Sortie of International Reaction）的長篇社論。一般讀者都是初次知道有《齊瓦哥醫生》與諾貝爾文學獎存在，對他們來講，看社論細數小說的罪狀實在是新鮮有趣。讀者們很少有機會看到這種來自禁書的大不敬文字與言論。到了早上六點，要購買《文藝週報》的民眾已經開始大排長龍。[18]結果週報的流通量是八十八萬份，幾個小時內就搶購一空。[19]

那社論這樣寫道：「齊瓦哥是個移民之後[ii]，他膽怯又器量狹小，與蘇聯人民是疏離的，這點跟惡毒的文壇勢力小人帕斯特納克一樣。他是人民的敵人，對於那些痛恨我國體制的人來講，他是同路人。」[20]

社論中，帕斯特納克一再被稱為「猶大」，為了「三十個銀元」就背叛祖國。「瑞典文人與他們那些在大西洋彼岸的幕後指使者」把那本小說變成冷戰武器。《文藝週報》向讀者們表示，西方批評家都不覺得《齊瓦哥醫生》有什麼了不起。社論引述了來自德國、荷蘭與法國的負面評論，藉此說明「許多西方批評家都公開宣稱它的文學價值有限」。但是，等到像《紐約時報》的老闆這種「大陰謀家」高聲稱讚《齊瓦哥醫生》「在蘇聯人民臉上吐口水」的時候，蘇聯的敵人當然都會站起來叫好。那本小說和「其作者的性格讓那些反動媒體如獲至寶」。

「帕斯特納克獲獎並沒什麼了不起，」該篇社論如此結論。「他會得獎，只是因為他自願扮演誘餌的角色，被人掛在一根生鏽的反蘇維埃釣鉤上。但是此一『地位』並不能持久。魚餌只要爛了，就會被換掉。歷史的經驗告訴我們，這種改變都會很快發生。一個恥辱的結局已經在等待這個宛如『猶大再世』的齊瓦哥醫生，還有他那註定會被人民唾棄的創造者。」

全莫斯科市的官僚都從報紙接獲了暗示，電台與電視也開始集中火力，猛烈抨擊。在那頗負名望的高爾基文學院（Gorky Literary Institute），院長要求學生參加反對帕斯特納克的遊行，並且要連署一份即將刊登在《文藝週報》上的譴責信。他說，這次遊行是對於他們的一次「忠誠度測驗」。儘管受到威脅，許多學生還是不願譴責帕斯特納克。院方人員在宿舍裡找學生連署，有些人躲在廁所或廚房裡，或者沒有應門。三個列寧格勒的學生在涅瓦河（Neva）的堤岸上塗鴉寫道：「帕斯特納克萬歲！」[21]在莫斯科，大約三百位高爾基文學院院生裡面只有一百一十人連署那封信，可說是公然藐視院方。[22]還有，就像後來一些參加者所描述的，只有幾十個學生參加了該院舉行的「自發抗議遊行」。遊行的領隊是剛崛起的詩人佛拉迪米爾．菲爾索夫（Vladimir Firsov），還有批評家尼古拉．塞戈萬澤夫（Nikolai Sergovantsev）。遊行隊伍走到附近的蘇聯作家協會大樓，現場的自製抗議標語也沾染了《文藝週報》上那篇社論的反猶太氣息。有一面牌子上畫了帕斯特納克的諷刺肖像「正用歪七扭八的手指伸手去拿一袋錢」。[23]另一面寫著：「把猶大趕出蘇聯！」他們遞交一封陳情信給劇作家兼作家協會理事會成員康斯坦汀．沃隆科夫（Konstantin Voronkov），並且表示接下來他們打算直接到佩羅德爾基諾村去，在帕斯特納克他家門口抗議。沃隆科夫建議他們先別行動，等到當局正式決定對帕斯特納克施加更多壓力再說。

協會的宏偉總部裡，大約有四十五位作家兼共黨黨員正在召開關於帕斯特納克的會議。[24]同志們各個都表現出「義憤塡膺」的樣子，而他們的共識是，應該把帕斯特納克逐出協會，但這只是最後的撤手鐧，因為這將會剝奪他的謀生能力，甚或讓他失去國家提供的住處。甚至有一些作家說得更過分，表示該將帕斯特納克逐出蘇聯，蘇聯國歌歌詞的作者塞吉．米克哈爾科夫（Sergei Mikhalkov）也是其中之一。他們也批評蘇爾科夫，說他不該讓情勢失控——此刻他剛好去一間療養院休養，並未參與任何關於諾貝爾獎的爭議。[25]幾位作家表示，當帕斯特納克把書稿交給外國人的時候，早該開除他了。他們自欺欺人，深信如果能早一點把《新世界》雜誌社的退稿信刊登出來，帕斯特納克就不會得諾貝爾獎了，「因為全世界的進步媒體都不會讓這件事發生」。他們正式決議，把「開除帕斯特納克」列入週一的協會高層會議議程中。

帕斯特納克並沒有看報的習慣，但反對運動的規模與激烈程度讓他無法忽視。《文藝週報》的激烈社論刊登出來後，《世界報》特派員米榭．塔杜（Michel Tatu）跟兩位記者一起去拜訪他。先前已經下了六天雨，他們看到的佩羅德爾基諾村是如此荒涼陰鬱。然而，帕斯特納克的精神還是不錯，他們在鋼琴室裡聊天。帕斯特納克試著講法語，但說得不好，不過他還是說得很愉快。他告訴記者們，諾貝爾獎不只讓他感到愉悅，也給了他「道德勇氣」。[26]他又補了一句：那是一種孤獨的愉悅。

接下來，蘇共黨報《真理報》也出招了，由該報一位向來聲名狼藉的記者大衛．扎斯拉夫斯基（David Zaslavsky）撰寫長文，對帕斯特納克進行人身攻擊。列寧與托洛斯基都看不起革命前曾經反對布爾什維克派的扎斯拉夫斯基，認為他只是個「御用文人」。「扎斯拉夫斯基先生只是扮演醜聞製造者的角色，」列寧曾說。「毀謗者與醜聞製造者是和揭發者截然不同的，因為揭發者會要求自己挖掘並且精準確認事實。」[27]但是在史達林上台後，在《真理報》服務的扎斯拉夫斯基變成受當局歡迎的打手。[28]扎斯拉夫斯基與帕斯特納克也有宿怨。一九二九年五月，扎斯拉夫斯基開始扮演起煽動家的角色，他利用《文藝週報》的版面來指控曼德爾施塔姆抄襲。帕斯特納克、皮涅克、費丁、左琴科與其他作家則是寫了一封連署信為曼德爾施塔姆辯護，稱他為「出色的詩人，最夠格的翻譯家之一，而且是一位文學大師」。七十八歲的扎斯拉夫斯基已經處於半退休狀態，此刻卻為了攻擊帕斯特納克而復出，為《真理報》上的那篇文章「增添了某種特別惡毒的細微況味」。[29]

文章的標題是：〈一根文學的雜草居然演變成咆哮的反動政宣作品〉（Reactionary Propaganda Uproar Over a Literary Weed）。[30]

「在帕斯特納克的刻畫之下，齊瓦哥醫生這個被激怒的道德怪物雖說荒謬不已，但卻是舊時代俄國知識分子的『最佳』代表。這種毀謗當今頂尖知識分子的方式除了荒誕不稽，也毫無文采可言，」扎斯拉夫斯基寫道。「帕斯特納克是低級的反動樣板之作。」

他接著寫道，把那本小說「拿來利用的，是那些得意洋洋的蘇聯宿敵，包括各種各樣的蒙昧主義者、一場全新世界大戰的挑釁者，還有煽動家。透過一個表面上像是文學性質的活動，他們企圖製造出一樁政治醜聞，明確的目標就是要讓國際關係惡化，為『冷戰』的戰火加油添柴，四處散布對於蘇聯的敵意，詆毀蘇聯民眾。反蘇聯的媒體樂不可支，宣稱那本小說是今年的『最佳』作品，而那些謙卑有禮的布爾喬亞大人物把諾貝爾獎頒給了帕斯特納克……

「妄自尊大的帕斯特納克覺得自己被冒犯了，可鄙而庸俗的他在靈魂裡並未留存一絲一毫的尊嚴與愛國心，」扎斯拉夫斯基總結道。「透過帕斯特納克的所有活動看來，在我們這個充滿熱忱，想要打造出共產社會的社會主義國家裡，他的確是一根雜草。」

當年正在高爾基文學院讀書的阿爾巴尼亞作家伊斯梅爾．卡達萊（Ismail Kadare）表示，此刻龐大的蘇聯政宣機器已經開始發動全面攻擊。「從早上五點到晚上十二點，不管是在收音機或電視裡，還有報章雜誌上，就連給孩童看的也一樣，都會出現關於那位變節作家的文章，還有對他的攻擊。」[31]

禮拜天下午，帕斯特納克的朋友亞歷山大．格拉德科夫在阿爾巴特街的理髮店裡，聽見收音機裡傳來朗讀扎斯拉夫斯基那篇文章的聲音。「大家都默默聽著——在我看來，那是一種帶著怒意的沉默。只有一個愛耍嘴皮子的工人開始說帕斯特納克會拿到很多錢什麼的，但大家都不理會，讓他自討沒趣。我知道，對於帕斯特納克而言，這種低級的閒聊遠比當局的嚴詞譴責讓他更為難過。那一整天我都很沮喪，但理髮店裡的沉默讓我心情好一點。」[32]

帕斯特納克試著一笑置之，但「事實上這一切對他來講都很痛苦」。[33]到了禮拜天，伊文斯卡亞的女兒伊芮娜去拜訪帕斯特納克，隨行的還有兩位就讀高爾基文學院的同學，青年詩人尤里・潘克拉托夫（Yuri Pankratov），還有伊凡・卡拉巴洛夫（Ivan Kharabarov）。訪客讓帕斯特納克不高興，他表明想要自己靜一靜。散步的路上，那三個年輕人跟了一會兒，他說他已經打算「喝下苦杯，喝到死掉為止」。「我們有一個很清楚的印象——他很寂寞，一種帶有巨大勇氣的寂寞，」伊芮娜回憶道。潘克拉托夫憑記憶朗誦了帕斯特納克幾首詩作的部分詩句：

我與朋友們就是為了這原因
在初春相聚，
以夜晚道別
以狂歡作證，
藉此讓默不作聲的痛苦流露出來
應該可以讓冷冰冰的存在升溫。

帕斯特納克顯然很感動，但這次探訪的結局讓他有點失望。潘克拉托夫與卡拉巴洛夫說，高爾基文學院施壓，要他們簽署譴責信，他們倆問帕斯特納克該怎麼辦。「說真的，」帕斯特納克說，「現在還有什麼關係嗎？那只是空洞的形式而已。簽吧。」[34]

眼看著他們鬆了一口氣，帕斯特納克覺得有點被背叛的感覺。「我往窗外看，發現他們踏著愉快的腳步，牽著手快步離開，」後來他跟葉夫圖申科說。「現在的年輕人多奇怪！真是個奇怪的世代！想當年，我們可不會做這種事。」

也有一些以前的友人與他畫清界線。曾經尊稱帕斯特納克為「老師」的詩人伊里亞·塞爾文斯基（Ilya Selvinsky）與帕斯特納克的鄰居[35]、文評家什克洛夫斯基一起，在克里米亞半島（Crimea）度假，兩人發電報恭喜他。但是在塞爾文斯基看到官方的反應之後，隨即寫了一封信給他。「我就這麼跟你說吧，即便你認為黨意是錯誤的，但是在當下的國際情勢中，忽略黨意其實無異於打擊自己的祖國。」[36]塞爾文斯基與什克洛夫斯基還投書給雅爾達當地的一家報社，指控帕斯特納克是個「低級的叛徒」。

「為什麼？最可怕的是，我已經都不記得了，」多年後，什克洛夫斯基表示。「因為那個時代？當然，但我們就是那個時代，時代由我和千百萬個同我一樣的人構成。總有一天所有東西都會公諸於世：那些會議記錄、那些年的信件、偵訊程序，還有譴責聲明，所有東西。就連汙水裡面撈出來的東西，也充滿著恐懼的臭味。」[37]

此刻，整個文壇已經被那「令人噁心，如影隨形的恐懼感把持住了」，這也引發了一波譴責他的狂潮。[38]這種幾乎具有儀式性的集體審訊現象是蘇聯文學體系的一部分，其緣起可以追溯到史達林時代。犯錯者曾遭受集體抨擊。出事的作家若是沒有表達悔悟之意，自我批判一番，就不能回到文壇。帕斯特納克遭到大批作家群起圍攻。他們的動機就只是為了求生存罷了，因為在這體系中，任誰都很容易成為被攻擊的目標。有些人因為帕斯特納克的成就而討厭他，這些人感受得到或者知道他們的某些作為是會受到帕斯特納克鄙視的。其他人則是真的忠黨愛國，他們深信帕斯特納克是個叛徒。此一事件所引發的言辭攻擊與全球矚目是前所未見的。此外，帕斯特納克並未照著那長久以來的老劇本去演出。

作家協會的高層會議預計在週一中午召開。帕斯特納克為此前往莫斯科，隨行的是鄰居伊凡諾夫的兒子，綽號「柯馬」的維亞切斯拉夫（Vyacheslav "Koma" Ivanov）。他們去伊文斯卡亞的公寓，維亞切斯拉夫主張，那種很可能會「處決」帕斯特納克的會議，他不去開也罷，伊文斯卡亞母女倆都贊成。臉色慘白、覺得自己好像生病的帕斯特納克則是說，那他送一封信過去就好。帕斯特納克用條列式的寫法，以鉛筆寫了一封信，但並未道歉，內容並不像〔他〕原先所設想的那樣「溫和而具有說服力」。而且他也沒有道歉：

「儘管有那麼多雜音，媒體上出現那些文章，但我仍覺得就算寫出了《齊瓦哥醫生》，我還是有資格當一個蘇聯公民。重點是，我覺得蘇聯作家該享有的權利與可能性不該受到那麼多限制，而且我也不認為自己的任何作為損害了蘇聯作家的尊嚴」。[39]

帕斯特納克細數他嘗試讓小說在蘇聯出版的過程，還有他曾要求費爾特內里暫緩出版，還有他對西方媒體選擇性地引述他的小說內容，也很不高興。

「我不會稱呼自己為文學寄生蟲，」他告訴同事們。「坦白說，我覺得自己對文學有所貢獻。

「我向來認為自己是這個社會的一分子，而且當我得到諾貝爾獎時，也覺得社會上的其他人會跟我一樣感到愉悅快活。因為我住在蘇俄，是個蘇俄作家，所以加諸於我的殊榮，也是整個蘇聯文學界的榮耀。

「因為那是諾貝爾獎，無論如何我都不會認為那殊榮是個騙局，因此以粗魯的方式去回應。」

他向同事們陳述自己的結論：無論他們用任何方式懲處他，他們都不會感到快樂或光榮。

維亞切斯拉夫．伊凡諾夫搭車趕往協會，「一位年輕辦事員盡責地把信收下，眼神冷漠」。40

作家協會的老舊大樓裡，被稱為白廳的前廳已經人聲鼎沸，擠滿了要來開會的作家。所有座位都坐滿了，還有許多作家靠牆站著。他們宣讀了帕斯特納克的信件，在場作家「群情激憤」。41

波里卡波夫為中央委員會準備了一份會議摘要，表示那封信的內容「厚顏無恥，充滿譏諷，令人憤慨」。

二十九位作家連番上台發言，措詞越來越激烈。小說家嘉莉娜．尼可拉耶娃（Galina Nikolayeva）把帕斯特納克比擬為二次大戰期間與納粹合作的叛國賊安德烈．弗拉索夫（Andrei Vlasov）將軍。「我覺得光是將他逐出作家協會還算便宜了他。這個人不該住在蘇聯的土地上」。

尼可拉耶娃後來寫了一封信給帕斯特納克，宣稱自己喜愛他的早期詩作，但她會毫不猶豫地「一槍打爆叛國賊的頭」。[42]

「我是個非常了解悲傷為何物的女人，而且也沒有懷抱恨意，但是面對你這種叛國賊，我絕對不會退縮，」她在信裡寫道。帕斯特納克在回信中對她說：「你比我年輕，所以你可以活著看到世人對這整件事改觀的時候」。

小說家薇拉・潘諾娃（Vera Panova）的言辭「激烈而直接，充滿敵意」。[43]後來，格拉德科夫問她何必如此惡毒，她說是因為她慌了，覺得好像一九三七年的大整肅再現，她必須保護自己那人數眾多的家庭。

科涅依・丘柯夫斯基之子尼古拉（Nikolai Chukovsky）也在會議上發言。「在這整個不光彩的事件中，只有一件好事——帕斯特納克終於拿下了面具，公開承認他是我們的敵人。那就讓我們用一直以來對付敵人的方式來對付他吧。」

尼古拉的妹妹莉萩雅聽說他也加入批判行列，感到震驚不已。她在日記裡回憶時表示，哥哥已經藉由小說作品《波羅的海天空》（*Baltic Skies*）嘗過成功滋味，因此越來越覺得他妹妹講話太直接，「他覺得聽起來很刺耳，欠缺考慮，甚至可能會危及他」。[44]尼古拉想要保護自己在蘇聯官方文藝體系裡的地位，而且他才剛剛創立了作家協會的譯者部門。[45]

會議就這樣拖了好幾個小時，有些作家偷溜出去抽菸與爭論。《新世界》雜誌的編輯亞歷山大・特瓦多夫斯基向來被認為是個自由派，他坐在那裡，頭頂的畫作名稱是《高爾基在史達林、莫洛托夫與伏羅希洛夫面前朗讀〈女孩與死神〉》（*Gorky Reading "The Girl and the Death" in the Presence of Stalin, Molotov and Voroshilov*），此刻《旗幟》雜誌的總編輯瓦丁·柯澤夫尼科夫（Vadim Kozhevnikov）朝他走過去。

他取笑特瓦多夫斯基。

「嘿，莎夏（Sasha），你本來不是想出版那本小說嗎？」

「那時候我還沒上任，」特瓦多夫斯基答道。「但是，先前的編委會本來就已經退稿了，這你也知道……你滾吧！」

「我為什麼要滾？」

「因為你沒良心，丟臉的傢伙。」

「我怎樣沒良心又丟臉了？」

「去（死）吧。」

臉色陰鬱的波里卡波夫也在各個大廳裡徘徊。把帕斯特納克逐出作家協會真的是正確的懲處嗎？他似乎也不確定。而且有一些作家，包括特瓦多夫斯基、塞吉·斯米爾諾夫（Sergei Smirnov）與康斯坦汀·萬申金（Konstantin Vanshenkin）都跟他表示反對。

斯米爾諾夫與尼古拉·雷連科夫（Nikolai Rylenkov）兩人在幾天內就都反悔了，不再反對處罰，反而強烈譴責帕斯特納克。

根據協會正式記錄，會議以「全票通過」開除了帕斯特納克，還通過了一篇很長的正式決議文，宣稱「小說《齊瓦哥醫生》讓我們的對手得以大作文章，其內容只是顯示出作者自我欺騙的程度實在難以估量，而且思想貧乏。他在小說中發出的吶喊充分說明他是個驚惶失措的庸俗之輩，因為歷史並未按照他所偏好的歪斜路線發展，就觸怒了他，讓他驚駭莫名。小說裡那些虛假不實而瑣碎的觀念，都是他從垃圾堆裡撈出來的……

「有鑑於帕斯特納克的政治與道德立場墮落，同時也背叛了蘇聯與社會主義，企圖阻礙和平與進步，再加上他因為煽動冷戰而獲頒諾貝爾文學獎，蘇聯作家協會的常務委員會決議……剝奪鮑里斯．帕斯特納克的蘇聯作家身分，將其逐出協會。」[46]

此刻，格別烏已經開始跟監帕斯特納克與伊文斯卡亞。格別烏幹員毫不掩飾他們的存在，並且會騷擾他們，有時候在伊文斯卡亞那間位於波帕托夫街（Popatov Street）的公寓外面假裝發酒瘋。「今天過得怎樣啊，用麥克風偷聽的傢伙？」[47]在佩羅德爾基諾村，帕斯特納克一走進伊文斯卡亞的房間就這麼說。她回憶道：「我們大都低聲交談，看到自己的影子也會被嚇到，一直往左右兩側的牆壁瞄——就連牆壁看起來也對我們有敵意。」儘管祕密警察的車就停在附近，郵差還是會跟帕斯特納克打招呼，這一類溫馨的小動作往往能讓他感到內心好過一點。

禮拜二早上，莉荻雅．丘柯夫斯卡亞去探望帕斯特納克。她一離開父親家，就發現四個男人坐在車裡看著她。「讓我感到丟臉的是，那一刻我的確已經感到恐懼」。等到她接近帕斯特納克家的大門口時，她還以為有人會命令她停下腳步。[48]

「他們開除我了嗎？」帕斯特納克問道。

莉荻雅點點頭。

帕斯特納克領著她走進去，跟她一起坐在鋼琴房裡。

「在明亮的晨光中，我看到他的臉色泛黃，雙眼炯炯有神，還有他那看起來好老的脖子。」

帕斯特納克開始滔滔不絕地聊了起來，聊得異常起勁，不斷轉換話題，並且用問題打斷自己。

「你覺得呢？他們會傷害，他們會傷害李奧尼亞（Lyonya）嗎？」他開始擔心起兒子李奧尼德。

帕斯特納克向丘柯夫斯卡亞表示，先前伊凡諾夫夫婦曾經向他預警，要他們搬進城裡，因為恐怕會有人到沛羅德爾基諾村的別墅去丟石頭抗議。

他跳了起來，站在丘柯夫斯卡亞面前。「但那是廢話，對吧？他們的想像力太豐富了？」

「是啊，」丘柯夫斯卡亞說。「胡說八道。那怎麼可能？」

為了試著改變話題，丘柯夫斯卡亞提到最近帕斯特納克寫的一首詩。

「詩作不重要，」他有一點焦躁地答覆。「真不知道為什麼大家都忙著讀我的韻文。你爸爸每次注意到那些無聊的詩歌時，都讓我覺得尷尬。我這輩子唯一有價值的成就是小說。有人說，那本小說之所以受到重視，是因為政治考量。那是謊言。他們會讀，只是因為喜歡。」

她聽得出他的聲音帶著「些許沉悶、些許煩惱，還有些東西是比這一番異常激烈的談話更令人不安的」。

來到屋外，清晨寂靜無聲，帕斯特納克四處張望。「怪了，」他說。「這裡空無一人，但是我仍然覺得好像大家都在注視著我們。」

那天稍晚，帕斯特納克去找伊文斯卡亞，她已經跟她那十幾歲的兒子米提亞（Mitya）從莫斯科回來。帕斯特納克的心情惡劣，講話時還會顫抖。「我再也受不了這件事了，」他對伊文斯卡亞與她兒子說。「我想我真的該離開人世，我受不了了。」[49]

帕斯特納克說，乾脆他跟伊文斯卡亞都吞寧比泰（Nembutal，一種巴比妥酸鹽iii）自殺吧。「這會讓他們付出很大代價，」他說。「就像一巴掌打在他們臉上。」

一聽到他打算跟母親一起自殺，米提亞就走到屋外去。「米提亞，原諒我，別因為我想帶你媽一起走就把我當成壞人，我的寶貝。但是我們活不下去了，等到我們死了，你的日子也會比較好過。」

那孩子因為震驚而臉色慘白，但還是很聽話。「你說得對，鮑里斯．列昂尼多維奇。媽媽一定要跟隨你。」

伊文斯卡亞不想自殺，她告訴帕斯特納克，如果他死掉的話，只會讓當局稱心如意。「這只會顯得我們軟弱，而且曉得我們自己做錯了，然後他們就會極其沾沾自喜。」

伊文斯卡亞請他再等待一下，看當局究竟想要怎麼做，如果真的無路可走，她說：「那我們再一了百了。」帕斯特納克也同意，「很好，今天就得過且過吧……到時候再做決定。我再也受不了像這樣被人跟來跟去。」

帕斯特納克離開後，伊文斯卡亞與兒子冒著髒汙的雨雪去費丁家找他。路上到處都是軟軟的融雪，等他們到他家時，母子倆已經渾身濕透了，腳底滿是汙泥。剛開始費丁的女兒開了門，但是擋著走廊，不願讓他們走到更裡面去，而她父親最後還是出現在上方階梯之間的平台上，叫伊文斯卡亞跟他去書房。她說帕斯特納克想要自殺。「告訴我，他們到底要他怎樣？真的要他自殺嗎？」

費丁走到窗邊，伊文斯卡亞覺得自己看見他眼眶含淚。但是等到他轉過身來，又擺出一副正經八百的模樣，他說：「鮑里斯·列昂尼多維奇在他自己和我們之間挖出一個無法跨越的深淵，」他說。「你說的事真的很可怕，」他接著說。「你不明白嗎？你一定要阻止他。他不能對這個國家造成二度傷害。」

伊文斯卡亞說，她尋求一個解套的方式，還說她「願意幫帕斯特納克寫任何一種信件給任何人，並且勸他簽名」。50

費丁寫了一封短信給波里卡波夫，提及伊文斯卡亞來訪時告訴他的事。「我想你應該知道這件事，無論是真實或想像的，無論帕斯特納克是認真或者只是鬧著玩的。你也應該知道，這是一種威脅，又或者他只是想要耍花招。」

隔天早上，帕斯特納克和伊文斯卡亞在電話上吵架。伊文斯卡亞說他是個自私鬼。「他們當然不會傷害你，」她說。「但我會比上一次還慘。」[51]

那天早上，帕斯特納克的弟弟開車載他到克里姆林宮附近的中央電報局（Central Telegraph Office）。他用法文發了第二封電報到斯德哥爾摩：「身為蘇聯社會的一分子，有鑑於大家對於此一獎項有不同解讀，我必須拒絕這個我不配獲得的獎。敬請別因為我出於自願的拒絕感到不悅。帕斯特納克。」

瑞典皇家科學院的回覆是：「拒絕受獎之電報已收悉，深感遺憾，亦能理解，並給予尊重」。這只是歷史上第三個諾貝爾獎遭到退回的案例。[52]三位德國科學家曾因為遵守希特勒的命令而拒絕受獎。一九三五年，被關在集中營的德國記者卡爾·馮·奧西茨基（Carl von Ossietzky）成為諾貝爾和平獎得主，德國獨裁者就是因為這件事而被惹火了，他就此規定未來凡是德國人都不能接受任何諾貝爾獎。

帕斯特納克也發了第二封電報到蘇共中央委員會，把他的決定告知克里姆林宮，也請當局允許當時被官方出版社排拒的伊文斯卡亞能夠繼續工作。

帕斯特納克向一位西方記者表示，「這決定完全是我自己做出來的。我並未徵詢誰的意見。

我甚至並未告訴我的好友們。」[53]

當局的撒手鐧已經開始一一使出。當天稍晚，帕斯特納克之子葉夫格尼看到父親時非常震驚。帕斯特納克「看起來臉色蒼白，披頭散髮，」後來他寫道。

「任誰都認不出那是我爸。」[54]

伊文斯卡亞與波里卡波夫見面，他吩咐她留在帕斯特納克身邊，以免他「胡思亂想」[55]（中央委員會也派了一位護士到帕斯特納克的別墅當看護。他們說不需要護士，但她拒絕離開，接著就弄了一張帆布床，睡在客廳裡）。

「我們必須讓這醜聞平息下來，而只要你能幫忙，我們就做得到，」波里卡波夫告訴伊文斯卡亞。「你可以幫助他重新回到人民身邊。但如果他出了什麼事，那就是你的責任了。」

然而，拒絕諾貝爾獎已經於事無補了。事實上，當局希望的是他能認輸，不要試著掌控這件事。「這是一種更下流的挑釁，」曾經支持帕斯特納克，但又反悔的斯米爾諾夫表示。他說，拒絕了諾貝爾獎，「只是讓他的叛國罪罪加一等而已。」[56]

---

i 聖名日（name day）是天主教與東正教的傳統，可以說是教徒的第二個生日，在與自己同名的那個聖人殉道、去世或出生的那一天慶祝。聖澤奈妲（St. Zenaida）就是在十月二十四日殉道。

ii 指涉齊瓦哥醫生與帕斯特納克都是猶太人。

iii 一種有安眠與鎮靜效用的藥。

拾貳。

——帕斯特納克這個名字，已經成為戰爭的代名詞。

帕斯特納克發送拒獎電報到斯德哥爾摩的前一晚，赫魯雪夫在克里姆林宮召見蘇共共青團（Komsomol）團長佛拉迪米爾・塞米恰斯特尼（Vladimir Semichastny）。陪著總書記在辦公室裡一起等待的，是蘇共的意識形態旗手蘇斯洛夫。

赫魯雪夫表示，隔天晚上塞米恰斯特尼要發表一次重大演說，因此吩咐他在演說裡面增加一個有關帕斯特納克的段落。塞米恰斯特尼說，他要演講的場合是共青團四十週年慶的大會，也許不適合提及諾貝爾獎的爭議。

「我們會找出適合的段落，」赫魯雪夫把一位速記員叫了進去。[1] 赫魯雪夫口述了好幾頁文字，把一連串汙辱帕斯特納克的激烈言詞添加到講詞裡面。他向塞米恰斯特尼打包票，等到他講到關於帕斯特納克的段落時，他一定會卯起來鼓掌，讓大家都看到。「大家都會了解的，」赫魯雪夫說。隔天，也就是十月二十九日晚上，塞米恰斯特尼在莫斯科的體育宮（Sports Palace）對著一萬兩千名青年團員演說，並且由電視與電台進行實況轉播。[2]

「就像俄國諺語說的，『每一群羊裡面都有皮膚長癬的，』」塞米恰斯特尼演說時，坐在後面的赫魯雪夫笑得好燦爛。「在我們這社會主義社會裡，帕斯特納克就是那一隻皮膚長癬的羊，他的作品實在極盡毀謗之能事……這個人住在我國，國家為他提供的生活條件比一般努力工作、拚死拚活的工人還好。如今這傢伙在人民的臉上吐口水後，一走了之。這是怎麼一回事？有時候我們會湊巧提起豬，說牠們怎樣又怎樣，把牠們說得一文不值。我得說這簡直是毀謗。因為只要對這種動物稍有了解的人都知道，豬的特色之一就是絕對不會把自己吃飯或睡覺的地方弄髒。因此，帕斯特納克可以說是做了一件連豬都不會做的事。帕斯特納克這種人覺得自己在社會上高人一等，但卻把自己吃飯的地方搞得髒兮兮，而且他靠某些人的辛苦工作才能夠過著優渥的日子，但他卻朝那些人身上丟擲穢物。」[3]

一陣陣如雷掌聲讓塞米恰斯特尼不得不一再暫停。接著，讓帕斯特納克最害怕的威脅就從他嘴裡冒出來了：「為什麼這個移民之後不到資本主義社會去呼吸他如此渴望的那種空氣？我確定我們的社會會很歡迎這件事。就讓他成為真正的移民，移居到他的資本主義天堂吧！我相信無論是我們的社會或者政府都不會阻礙他。相反的，他們會認為這有助於淨化空氣。」

隔天早上，帕斯特納克讀到關於塞米恰斯特尼演說的報導。他與妻子討論移居國外的可能性。她說，如果想要過得平靜一點，他可以離開。帕斯特納克很訝異，他問妻子：「和你跟李奧尼亞一起？」他提及他兒子。

「我這輩子是不可能離開的，但我會祝福你，希望你的晚年能夠過得光榮而平靜，」席奈妲說。「李奧尼亞和我都必須批評你，但你也知道，那些都只是形式而已」。[4]

「如果你拒絕跟我移民外國，我也不會去的，絕對不會，」帕斯特納克說。

帕斯特納克也對伊文斯卡亞提起移民的事，並且寫了一封給政府的短信，希望能讓伊文斯卡亞與其家人跟他一起移民，但寫完後還是撕掉了。帕斯特納克覺得自己與俄國之間有不可割捨的關聯，而且，無論如何他還是覺得自己無法在兩個家庭之間做出選擇。「我的生活一定要像在這裡那樣簡單熟悉，有我熟悉的白樺樹、熟悉的問題——甚至連煩惱也如此熟悉。」[5]

伊文斯卡亞生怕帕斯特納克被逼得走上絕路。她持續嘗試，想要用溫言哄騙的方式來爭取某種妥協之道。她找上了作家協會主管作家權益的部門主管葛瑞戈里・凱欣（Grigori Khesin）。他一直都善待伊文斯卡亞，而且長久以來也都不諱言自己很敬佩帕斯特納克。但是他的善意已經消失，改用冷淡的態度對待伊文斯卡亞。

「我們該怎麼辦？」伊文斯卡亞問道。「塞米恰斯特尼發表了那一篇可怕的演說。我們該怎麼辦？」[6]

「歐爾嘉・維塞沃洛多夫娜，」凱欣答道。「我們沒辦法為你提供更進一步的建議……有些事情是不可原諒的——因為這是國家大事。不行，恐怕我這裡沒辦法給你任何建議。」

離開時，伊文斯卡亞把門用力甩回去，此刻有一位年輕的版權律師找上她，他說他叫作伊西多・葛林戈茲（Isidor Gringolts），他說他想幫忙。葛林戈茲表示自己是帕斯特納克的仰慕者，他說：「對我來講，鮑里斯・列昂尼多維奇就像是個聖人！」絕望的伊文斯卡亞渴求任何幫助，並未懷疑他為何這麼熱情又熱心。他們約好兩小時後在伊文斯卡亞的母親的公寓碰面。到了那棟公寓之後，葛林戈茲建議帕斯特納克直接寫信給赫魯雪夫，請求別把他逐出蘇俄，葛林戈茲還說可以幫忙起草信件。

伊文斯卡亞把女兒伊芮娜與帕斯特納克的幾位密友召集起來，大家開始爭辯一個問題：直接向赫魯雪夫陳情，有何好處？肅清帕斯特納克的情勢似乎越來越兇險——他開始接到威脅信，還有謠言指出，他位於佩羅德爾基諾村的別墅會被暴民攻擊。[7]某天晚上當地的流氓對著別墅丟石頭，用反猶太的言語大聲羞辱他。[8]塞米恰斯特尼演講過後，一群工人與年輕共產黨員跑到帕斯特納克他家外面抗議，場面失控，最後有人找警察去現場才解決問題。[9]

作家協會的凱欣也告訴伊文斯卡亞，除非帕斯特納克展現出悔過之意，否則就會被逐出蘇俄。

伊芮娜大膽主張帕斯特納克絕對不該道歉，伊文斯卡亞否決女兒的說法，她說：「看來很明顯了，我們非得讓步不可。」女詩人茨維塔耶娃的女兒雅莉亞德娜・艾夫隆（Ariadna Efron）菸抽個不停，她也支持伊文斯卡亞。先前雅莉亞德娜曾歷經十六年的勞改營與流放生涯，不久前才重返莫斯科。她不認為一封信有多麼管用，但覺得寫個信也沒什麼壞處。[10]

大家把葛林戈茲起草的文字重新潤飾一遍，讓信的內容看起來比較像帕斯特納克寫的。信件草稿由伊芮娜與柯馬・伊凡諾夫帶到佩羅德爾基諾村去給帕斯特納克。他和他們在別墅門口碰面。「你們覺得我會跟誰一起被逐出蘇聯？」他問他們。「我覺得，在俄國歷史上，對祖國貢獻較大的反而都是那些被放逐的人，像是赫爾岑、還有列寧。」[11]

他們三人一起走到村子裡的郵局，帕斯特納克在那裡打電話給伊文斯卡亞，兩人講了好久。他同意把信看一遍，也只改了一個地方：把「生下來就與蘇聯脫不了干係」改成「生下來就與俄國脫不了干係」。為了方便他的朋友萬一需要做出進一步修改，他還在幾張空白頁上簽了名。他的抵抗意志已經漸漸衰退了。

親愛的尼基塔・塞吉葉維奇：

我以個人的身分寫信給你，給蘇共中央委員會與蘇聯政府。

從塞米恰斯特尼的演講過後，我發現如果我要離開蘇聯，政府無論如何都不會阻擋了。

對我來講這是不可能的。我生下來就與俄國脫不了干係，我的生活與工作都在這裡。

如果我與俄國脫節了，或是人在國外，我無法想像自己的命運會變成什麼樣子。無論我犯了什麼錯，有何過失，我都想像不到西方會利用我的名字，大張旗鼓地進行政治操作。

一旦我意識到這點，我就已經通知瑞典皇家科學院，說我要自願放棄諾貝爾獎了。

離開祖國對我而言形同死亡，因此我在此請求你，別對我施以此一極刑。

我對天發誓，我的確對蘇聯文學有所貢獻，而且或許也還能略盡綿薄之力。

B．帕斯特納克

信件由伊芮娜與一位友人於當天晚上帶往位於舊城廣場（Old Square）上的中央委員會。他們遇到一個在入口通道陰影中抽菸的警衛，詢問如果有信要給赫魯雪夫，可以送到哪裡。

「誰寫的？」警衛問道。

「帕斯特納克，」伊芮娜回答。

警衛就把信給收下來了。[12]

隔天中午，惡意批評帕斯特納克的攻勢在莫斯科電影院（Cinema House）裡面達到高潮，該院是一棟經典的構成主義（constructivist）建築，就在作家協會附近。蘇聯作家協會莫斯科分會大約八百位作家會員湧進這間大電影院裡開會，議程裡只有一個討論事項——「B．帕斯特納克的行徑」。此一會議的功能是扮演橡皮圖章的角色，為「將帕斯特納克逐出協會」的決議背書，同時也呼應不久前塞米恰斯特尼在演講裡呼籲的，將帕斯特納克放逐到西方。每個會員都必須參加，比較勇敢的作家只能稱病不出席。塞吉・斯米爾諾夫開場時，全場就已經出現某種暴徒般的熱烈氛圍。斯米爾諾夫講了很久，把帕斯特納克那些常聽到的罪狀複述一遍：包括與人民脫節，小說驚世駭俗，但文采只是普普通通，還有他犯下了與外國人同謀的叛國罪。「他託付書稿的對象是義大利出版商費爾特內里——一個從激進陣營叛逃的叛徒，而任誰都知道叛徒是最糟糕的敵人，也知道一旦叛逃後，他們對於自己所背棄的事物往往懷抱著特別強烈的仇恨」。[13]滔滔不絕的斯米爾諾夫講得義憤填膺，偶爾他講的東西幾乎讓人覺得好笑：「諾貝爾獎頒給了具有法西斯傾向的法國作家卡謬，他在法國的知名度不高，而且道德敗壞，任何正直的人絕對不會想要坐在他身邊。」

台下會眾紛紛低聲稱是，還有些人一齊高喊：「丟臉啊！」

這次演說的關鍵元素並非義憤，而是斯米爾諾夫語帶嘲諷，甚至還打算模仿帕斯特納克講話的方式，這也讓他對帕斯特納克的妒忌與長期以來的憎恨都浮上檯面。[14]帕斯特納克被身邊一小群朋友塑造成神話般的人物，斯米爾諾夫表示他是個「完全不過問政治的詩人，就政治而言，是個什麼都不懂的小孩子，被關在那座他所謂『純粹藝術』的城堡裡，創造出充滿文采的作品……我們只聽到這群人數不多的圈內人對帕斯特納克的才華讚嘆不已，聲稱他的文學作品很偉大。一個不容否認的事實是，居然有帕斯特納克的某個友人在一些會議上表示，每當提及帕斯特納克的名字時，大家都該站起來表達敬意」。

會議進行了五個小時，斯米爾諾夫只是十四位發言者裡面的第一個。名單裡面還有些令人意外的名字。其中包括那年夏初，還曾經針對詩歌創作問題去請教帕斯特納克的鮑里斯・斯路茲基（Boris Slutsky），葉夫圖申科看到他要上去講話，特別提醒他要小心，唯恐他如果幫帕斯特納克講話，肯定會激怒會眾，傷害到自己。

「別擔心，」斯路茲基答道。「我知道該說些什麼。」[15]

不久前，斯路茲基才剛獲准成為蘇聯作家協會會員，他感覺得到如果不大聲批判帕斯特納克，他那剛剛起步的作家生涯就毀了。他的發言很短，也避開了某些其他發言者的粗暴字眼。「詩人有責任獲得本國人民的認同，而不是敵人的認同，」他說。「我們幾乎可以把今年的諾貝爾獎得主稱為『反共諾貝爾獎』的得主。對於一個在我國長大的人而言，贏得這個獎項是很丟臉的。」

私底下，斯路茲基也對帕斯特納克感到很生氣。他覺得，史達林死後好不容易才冒出「文學的嫩芽」，如今那些可能性都被毀了。[16]假以時日，他將為自己參與批判帕斯特納克而感到良心不安。「我居然發言批判帕斯特納克，真是丟臉，」多年後他說。[17]

該次會議主席斯米爾諾夫也說，他那些抨擊言論「就像汙點」，「永遠都洗不掉」。但後來到了一九八〇年代，當天另一位發言者佛拉迪米爾・索魯金（Vladimir Soloukhin）某次在與葉夫圖申科激烈爭執時卻表示，帕斯特納克的支持者都默不作聲，因此跟那些批評他的人一樣該受到責難。曾有人找當天也出席的葉夫圖申科上台發言，但被他拒絕了。

「好吧，姑且說我們十四個人都是趨炎附勢的膽小鬼，只會拍馬屁的叛徒與混蛋，永遠無法『洗刷罪名』，」索魯金寫道。但他也質問，在場的幾百個人裡面，難道沒有帕斯特納克的朋友？他們呢？「他們為何保持沉默？他們完全沒有出聲，沒有任何舉動。為什麼？完全沒有出現為那位詩人辯護的隻字片語。」[18]

葉夫圖申科的回應是，「佛拉迪米爾．阿列克謝耶維奇，你所犯下的罪已經安安穩穩地掩藏了三十年……

「但是，改革開放（glasnost）宛如春水融雪，你的祕密與你過去造的孽也都被揭開了，就像雪地裡被謀殺的孩子露出手臂那樣。」葉夫圖申科接著說。「我從來不認為自己拒絕發言是英雄的表現。然而，難道拒絕當共犯的人跟直接參與者沒有任何差別嗎？」[19]

相較於斯路茲基，其他發言者的砲火猛烈多了。任教於高爾基文學院的文學學者柯內利．澤林斯基曾是帕斯特納克的朋友，但是他的言論「特別惡毒」。[20]一九三二年，帕斯特納克曾特別邀請他主持一場在工藝科技博物館舉辦的詩歌朗誦會，而且多年來他也寫了一些關於帕斯特納克的東西，整體而言對其作品都抱持肯定態度。他曾經把帕斯特納克描繪成「住在別墅裡的天才」[21]，也說詩集《重生》（*Second Birth*）裡面的詩作將會「永遠是俄國詩歌的……經典之作，充分展現出抒情詩的親暱本性」。[22]戰後，帕斯特納克開始在佩羅德爾基諾村的別墅裡舉辦《齊瓦哥醫生》的朗讀會，澤林斯基也是首批聽眾之一。

澤林斯基向會眾表示，前一年他曾經「仔仔細細地」把小說看了一遍。一九五七年初，他也曾經參與協商，試著讓《齊瓦哥醫生》的刪減版能夠在蘇聯問世。還有，一九五八年夏天，澤林斯基在接受華沙電台（Radio Warsaw）訪問時也曾表示，那本小說與當代文學的一些重要主題是脫節的，這讓他有點擔心。也許就是因為他與帕斯特納克的作品有所牽扯，他才不得不把話講得特別惡毒。

「讀完《齊瓦哥醫生》之後，我的心情非常沉重，」澤林斯基向會眾表示。「我有一種好像真的被人吐口水的感覺。我整個人生似乎都被那本小說給汙衊了……看完那種邪惡下流的東西後，我覺得非常不是滋味，也不想在這裡描述那是什麼感覺。看著帕斯特納克那種詩人與藝術家居然如此墮落，讓我覺得很奇怪。但是，在真相大白之後，我們才知道那可怕的小說竟然包藏禍心，整本書都充斥著叛徒的骯髒思想。

「同志們，各位必須了解，在我剛剛才去過一趟的西方世界裡，如今帕斯特納克這個名字已經與戰爭畫上等號了。帕斯特納克已經成為西方冷戰陣營的馬前卒。為什麼在那些最具反動精神與君權色彩，而且最為喪心病狂的圈子，人們開口閉口都是他的名字？這並非巧合……容我重申：帕斯特納克這個名字，已經成為戰爭的代名詞，預示著冷戰的到來。」

澤林斯基發言完畢後，向老資格的重要俄國文人康斯坦汀．帕烏斯托夫斯基（Konstantin Paustovsky）走過去，結果對方實在太厭惡他了，便把身體轉過去，不願和他握手。[23]斯米爾諾夫提議結束會議時，還有十三個作家正在側聽等待發言。會眾已經筋疲力盡。經過舉手投票表決，斯米爾諾夫宣布會議以無異議的方式通過決議。「不對！我有異議！我投票反對！」[24]有個女人大聲唱反調，當其他人都已經要走向出口時，她在人群中推擠，想要到最前面去。這唯一的反對者是古拉格的倖存者安娜．阿里盧耶娃（Anna Alliluyeva），她妹妹就是史達林之妻娜嘉。

這種種圍剿帕斯特納克的新聞已經躍上世界各大報的頭版版面。各國駐莫斯科特派員紛紛詳細報導了媒體發動的攻勢，還有帕斯特納克被逐出作家協會，以及他接受諾貝爾獎後又拒絕，目前正遭受流放的威脅等種種遭遇。各大報的社論主筆紛紛表態，像這樣具有針對性的攻擊，實在是令人驚駭的惡毒之舉。《紐約時報》刊登了一篇標題為〈帕斯特納克與侏儒們〉（Pasternak and the Pygmies）的社論，該文宣稱：「他們的反應之憤怒、惡毒與激烈程度，可說是深具啟發性的。蘇聯領導者表面上看來很堅強。他們可以下令發射氫彈與洲際彈道飛彈，也可以指揮大軍，還有轟炸機機隊與戰艦艦隊。他們的對手是一個無助的老人，無法與克里姆林宮的權勢抗衡。然而，這就是帕斯特納克的道德力量，他以『俄國良心』之姿代替俄國人民猛烈抨擊那些折磨他們的人，就連克里姆林宮也為之震顫不已。」[25]

《聖路易郵報》（*St. Louis Post-Dispatch*）刊登諷刺畫家比爾・莫爾丁（Bill Mauldin）的畫作，把帕斯特納克畫成一個衣衫襤褸的古拉格囚犯，腳上拖著帶鉛球的腳鐐，跟另一個囚犯在雪地裡一起砍柴，莫爾丁還為此獲得普立茲獎。圖說寫道：「我的罪名是獲得諾貝爾獎。你的呢？」

法國的《週報》（*Dimanche*）表示，對於赫魯雪夫而言，這次文壇危機無異於「知識界的布達佩斯革命」。[26]

瑞典人也以他們自己的方式進行抗議。該年十月二十七日，蘇聯已經安排好在斯德哥爾摩把列寧和平獎（Lenin Peace Prize）頒發給瑞典詩人亞瑟・倫德奎斯特（Artur Lundkvist）。包括奧斯特林在內，本來有三位瑞典皇家科學院成員要參加頒獎典禮，後來也都抵制該項活動。[27]本來受邀的弦樂四重奏也拒絕演出，還有花店老闆送枯萎的花朵到場，以示抗議。

等到三位蘇聯科學家贏得了諾貝爾物理學獎，帕斯特納克所遭受的待遇更是啟人疑竇了。這件事被當成整個國家的重大成就，全莫斯科都舉行了慶祝活動。西方各國許多駐俄特派員受邀前往俄羅斯科學院（Russian Academy of Sciences），與其中兩位得主見面，聽他們討論自己對於原子分子的研究成果，甚至他們的嗜好與家庭生活。[28]同樣都是獲得諾貝爾獎，為什麼會有截然不同的報導？（而且通常是在同一個頁面上。）因為這實在是太沒道理了，蘇聯媒體還不得不提出解釋。《真理報》的解釋是，儘管諾貝爾獎的各種科學獎項體現了「瑞典皇家科學院也認可俄國與蘇聯科學家的重大成就……但文學獎則完全是為了政治動機而服務的」。[29]該報的結論是，布爾喬亞社會裡的科學家「能夠保持客觀性」，但是文學作品的評價卻「受到了統治階級意識形態的深遠影響」。

當帕斯特納克開始遭受大張旗鼓的抨擊之際，費爾特內里在漢堡市，而他也立刻透過自己在出版界的關係，動員許多作家來為帕斯特納克辯護。[30]從墨西哥到印度都有許多文學協會發表聲明，一場大戲就此上演。蘇聯作家協會收到一封聯名的抗議電報，連署者都是一些大作家，包括T·S·艾略特、史蒂芬·史班德、毛姆（Somerset Maugham）、E·M·福斯特、格雷安·葛林、普里斯特利（J. B. Priestley）、蕾貝嘉·韋斯特（Rebecca West）、羅素（Bertrand Russell），還有赫胥黎（Aldous Huxley）。「對於帕斯特納克這位舉世最佳的詩人與作家之處境，我們深感憂慮。在我們看來，他的小說《齊瓦哥醫生》是動人的個人見證，而非政治文獻。我們呼籲，既然貴會身為偉大俄國文學傳統的繼承者，就不該迫害一位受到整個文明世界敬重的作家，藉此讓你們的傳統蒙羞」。[31]國際筆會（PEN）也向蘇聯作家協會表示，「本會對於有關帕斯特納克的謠言甚感沮喪，」同時也要求他們應該保護該名詩人，藉此保障創作自由。「全世界各地的作家都把他當成手足一般掛念著」。

解放之聲電台也找來許多作家聲援帕斯特納克，包括厄普頓·辛克萊（Upton Sinclair）、以撒·辛格（Isaac Bashevis Singer）、威廉·卡洛斯·威廉斯（William Carlos Williams）、劉易士·

孟福（Lewis Mumford）、賽珍珠（Pearl Buck）與戈爾・維達爾（Gore Vidal），許多人的訊息都透過該台發聲。海明威說，如果帕斯特納克被蘇聯放逐，他願意送一間房子給他居住。「我想提供他所需要的生活條件，讓他能夠繼續寫作，」海明威說。「我可以理解如今鮑里斯一定很掙扎。我深深了解他對於俄國的依戀。對於帕斯特納克這種天才而言，與自己的祖國分離實在是一大悲劇。但如果他投向我們的懷抱，我們肯定不會讓他失望。我一定會盡自己的綿薄之力為世人守護這個天才。我每天都掛念著帕斯特納克。」[32]

此一爭議又在歐洲各國讓《齊瓦哥醫生》大賣，至於在美國，小說在九月出版以後，終究於此時攻上《紐約時報》暢銷書排行榜的第一名寶座，把《羅莉塔》給擠了下來。在美國出版後的頭六個星期，《齊瓦哥醫生》就已有七萬本的銷售成績。「這真是太棒了，」他的出版商寇特・沃爾夫寫道。[33]這部小說本來已經有很好的表現，如今更因諾貝爾獎爭議而讓其成就達到罕見的高潮。「你的地位已經從文學史擴展到人類史，」接近年底時，沃爾夫在一封寫給帕斯特納克的信裡面做出這樣的結論。「如今你的名字在世界各地都是家喻戶曉的。」[34]

美國國務卿約翰・福斯特・杜勒斯（John Foster Dulles）向記者表示，是蘇聯當局逼迫帕斯特納克拒絕受獎的。「國際共產體系所堅持的劃一性，」他說，「不只適用於行為，也擴及思想。任何事只要有一點小小的踰矩，就會被他們打壓。」[35]

美國駐莫斯科大使館向國務院示警，要政府切莫插手此事，因此華府的高層官員很少對此發表談話。只不過，他們還是把這件事當成西方世界的政宣良機，而且這機會完全是莫斯科當局自己創造出來的。在某次會議上，杜勒斯的資深員工向他表示，「共產黨對於帕斯特納克所做出的處置，可說是他們所犯下的最嚴重錯誤之一。這件事讓他們不知所措，造成極大傷害，程度不下於匈牙利的血腥鎮壓事件。」[36]杜勒斯下令，務必盡可能以私下補助的方式，讓這本小說在遠東與中東地區出版。杜勒斯國務卿想必也知道其弟中情局艾倫．杜勒斯局長促成了小說俄文版的出版，因為他們倆都是行動協調委員會[ii]的成員。國務院官員受命與「另一個機關」（other agency，這是美國政府的各個機關用來稱呼中情局的代號）一起合作處理出版事宜。

杜勒斯向他的資深員工表示，他還沒有機會看那本書，「但應該找來看一看」。他問大家，那本小說是否對共產黨的理念有所損害？美國新聞總署副署長艾伯特．瓦許朋（Abbott Washburn）表示，「因為小說內容呈現主角在共產體系中所遭受的扼殺與壓迫，再加上蘇聯當局刻意打壓這本小說，這些已經在在顯示出共黨領導人認為此一小說對他們是有所傷害的。」與會的其他人則是主張，《齊瓦哥醫生》並未具有強烈的反共色彩，但是「作者所遭受的待遇為我們創造出大好機會」。

一開始，中情局也認為他們對於此事的介入程度不應太深。杜勒斯局長表示，應該透過該局的人員與外圍組織（包括解放之聲電台）「盡力渲染攪和」，但是不要針對諾貝爾獎這件事「進行任何政宣式的評論」。[37]杜勒斯也說，應該把握每個機會，盡可能讓蘇聯人民看到那本小說。

但是對於中情局內部人員而言，帕斯特納克的困境只是再度提醒了他們，對於蘇聯與東歐所發生的事情，西方世界是沒有影響力的。「自由世界的人意識到自己的無能為力，沒辦法在東方集團內部促進自由化理念的實現，因而感到一種無法掩飾的驚恐與震驚，」某一份呈報給杜勒斯的中情局備忘錄這樣寫道。「如果我們想要把帕斯特納克一己的厄運塑造成自由的勝利，就像匈牙利革命那樣，只會強化這整件事的悲劇與反諷特質。」[38]

杜勒斯並未接受那份備忘錄的說法。幾天後，國安會所屬行動協調委員會開了一個會，與會者「廣泛地討論了美國已經採取了哪些行動，並且還可以做哪些事，藉此好好利用」所謂的齊瓦哥事件。[39]稍早，杜勒斯局長的某位手下早已提出建議，中情局應該充分運用其資源，除了「刺激」一般媒體進行反蘇聯的報導，同時也鼓勵西方國家的「左派媒體與作家」表達他們的憤慨。[40]

莫斯科當局已經聽慣了西方國家在驚愕之餘說的那些話。對於蘇聯當局而言，那些「布爾喬亞作家」與約翰·杜勒斯之流的美國官員之聲明，大可以當成耳邊風，但是他們比較害怕這件事損及了蘇聯在友邦與盟國之間的名聲，或是影響了這世上其他地方對於蘇聯的認同。

這件事也登上了黎巴嫩《建設報》（*Al-Binaa*）的頭版社論，社論的結論是：「自由思想與辯證唯物論是互不相容的」，而中情局也樂見此一發展。[41]至於在摩洛哥，向來很少批判蘇聯的《阿拉姆日報》（*Al-Alam*）則是表示，未來無論蘇聯針對西方提出什麼指控，「都不可能否認他們曾經壓迫過帕斯特納克」。喀拉蚩的《時報》（*The Times*）認為，帕斯特納克所遭受的待遇實在「令人髮指」。

巴西作家若熱・亞馬多（Jorge Amado）表示，開除帕斯特納克之舉顯示蘇聯作家協會仍然受到當局控制，與史達林時代無異。[42]巴西的報紙《最新時刻報》（*Última Hora*）本來都支持該國與蘇聯維持友好關係，此次卻把這事件稱為「文化恐怖主義」。[43]

愛爾蘭劇作家尚恩・奧凱西（Sean O'Casey）投書《文藝週報》，向蘇聯作家協會的決議表達抗議。「自從一九一七年以來，我就自視為你們這個偉大國度的朋友，因此我懇請你們能夠收回撤銷會員資格的決議，」他說。「就像蕭伯納（Bernard Shaw）在他某部作品的前言裡面所說的，每位作家多多少少都是個無政府主義者，而且藝術家所做的許多事都是應該被寬恕的。」[44]

曾獲得諾貝爾文學獎、同時擔任冰島—蘇聯友好協會（Iceland-Soviet Friendship Society）理事長一職的冰島小說家赫爾多爾・拉克斯內斯（Halldór Laxness）也發了一封電報給赫魯雪夫：「在此懇求您，身為一位冷靜的政治家，應該利用影響力來紓緩黨內人士的無情惡毒攻擊，放過值得敬佩的俄國老詩人鮑里斯・帕斯特納克。何苦為了這件事而輕率地激怒全世界的詩人、作家、知識分子與社會主義者，讓他們與蘇聯作對？懇請讓我這個蘇聯之友不用再繼續目睹此一令人費解而且最不值得的奇觀吧。」[45]

「冰島？」知道有這一封電報之後，帕斯特納克說。「冰島當然好，但如果是中國介入，應該會有所幫助吧？」[46]

事實上，此事讓亞洲人相當注意，特別是在印度這個並未與蘇聯結盟，但兩者之間關係向來非常密切的國家。總理尼赫魯曾於一九五五年訪蘇，隔年赫魯雪夫也去了印度。帕斯特納克的事激怒了許多知名印度作家，其中包括一些重要的共產黨員。對於其困境的關切之意在一場於新德里舉辦的記者會裡達到最高點，尼赫魯於會上表示，在過去，印度就曾經是一個每天都有人被凌虐，以至於無法充分表達意見的地方。[iii][47]「知名作家表達的意見即便與當局相左，在我們看來，都應予以尊重，令其得以自由表達，」他向記者們表示。[48]

蘇聯的文化外交活動也受到負面影響。[49]挪威媒體要求政府應該取消一個剛剛才簽定的文化交流計畫。瑞典官員也威脅要無限期延後一個兩國青年互訪的計畫。二十八位奧地利作家透過一封公開信表示，如果帕斯特納克能夠完全恢復公民權與作家身分，未來才會繼續進行各種文化與科學交流。

國際間的負面反應非常激烈，克里姆林宮已經開始尋求此一危機的解套之道。在收到帕斯特納克的來信後，赫魯雪夫出面喊停。「夠了。他都已經認錯了。該停下來了。」[50]他想與帕斯特納克達成協議，這件事就交給手下官員去辦。

當大批作家在莫斯科電影院大聲抨擊帕斯特納克之際，波里卡波夫也開始想方設法，試圖了結此事。批判大會前一天曾經冷淡對待伊文斯卡亞的凱欣打電話到她母親的公寓，因為她到那邊去，想要小睡一下（顯然，伊文斯卡亞的一舉一動都是遭到監視的）。凱欣透露虛假的善意。「親愛的歐爾嘉·維塞沃洛多夫娜，你是個好女孩。他們收到鮑里斯·列昂尼多維奇的信了，一切都會沒事的，只要耐心等待就好。我只想跟你說一聲，我們必須馬上見你一面。」51

伊文斯卡亞被這通電話激怒了，她跟凱欣說，她不想與他有任何牽扯。波里卡波夫把電話拿過去講。「我們一定要見你，」他說。「現在我們會開車到索比諾夫街（Sobinov Street），你穿上大衣後下樓，我們去佩羅德爾基諾村一趟。我們必須把鮑里斯·列昂尼多維奇帶去中央委員會，而且要盡快。」

伊文斯卡亞吩咐女兒，先去跟帕斯特納克通風報信。伊文斯卡亞認為，如果波里卡波夫這麼急，而且願意到佩羅德爾基諾村去接帕斯特納克，那唯一的可能性就是赫魯雪夫想與帕斯特納克見面。一輛蘇聯政府的黑色吉爾轎車（Zil）停在伊文斯卡亞她母親的公寓樓下，波里卡波夫與凱欣都在裡面。在莫斯科，這輛車可以行走那些大官的車輛專用的中間車道，飛快地把他們載往佩羅德爾基諾村，因此比伊芮娜還早到。

此刻帕斯特納克非常情緒化而脆弱，各種情緒的變化很大，幾乎可以說是被困在他的別墅裡。他的書桌上堆滿了來自西方各國的問候電報，但是他在家裡越來越覺得自己被孤立了，而且過去那些他認為是朋友的人對他也都是避之唯恐不及。那個禮拜五，女雕刻家柔雅·馬斯蘭妮科娃（Zoya Maslenikova）於午餐時間前後造訪，他把頭靠在桌上，崩潰痛哭。[52]因為某封電報引用了《齊瓦哥醫生》裡面的一行詩句：「看不到距離令人孤寂」。

坐車前往佩羅德爾基諾村的路上，凱欣跟伊文斯卡亞咬耳朵，表示是他派葛林戈茲去找她的。伊文斯卡亞嚇得倒抽一口氣，心想自己怎麼會那麼容易被操弄，促使帕斯特納克寫信給赫魯雪夫。此刻，坐在前座的波里卡波夫把頭轉過去，又對她提出更多要求。「現在我們都靠你了，」他說。到達目的地之後，帕斯特納克的別墅附近已經停了幾輛官方的車輛，因為其他作家協會的官員也來了。伊文斯卡亞不想與帕斯特納克的老婆打照面，等女兒到了，就吩咐她去別墅找帕斯特納克，因為席奈妲還可以忍受她女兒。官方的陣仗讓席奈妲感到害怕，但奇怪的是，帕斯特納克露面時卻顯得很快活。坐進波里卡波夫與凱欣的車裡之後，他開始抱怨自己沒有穿一條比較體面的長褲，因為他也覺得自己將會與赫魯雪夫會面。「我一定要說給他們聽，」他大聲嚷嚷。「我會講個不停，把我的所有想法都說給他們聽，所有想法。」進城的路上他一直在開玩笑，車裡的氣氛「幾乎可以說是熱鬧而快樂的」。

在波里卡波夫的要求之下，伊文斯卡亞先把帕斯特納克帶往她的公寓，短暫歇息過後再前往中央委員會。等他們到了，帕斯特納克朝守衛走過去，表示會裡有人要接見他，但是他身上除了有一張作家協會會員證，沒有其他身分證件，他說：「就只有這一張我剛剛被趕出來的協會以前發給我的會員證。」接著，他還是一直很在意自己的長褲。「沒關係，沒關係，」守衛對他說，「那不重要，一點關係都沒有。」

結果赫魯雪夫根本沒有要接見他。帕斯特納克被帶往波里卡波夫的辦公室，他已經梳洗了一番，而且裝出一副好像整天都坐在辦公桌後面的模樣。他站起來，「聲若洪鐘地」宣布，帕斯特納克將會獲准「繼續留在祖國。」

但是，波里卡波夫表示，帕斯特納克必須重回蘇聯人民身邊。「除此之外，此刻我們沒有任何方法可以平息民怨，」波里卡波夫說。他說，隔天即將問世的《文藝週報》上面還是會有一篇反映民怨的文章。

這並非帕斯特納克期待的會面，他的怒氣整個爆發出來。「狄米崔·阿列克謝耶維奇（Dmitri Alexeyevich），你難道不覺得丟臉嗎？你所謂『民怨』是什麼意思？我可以體諒你只是個凡人，但是你怎麼可以把那種口號掛在嘴邊？『人民！人民！』在你嘴裡人民好像是你可以隨手從褲袋裡拿出來的東西。你很清楚自己根本不該使用『人民』這兩個字。」

波里卡波夫吸了一口氣，讓自己平靜下來。他必須把這個危機給處理掉，因此需要帕斯特納克的配合。「你聽我說，鮑里斯·列昂尼多維奇，這整件事已經結束，所以我們該來收拾殘局了，很快一切都會沒事的。」

「天啊！老兄，你實在是給我們捅了一個大樓子，」說著說著，他走到桌子另一頭去拍拍帕斯特納克的肩膀。

面對這親暱的舉動，還有「老兄」的稱謂，帕斯特納克覺得很反感。

「可不可以請你別用那種語調講話？你不可以那樣跟我說話，」他說。

「說真的，」波里卡波夫接著說，「因為你在我們的祖國背後捅了一刀，現在我們必須把傷口修補起來。」

帕斯特納克早已受夠了叛國的指控。「請你把那一句話收回去。我不想再跟你說話了。」

他朝門邊走過去。

波里卡波夫被嚇呆了。「阻止他，阻止他，歐爾嘉．維塞沃洛多夫娜！」

伊文斯卡亞可以感受到波里卡波夫的懦弱，於是跟他說：「你必須把你的話收回去！」

「我收回！我收回！」波里卡波夫囁嚅地說。

帕斯特納克留了下來，對話的語調變得比較溫和有禮。波里卡波夫表示，他很快就會再聯絡他們，提出一個計畫，等到他們倆要離開時，他向伊文斯卡亞輕聲表示，帕斯特納克也許需要再寫一封公開信。

帕斯特納克對自己的演出很滿意。「他們根本不是人，而是機器，」他說。「看看他們有多糟糕，在這高牆之內，每個人都像是一具機器……但我還是讓他們擔心了一下，這是他們自找的。」

在坐車返回佩羅德爾基諾村的路上，帕斯特納克大聲地把他與波里卡波夫之間的對話複述了一遍，儘管伊文斯卡亞提醒他，司機肯定會把他的話都呈報上去，他還是不予理會。

為了讓帕斯特納克平靜下來，伊芮娜朗誦的一些詩句，都是來自他的史詩作品，〈施密特中尉〉（Lieutenant Schmidt）：

動亂的年代裡，
人們尋求快樂的結局，但辦不到——
有些人註定要殺人——然後悔憾——
其他人則註定要去各各他山iv……
我想你在殺人奪命時
絕不會心軟。
嘿，許多烈士因你的教條而犧牲，
他們也為時代受難……
我知道我的犧牲奉獻
是有代價的
我為兩個不同時代畫下了分界線，
這特別的身分令我欣喜無限。

帕斯特納克陷入沉默。這漫長的禮拜五也就此結束。

i 赫爾岑（Alexander Herzen, 1812-70）：俄國思想家與革命家。因反對沙皇政權，多次被流放異地。一八五二年他來到倫敦，創辦「自由俄羅斯印刷所」，出版刊物《北極星》和《警鐘》，通過地下渠道發往俄國。一八七〇年病逝於巴黎。

ii 行動協調委員會在前面的原文是 Operations Coordinating Board，但在這裡被誤植為 Operations Control Board，後面亦同。

iii 指英國統治時期。

iv 各各他山（Golgotha）：耶路撒冷城郊的一座山，是耶穌被釘死在十字架上的地方。

拾參。

——我如此迷惑，有如困獸。

所謂出現在《文藝週報》上的「民怨」，是一篇題名為〈怒氣與義憤：蘇聯人民譴責帕斯特納克的行徑〉（Rage and Indignation: Soviet People Condemn B. Pasternak's Behavior）的文章。[1]偌大的整個版面上刊登了二十二封讀者來信，信件的標題包括〈我們的現實社會很美麗〉、〈一位工人的心聲〉，還有〈拿錢的毀謗者〉等等。怪手司機F．瓦希爾策夫（F. Vasiltsev）壓根不知道帕斯特納克是誰。「我從來沒有聽過他的名字，也沒讀過他的書，」他寫道。「他不是作家，他是白軍打手。」石油業工人R．卡希莫夫（R. Kasimov）也問道：「誰是帕斯特納克？」他還說，他的作品都是「語言模糊的美學詩歌，都是人民看不懂的」。

莉荻雅．丘柯夫斯卡亞認為，那些信件都是編輯們杜撰出來的，她說她不難想像那些內容都是「編委會的某個村姑口述的」。[2]此一評語有失公允，那些投書的作者都是確有其人，只不過其中有好幾封信都出現了這個類似的句型：「我沒有讀過《齊瓦哥醫生》，但是……」也因此被許多同情帕斯特納克的人嘲笑。《文藝週報》的確收到了如雪片般飛來的信件，從十月二十五到十二月一日之間大約就有四百二十三封，而且絕大多數顯然反映出蘇聯讀者的想法。[3]令人不感意外的是，前些日子持續放送的訊息已經深植人心，他們覺得帕斯特納克是個叛徒，為了撈錢而毀謗俄國大革命與蘇聯。許多讀者都覺得，這不但是一件可悲而丟臉的事，而且也汙衊了他們建立蘇維埃社會的成就。「革命仍然是這些人念茲在茲的，也是社會倫理秩序的關鍵，是中心思想的神聖基礎，」某位史家表示。「革命思想是存在的基石，任誰想要毀壞這基石，無論是透過具體或想像的手段，都必須擋下來，而這也反映在他們對於帕斯特納克事件的反應上。」[4]

帕斯特納克飽受攻擊期間，曾有一批美國的心理學家訪蘇，他們發現的確有些人同情他，也想看看那本小說，但這絕非社會大眾的普遍觀感。「也有很具體的證據顯示，莫斯科與列寧格勒各大專院校的文、史、哲教師，也許絕大部分都接受官方譴責帕斯特納克的立場，視其為俄國叛徒，」那些心理學家的訪蘇考察報告寫道。「他們之所以會接受官方的觀點，理由之一似乎是因為覺得西方國家利用帕斯特納克事件來進行反蘇宣傳，而這正是他們痛恨的。」[5]

諾貝爾獎事件的情勢最危險時，帕斯特納克每天也都會收到五十到七十封來信，寄件人有蘇聯公民也有外國人。大部分都對他表示支持，不過他的同胞們都只能匿名。即便是那些寫到《新世界》雜誌社的信件裡面，也有大約十分之一支持帕斯特納克有權出版《齊瓦哥醫生》，或者說他們也有閱讀那本小說的權利，而會這樣想的大都是年輕人。根據某些證據顯示，《新世界》雜誌的編輯們會把那些支持帕斯特納克的信件轉交給格別烏。[6]

也有一些信件讓帕斯特納克覺得很受傷。他特別指出其中一封信的信封上寫著，「帕斯特納克收，寄件人猶大」，內容有這樣一句話：「我只背叛了耶穌，但你——你背叛了整個俄國。」[7]

曾有一段時間，帕斯特納克的所有信件都被攔截了下來。與波里卡波夫見面時，帕斯特納克提出要求，希望能拿到他的信件與包裹，於是隔天早上有一位女郵差送了兩大袋郵件到他家去。德國記者葛德．魯格（Gerd Ruge）估計，自從獲得諾貝爾獎之後，帕斯特納克大概收到了兩、三萬封信。[8]儘管非常花時間，但是與人魚雁往返讓他很高興，這心情也反映在他的輕快詩作〈上帝的世界〉（God's World）裡面：

我帶著一堆信件回去
回到我那充滿喜悅的家裡。

能夠收信之後，他就不再與世隔離了，能夠重新與他那些西方世界的老友們聯絡，並且與一些作家變成文友，例如艾略特、托馬斯．默頓（Thomas Merton），還有卡謬。一九五九年他曾跟一位通信者提到：「在這風燭殘年，讓我覺得自己不配享有的最大快樂，就是能夠與這寬闊世界裡許多遙遠地方的可敬人物交流，與他們進行自發性、精神性的重要對話。」[9]他往往熬夜到兩三點才睡覺，只為回信，而且還要查閱多本字典才能夠用多種語言寫信。[10]「令我感到困擾的是，信件實在太多，而且我不得不全部回覆，」他說。[11]就像他在一首詩裡面寫的，有時候他就是想要「沉浸在那私密的世界裡，進入那宛如霧中風景的世界」。[12]

另一件讓他感到困擾的事，就是許多西方的仰慕者希望能把他早期的一些詩作挖出來重新出版，但在他看來，那些作品還是被世人遺忘比較好。「他們一再提起，但只會讓我想起那些作品並未包含一絲一毫實際人生與真理，卻充斥著許多死板而僵化的胡言亂語，還有一些根本不存在的東西，總是令我感到無法言喻的哀痛，」他向一位譯者表示。「那些東西明明都應該任其毀掉，好讓世人遺忘，我不知道你……為什麼還要把它們挖出來。」[13]另一件讓他不太高興的事，是西方國家對於《齊瓦哥醫生》一書進行過於巨細靡遺的詮釋。所以當寇特．沃爾夫提議要出版一本叫作《齊瓦哥的里程碑》（*Monument to Zhivago*）的批判文集，也被他拒絕掉了。「那位醫生的麻煩還不夠多嗎？」帕斯特納克在信中問寇特．沃爾夫。「所謂的里程碑就只有一個：一本新書。而能夠樹立里程碑的人就只有我自己。」[14]

除了《文藝週報》刊登的那些讀者來信之外，蘇聯的國家新聞通訊社塔斯社（Tass）也在十一月一日撰文表示，帕斯特納克「藉由他的反蘇維埃作品《齊瓦哥醫生》，毀謗了我們的社會主義政權與人民，假使他想要永久離開蘇聯，沒有人會阻止他」。他大可以離開蘇聯，親自體驗「『資本主義天堂』的所有美妙之處」。[15]

隔天，帕斯特納克之妻向合眾國際社（United Press International）的一位記者表示，帕斯特納克的身體不適，必須休養。她說，被逐出蘇聯對他來講是最糟糕的一件事。「我會為他盡力展現廚藝，我們至少要在這裡度過一年以上的平靜日子，不見訪客也不受訪」。[16]席奈妲很像《齊瓦哥醫生》裡面維克托・科馬羅夫斯基（Viktor Komarovsky）一角的女管家愛瑪・埃內斯托夫娜（Emma Ernestovna），她把自己視為「他平靜隱居期間的守護者」，「在他的視線範圍外默默地打理家務，他則是以充滿騎士精神的感激之心回報，這對於他那種紳士而言，是自然而然的」。[17]

到了十一月四日，帕斯特納克造訪伊文斯卡亞的公寓時，波里卡波夫打電話過去。他通知她，「我們必須請鮑里斯・列昂尼多維奇寫一封給所有人民的公開信」。光是寫信給赫魯雪夫，並不算是公開道歉。帕斯特納克立刻開始起草公開信。信的內容反映出他先前那份聲明的精神：他向來覺得獲得諾貝爾獎是全體蘇聯人民的榮耀。伊文斯卡亞把草稿帶去給波里卡波夫看，結果被否決了，他說他自己必須和她共同寫出一個更能被接受的版本。「我們像兩個專業的仿冒家一樣，『製造出』一封假信，」伊文斯卡亞說。[18]等到她把重寫的信拿給帕斯特納克看，他「只是揮一揮手。他累了。他只想讓整個不正常的情況恢復原狀」。

那封信是寫給《真理報》的編輯們，信在十一月六日見報。帕斯特納克說他之所以主動拒絕了諾貝爾獎，是因為他看到「許多人拿那本小說來進行各種政治操作，意識到那個獎項有強烈的政治色彩，到此刻已經產生了許多可怕的後果」。[19]他說他並未聽取《新世界》雜誌社編委們對於《齊瓦哥醫生》提出的諸多意見，為此他深感後悔。帕斯特納克還說，他不能接受某些人以錯誤的方式去詮釋那本小說，像是有人主張十月革命不具正當性云云。他在那封信裡面寫道（應該說是波里卡波夫寫的），那種說法「已經可以說是荒謬至極」。

那封信接著表示，「在過去這個狂暴混亂的一週，我並未遭到迫害，生命與自由也都沒受到威脅，一切都沒有遭受威脅。」

最後，那封信的結語是，「我相信我可以恢復力量，重建我的好名聲，也重拾同志們對我的信心。」

帕斯特納克已經筋疲力盡，再加上他必須保護伊文斯卡亞，這讓當局有機會逼他讓步，不過只要是明眼人都知道那封信絕非出自帕斯特納克之手。他一再重申自己的作為都是出於自願，因此就連《真理報》的讀者也開始起疑。不過，他的確還是在悔過信上面簽名了，有些俄國人為此感到很失望。在梁贊市（Ryazan），有個名叫索忍尼辛的中學老師「為他感到痛苦而羞恥」，因為他居然「自甘墮落，懇求政府原諒」。[20]

安娜・艾哈邁托娃則是認為，與她和左琴科在史達林時代被逐出作家協會的遭遇相較，帕斯特納克所受到的一點點磨難實在算不了什麼。她特別提及，帕斯特納克與家人都可以繼續住在舒適的別墅裡，不受影響。「鮑里斯的故事——簡直就像蝴蝶打仗那樣輕鬆，」她向丘柯夫斯卡亞表示。[21]艾哈邁托娃與帕斯特納克之間長期以來的緊張關係也就此浮上檯面。因為艾哈邁托娃覺得帕斯特納克對她的詩藝欠缺敬意，讓她很受傷；儘管他的態度讓她生氣，她還是愛他，渴求他的景仰。艾哈邁托娃還是深信《齊瓦哥醫生》那本小說寫糟了，「只有描述風景的部分除外」，而且帕斯特納克對於自己的犧牲與名氣感到很滿意。那一年稍晚，他們倆在佩羅德爾基諾村裡舉辦的某個生日宴會上碰面，艾哈邁托娃說，「鮑里斯開口閉口都是他自己，還有他收到的那些信件……然後，等到他們要他朗讀小說，他又開始用無聊的方式賣弄風情，讀了好久。等輪到我朗誦的時候，他從桌子另一邊對我大聲說：『你都怎麼處理你的詩作？拿給朋友傳閱嗎？』」[22]

艾哈邁托娃回想起某次她到列寧格勒郊區的科馬羅沃鎮（Komarovo）去找大作曲家蕭士塔高維奇，他夏季的住家就在那裡。「我看著他，心裡想著：名聲的重擔壓在他身上，好像駝背痼疾，從出生開始就習慣了。反觀鮑里斯，名聲對他來講卻像是剛剛掉下來，遮住眼睛的皇冠，他還用手肘把皇冠推回原位」。

在《真理報》上刊登公開信，只是策略性的認錯。不過，帕斯特納克還是得養活兩個家庭。帕斯特納克用簽名換來當局點頭，讓他與伊文斯卡亞可以繼續靠翻譯謀生。[23]波里卡波夫也說，帕斯特納克翻譯的《浮士德》將會有第二版問世。但他是騙人的。那年冬天，帕斯特納克賺不到任何錢。他翻譯了尤利烏什・斯沃瓦茨基（Juliusz Słowacki）的劇作《瑪莉亞・史都華》（*Maria Stuart*），本來就要出版了，卻又喊停。他翻譯的莎士比亞與席勒（Schiller）的劇作沒辦法繼續上演。也沒有人委託他進行任何新的翻譯工作。到了一月，他寫信給蘇聯政府的版權機構，詢問他為何沒有收到應該支付給他的款項，同時他再度致函赫魯雪夫，大吐苦水，表示翻譯是「沒有任何傷害的工作」，為什麼不讓他繼續做。他甚至向版權機構建議，既然有許多西方作家的作品在蘇聯出版（例如海明威），但卻拿不到錢，不如把那些錢當版稅發給他。長期以來，許多西方書籍在蘇聯被翻譯與出版後，都沒有付錢給原作者，這種情況到了該國在一九六七年簽署了國際版權協定之後才改變。

從帳面上看來，帕斯特納克是個有錢人。世界各地的出版商付錢後，錢都被費爾特內里存進某個瑞士銀行的帳戶[24]，因此中情局與克里姆林宮都猜測帕斯特納克已經是百萬富翁了。[25]如果能把那些錢的一部分拿來用，固然可以讓日子好過一點，但卻也會帶來更多麻煩與悲劇。帕斯特納克知道他的財富是糖衣毒藥，所以如果他設法讓錢轉到莫斯科給他，到時候就坐實了一直以來所謂「靠外國資本過活的叛國指控」。不過，到了二月他的確吩咐費爾特內里把十一萬兩千美元分送給他在西方的親友與譯者。但是，一開始他也曾向費爾特內里表示他自己並不在意錢財：「對於那種種細節以及總計到底有多少錢，我的確是完全不好奇，不過別為此感到意外或難過。」[26]

他終究還是因為沒有收入而開始感到難過了。「他們一心一意想害死我，現在我的眼裡只看得到這件事，」帕斯特納克說。[27]而且這困境也讓他感到迷惑。「我這輩子難道真的不夠努力，所以到了七十歲還是沒辦法養活家人？」[28]他開始向管家借錢，後來也向朋友借。[29]到了十二月底，他向作家米哈伊爾．普里什文（Mikhail Prishvin）的遺孀瓦蕾莉雅（Valeria Prishvina）詢問，可否向她暫借三千盧布（大約三百美金），到一九五九年底再歸還。[30]一月初，他從丘柯夫斯基那裡借到了五千盧布，丘柯夫斯基認為那錢應該是要給伊文斯卡亞的。丘柯夫斯基發現帕斯特納克變老了。「他的臉頰凹陷，但還是充滿活力」。丘柯夫斯基說，因為帕斯特納克的遭遇，他已經有三個月不能好好睡覺。結果帕斯特納克反而跟他說，「可是，我睡得很好。」[31]

他在二月向伊文斯卡亞表示，「我們必須好好處理一下你跟我的財務問題」。[32]帕斯特納克向德國記者葛德．魯格詢問，看是否能幫他弄一些現金，然後再由費爾特內里在蘇聯以外的地方還錢。有一些德裔俄國人獲准移居西德，但是不能夠帶現金出境，所以魯格在西德駐俄國大使館裡從他們身上弄到了大約價值八千美金的盧布。魯格拿到現金後，等他們抵達德國境內，他會設法支付德國馬克給他們。[33]伊文斯卡亞的女兒與魯格簡直像兩個業餘間諜，相約在莫斯科地鐵十月站（Oktyabrskaya）擦肩而過，讓魯格把錢交給她。

這種祕密的弄錢手段讓伊文斯卡亞與家人身陷險境，而帕斯特納克似乎也了解這一點。他寫信給他的法文譯者賈克琳．德．波雅，如果他在信中提及自己罹患了猩紅熱，那就表示伊文斯卡亞已經被捕，請她把這件事向西方各國示警。[34]

到了四月，帕斯特納克問波里卡波夫，當局是否能夠允許他接受挪威出版商的付款，他還提議把一部分版稅捐給需要用錢的作家。[35]「雖然我那本小說已在各國出版，但你也知道，到目前為止我還沒有拿到半毛錢，」帕斯特納克說。

對此當局不為所動，警告他不能夠接受任何存在西方國家銀行的錢，還逼他簽署一封信件，聲明放棄那些錢。伊文斯卡亞抱怨，帕斯特納克和她都沒有錢可以用了，波里卡波夫只是含含糊糊地答道：「如果帕斯特納克能保持沉默，就叫他們設法直接給你們袋裝的現金，這應該也不會怎樣。」[36]

費爾特內里送了大概十萬盧布的現金給他們，大概有七、八袋（或者，如他們所說的，有七、八「捲」），幫他做這件事的是幫《世界報》（*Die Welt*）工作、已經與帕斯特納克和伊文斯卡亞成為朋友的另一位德國記者海因茲．史邱維（Heinz Schewe）。[37]到了一九五九年年底，帕斯特納克請費爾特內里把十萬美金交給丹傑羅，因為丹傑羅寫信告訴他，表示可以在西方國家買到盧布，以安全的方式將現金偷渡到蘇聯給他。

此時，蘇聯公民每年的平均收入大概是一萬兩千盧布。[38]與黑市行情不同的是，如果根據官方匯率，在一九五九年年初，一美元可以換到十盧布。這種偷渡現金的行徑的確是出於好意，但也非常魯莽。當局仍在監視帕斯特納克與身邊的親友，還有所有與他接觸的西方人。基於個人的利益以及妒忌心，帕斯特納克的西方友人都想要討好他。這些金流都被格別烏看在眼裡，他們只是在等待時機。

帕斯特納克於一九五九年又陷入了另一個糾紛，其中有一部分是因為他自己的錯：費爾特內里與賈克琳．德．波雅發生了非常嚴重的爭執。從雷德克利夫學院（Radcliffe College）畢業後，德．波雅於一九五六年年底前往莫斯科國立大學（Moscow State University）深造，繼續鑽研俄文，當時她剛好讀到了《齊瓦哥醫生》的一份書稿，後來在一九五七年一月一日，幾位俄國友人帶她去見了帕斯特納克。稍早帕斯特納克剛剛與艾哈邁托娃、沃茲涅先斯基、涅高茲夫婦、雅莉亞德娜．艾夫隆與其他友人吃過元旦餐宴，他邀請他們一起去享用剩下的菜餚。因為有一位年輕的法國女士在場（當時德．波雅還不到三十歲），帕斯特納克覺得很興奮，當晚大家都很盡興。帕斯特納克提起了巴黎，他曾於一九三五年去那裡參加過促進文化的作家大會（Congress of Writers in Defense of Culture），他還聊起了史達林與他的妻子，以及曼德爾施塔姆。

話題轉向了《齊瓦哥醫生》。帕斯特納克詢問賓客們：是否可以察覺到他的小說受到任何俄國作家的影響？有人說是托爾斯泰，但那不是他想聽的答案。他問德．波雅，她的答案是契訶夫（Chekhov）。

「真棒！」帕斯特納克大聲說，「你猜對了！」

德．波雅認為，帕斯特納克之所以願意相信她，都是因為那個答案。一月到二月間，他們見了幾次面。帕斯特納克拿他跟費爾特內里的合約給德．波雅看，她則是表明了自己的疑慮：怎麼可以把那本小說的命運交給一個不懂俄文的年輕出版商呢？帕斯特納克給了德．波雅一張手寫的文學作品委任狀，而這個決定也讓費爾特內里感到困惑而憤怒。

最後，德．波雅企圖掌控所有俄文版《齊瓦哥醫生》與帕斯特納克較早作品的出版事宜，而且憑藉著帕斯特納克剛剛寫給她的信，還想成為他的版稅管理人。費爾特內里有一種被背叛的感覺。「失去了你的信任與你的授權，不但完全出乎我的意料，也讓我痛苦到了極點」。[39]帕斯特納克想得很美：他認為德．波雅的文學品味與費爾特內里的出版敏銳度可以相輔相成，但他們倆卻水火不容，整個一九五九年有大部分時間都耗在書信往來，解決糾葛不清的問題，讓他們很痛苦。「我真的是惹出了一個不可收拾的問題，」他在一封寫給他們倆的信件裡面表示。「因此，請你們倆原諒我。」除了這個問題本身，光是想要把信件送進與帶出佩羅德爾基諾村，就已經夠麻煩了。為了討論出版與財務安排事宜，帕斯特納克與他的西方密友通常都要利用信得過的人帶信，信件通常要幾週甚至幾個月才能抵達目的地。「彼此間的距離如此長，時間又這麼趕，我們卻只能用通信的方式來處理相關事務、做決定與達成協議，但偏偏信件又是一種如此不確定又不方便、而且緩慢的通訊方式——此一煎熬是個無解的問題，是我悲慘的厄運，」帕斯特納克寫道。

西方國家持續對《齊瓦哥醫生》給予注目與好評。一九五八年十一月，《紐約客》（*The New Yorker*）雜誌刊登了美國頂級文評家艾德蒙·威爾遜（Edmund Wilson）寫的長篇書評，儘管他認為英文譯文品質不佳，對小說的評價卻極高：「我相信，《齊瓦哥醫生》的出版將會成為人類歷史上的大事之一，是重要的道德標竿。如果作者欠缺天才應有的勇氣，他就不可能在一個極權國家中寫出這樣的作品，並且將其公諸於世。」[40]

一九五九年年初，蘇聯部長會議第一副主席阿納斯塔斯·米高揚造訪美國，他到街上四處閒晃參觀時，被拍了一張很有名的照片：他站在某間書店的櫥窗前，裡面擺著滿滿的《齊瓦哥醫生》。他往櫥窗裡面看，表情似乎有點疑惑。[41]後來他去參加一個由美國電影協會（Motion Picture Association）主辦的私人牛排餐會，也遭人舉牌抗議，牌子上面寫著：「罹患了共產主義妄想症嗎？去給齊瓦哥醫生看一看吧！」[42]

到了一九五九年三月，美國已經賣出了八十五萬冊《齊瓦哥醫生》。[43]倫敦的週日版《泰晤士報》也宣布《齊瓦哥醫生》是該報選出來的年度小說。某位烏拉圭記者造訪帕斯特納克時，他向負責接待他的蘇聯官員表示，「帕斯特納克的小說在烏拉圭非常流行，因此上流階級家庭出身的女孩都認為，出席派對時手裡一定要拿一本《齊瓦哥醫生》，才能顯示出自己的教養。」[44]在一個由天主教青年主辦，於維也納舉行的反共大會上，他們把帕斯特納克的巨幅照片豎立在講台上。根據《紐約時報》的報導指出，「他們擺了一幅帕斯特納克的合成照，讓〔他〕看起來就好像站在鐵絲網後面。遠遠看過去，他就像是戴著棘冠。」[45]

並不是每個人都把帕斯特納克當成宗教英雄，許多人強烈批評《齊瓦哥醫生》，其中包括以色列總理大衛·本—古里安（David Ben-Gurion），因為該本小說對於猶太同化問題的立場讓他感到震驚不已，因此批評它「在歷史上所有由猶太裔作者撰寫的書裡面，是最可鄙的幾本之一」。他還說，「可惜的是，那本書居然出自一個有勇氣與自己的政府對抗的作者手裡。」[46]

諾貝爾獎頒獎典禮在一九五八年十二月十日舉行，地點是斯德哥爾摩音樂廳（Stockholm Concert Hall），當天各界名流雲集，兩千個與會者裡面包括瑞典國王古斯塔夫六世（Gustaf VI），還有蘇聯駐瑞典大使。幾位獲得諾貝爾物理學獎的蘇聯得主跟其他獲獎人都坐在一排紅色絨布座椅上，其中伊格·塔姆（Igor Tamm）笑得合不攏嘴，向國王深深一鞠躬時差點把獎牌掉在地上。[47]典禮即將結束前，奧斯特林只是簡略提及帕斯特納克，表示「如大家所知，該名得主已經宣布他不想受獎。儘管他放棄獎項，仍然無損於他該獲得的殊榮。由於其受獎儀式已經不可能舉行，瑞典皇家科學院必須在此表達遺憾」。在場來賓全都仔細聆聽，台下一片靜默。

《真理報》刊登公開信之後，帕斯特納克與記者相處時變得很小心，十月底到十一月初那一陣公開批判他的熱潮也開始退卻了。到了十一月中，帕斯特納克在發給妹妹們的一封電報裡面表示：「暴風雨尚未結束，別傷心，要堅強靜默。累了，但仍有愛，相信未來。」[48]他可說是身心俱疲。隔天他寫信給一位親戚，表示「現在真想一死了之，不過我可能還是不要自己動手比較好」。[49]

然而，因為當局的諸多卑劣作為，再加上蘇爾科夫等宿敵持續對他進行令人厭惡的攻訐，他的精神又慢慢振作起來。在十二月召開的蘇聯作家大會上，蘇爾科夫表示，帕斯特納克「抱持著國內移民的卑劣心態」，還說他「從我們這個蘇聯作家組成的可敬家庭叛逃，以致我們義憤填膺」。[50]蘇爾科夫也被迫承認，帕斯特納克被開除後，導致許多「激進作家深感迷惑，心裡開始質疑本會決議的正當性」。[51]

格別烏截獲一封帕斯特納克打算寫給中央委員會的信件草稿，在信中他對「高層」頗有微詞：「我知道我不能要求任何事，也沒有權利，隨時會像小蟲一樣被捏碎……我居然蠢到認為那兩封信能換來寬恕。」[52]

一九五九年一月，怒從中來的帕斯特納克向英國記者艾倫·莫瑞·威廉斯（Alan Moray Williams）表示：「技術官僚希望作家能夠成為他們的助力。他們希望我們的創作能夠用於各種社會用途，像放射性同位素那樣輻散出去……蘇聯作家協會希望我們對該會卑躬屈節——但我永遠不會照辦。」[53]他對另一位記者說，「無論是哪一個世代，都會有個笨蛋嘴裡只說得出自己看到的真相。」[54]

一封寫給費爾特內里的信反映出他往日的強大活力，表示他的人生「有許多磨難與致命的危險，但也充滿意義，責任重大，而且是如此令人心醉神迷，這人生值得讓他欣然接受，生活在對於上帝的感激與服從中」。[55]

但是，帕斯特納克與伊文斯卡亞的緊張關係也讓他無力。他曾經說要與妻子做個了斷，然後跟伊文斯卡亞一起到莫斯科南方大約一百四十公里處的塔魯薩（Tarusa）去過冬。作家康斯坦汀・帕烏斯托夫斯基提議要把自己的房子借給他們住。伊文斯卡亞當然非常想要嫁給他。但是，帕斯特納克在最後一刻改變心意。他說他不想傷害那些「只是想要維持生活原貌」的人。他告訴伊文斯卡亞，她是他的「左右手」，而且他永遠站在她這邊。

「你還有什麼要求呢？」他問道。[56]

「我真的很生氣，」伊文斯卡亞回憶道。「我可以直覺地感受到，我比任何人都還需要帕斯特納克的名號來保護我。」一怒之下，她速速回到莫斯科。

接下來的幾天，帕斯特納克寫了幾首詩，其中一首的詩名就叫作〈諾貝爾獎〉（The Nobel Prize），最開頭幾行是這樣寫的：

我如此迷惑，有如困獸
某處有人、有光、有自由，
在我身後是追求的噪音，
我找不到出路可投。[57]

帕斯特納克把這首詩拿給丘柯夫斯基看，結果被說成是鬧情緒的作品，於一時衝動之下完成的。一九五九年一月三十日，英國《每日郵報》（*Daily Mail*）的記者安東尼・布朗（Anthony Brown）去做專訪時，帕斯特納克給了他一份。等到刊登出來時，〈諾貝爾獎〉又引發全球一陣轟動。《每日郵報》宣稱「帕斯特納克是個被遺棄的人」，該報為該篇報導下的標題是：〈令人意外的帕斯特納克：從詩作「諾貝爾獎」看得出他的煩悶〉（Pasternak Surprise: His Agony Revealed in 'The Nobel Prize'）。

「我是一隻白色的鸕鷀，」帕斯特納克向該名記者表示。「布朗先生，如你所知，鸕鷀都是黑色的。我是異類，在一個不容個別單位存在的群體社會裡，我是個個體。」[58]

帕斯特納克說，原本他只是請布朗把那首詩轉交給賈克琳・德・波雅，沒想要發表。其他記者在二月十日他生日那天到訪，他向他們抱怨。「那首詩不該被刊登出來的，」他告訴其中一位特派記者。「這下我看起來就像個顧影自憐的少女。而且，翻譯得實在不好。」[59]帕斯特納克說，那首詩是他在悲觀的情緒中寫下的，但都已經過去了。他的妻子怒不可遏。「我跟你說過多少次了？千萬不能相信那些記者。」她問道。「如果你還是要這樣，那我就會離開你。」

雖然遭到布朗背叛，但帕斯特納克對他的批評也稍嫌過多，不過這也許只是配合那些監聽麥克風的演出。當時已經是一九五九年年初，就算他再宣稱自己不知道把作品交給素昧平生的外國人會有何結果，也已經不再合理了。剛剛才歷經了諾貝爾獎的麻煩，他居然又把那麼具有個人色彩與爭議性的作品交給外國人，看來也許有點愚蠢，但這也是符合他個人特色的叛逆之舉。「只有瘋子會做這種事，」丘柯夫斯基評論道。「我也不確定他的雙眼真的沒有一絲絲瘋狂的眼神。」

拾肆。

——就像是用大學生週末玩樂的把戲去惡搞俄國人。

對於西方人而言，帕斯特納克之所以拒絕接受諾貝爾獎，還寫道歉信給赫魯雪夫與《真理報》，理由已經毫無疑慮了：他是被脅迫的。可以預測的是，《每日郵報》的文章又惹火了當局。波里卡波夫告訴伊文斯卡亞，當局要切斷帕斯特納克與外國媒體的所有聯繫。還有，英相哈羅德·麥克米倫（Harold Macmillan）到訪期間，當局也「建議」帕斯特納克最好能離開莫斯科，否則一定會有許多隨行記者前往佩羅德爾基諾村找他。

為了暫離氣頭上的伊文斯卡亞，帕斯特納克接受詩人塔比澤遺孀妮娜的邀請，與席奈妲一起去了第比利斯。伊文斯卡亞「冷漠以對，一氣之下」也去了列寧格勒。[1]

喬治亞共和國是個逃避現實的好去處。塔比澤的家可以眺望第比利斯，還能看得到遠方的達利爾峽谷（Daryal Gorge）與卡茲別克山（Mount Kazbek）。妮娜對帕斯特納克說，他是繼普希金與萊蒙托夫（Lermontov）之後，成為第三個遭受屈辱後來到喬治亞接受庇護的俄國詩人。她為他準備了一間獨居房。帕斯特納克鎮日都在裡面閱讀普魯斯特的作品，思考是否可能把新作品的一部分故事場景設定在喬治亞，同時在舊城區的寒冷鵝卵石街道上散步。到了晚上，總有許多演員與作家湧入塔比澤家，來與帕斯特納克吃飯飲酒。

儘管當局曾經警告他不能夠參加任何慶祝活動，但畫家拉多．古迪亞什維里（Lado Gudiashvili）特地幫帕斯特納克舉辦了一個接風餐會。他在燭光旁邊朗誦詩歌，四周牆上都掛滿了古迪亞什維里的作品，畫面如此生動鮮豔。帕斯特納克在古迪亞什維里的剪貼簿上親筆寫下詩作〈暴風雨後〉（After the Storm）的詩句[2]：

不過，畫家的手還是更有力。
把所有塵土洗去
所以，生命、現實與簡單真理
才能透過他的染料變得鮮活美麗。

帕斯特納克常常寫信給伊文斯卡亞，提到他必須把所有的「驚恐與醜聞」拋諸腦後。「我真的應該克制自己，冷靜下來，為未來而寫作」。[3]他還怪自己讓伊文斯卡亞「深陷在一切可怕的事件裡」。

「我讓你籠罩在陰影裡，陷入可怕的險境，」他寫道。「這不是男人該有的作為，極為可鄙。」他用他特有的方式溺愛她：「歐柳夏[i]，我親愛的女孩，我給你一個吻。我這輩子註定與你同在，因為陽光從窗戶灑進來；因為懊悔悲傷；因為有罪惡感（喔，當然不是對你的罪惡感，而是對大家的），因為知道我的脆弱，知道我到目前所做的一切是如此不恰當，因為我如果不想讓朋友失望，變成一個假貨，我確定我必須全力以赴，效法愚公移山……我好想把你緊緊擁入懷裡，緊緊抱住，因為柔情蜜意而幾乎暈厥，幾乎哭泣。」[4]

他也有一點迷上了古迪亞什維里的十九歲女兒，還在學芭蕾舞的茱可特瑪（Chukurtma）。帕斯特納克會跪下來讀他的詩作給她聽，她會出門陪他散步，帶他去第比利斯郊外挖掘到十世紀古蹟的地方。[5]帕斯特納克因此還考慮要寫一本小說，故事敘述一群地質學家發現自己與早期喬治亞基督宗教的關聯。古迪亞什維里認為，原本常常憂鬱的女兒因為帕斯特納克的注目而變得開朗了。回到莫斯科後，帕斯特納克寫信給茱可特瑪，表示自己被她給打動了。「我不想對你胡言亂語，不想說些荒謬而不恰當的話，一方面辜負你的認真，也浪費我的生命，但我還是得跟你說這些話。如果等到我死了，你還沒有忘記我，而你也仍然需要我，切記我生前把你當成密友，而且也允許你為我哀悼，把我當成很親近的人。」[6]

但這一趟喬治亞之旅也再度提醒他國家的可怕之處。年邁的喬治亞詩人加拉克提安．塔比澤（Galaktion Tabidze）是妮娜先夫的堂兄，他跟堂弟一樣都遭到史達林的整肅，只是堂弟遇害，而他則是逃過一劫；此刻，當局正在向他施壓，要他在報上發表一封譴責帕斯特納克的公開信。[7]加拉克提安的精神狀態已經非常惡劣，近來遭受政府騷擾，更是讓他覺得再也無法忍受。結果他就從醫院窗口一躍而下，自殺身亡。

帕斯特納克返回俄國後不久，在三月十四日被帶到莫斯科去與蘇聯檢察總長羅曼·魯登科（Roman Rudenko）見面（紐倫堡大審期間，蘇聯的檢察官團隊就是由魯登科率領，負責起訴頭幾號納粹戰犯）。詩作〈諾貝爾獎〉被刊登出來後，魯登科就曾建議應該褫奪帕斯特納克的公民權，將其驅逐出境，但是真正有權力這麼做的蘇聯最高蘇維埃主席團並不同意此做法。

然而，當局授權魯登科可以偵訊帕斯特納克。帕斯特納克說他把那首詩交給布朗，但沒打算刊登出來，魯登科說他根本就是「口是心非」。魯登科威脅要以叛國罪起訴他。根據帕斯特納克畫押的偵訊記錄，他說那是一次「致命的無心之過」，他根本沒打算發表那首詩。根據偵訊記錄，帕斯特納克坦承：「我譴責自己的所有行徑，也非常清楚，根據法律規定，我可能已經犯了罪，必須受罰。」[8]魯登科告訴他的同事，帕斯特納克「的表現就像一個懦夫」。

帕斯特納克自己對於伊文斯卡亞的說法，就有點不同了。「你知道有一個胖得看不到脖子的傢伙偵訊我嗎？」帕斯特納克說，魯登科要求他簽署一份不得與外國人見面的聲明，但被他拒絕了。

「如果你們想要的話，儘管把我封鎖起來，別讓外國人來找我，」帕斯特納克說，「但我只能簽名表示我看過你們準備的聲明了。只是我不能做出任何承諾。」魯登科沒有再進行下一步行動。當局似乎不願公開迫害帕斯特納克，引免引來外界更多的注目眼光。英國的以撒・柏林認為，帕斯特納克似乎「就像一九〇三年前後的托爾斯泰，所有幫他們傳遞福音的人都會被政府懲罰，但他們自己卻因為名聲太過顯赫，而且特立獨行，所以警察也不敢動他們」。[9]

回到佩羅德爾基諾村之後，帕斯特納克在別墅的正門和側門擺放英、法與德文標誌。上面寫著：「帕斯特納克不見客。他被禁止接見外國人」。[10]席奈妲也持續堅持他不應該再跟外國人見面。「你別再跟那些垃圾見面了，」她對他說，「要讓他們跨過我們家門檻，除非我死了。」[11]

常有記者把那些標誌當成紀念品帶走，上面的標語都不太一樣：「記者與其他任何人請走開。我在忙。」[12]記者派翠西雅・布萊克（Patricia Blake）在復活節去拜訪帕斯特納克，他們倆在門廊上談話，他並未邀請她進入屋內。「我實在是太沒禮貌了，但請原諒我。」他說自己現在身陷麻煩，被當局禁止與外國人見面。儘管布萊克認為，「就一個六十九歲的人而言，他實在年輕得驚人，不過他臉上與身上那種疲憊不堪的神態也令人感到震撼」。她離開後，便衣警察一路跟著她到火車站。來自瑞典的教授尼爾斯・阿克・尼爾森則是還沒有走出火車站，警察就叫他回到莫斯科去。這強制的隔離令還擴及莫斯科的各種公開活動，帕斯特納克也被告誡不得出席。他的朋友剩沒多少人，而且他還是持續被緊密監視著；他在別墅裡舉辦六十九歲生日派對，格別烏也記下所有賓客的名字。

諾貝爾獎危機爆發後，中情局又重啟了各種關於《齊瓦哥醫生》的措施。[13]儘管俄文版《齊瓦哥醫生》的數量已經所剩不多，他們還是持續設法把書往蘇聯境內運送，同時也購買英文版來發送。一開始，該局只把小說發給要前往蘇聯旅行的非美國旅客，而且最好是搭乘飛機而非搭火車的，因為飛機乘客被徹底搜身的人比較少。如果被攔下來而且被搜出了小說，該局吩咐他們只要說是從流亡海外的俄國人那裡買到的；或者是在布魯塞爾世博會會場拿到的，如此一來，小說的偷渡行動才不會直接連結到美國政府。

隨著諾貝爾獎的風波逐漸平息，該局認為，除了其他美國政府的單位，就連美國旅客也應該可以公開參與那本小說的發送行動。根據該局的評估，原本他們以「帕斯特納克個人可能遭到報復」為由，希望能保持隱祕，但這理由已經消失了。

「從全世界對於該本小說的討論，還有從帕斯特納克的個人聲明看來，他的處境並未變得更糟糕，」一份中情局內部備忘錄的結論如此寫道。「換言之，就算帕斯特納克的確受到了傷害，也只是因為他寫了《齊瓦哥醫生》，並非因為我們全力利用那本小說而導致。」[14]不久後，該局蘇聯分局表示他們正在用海運的方式，把一批密西根大學出版社的俄文版《齊瓦哥醫生》運送到歐洲，讓美國旅客可以從歐洲把小說帶進蘇聯：「會說俄語與讀俄文的美國人自然可能帶著那本書當隨身讀物，因為過去三個月以來它一直是暢銷書排行榜的冠軍。」[15]

中情局也為旗下幹員提供非常詳細的守則，要他們鼓勵旅客與他們可能會遇見的蘇聯公民討論文學作品與《齊瓦哥醫生》。

一九五九年四月，中情局蘇聯分局局長約翰．莫瑞在一份備忘錄上面寫道：「我們覺得，如果想要與蘇聯人民談論『共產主義限制言論自由』這類的一般性話題，《齊瓦哥醫生》是一個非常棒的開場白。」[16]他還表示，「應該讓旅客們做好準備，除了與他們接觸的蘇聯人民談論該書的基本主題──對於個人自由與尊嚴的籲求──還要論及個人在共產主義社會中的困境。帕斯特納克事件本身是個悲劇，但也能充分顯示出共產黨如何利用思想控制的體系，來保持其對於知識分子的權力。為了控制蘇聯人民的心智，共產政權必須進行人為干擾與思想審查，並且要求作家與藝術家服膺共黨意識形態教條，至於禁止那本書的出版，也只是該政權必須使用的另一種控制手段而已。這反映出蘇聯的封閉社會缺乏文化教養，就思想而言仍然處於野蠻狀態，宛如文化沙漠（Nekulturnost）」。

那份備忘錄接著寫道，可以請美國與他國旅客質疑社會主義式寫實主義的宗旨：「在與蘇聯人對話時，一個不錯的開場白或許是問問他們，蘇聯戲劇、詩歌與藝術等等有何新發展。只要能對蘇聯藝壇的創新與風潮展現出認同的好奇心，通常就能讓對話內容友善一點。討論完最近的文藝發展之後，西方旅客可以問問，蕭洛霍夫、帕斯特納克、瑪格莉特．阿麗格爾（Margarita Aliger）與費丁等人的作品有何偉大之處。討論完上述作家的作品後，旅客就可以詢問共產黨對於文藝作品設下哪些限制」。

接著，莫瑞的建議是請旅客指出一件事：「真正的藝術家必須能夠自由地述說理想，控訴社會不公不義，並且批評資本主義或共產主義。簡而言之，就是要說出自己的真心話。像是歐美作家史坦貝克（Steinbeck）、約翰・多斯・帕索斯（John Dos Passos）、厄普頓・辛克萊、辛克萊・路易斯（Sinclair Lewis）、沙特（Sartre）、卡謬等等，都是對祖國生活的各種面向有所批評，同時也會進行辯護」。

中情局官員為自己的表現喝采，因為「他們在某些一般來講該局並不是太有興趣的領域施力，促成了那本小說散布到世界各地，譯成各國語言後以完整版或濃縮版，或是連載等各種不同形式出版」[17]（不幸的是，並沒有任何中情局文件詳述他們努力的過程）。中情局也在考慮出版一本帕斯特納克的文集，包括盜印他的俄文版《自傳式散文》（*Essay in Autobiography*）。[18]這本書於不久前才在法國出版了法譯本，該局取得的書稿就是法譯本所根據的俄文書稿。

到最後，中情局只是又出版了另一個版本的《齊瓦哥醫生》。早在一九五八年八月，還沒有出版俄文版《齊瓦哥醫生》時，中情局就開始在考慮是否要出版一本袖珍平裝版《齊瓦哥醫生》，內頁以《聖經》用紙或類似的低磅數紙張印刷。[19]與穆彤版或者密大出版社版相較，這樣的版本顯然有「更加易於掩藏與偷渡入境」的好處。[20]在諾貝爾獎危機發展到最高潮時，該局官員也考慮過可以印製《齊瓦哥醫生》的刪節版，發送給蘇俄水手，甚或用熱氣球運送到東德境內。[21]到了一九五八年十一月，中情局蘇聯分局開始具體擬定袖珍平裝版的出版計畫。莫瑞分局長寫了一份備忘錄給局本部負責綜合企劃工作的代理副局長，表示他相信「學生與知識分子對於這本書的需求量應該非常龐大」。莫瑞局長還指出，「因為這本書特別受歡迎」，蘇聯海關還諭令其所屬官員，必須要加強檢查旅客的行李。[22]事實上，在史達林死後，蘇聯海關本來就不再搜查旅客的行李了，直到一九五八年年底才重新採取此一措施。[23]一九五九年，他們曾經攔截到一本穆彤公司印製的中情局版《齊瓦哥醫生》，將書轉交給莫斯科的國立列寧圖書館（V. I. Lenin State Library），成為特別收藏部的藏書，該部的書籍並非一般人可以閱覽，有些是共黨官員與獲得批准的研究人員才能閱讀的禁書。特別收藏部的藏書上面都蓋著一兩個紫色六邊形印章，那是出版檢查人員蓋的。每個檢查人員使用的印章編號都不同，而《齊瓦哥醫生》上面蓋的印章編號原本是「一一四」，意味著那是一本可以允許某些人閱讀的書。後來，格別烏開始對那本小說實施嚴格禁令，根據特藏部某位離職館員表示，就連當局偏好的學界人士也不能翻閱。[24]

中情局在華府開了一家自有出版社，專門用來印製袖珍版書籍[25]，該社於冷戰期間印的文學書籍已經相當於一個小型圖書館，那些書都是可以「塞進男人的西裝或長褲口袋裡」。[26]有些官員重提當時在荷蘭印製穆彤版《齊瓦哥醫生》時所遭遇的種種困難，主張這個加印的袖珍版不該交由外人來處理。「有鑑於其中涉及的安全、法律與技術性問題，在此建議這盜印的袖珍版《齊瓦哥醫生》應該以費爾特內里的原始書稿為根據，直接在總部印製，並且使用一個虛構的出版社名稱」。[27]

到了七月，他們至少已經印出九千冊袖珍版《齊瓦哥醫生》[28]，「分上下兩集」，下集想必印得比較沒那麼厚，以便藏在身上。「袖珍版所採用的是穆彤版的俄文原文，直接在總部印製，」該局的一份內部備忘錄如此寫道。這袖珍本上面註記的出版單位是「世界編印協會」（Société d'Edition et d'Impression Mondiale），他們企圖以這個虛構的法文名稱來製造出小說是在巴黎出版的假象。[29]後來，接手一部分袖珍版小說發行工作的，是一個西德的好戰派俄國流亡分子團體，名叫俄國民族團結聯盟（National Alliance of Russian Solidarists，簡稱NTS）。這又是該局為了掩飾與此事有關而採取的另一個措施，不過局內的記錄並未提及該組織。

一九五八年十一月四日，俄國民族團結聯盟在海牙開了一個記者會，聯盟理事會成員之一的葉夫格尼．加拉寧（Yevgeni Garanin）表示，他們還打算出版一個採用《聖經》用紙印刷的特別版《齊瓦哥醫生》。[30]加拉寧說，俄國民族團結聯盟在布魯塞爾世博會的梵諦岡館取得了一本《齊瓦哥醫生》，但是當時並未決定要印多少本，還有在哪裡印行。他表示，該聯盟打算把書發送給來自俄國的水手與旅客。書裡有一篇沒有署名的全新前言，作者是住在華盛頓的知名俄國流亡分子鮑里斯．菲利波夫（Boris Filippov），他先前也當過該聯盟專屬刊物《格拉尼》（*Grani*）的編輯。在與一位同事通信時，菲利波夫表示袖珍版《齊瓦哥醫生》是他「發行」的。[31]儘管並未提及中情局的名號，但是他抱怨自己的前言「被這個版本的無知贊助者改得亂七八糟，因此他才會把自己的署名拿掉」。

中情局的記錄宣稱，負責發放袖珍版小說的「幹員與來到西方國家的蘇聯旅客和官員有所接觸」。為了在維也納舉辦的一九五九年世界青年與學生聯歡節（World Festival of Youth and Students，該年主題是「和平與友誼」），他們預留了兩千冊袖珍版小說，要用來發送給與會的蘇聯與東歐國家的學生。

聯歡節由許多共黨青年組織贊助，舉辦時間是七月二十六日到八月四日。克里姆林宮為了舉辦這類活動花了數百萬美元，維也納的這次聯歡節更是由格別烏主席亞歷山大・謝列平（Alexander Shelepin）親自監督。[32]謝列平在一九五八年入主盧比揚卡大樓，在那之前他擔任國際學生聯合會（International Union of Students）副會長，也是聯歡節的主要推手。當上格別烏主席之後，謝列平仍然繼續於國際學生聯合會留任一年，只因為維也納聯歡節即將有全世界數以千計的年輕人前往參加，一定要辦好。許多開發中國家的會議代表，都是在蘇聯的資助之下才出席的。對於中情局而言，雖然該局年輕幹員都將其戲稱為「童子軍大會」，但因為西方世界初次有這一類活動舉行，加上聯歡節是一種「向全世界宣揚共產主義的工具」，他們必須設法暗中予以破壞。[33]此刻，北半球已經有一半赤化了，為了積極爭取拉丁美洲、非洲與亞洲各國的結盟，東西方強權之間的鬥爭也越演越烈。

為了招募美國學生阻撓該次聯歡節，中情局在麻州劍橋市成立了另一個叫作資訊服務獨立協會（Independent Service for Information，簡稱ISI）的外圍組織。該協會的負責人是剛從大學畢業沒幾年的葛洛莉雅・史坦南（Gloria Steinem），當她問起協會的資金來源時，才被告知中情局是幕後金主。當中情局扮演的角色在一九六七年被媒體揭發出來時，史坦南表示，她覺得與她共事的中情局官員「都是有遠見的自由派，願意與她進行觀念交流」，她覺得自己「不曾有被發號施令……」。[34]

史坦南說，「只有中情局有膽量和遠見，看得出青年與學生事務的重要性。」她還表示，資訊服務獨立協會派去參加維也納聯歡節的代表並未向中情局透露消息。「他們要我們想做什麼就做什麼——就是把美國健康而多元化的一面呈現出來」。

由於許多西方記者想要參與聯歡節而遭拒，資訊服務獨立協會就設了一個新聞工作站，專門為他們提供消息，同時也把未經主辦單位批准的報紙偷偷帶進活動會場。他們利用晚上把各種語言的報紙帶進去，擺在廁所裡。[35]會場有警衛負責查驗證件，並且為了避免有人闖入而四處巡邏。協會也賄賂飯店門房，叫他們把報紙從房門底下塞進與會高官的房間。

該協會的許多舉動根本就像是學生的惡作劇。後來被卡特總統（Jimmy Carter）聘為國家安全顧問的茲比格涅夫・布里辛斯基（Zbigniew Brzezinski），當年也是協會代表之一，他就曾為了挑釁而故意去撞俄國代表，然後用帶著濃濃波蘭口音的俄語對他們說，「滾開啦，俄國豬！」[36]布里辛斯基也與華特・平克斯（Walter Pincus；他後來進了《華盛頓郵報》，主跑國家安全新聞），還有他的一個哈佛大學學生一起躲在維也納市政廳（Rathausplatz）屋頂，等待聯歡節的閉幕式在樓下展開。他們三個高高舉起中間的部分已經剪掉的匈牙利與阿爾及利亞國旗，以這稍嫌激烈的方式來批評共產主義無異於殖民主義，呼籲大家為了要對抗兩者，應該團結起來。他們也高舉兩條白色床單，上面分別用德文字母寫下兩排直排的字：**和平與自由**。他們三人用一塊木板逃往另一棟大樓樓頂，避開聯歡節的維安人員，維安人員只能把廣場上方的燈調暗，衝往屋頂，把國旗和床單扯下來。回想起來，平克斯說他覺得資訊服務獨立協會在維也納演出的鬧劇，「就像是用大學生週末玩樂的把戲去惡搞俄國人。」[37]然而，這一切在當時看來卻很了不得。史坦南在一封寫給兩位長輩的信裡面表示，「我想在我的小小世界裡，這件事就像去參加西班牙內戰一樣重要」。[38]

該協會在維也納也發送了大量書本，包括小說《一九八四》、《動物農莊》、《坦白集》（*The God That Failed*）ii與《齊瓦哥醫生》等作品的十四種不同語言譯本，總計大約三萬冊。[39]他們的目標是要「讓那些代表離開蘇俄的思想天地，有機會接觸修正主義作品」，「在這無拘無束的領域裡，能夠接觸到足以與共產主義匹敵的理念」。[40]他們把書擺在維也納各地的書報攤，免費發放，或是放在各家書店裡，以低價賣出。[41]許多與會的西方國家激進青年都注意到，那些報攤書店都「受到共產特務的監視」。[42]聯歡節會場內外都受到嚴格監控，因此該協會的年輕成員只能跟蹤那些四處觀光的與會代表，等他們到了一些共黨特務比較無法進行監控的地方（例如博物館），再把書交給他們。《消息報》的編輯阿列克謝．阿茲胡拜伊（Alexei Adzhubei，赫魯雪夫的女婿）與蘇俄的駐奧地利大使都「激烈地抱怨」，痛批資訊服務獨立協會的種種舉措。[43]

維也納贈書計畫的幕後推手包括薩謬爾．渥克與C．D．傑克森，前者曾擔任編輯的自由歐洲出版社長期接受中情局資助，而後者則是時代－生活出版集團的董事總經理，先前曾任艾森豪總統的重要心戰顧問。在「朋友們」（渥克對於中情局的稱呼）的幫助之下，渥克在紐約設立了一間叫作出版發展公司（Publications Development Corporation）的空殼公司，其任務就是在維也納聯歡節上發送書籍。[44]至於，要怎樣把那些書送到與會代表手上，這重責大任主要就落到了他們的奧地利盟友身上了。[45]在歐洲與傑克森合作的夥伴之一，是時代－生活出版集團的蘇黎世高層主管克勞斯．多恩（Klaus Dohrn），他曾說「為了要取得《齊瓦哥醫生》的俄文原文……恐怕要特別費一番工夫」[46]，傑克森則是回覆他，「別擔心《齊瓦哥醫生》的文字。我們這裡有一份原文，接下來就用它印製小說」。[47]

除了俄文版之外，他們也計畫在聯歡節上發送波蘭文、德文、捷克文、匈牙利文與中文等各種譯本的《齊瓦哥醫生》。[48]

一九五八年，《齊瓦哥醫生》中譯本先在台灣問世[49]，同一年年底香港又有兩家報社開始連載中譯本內文。[50]中國大陸媒體對於這本小說的反應充滿敵意，例如，中國作家協會書記處書記臧克家就在《世界文學》期刊上，撰文批判《齊瓦哥醫生》，說那本書是蘇聯的「癰疽」。[51]出席維也納聯歡節的中國代表有四百多人，他們甚至比那些東歐同志更封閉；代表們受命不得與接觸的西方人交談，就連為他們上餐的服務生也不行。[52]一群想要破壞聯歡節的波蘭裔激進分子則認為，中國代表與其他共產國家代表不同，他們「完全不與別國代表交談」。[53]自由歐洲委員會特別從香港空運五十本《齊瓦哥醫生》到那裡去發送。[54]

根據《紐約時報》報導，蘇聯代表團的某些成員「表示，對於帕斯特納克先生的小說很好奇，而那本書在此地是可以取得的」。有時候他們不只是可以拿到那本書而已，是書自動送上門來，躲都躲不掉。蘇聯代表團從布達佩斯出發，四十輛巴士組成的車隊滿載著學生與節目演出者，抵達維也納時當地天氣悶熱不已。其中一位代表是年輕的芭蕾舞者魯道夫·紐瑞耶夫（Rudolf Nureyev）。進入市區時，車隊被大批俄國流亡分子團團圍住，他們從敞開的巴士車窗，把中情局印製的袖珍版《齊瓦哥醫生》丟進車內。[55]

帕斯特納克的小說是許多代表最想看的書，有時候，他們拿到的《齊瓦哥醫生》與其他小說是裝在維也納一些百貨公司的提袋裡，以免被識破，也有人是在黑漆漆的電影院裡拿到書的，總之有好幾個取書地點在輪替，代表們靠口語相傳而得知可以在哪裡拿到書。[56]回家前，代表們把書塞進露營設備、舞台布景、影片膠捲盒等可以藏東西的地方。

但這一切都逃不過隨團祕密警察的法眼。波蘭學生要回家時，領隊之一向大家警告，到了邊境，政府將會對他們進行徹底的搜身，如果有禁書最好在啟程之前就交出來。結果幾乎沒有人理他，他只好折衷一下，改口表示：「只要交出《齊瓦哥醫生》就好」。

有一位蘇俄團員回到巴士上，發現車裡到處都是袖珍版的《齊瓦哥醫生》。「我們當然都沒有讀過那本書，不過還是很害怕，」他說。[57]格別烏派員監視蘇俄學生，那些幹員自稱「研究人員」，但他們騙不了任何人。事實證明，那些研究人員比大家認為的更具包容心。「拿去看吧，」他們說，「但絕對不要帶回家。」

一九五九年夏天，帕斯特納克開始著手創作一部他稱之為《盲眼美女》（*The Blind Beauty*）的劇作。「我想要重現整個歷史時代，把十九世紀俄國的大事，也就是農奴的解放寫進去，」他向一位訪客表示。「當然已經有許多人寫過那個時代，但當代還沒有那種作品。我想要用一種鳥瞰式的觀點去寫，就像果戈里（Gogol）的《死魂靈》（*Dead Souls*）一樣」。[58]在他的構想裡，那部劇作是充滿企圖心的三部曲，頭兩部分別以一八四〇與六〇年代的某個鄉間莊園為時空背景，到了第三部則是變成了一八八〇年代的聖彼得堡。三部曲裡有個角色是失去視力的女農奴，但真正的「盲眼美女」卻是俄國，因為她「老早忘記自己長得有多美，也忘了自己的命運」。

「我不知道自己是否能活著把它寫完，」帕斯特納克向一位訪客表示。「但是我知道，每當我完成一句聽起來很對味的台詞，我就更愛那些愛我的人，也更能了解那些不愛我的人。」[59]

帕斯特納克開始把大量該回的信件擺一邊，將全部心思都放在那一件他「樂於全力以赴的大事」上面，而隨著研究與寫作的進行，他對那個主題也越來越有熱忱。到了七月，他在給妹妹的信裡面寫道：「近來我積極而熱情地投入新作品的創作。」[60]他在信裡面向一位住在巴黎的通信者表示，「一開始我並沒有很認真思考寫劇本的念頭，但如今我不再是一時興起或者姑且一試，這已經變成我很珍惜的偉大抱負，讓我充滿熱情。」[61]他開始把自己寫的幾場戲大聲念給伊文斯卡亞聽，她覺得那文字有趣而生動，也認為那部劇作「會跟他的小說一樣，成為他的生涯代表作，足以展現他的藝術本質」。

這年夏天，莫斯科當局對他的敵意開始趨於緩和。第三屆蘇聯作家大會於五月召開時，赫魯雪夫說作家們該把自己的積怨留在家裡，別帶出來惹麻煩，讓政府難堪。帕斯特納克並未被提及，當然也沒有與會，但是齊瓦哥事件讓赫魯雪夫倍感困擾。當局對帕斯特納克發動圍攻之後，世界各地的反應讓他非常難過，因而他要求女婿阿列克謝·阿茲胡拜伊把《齊瓦哥醫生》讀過一遍，然後向他回報。根據《紐約時報》的報導，阿茲胡拜伊表示，那本小說「不會讓優秀的年輕共產黨員看完後興奮地把帽子丟到空中……但也不是一本會引發反革命風潮的書」。[62]阿茲胡拜伊的結論是，只要刪除個三、四百字，他們大可以允許《齊瓦哥醫生》出版。赫魯雪夫震怒不已，因此把蘇聯作家協會總書記蘇爾科夫給開除掉。有人說赫魯雪夫抓住蘇爾科夫的衣領，氣得把他甩來甩去。[63]

在作家大會上進行演說時，赫魯雪夫向與會代表們表示，「你們也許會說，『儘管批判我們、控制我們，如果作品寫得不對，那就別出版。』但是你們必須了解，想要立刻判斷出哪些書該出版、哪些不該，並不容易。最簡單的就是什麼都別出版，當然就不會犯錯了……不過那就太蠢了。因此，同志們，請別煩勞政府出面解決這種問題，如果你們是政府的好同志，就該自己設法解決問題。」64那年稍晚，蘇聯作家協會表示帕斯特納克可以申請恢復會籍，但被他拒絕了。「當時他們對我可說是毫不留情，如今卻覺得可以把一切都遺忘」。65

帕斯特納克開始試著大膽參加莫斯科的公開活動，第一次露面就是參加由李歐納．伯恩斯坦（Leonard Bernstein）指揮的紐約愛樂交響樂團演出，也引來媒體關注。當時紐約愛樂在莫斯科、列寧格勒與基輔進行巡迴演出，這也是美蘇雙方於一九五八年簽署文化交流協定（Cultural Exchange Agreement）之後，第一次由美國團體進行的重要巡迴演出。伯恩斯坦技驚四座，儘管某些忠於黨國的批評家感到不滿，認為他打算用音樂掀開鐵幕，聽眾們還是都起立鼓掌。66他除了指揮美國人寫的作品之外，也把史特拉汶斯基（Igor Stravinsky）一些未曾有人在蘇聯演奏的作品擺進曲目中。演出之前，伯恩斯坦還直接跟聽眾說話，蘇聯聽眾還完全不能適應與指揮有這種關係。在演奏《春之祭》（*Rite of Spring*）之前，他說作曲者史特拉汶斯基「在你們革命之前就已掀起了音樂革命。這項作品問世之後，音樂就永遠被他改變了」。《紐約時報》表示，「當那狂野的節奏與奇怪的旋律達到高潮時，聽眾莫不屏息聆聽，現場一片鴉雀無聲，結束後立刻爆出如雷般的歡呼聲」。

伯恩斯坦在列寧格勒就取得了帕斯特納克的地址，特別邀請他參加在九月十一日舉行的最後一場莫斯科演奏會。帕斯特納克回了一封信，在信末寫了兩個附註，表示自己接受邀請，但對於是否要邀請伯恩斯坦夫婦在演奏會前一天造訪佩羅德爾基諾村，顯得有點猶豫。之所以會在第二個附註裡改變心意，可能就是因為他最後決定不理會席奈妲的反對，邀請他們來訪。伯恩斯坦夫婦到了之後，剛開始被拒於門外的大雨中，帕斯特納克和妻子吵了很久。[67]開門讓他們進來後，帕斯特納克的說法是，他與妻子吵嘴的理由是對於該讓他們從哪一個門進去有不同意見。不過，他們顯然很清楚帕斯特納克的妻子一想到有外國人來訪就覺得很厭惡。

伯恩斯坦夫婦與帕斯特納克一起進餐，伯恩斯坦覺得他「是個聖人兼豪傑」。根據伯恩斯坦所言，他們聊了好幾個小時，話題都圍繞在藝術與音樂，還有「藝術家的史觀」，不過稍後他更正了自己的說法，表示所謂對話，「其實幾乎是一連串他自己關於美學議題的自問自答」。伯恩斯坦說他覺得蘇聯文化部長很難搞，帕斯特納克的答覆是：「這跟任何部長都沒有關係。」他向伯恩斯坦表示，「藝術家只需要與上帝溝通」，而上帝「的各種演出只是為了讓藝術家有素材可以創作。你碰到的只是鬧劇，不過也有藝術家的遭遇是悲劇——但這一切都是次要的」。[68]

莫斯科音樂學院（Moscow Conservatory）的音樂廳擠滿了聽眾，其中很多都是知識分子。帕斯特納克帶著妻子與會，「音樂廳裡的每一雙眼睛似乎都注目著他們倆……大家全盯著他們，比手畫腳，議論紛紛，廳裡面一陣騷動。」

「廳內的氣氛緊張到讓人幾乎無法忍受，直到伯恩斯坦登台，才突然被一陣如雷的歡呼聲打斷。對於在場的某些人而言，甚至可能連伯恩斯坦都認為，那一陣歡呼應該至少有部分是由他與帕斯特納克共享才對。」[69]

帕斯特納克到後台去找伯恩斯坦，他們倆給彼此一個大大的擁抱。「剛剛你把我們帶到天堂去了，」帕斯特納克說。「現在，我們必須返回地球。」

i Olyusha：歐爾嘉的暱稱。
ii 《坦白集》是夏濟安中譯本的翻法。書中收錄六位曾信奉共產主義的名人之文章。

拾伍。

——那天空藍到令人無法承受。

一九六〇年二月十日是帕斯特納克的七十歲生日。他到伊文斯卡亞的住處去慶生，整張臉被刺骨寒風吹得紅通通。窗戶上積著冰霜，片片雪花在空中飄散。帕斯特納克喝了一點干邑白蘭地暖胃，就跟聚在屋裡的許多人一起坐著，德國記者海因茲．史邱維也是其中一人。[1]伊文斯卡亞用烤雞和自製甘藍菜沙拉招待大家，除了干邑白蘭地，那一餐他們還喝了兩瓶喬治亞紅酒。帕斯特納克心情大好，非常健談。他跟大家聊起幾位德國作家，滔滔不絕。他收到了許多禮物，還有來自世界各地的祝壽信函。帕斯特納克的妹妹們發了一封電報。尼赫魯總理寄了一個裝在皮革盒子的鬧鐘給他。馬堡的一位加油站老闆送了他幾個陶罐。

「對我來講，這一切實在來得太晚，」他跟伊文斯卡亞說。「如果我們可以永遠都這樣活下去就好了。」

帕斯特納克在人世的日子還有一百零九天。

前一年年底，他曾在信中向一位西方的通信者表示，「不久前，我開始注意到左胸偶爾稍有不適。這應該是與我的心臟有關——我沒有跟任何人提起這件事，如果我說了出來，肯定會被迫放棄許多日常生活習慣。我的妻子、親友一定會對我管東管西。我還沒死，就會被醫生、療養院還有醫院搞得沒有任何生活可言。我會開始被同情我的人奴役。」[2]那年冬天稍早，一位名叫卡蒂雅．克拉舍寧妮科娃（Katya Krasheninnikova）的年輕仰慕者曾經造訪帕斯特納克。他告訴卡蒂雅，說他得了肺癌，只剩一兩年可活了。他請她別告訴任何人，只要跟他一起去領聖餐禮就好。[3]

生日當天，帕斯特納克看來仍是充滿活力。有時候他的胸口會感到一陣劇痛，但他都不敢表現出來。只是，在寫給遠方友人的信件裡，他常常暗示他已經看得出自己時日無多，開始總結自己的一生。「所幸，有一股力量漸漸把我帶向一個可以脫離種種循環的世界，不再留戀年輕的記憶，看事情不再像女紅般瑣碎。」他在信裡面向年輕的女芭蕾舞者茱可特瑪．古迪亞什維里表示，「所有藝術家為了進入那個世界，必須做足一輩子的準備，一旦進入就可以在死後重生，他們生前透過作品表達出來的種種力量與觀念將會取代他們死去的身體，繼續存留於世。」[4]

有時候他會有一些臨終前的奇怪想法，例如他想吩咐費爾特內里，從蘇聯當局手裡買下他的屍體，葬在米蘭，找伊文斯卡亞當他的守墓人。[5]他的愛人也開始注意到他的體力漸漸衰退。翻譯時他常常感到疲累，散步時也不再像以往那樣快活。他的膚色慢慢變成灰白，這更是讓她感到驚恐不已。[6]

他的德國仰慕者蕾娜特・史懷哲在復活節來訪。蕾娜特是個女按摩師兼詩人，從一九五八年年初寫信給帕斯特納克之後，他與伊文斯卡亞就開始透過寫信與她保持密友的關係。她因為看到報上刊出帕斯特納克的照片而迷上了他，齊瓦哥那個時代的俄國也讓她神往不已。[7]蕾娜特是個死忠的超級粉絲，而帕斯特納克對這段藉由通信維持的友誼也很入迷，因為這會讓他想起自己過去在德國馬堡大學當學生的日子。帕斯特納克的來信總是充滿了告解式的文字，語調溫柔，令蕾娜特感動不已（例如，他就曾在信中把自己與席奈妲和歐爾嘉的情感糾葛娓娓道來），以至於她曾考慮過要入籍蘇聯，搬到佩羅德爾基諾村。帕斯特納克比較喜歡信中的她，對於她的到訪有所疑慮，特別是他的身體狀況又那麼差。

復活節那天晚上，蕾娜特與帕斯特納克夫婦和其他賓客一起在別墅裡用餐，她注意到帕斯特納克的臉色灰白，吃得也少。她跟著帕斯特納克一起去找伊文斯卡亞，酒過三巡後，她大膽地在女主人面前親吻自己的偶像，與其說是因為愛慕他，不如說是出於一時的激情。伊文斯卡亞不太高興，蕾娜特居然還問她，「可不可以把他借給我一個禮拜？」[8]

帕斯特納克陪著蕾娜特一起走到火車站，在路上他抱怨他的外套「好沉重」。[9]他也覺得自己不得不向伊文斯卡亞請求原諒，但更令她困擾的，並非他與蕾娜特的熱吻，而是他虛弱的身體，為此她趴在他的膝蓋上哭了起來。那一週稍後他也跟妮娜・塔比澤說他有肺癌，但要她發誓保密。當他的胸痛變得更為劇烈，他還對伊文斯卡亞說，「難道我之所以生病，就是因為在你面前跟蕾娜特親熱而被懲罰？」[10]

到了隔週，帕斯特納克開始撰寫自己的健康日誌，每天把自己的狀況用鉛筆草草寫在隨手拿來的紙張上。[11]「我的心臟不適，還有背痛。我想是復活節那天我把自己搞得太累了。幾乎無法站立。站在書桌前工作很累。必須暫停劇本的創作。左臂感覺起來麻麻的。必須躺下。」他寄了一封短信給伊文斯卡亞，表示他必須在床上躺個幾天。「給你一個大大的吻。不會有事的。」

到了二十三日那天，讓伊文斯卡亞意想不到的是，居然在路上看到他拿著一個老舊行李箱，朝她走過去。他在等費爾特內里託史邱維或者某位義大利信差把錢拿給他。他看起來「臉色慘白而憔悴，像個病人」。

「我知道你愛我，對此我有信心，而這是我們唯一的力量來源，」他跟她說。「我懇求你，別在我們的生活中做任何改變。」

這是他們倆最後一次說話。

到了二十五日，帕斯特納克接受醫生診察，被診斷出罹患了心絞痛，醫生建議他躺在床上，徹底休養。帕斯特納克不相信這個診斷結果。「像這樣持續的疼痛，痛得好像有碎木片插在裡面，痛得我疲累不已，亟需照料，我很難想像病因只是心臟有問題」。[12]

兩天後，帕斯特納克覺得好多了，心電圖的結果也讓人安心。「這一切都會過去的，」帕斯特納克在健康日誌上寫道。

到了四月底，帕斯特納克爬不了樓梯，連要到樓上的書房都很勉強，家人為他在樓下的鋼琴室裡擺了一張床。他告訴伊文斯卡亞，不要試著來探視他。「不要讓我為你要來看我的事擔驚受怕，如果你真的來了，依照心臟的狀況看來，會要了我的命，」他在一封短信中跟她說。「冥頑不靈的席奈妲肯定不會饒恕我。我已經試探過了。」他告訴她切莫難過，以往更糟糕的狀況他們也都經歷過了。但此刻他的身體狀況的確是不太好。「只要我稍稍移動一下，我的心臟就立刻會有狀況，疼痛不已，」他跟她說。「相對來講能夠讓我不那麼痛的，就是在床上平躺著。」

五月一日的來訪者是卡蒂雅．克拉舍寧妮科娃，就是他曾經邀請要一起去領聖餐禮的那位年輕女生。「我快死了，」他跟她說。[13]帕斯特納克請她與自己一起完成告解的聖禮；他大聲朗誦禱文，雙眼緊閉，表情肅穆。帕斯特納克請克拉舍寧妮科娃把門打開，這樣妻子才能聽到他的抱怨：他說席奈妲拒絕打電話叫神父過來，也不願安排在教堂舉辦的葬禮。克拉舍寧妮科娃說，她會把帕斯特納克的告解內容轉述給她的神父，他才繼續朗讀免罪禱文。後來她向帕斯特納克的兒子表示：「過去在集中營裡面的人都是這麼做的」。

幾天後，帕斯特納克再度覺得自己好像好了一點。他離開床邊，但是洗完頭髮後突然又非常不舒服。他持續向伊文斯卡亞表示，這狀況只是暫時的，建議她該耐心等待。「如果我真的快死了，我就會堅持把你找過來見我最後一面，」他在另一封短信中向她表示。「但是，謝天謝地，還好這完全沒必要。在我看來，先前的那些狀況應該不至於再度發生。我覺得那是完全不可思議，難以置信的!!!」

五月七日夜裡，帕斯特納克的心臟病發作。蘇聯文藝基金會醫院（The USSR Literary Fund Hospital）指派安娜・戈洛傑茲（Anna Golodets）醫生與幾位護士為其提供全天候照護。戈洛傑茲醫生發現她的病人高燒不退，肺充血的狀況嚴重。[14]她覺得他那張設在樓下的病床低矮不平，睡來應該很不舒服，但帕斯特納克都不抱怨，決心不讓親愛的家人朋友知道他的病況嚴重。白天的時候，他總喜歡叫人把窗戶打開。窗外的花園裡正是繁花盛開之際。

把最新病情轉告給伊文斯卡亞的，是年僅十六歲、護士中年紀最輕的瑪莉娜・拉索琪娜（Marina Rassokhina），有時候她也會跟伊文斯卡亞一起過夜。她把帕斯特納克的狀況轉述給伊文斯卡亞聽：沒有戴假牙的他覺得自己看起來是如此醜陋。「歐柳夏再也不會愛我了，」他向瑪莉娜表示。「我這個樣子看起來好嚇人。」[15]令他感到挫折的是，他連刮鬍子都辦不到，不過他允許他兒子李奧尼德為他代勞。另一位名叫瑪法・庫茲米妮克娜（Marfa Kuzminichna）的護士曾當過戰地護士，她非常敬佩帕斯特納克瀕死前的勇氣。「我已經聽到另一個世界在呼喚我了，」他告訴瑪法。他提起自己的「雙面人生」，請求她別責怪他。他的幽默感仍未完全消失。當護士們準備幫他輸血時，他說她們看起來就像「祭壇上的西藏喇嘛」。

到了五月中旬，有四位醫生幫帕斯特納克進行會診，最後診斷出他得了心臟病，還有胃癌。

他們幫帕斯特納克注射各種藥劑，導致他出現了一點幻覺。他以為自己在跟作家列昂尼德·列昂諾夫（Leonid Leonov）討論《浮士德》，結果發現並非那麼一回事，還為此感到沮喪。他們把他安置在氧氣帳裡面，呼吸似乎變得比較平順，也沒那麼常作噩夢了。

席奈妲打電報到牛津去，安慰他的妹妹們，說目前他正在接受莫斯科名醫的治療。照護費用消耗了她的一部分存款。一些西方國家派駐在莫斯科的記者透過母國的大使館，試圖幫他取得一些抗生素。[16]

此刻已經有些外國媒體守在別墅的門外，等待最新消息：全天候照護已經演變成隨時都在等待他的死亡了。有些訪客很擔心帕斯特納克，包括艾哈邁托娃、伊凡諾夫夫婦還有涅高茲夫婦，但帕斯特納克拒絕接見他們。他告訴他們，他真的很愛他們，他們肯來讓他倍感欣慰，但他說他們熟知的那個帕斯特納克已經死了。如今身為一個病人，他只希望妻子或兒子李奧尼德，或者護士在他的病榻邊。如果沒有把鬍子刮乾淨，沒有戴上假牙，他連醫生都不願見。整間別墅裡靜悄悄的，日常家務仍由沉默寡言而且不太容易動情的席奈妲操持，帕斯特納克的弟弟亞歷山大與弟媳都已經搬到佩羅德爾基諾村來幫忙。

席奈妲數度提議讓伊文斯卡亞來探視帕斯特納克，她可以離家迴避。[17]前一年，因為帕斯特納克的名氣大增，關於「那一位女士」的流言也搞得甚囂塵上，讓她飽受折磨，覺得很丟臉。[18]帕斯特納克說，他不忍心看到席奈妲因為那些耳語而「流淚痛哭」。他說，席娜（Zina）「對我來講就像女兒，我最小的孩子。我跟她死去的媽媽一樣愛她」。[19]

帕斯特納克堅持不讓愛人過去探視他。她只能到別墅門口啜泣，由帕斯特納克的弟弟與她談話。席奈妲覺得帕斯特納克不讓她來探視，實在「太不近人情」。[20]她開始懷疑丈夫是否對伊文斯卡亞感到失望，他們的關係是否變糟了。從帕斯特納克寫給伊文斯卡亞的短信看來，並沒有那回事。純粹只是因為，如果伊文斯卡亞來探視他，那種壓力與激烈的情緒會讓他承受不住。他不希望她看見自己的憔悴病容，也不樂見她與他的家人見面時的戲劇性場面。他太想維持高雅形象，而且對他來講，他與那兩個女人的生活應該是各不相干的。這無關乎帕斯特納克真正愛哪一個女人，而是因為他想用這種方式離開人世：讓伊文斯卡亞只能在他的別墅門口徘徊，至於他垂死的病軀，就交給席奈妲照顧了。

到了五月底，院方弄了一架可攜式X光機到他家，檢驗結果顯示他兩邊的肺葉都有癌細胞，而且已經擴散到其他器官。眼見康復無望，帕斯特納克要求與妹妹莉荻雅見一面。亞歷山大發了一封電報到英格蘭，電文寫道：「**病況已絕望若可能請你回來**。」[21]儘管他們直接向赫魯雪夫陳情，但莉荻雅還是在倫敦枯等一週，蘇聯當局遲遲未做決定，等到簽證下來，已經太遲了。

五月二十七日，帕斯特納克的脈搏變慢，但醫生們把他救醒。再次張開雙眼後，他說他覺得睡覺時很舒服，此刻反而又開始感到憂慮。當天稍晚他在跟兒子葉夫格尼講話時，心情依舊低落，而且反應非常遲鈍。

「這一切是多麼的不自然啊。昨晚我突然覺得很舒服，但事實證明我的狀況很糟、很危急。他們立刻幫我注射藥劑，試著把我救回來，結果也辦到了。

「現在，才不過五分鐘以前，我開始自己把醫生叫過來，但事實證明這根本沒有用，他只能跟我空談。整體來講，我覺得一切都糟糕透頂。他們說我得吃東西，讓我的胃維持運作。但這很痛苦。就像文學一樣，需要的是體悟，但現在根本沒有體悟，一切都朦朧模糊。看來我好像已經永遠被埋葬了。記憶沒了。與其他人的關係也都以各種方式毀了。全都零零碎碎，沒有完整的記憶。一切都糟糕透頂。不是只有我們，是到處，是整個世界。我與那種影響力龐大的平庸生活對抗了一輩子，單打獨鬥，想要盡情展現人類的天賦、自由與創意。」[22]

到了三十日傍晚，醫生們認為帕斯特納克顯然隨時都會走。席奈妲到病房裡與他見面。「我熱愛生命，也深愛著你，」他的聲音暫時變大，「但我這一走並不帶著任何遺憾。我們周遭，一切都太過平凡無奇，而且不只如此，整個世界都是，我就是沒辦法接受這件事。」[23]

兩個兒子也在晚間十一點來到他的病榻。「鮑倫卡i，莉荻雅已經上路，很快就會到了，」葉夫格尼對父親說。「再等一下下。」[24]

「莉荻雅，這樣很好啊，」帕斯特納克說。

他叫所有人離開房間，兩個兒子除外。他叫他們不用插手他的海外遺產，包括小說，還有他的錢，以及隨之而來的複雜問題。他說，莉荻雅會幫他處理。

帕斯特納克的呼吸越來越辛苦。護士們把氧氣帳拿進來。他低聲對瑪法．庫茲米妮克娜說：「明天可別忘記打開窗戶。」[25]

五月三十日晚間十一點二十分，帕斯特納克撒手人寰。

席奈妲和管家擦洗他的屍首，幫他穿上衣服。他的家人熬夜到很晚，大半夜都沒睡覺。

隔天早上六點，在帕斯特納克他家附近的路上，伊文斯卡亞看見剛剛值班完的庫茲米妮克娜低著頭走路。她還沒開口詢問就知道帕斯特納克已經辭世，於是她一路跌跌撞撞，沒有打一聲招呼就衝進他的別墅，邊哭邊說：「現在你可以讓我進來，你不用再怕我了。」[26]

沒有人打擾她。她走到屍體邊。「鮑里亞躺在那裡，身體尚存餘溫，雙手也仍然柔軟。他躺在小小的房間裡，晨光灑在他身上。地板被陰影籠罩著，他的臉看來仍然很生動——一點也沒有呆滯的感覺」。[27]

帕斯特納克的聲音浮現在她的腦海，她聽見他朗誦著齊瓦哥寫的詩歌〈八月〉（August）：

永別了，基督變容節的藍天，
永別了，救主節的金色陽光。
請用女性的最後愛撫
紓緩我這宿命時刻的苦楚。

永別了，那些不幸的歲月！
永別了，女人：對著充滿羞辱
的深淵，你投下了
戰帖！我就是你的戰場。

永別了，伸展的翅膀，
再也無法任性倔強地飛翔，
看不到文字呈現出這世界的形象，
也看不到造物主的創作，還有種種奇蹟。[28]

死訊在村子裡傳了開來。莉荻雅．丘柯夫斯卡亞告知父親之後，他的雙手開始顫抖，啜泣掉淚。[29]

「天氣好到令人難以置信，炎熱而無風無雨，」那一天稍晚丘柯夫斯基在日記裡寫道。「蘋果樹與櫻桃樹都開花了。我從來沒有見過那麼多蝴蝶、花鳥與蜜蜂。我整天都待在陽台上。時時刻刻都有奇蹟，都有新的事物，而過去曾歌頌這些雲朵、樹木與道路的他……如今躺在一張可悲的摺疊床上，又聾又盲，一無所有，我們再也聽不見他那魯莽而激烈的低沉聲音了。」[30]

蘇聯媒體都沒有報導帕斯特納克的死訊，但這消息倒是在世界各國成為頭條新聞。各國首相、女王與一般老百姓都設法向家屬表達哀悼之意。費爾特內里在米蘭發出聲明：「對我來講，帕斯特納克之死無異於失去摯友。他象徵著我所信奉的叛逆理念，還有智慧與深沉的文化」。[31]

莫斯科各界持續保持緘默。到了六月一日，《文學與生活》（*Literatura i Zhizn*）這份小型刊物的刊底下方才出現了一則小小的聲明：「蘇聯文藝基金會董事會宣布該會成員兼作家鮑里斯·列昂尼多維奇·帕斯特納克已於五月三十日逝世，死因是長期重病，董事會並且向其遺族表達哀悼之意。」

這份聲明甚至並未透露出一點點制式化的遺憾，只是想要藉機最後一次羞辱他。一般而言，像帕斯特納克這種大作家去世時，各家主要的日報都會登出訃聞，以資紀念，《文藝週報》也會登出許多作家連署的哀悼函。帕斯特納克仍然是個被除籍的作家，光用一個長句來發布他的死訊也就夠了，而中央委員會的一份內部備忘錄則是表示，「文藝界的知識分子代表們都很認同」當局如此冷落他。[32]到了六月二日，《文藝週報》出刊時，才把《文學與生活》上面那句敷衍了事的聲明重印一遍，同樣刊登在刊底的底部。但在同一頁面上卻擺了捷克詩人納斯瓦爾（Vítězslav Nezval）的大篇幅報導，文章標題是〈詩歌的魔術師〉（A Magician of Poetry）。[33]有些讀者認為，把這個文章標題跟帕斯特納克的新聞擺在一起，是某位不知名編輯為了向他致敬而想出來的狡猾傑作。

其他死訊都是手寫在紙上，用膠帶貼在莫斯科市基輔火車站內售票處旁邊的牆壁上，那裡是從城裡搭車前往佩羅德爾基諾村的地方。「當代俄國最偉大詩人鮑里斯・列昂尼多維奇・帕斯特納克的最後告別式，將在六月二日禮拜四下午舉行。」[34]許多類似訊息也出現在城裡的各個不同地點。只要被警察撕下來，就會有新的出現在同一個地方。

那一陣子的天氣都很熱，葬禮當天的下午也不例外，「那天空藍到令人無法承受」。[35]帕斯特納克的花園裡，蘋果樹與紫丁香樹花開得嫣紅姹紫、潔白無瑕，樹底下擺著許多用來保護嫩草的新剪松樹樹枝，松枝之間冒出一片片野花。

美國記者普莉希拉・強森（Priscilla Johnson）搭上下午一點的火車，她發現許多乘客都身穿黑衣，帶著紫丁香花，顯然是要去參加葬禮。等火車開到佩羅德爾基諾村，車廂也隨之清空了。她覺得那數量龐大的乘客若非年紀很輕，就是很老。當局表示，他們「大都是知識分子」，還有來自高爾基文學院與莫斯科國立大學的年輕學生。[36]人群往別墅前進，形成一列鬆散的隊伍。每個路口都有警察站崗，警方向那些開車過來的人表示，他們必須把車停好，最後一段路程用步行的，西方記者也不例外。

當局希望能夠控制葬禮的場面，以免影響全世界的觀感。葬禮前夕，當地共黨書記已經帶著西方各國特派記者在村子裡四處參觀，包括墓園，從帕斯特納克的別墅就可以看到那裡，園中有個剛剛挖好的墓穴，位於三棵高大松樹樹蔭下。那是個呈現出理念相衝突的墓園，十字架與紅星分別象徵死者生前的不同信仰。該位官員誇耀地表示：「帕斯特納克將會葬在墓園中最棒的位置。」[37]

帕斯特納克死後，蘇聯文藝基金會派代表探視遺族，表示該會將會支付葬禮費用，並且協助處理相關事宜。格別烏在當地的一間辦公室設立了臨時總部，並且派幹員混入人群裡，把出席者記錄下來。[38]蘇聯作家協會莫斯科分會的會員早已接獲不得參加葬禮的指示，但葬禮前幾天還是有一些作家從別墅後院偷偷進出，既能到府致意，又可以避免被無所不在的線民看見。[39]只有少數作家願意承擔觸怒當局的風險，硬是參加了葬禮。有人問劇作家亞歷山大·胥坦恩（Alexander Shtein）為何不參加葬禮，他的答覆是：「我不會參加反政府的抗議活動」。[40]

蘇爾科夫下台後，接任作家協會書記一職的人，是帕斯特納克的鄰居康斯坦汀·費丁，此刻他家的窗簾是放下來的。費丁身體有恙，但有人認為他的缺席是對死者的侮辱。費丁的缺席還導致兩位致哀者在帕斯特納克的棺材旁吵了起來。其中一人宣稱，費丁病得很厲害，因此根本不知道帕斯特納克死了。另一個則是憤怒地反駁道：「他從窗邊就可以把這裡的狀況看得一清二楚了。」

小說家韋尼阿明·卡維林（Veniamin Kaverin）義憤填膺，後來還寫信質問費丁：「誰能忘記帕斯特納克的小說引發了一連串鬧劇與悲劇，而且對我們的祖國造成重大傷害？你涉入那些事情的程度是如此之深，以至於你覺得不得不假裝沒有聽到帕斯特納克的死訊。但他可是你的朋友，你們還當了二十三年的鄰居。幾千人來向他道別，人們抬著他的棺木經過你家，但也許待在窗邊的你對這一切可說是視而不見。」[41]

在場的人很快的已經多到連花園都擠不進去。為了取得較好的視野，許多西方記者在別墅大門邊擺放箱子，站在上面，也有人爬到樹上。致哀者在側門邊靜靜地等待入內，進去後他們在屍體邊繞行，繞完後從前門出去。帕斯特納克的壽衣是他父親的深灰色西裝與一件白襯衫。普莉希拉·強森在她的報導裡寫道：「他看起來就像躺在原野上，而非自家客廳裡，因為棺材裡堆滿了野花，還有櫻花與蘋果花，以及紅色鬱金香和連枝的紫丁香。」[42]致哀者隨手把帶來的花放下，因此棺材裡的花越堆越多。一群黑衣女子站在屍體頭部的旁邊，有時候席奈妲與帕斯特納克的前妻葉夫根妮亞也在裡面。

普莉希拉看到屍體時感到非常震撼，「因為他的臉已不再像生前那樣方正而充滿力量」。韋尼阿明·卡維林覺得帕斯特納克那張熟悉的臉已經變成了「雕刻出來的白臉，靜止不動」，他認為「掛在左邊嘴角的是一抹淺淺的微笑」。畫家尤里·瓦希列夫（Yuri Vasilyev）先把死亡面具（death mask）做好後，五月三十一日那天才有人幫屍首塗上防腐香油。六月一日，當地的神父幫遺族與一些至友舉辦了不公開的安魂彌撒。

屍體入土之前，是否會先在附近一間十五世紀興建的俄國東正教聖容天主堂（Russian Orthodox Church of the Transfiguration）舉辦告別式？帕斯特納克的弟媳一聽普莉希拉這樣問她，她在這位美國人身上上下打量了一番之後才說：「你什麼都不懂。」

伊文斯卡亞經過屍首，但是因為身後的人潮而無法久留。她說，「屋裡面還有好多人要跟我的摯愛說再見，如今他只是躺在那裡，對所有人都無動於衷，而我則是坐在那一扇長久以來都不能進去的門邊」。已經八十歲的資深俄國文人康斯坦汀・帕烏斯托夫斯基朝伊文斯卡亞走過去，當他彎腰跟她說話，她就開始哭了起來。帕烏斯托夫斯基一定是以為她的處境尷尬，無法進門。他用手抓住伊文斯卡亞的手肘，對她說：「我想要跟你一起走到棺材邊。」[43]

帕烏斯托夫斯基說，「這葬禮的確是一件真情流露的大事——反映出人們真正的想法。」他說他不禁回想起「當年普希金的葬禮也是這樣，被沙皇的朝臣監控著，那些人都是可悲的偽君子，狂妄自大」。

祕密警察混入人群，偷聽大家交談，四處拍照。許多致哀者都認得出他們，覺得「在那背景各異的人群中，大家都同感其悲，只有他們是少數的異類」。[44]

「一共有多少人去參加葬禮？」帕斯特納克的老友亞歷山大・格拉德科夫不禁感到納悶。「兩三千，或者四千？很難說，但肯定有幾千人。」西方記者的估算比較保守，表示只有一千人，而當局提出的數字更是僅僅五百而已。[45]就算只有幾百人，那已經非常可觀了。原本格拉德科夫還擔心葬禮「的參加人數會太少，恐怕顯得很可悲」。

「因為大家都不是像一般的致哀者那樣，需要為了禮數、為了本分而來，又有誰想得到會有那麼多人?」格拉德科夫覺得驚訝不已。「對於在場的所有人而言，那都是重要無比的一天——光就這一點而言，又可以說是帕斯特納克的另一次勝利。」

許多人在花園裡與老友重逢，其中有些人曾是勞改營的獄友。格拉德科夫就遇到兩個已經多年不見的獄友。在那場合相見似乎是非常自然而然的，這讓格拉德科夫想起帕斯特納克的詩作〈靈魂〉（Soul）裡的詩句：

我的靈魂，你所哀悼的
是我全部的至親好友
你變成了一個墓穴
裡面有我所有成為烈士的朋友。46

幾位最頂尖的俄國鋼琴家在鋼琴室裡彈奏那一台老舊的直立式鋼琴，悅耳的音符從敞開的窗戶流瀉而出，人們坐在別墅後方的草地上聆聽著。史坦尼斯拉夫．涅高茲（Stanislav Neigauz）、安德烈．沃孔斯基（Andrei Volkonsky）、瑪莉亞．尤迪納與斯維亞托斯拉夫．里赫特輪番上場，演奏緩慢的輓歌，還有一些是帕斯特納克喜愛的樂曲，尤其是蕭邦的作品。

下午四點剛過，里赫特以蕭邦的〈送葬曲〉（Marche Funèbre）進行壓軸演出。遺族請仍然留在室內的人移駕前院花園，以便讓他們在最後能與死者獨處一下。人在前面門廊上的伊文斯卡亞依依不捨地往裡看，還一度站到凳子上，以便能透過一扇窗戶看到裡面。一位旁觀者心想，「在那如此卑屈的時刻，她看起來美麗絕倫。」[47]

不久後，身穿黑衣，頂著挑染紅褐色頭髮的席奈妲走進門廊。該是送葬隊伍出發的時刻了。

棺木四周的一堆堆花卉被人從窗戶傳出去，交給送葬群眾。文藝基金會的葬禮幫手們已經先將一台藍色小巴開過來，打算快快將棺木裝上車，比致哀的群眾早一步抵達墓地，匆匆將棺木下葬。[48]包括帕斯特納克的兩個兒子在內，幾位扶靈人都拒絕把屍體裝上車。他們把敞開的棺木扛上肩膀，所到之處，群眾紛紛往兩旁退開，穿越花園，走上帕夫蘭科街，送葬隊伍就此踏上前往墓園的路，「整條泥土路的氣氛哀戚」，「塵土飛揚」。[49]

一起拿著棺蓋跟在後面的，是年輕作家安德烈．西尼亞夫斯基與尤力．達尼爾（Yuli Daniel），他們倆都是帕斯特納克的弟子。根據俄國傳統，棺木都是要等到下葬那一刻才會加蓋鎖死。隊伍最前頭的扶靈人走得好快，以至於屍體好像在人海中上下跳動。等到扶靈人累了，有些小夥子從人群中走出來幫忙。

有些致哀者走捷徑，穿越帕斯特納克他家前面那一片剛剛犁好的田。田地直接通往一小片山坡地，那裡就是墓園的位置了，當地教堂的幾座鮮豔穹頂就在不遠處。送葬隊伍抵達時，墓園裡已經擠滿了人。扶靈人走到墓地的邊緣時，把棺木高舉到群眾的頭頂，接著很快地擺在地上。

「那是我最後一次看到他的臉，看到憔悴但又偉大的鮑里斯．列昂尼多維奇．帕斯特納克，」格拉德科夫回憶道。

莫斯科國立大學的哲學教授瓦倫丁．阿斯穆斯（Valentin Asmus）是帕斯特納克的老友，此刻他站了出來。有個小男孩向女記者普莉希拉．強森靠過去，說明他是誰，還補充了一句：「他不是共產黨黨員。」

阿斯穆斯說：「讓我們來此地一起與其道別的，是俄國最偉大的作家兼詩人之一，他身上的各種才華橫溢，甚至也有很高的音樂天分。不管你接不接受他的意見，只要俄國詩歌在這世界上扮演了某種角色，鮑里斯．列昂尼多維奇．帕斯特納克都會被視為偉人。

「他反對的是我們這個時代，並非反對某個政權或國家。他嚮往一個遵循更崇高秩序的社會。他不認為可以武力與邪惡對抗，這是他的錯誤。

「我沒有見過跟他一樣對自己要求那麼多、那麼嚴苛的人。也沒有幾個人能像他那樣誠實地面對自己的信念。他實踐了民主的真諦，懂得用文筆批判自己的朋友。他能夠在同代人面前為自己的信念辯護，深信自己正確無誤，為此他將會永遠成為世人的典範。他有能力用最崇高的方式來表達人性。

「他的一輩子很長。但時光飛逝，他仍然如此年輕，還有那麼多東西沒寫出來。他的名字將會永存，流芳百世。」[50]

接下來，演員尼古拉．戈盧本佐夫（Nikolai Golubentsov）朗誦了帕斯特納克的詩作，選自一九三二年那本詩集《重生》的〈早知道〉（O Had I Known）：

每當感覺促使你寫下一行詩句
就像奴隸被送進競技場
接著改由會呼吸的土壤與命運掌控局勢
藝術就此終結，宣告退場。[51]

有個年輕人朗誦齊瓦哥寫的詩作〈哈姆雷特〉（Hamlet），因為緊張而結結巴巴。這首詩跟《齊瓦哥醫生》一樣尚未在蘇聯問世，「但現場已經有千百人開始跟著一起默念」[52]，群眾似乎開始激動了起來。有人高聲呼喊：「我為所有工人感謝你！我們等待你的書。不幸的是，你的書始終沒有問世，我們也不知道原因何在。但是你提升了作家的地位，貢獻遠勝於任何人。」

文藝基金會的官員感受到隱約有一股敵意在群眾中醞釀著，他們動了起來，想要趕快結束葬禮。有人把蓋子拿到棺木旁邊。最靠近的那些致哀者們，彎腰與帕斯特納克吻別。最後一個是伊文斯卡亞，她哭得無法自已。在舉行墓邊儀式時，她和席奈妲曾數度相距僅僅幾步之遙。伊文斯卡亞與女兒從後面往前擠，這激怒了席奈妲。[53] 伊文斯卡亞在道別時，席奈妲「站在一道欄杆邊抽菸，棺木相距不到六公尺……對於那一具即將下葬的屍體，她偶爾會投之以怨恨的目光」。

群眾持續情不自禁地吶喊著。

「上帝用荊棘幫祂選定的子民標示出一條路，帕斯特納克是上帝選出來，標示出來的！」

「榮耀歸於帕斯特納克！」

有人高聲呼喊：「他是被謀殺的詩人！」群眾也跟著應答：「丟臉！丟臉！丟臉！」[54] 基金會的某位官員高聲大喊：「集會已經結束，不能再致詞了！」[55]

他的老管家把一份寫給死者的禱詞擺在帕斯特納克的前額，棺蓋接著就被釘了起來。棺木下葬，泥土開始啪啪啪重擊在棺蓋上，又有人哭了起來，「那聲音微弱壓抑，令人驚駭」。[56]

天空烏雲密布，大部分群眾很快就散去了，但大約有五十個年輕人留在墓邊朗讀帕斯特納克的詩歌。太陽開始西下之際，他們還在那裡，「他們輪流朗誦，聲音起落有致，節奏如此流暢」。[57] 格別烏決定不插手，但稍後中央委員會告誡文化部與蘇聯作家協會，要他們注意年輕人的教育，因為「其中有些人（儘管人數微乎其微）已經受到不健康的反對觀念荼毒，試著把帕斯特納克塑造成一個不被他的時代了解的偉大藝術家與作家」。[58]

在那漫長而累人的一整天裡，儘管悲傷不已，但莉荻雅·丘柯夫斯卡亞卻有一種「因為勝利而欣喜的奇怪感覺」。

「到底是什麼獲勝了？我也不知道。也許是他的詩歌。或者是俄國的詩歌？」她自己也感到納悶。「又或者是我們與他之間那種牢不可破的關聯？」[59]

i 鮑倫卡（Borenka）：跟鮑里亞（Borya）一樣，都是鮑里斯的暱稱。

拾陸。

——對於《齊瓦哥醫生》沒能出版那一件事而言，也許有人會說，我太晚表達懊悔之意。

八月十六日，伊文斯卡亞在佩羅德爾基諾村被捕。當時是黃昏，她正在和母親與繼父喝茶，有好幾個男人從花園的人門闖了進去。「你肯定早就知道我們會來的，不是嗎？」[1]其中一位臉色紅潤的格別烏幹員很得意地說。「難道你以為自己犯了那些罪，但卻可以逃過一劫？」

過去的十八個月內，有好幾個外國人帶錢入境給帕斯特納克，這一切都在祕密警察的監控中，伊文斯卡亞因此遭到當局以非法進行貨幣交易的罪名起訴。儘管她遭到逮捕的事一開始是保密的，最後當局決定用非常粗糙的手法把早期的帕斯特納克重新塑造成偉大的蘇聯作家：把《齊瓦哥醫生》一書的過錯都推到她身上。蘇爾科夫說，帕斯特納克「被這個投機的女人誤導，才會寫出《齊瓦哥醫生》，並且把書弄到國外出版，讓她藉此大賺一筆」。[2]

帕斯特納克在世的最後一年變成了富翁，但令他挫折的是，他無法隨意動用自己的錢。丹傑羅寫信給他，表示他有「可靠的」朋友能幫忙把錢帶進蘇聯，於是他授權費爾特內里，從版稅裡撥了十萬美金給丹傑羅。

一開始，帕斯特納克很擔心，他曾對伊文斯卡亞說：「歐柳夏，我們該把那麼多錢擺在哪裡？」[3]

「嗯，擺在那個行李箱裡！」伊文斯卡亞答道。

一九六〇年三月，費爾特內里把存在避稅天堂列支敦斯登某個帳戶裡的一部分錢轉給了丹傑羅。[4]丹傑羅立刻著手在西歐各國收購盧比，接著安排他的幾位義大利友人把現金偷渡進蘇聯，偷偷交給伊文斯卡亞或她女兒，然後轉給帕斯特納克。丹傑羅曾經形容，他就像是用自己的安全方案在「執行任務」。[5]

然而，這個義大利人當然鬥不過格別烏。

丹傑羅購入大量盧布之後，把錢交給義共所屬《統一報》的駐莫斯科記者吉塞培・加里塔諾（Giuseppe Garritano），由他轉交那些錢。[6]一九六〇年三月，加里塔諾之妻米芮拉（Mirella）打電話到伊文斯卡亞的公寓，請她到郵局去一趟，幫帕斯特納克拿一些書——殊不知，她的公寓肯定已經被竊聽了，而且也受到了嚴密的監控。伊文斯卡亞因為腿部扭傷而無法出門，帕斯特納克則是不願意與不認識的外國人見面。他們同意派伊文斯卡亞的女兒伊芮娜出面，由她弟弟作陪。他們拿到一個老舊的黑色行李箱，回到公寓打開後，伊文斯卡亞與帕斯特納克「驚訝得倒抽一口氣：裡面根本不是書，而是用包裝紙包起來的一捆捆蘇俄鈔票，全都一排排整齊地疊在一起」。[7]

帕斯特納克把其中一捆給了伊文斯卡亞，然後將行李箱帶回佩羅德爾基諾村。

加里塔諾夫婦同意把一些文件帶回去給費爾特內里。[8]他們夫婦倆後來跑去高加索度假，把文件搞丟了，其中一份是帕斯特納克親自簽名的，聲明要把版稅的掌控權轉移給伊文斯卡亞。米芮拉發現東西不見時才回想起來，文件可能是某天遇到暴雨時從她的包包掉出去的。她丈夫則是懷疑他們倆被人監視，參加派對時她把包包擺在地上，結果文件就被偷了。[9]到了八月，伊文斯卡亞另外轉寄了一份帕斯特納克在一九五六年十二月簽署的委託書，內容是「授權她執行與《齊瓦哥醫生》相關的所有出版事宜」。[10]但光憑這委託書，她還是沒辦法全權處理帕斯特納克的身後事。

加里塔諾夫婦的無心之過造成了一個很麻煩的問題。因為帕斯特納克並未留下遺囑，他死後不久，親友們就開始爭奪各部分遺產的掌控權，常常不顧任何情面，而且持續纏訟到一九九〇年代中後期。

一九五九年年底，費爾特內里寄出一份新合約，要帕斯特納克把《齊瓦哥醫生》與其他作品的電影版權交給他，並且取消法國譯者德．波雅在西方國家代替帕斯特納克處理各種事務的法律權利。帕斯特納克擔心冒犯他的法國朋友，為此拖延了好幾個月。這段期間一直催個不停的人，除了伊文斯卡亞之外，還有費爾特內里信得過、專門幫他送信到莫斯科去的德國記者海因茲．史邱維，最後帕斯特納克終於在一九六〇年四月簽了約。

葬禮過後隔週，伊文斯卡亞寫信給費爾特內里，表示她「哀痛不已」，接著說他們必須趕快討論一些實際的問題。她寫道：「今年四月，鮑里斯想要全心投入戲劇創作，但是已經感到自己很虛弱，他寫了一份委託書給我，是要給你看的。」這裡所說的，就是她已經交給加里塔諾夫婦的文件。「委託書的內容提及，不管是財務合同或其他文件，他希望我的簽名能夠跟他的具有一樣的法律效力。」[11]她在信中寫道，丹傑羅的朋友們會把委託書轉交給他。她同時也承諾，如果費爾特內里與帕斯特納克家發生衝突時（包括帕斯特納克那兩位住在英格蘭的妹妹），她一定會支持費爾特內里。「版權並不屬於帕斯特納克家，」伊文斯卡亞寫道。「最後一份委託書就是我剛剛告訴你的那一份」。

費爾特內里回了信，向伊文斯卡亞表示，他覺得丹傑羅採用的方法「都太危險了」，她應該只能相信德國記者史邱維。[12]費爾特內里也發明了一套間諜手法：他在信裡面附了半張千元義大利里拉鈔票，並且向伊文斯卡亞表示，如果不是史邱維替他出面的話，她只能相信拿得出另一半鈔票的人。伊文斯卡亞覺得這讓她聯想到「恐怖驚悚片」，她可能會因為拿到那一半鈔票而變得很慘。[13]

伊文斯卡亞說，自從她知道那些文件被弄丟後，她就始終「不得安寧」，唯恐文件落入有心人士手裡。「我親愛的姜賈柯莫。真希望那最可怕的事不會發生，讓我可以保有特許權，越久越好」。[14]

帕斯特納克死後，費爾特內里希望伊文斯卡亞可以繼續把該位作家的所有事務都委託他處理。先前他並未與帕斯特納克的妻兒接觸過，而且他的顧問史邱維也是偏向於支持伊文斯卡亞，而非遺孀席奈妲。「未來，我一定會持續把一大部分利潤都留給你跟伊芮娜，」費爾特內里向伊文斯卡亞承諾。他還說，他與帕斯特納克簽的合約「一定不能落到莫斯科當局或帕斯特納克家族手裡」。

把帕斯特納克家族排除在外是一個不正當的建議，而這在後來也讓蘇聯政府有乘虛而入的空間。但費爾特內里還有其他想法。他認同伊文斯卡亞是帕斯特納克的遺產執行人，但也告誡她「別與莫斯科當局作對」，同時在「處理金錢問題上也要大度一點」，因為她可能要提防一些「危險的敵人」。[15]

丹傑羅對於費爾特內里的顧慮毫無所悉，持續進行自己的計畫。到了七月，他把第二批金額龐大的盧布託給同樣來自義大利的班涅德堤夫婦（Benedettis），由他們開著福斯金龜車，從柏林前往莫斯科。他們把錢藏在車內的鑲板裡。抵達目的地後，他們把裝在帆布大背包裡的現鈔拿去伊文斯卡亞的公寓。根據官方匯率，班涅德堤夫婦拿去的五十萬盧布大約相當於十二萬五千美金，但是在西歐各國的灰市卻只要僅僅五萬美金就可以弄到那些盧布。[16]

伊文斯卡亞想要拒絕，因為她女兒已經意識到接受那些錢可能很危險。但是班涅德堤夫婦不遠千里而來，非得完成任務不可。「你無權拒絕，」他們說。「這是一筆個人債務。」[17]伊文斯卡亞的警覺並未維持太久。她幫兒子買了一台摩托車，在她被捕的那天，她還買了一個亮晶晶的衣櫥——而這只是她購入物品的一小部分，像她這樣沒有可觀收入的女人卻大肆揮霍，當然會引人側目。[18]他們急於花錢，理由之一也許是因為貨幣改革措施即將上路，蘇聯公民必須在該年年底把舊盧布交出去，換成新的。帕斯特納克夫婦也有一些引人注意的揮霍行徑。帕斯特納克死前不久，也曾在四月買了一輛新的伏爾加轎車（Volga），花費四萬五千盧布，而這對於一個在諾貝爾獎爭議之後顯然已經失去一大部分收入的作家而言，無疑也是令人咋舌的大錢。[19]

帕斯特納克的葬禮過後，格別烏幾乎立刻就開始對伊文斯卡亞施壓。有個「黑眼睛的壯漢」拿出格別烏幹員的紅色證件，要求她把帕斯特納克未完成的劇作《盲眼美女》交出來。[20]他說，除非伊文斯卡亞拿出原稿，「否則她就會被帶到一個肯定會讓她更痛苦的地方」。伊文斯卡亞把原稿交了出去，但她立刻請史邱維把另一份稿子帶離蘇俄。費爾特內里承諾，除非伊文斯卡亞允許，不然他絕對不會出版。

祕密警察也開始把伊文斯卡亞的家人隔離起來。當時伊芮娜已經與法國學生喬治・尼瓦（Georges Nivat）訂婚。但是，在八月二十日舉辦婚禮之前，他突然得了一場神祕的病。他因為全身長滿水泡，還有開始發燒而住院。復元後，當局並未發新的簽證給他，因此他被迫於八月十日搭機返回法國。儘管很多人幫他陳情，包括法國駐俄大使也直接向赫魯雪夫提出請求，但當局都不為所動。日後回想起來，伊芮娜認為尼瓦並非偶然罹患傳染病與住院，而是有人設法阻止他們結婚。[21]

伊文斯卡亞與家人每天都被騷擾，而且手段也變得更激烈。「一群又一群奇怪的年輕人」在伊文斯卡亞位於莫斯科的公寓外面徘徊，而且每當她與女兒一起出門，都會被一些根本懶得掩藏行蹤的男人尾隨──這些都是諾貝爾獎爭議期間用來對付他們的手段。

伊文斯卡亞於八月十六日被捕，她在佩羅德爾基諾村租的房子與莫斯科的公寓都被搜索，她某些朋友的家也是。她把剩下的錢與一部分帕斯特納克的文件放進行李箱，藏在鄰居家裡，也被搜了出來。帕斯特納克的別墅也被兩位幹員搜索，他們表示他們是根據伊文斯卡亞提供的線報，她說帕斯特納克生前曾經收過從外國運進蘇聯的一百雙靴子、五十件大衣，還有現鈔。[22]關於衣服的線索顯然是假的，而且伊文斯卡亞是否真的提供了那種「線報」，也令人懷疑。搜索的目標很可能就是現金與文件。

伊文斯卡亞被兩個幹員架著，搭車前往格別烏總部盧比揚卡大樓，重返她在一九四九年曾被羈押的舊地。「我對一切都不在乎，那種感覺非常強烈，」她回憶道。「反正鮑里亞已經被埋葬了，我也了無生趣，或許這樣死掉反而是一種解脫。」[23]

二十二歲的伊芮娜在九月五日被捕。每天都有人偵訊她，但是時間都不超過兩小時。「畢竟你只是小奸小惡，」她的調查員對她說。[24]

九月初，費爾特內里得知伊文斯卡亞被捕。「我們度假返家後就立刻把你所有的信都讀完，感覺驚駭莫名，」他寫信給史邱維。「這一連串事件，包括你最後一封信提及的結局——真的是太可怕了。不幸的是，這些都是因為我們那位女性友人太不小心，一時不信任我們，不理會我們的警示與告誡，竟然與那些人配合，但誰也不知道他們的目標是什麼。」[25]所謂「那些人」，顯然就是受丹傑羅之託去送錢的兩對義大利夫婦。

「至於丹傑羅，我真的是摸不著頭緒，」他接著表示。「如果他不是有心煽動，那就是個笨蛋。」

一開始，伊文斯卡亞母女遭到祕密羈押，當局並未宣布逮捕了她們。丹傑羅與妻子在九月前往莫斯科，渾然不知發生了什麼事。他們住進了烏克蘭飯店（Hotel Ukraine），那飯店位於他們在莫斯科河旁的舊家附近，是一棟史達林時代風格的摩天大樓。他打電話給伊文斯卡亞，接電話的是一個聲音陌生的女性，她說伊文斯卡亞不在家。隔天丹傑羅又打電話過去，有人跟他說，「媽媽到南部去度假了，月底才會回來。」他以為跟他講電話的是伊芮娜。[26]

「好吧，也許我們可以和你跟米提亞聚一聚就好，」丹傑羅說。

假扮伊芮娜的人最後說，他們可以去她家，但是等到他們去了，卻只有伊文斯卡亞之子米提亞在家。他說他姐姐感到很抱歉，但「她突然有事必須離開。剛好有朋友要到南部，她想要搭便車去找媽媽」。

米提亞顯得緊張而不安。他們的對話都遭到監控。丹傑羅與妻子待了一會就離開。被羈押在盧比揚卡大樓的伊文斯卡亞依舊是每天都被人偵訊。就連格別烏的副主席瓦汀・提庫諾夫（Vadim Tikunov）也曾親自上場，而這無疑反映出當局對於此案的重視程度。伊文斯卡亞說她只看得到提庫諾夫身上的三個地方：「背部、腹部與頭部」。

伊文斯卡亞被帶去接受提庫諾夫偵訊，他的桌上擺了一本《齊瓦哥醫生》，還有一些帕斯特納克寫給她的信。

「你掩飾得非常好，」他說，「但我們早就搞清楚了，那本小說並不是帕斯特納克寫的，而是你。你看，他自己也這麼說。」[27]

提庫諾夫引述了一封帕斯特納克寫給伊文斯卡亞的信：「都是你做到的，歐柳夏！沒有人知道是你引導我的手——你在後面支持我，這一切都要歸功於你。」

「你可能沒有愛過任何女人，」伊文斯卡亞說，「所以才會不懂那是什麼意思，不懂人們在那種時刻的想法，還有寫出來的文字。」

一九六〇年十一月十日，伊文斯卡亞遭到起訴。[28]

審判在十二月七日開始，當天就結束了，那是個雨雪齊下的日子。

伊文斯卡亞與女兒坐上兩輛囚車，分頭前往位於卡蘭切夫斯卡亞街（Kalanchevskaya Street）的莫斯科市法院。相見時她們倆愉悅不已，「話講個不停」。

法庭上沒有證人、家屬與記者，只有法官、律師、法院員工與調查人員。伊芮娜的幾個朋友可能是從辯方律師那裡獲得了審判的消息，他們站在法院門口向進入法院的母女倆揮手。

檢察官向庭上表示，根據伊文斯卡亞與費爾特內里的通信內容看來，小說書稿是她寄送到外國的，不過帕斯特納克的確也「把自己賣給了西方的戰爭販子」。[29]檢察官說他也不確定那本小說實際上是誰寫的，但是關於作者到底是帕斯特納克或伊文斯卡亞的問題並未反映在起訴書裡，她的罪名僅限於進行貨幣的走私與交易。費爾特內里給的那半張千元里拉紙鈔變成了呈堂證供，而且檢察官也詳細指出有哪些人幫忙走私現鈔，還有他們夾帶入境的現鈔金額。

伊文斯卡亞的律師們主張她與女兒並未走私任何東西，也未曾用外國貨幣來交易盧布。此外，他們說費爾特內里與他的信差們只是遵從帕斯特納克的指示而已。還有，為何那些走私現鈔的人只被監控，卻未遭到逮捕？這也是律師們提出的質疑。

大家都心知肚明，她們一定會被判刑，只是等到法庭宣判刑期時，卻讓人對於她們被重判感到困惑：伊文斯卡亞被判勞改八年，伊芮娜則是三年。

到了一月，她們母女倆被一列火車送到莫斯科以東將近四千八百多公里處，抵達西伯利亞地區的泰舍特鎮（Taishet）。與那裡距離最近的城市是克拉斯諾亞斯克（Krasnoyarsk）。前往西伯利亞的路上，她們被關在車廂的牢籠裡，身邊都是一般罪犯與唱著基督聖歌的修女。一路上天寒地凍，但伊芮娜身上卻只有一襲單薄的春裝。他們被迫在氣溫只有攝氏零下二十五度的夜裡步行，完成最後一段路程。伊文斯卡亞說，「對於她和伊芮娜這種不習慣嚴寒的莫斯科人而言，實在是無法忍受」。[30]

那個勞改營關的都是一些女性政治犯，事實上那裡的生活環境還不算太嚴酷。營舍內部暖和，裡面有一間三溫暖（banya），從莫斯科寄包裹過去也毫不困難。[31]歐爾嘉與伊芮娜被獄友們取了「帕斯特納其斯」（Pasternachkis）的外號。[32]但她們在那裡待沒多久。在她們前往泰舍特的路上，所謂的「古拉格體系」（從史達林開始的勞改營體系）已經漸漸被蘇聯當局廢除。幾週後，她們倆被重新發配到位於西邊的波特馬（Potma），那裡是伊文斯卡亞曾於一九五〇到五三年之間待過的一般監獄。

關於她們被捕受審的消息慢慢傳了開來。一開始，包括格雷安．葛林、弗朗索瓦．莫里亞克（François Mauriac）、亞瑟．史勒辛格二世（Arthur M. Schlesinger Jr.），還有羅素等等西方作家與學者悄悄地提出陳情，但蘇聯當局都不予理會。[33]多年來始終積極提倡各國應該單方面裁減核武、年邁的英國哲學家羅素寫信給赫魯雪夫表示，儘管他「致力於改善國際社會與俄國之間的關係」，但是像歐爾嘉與伊芮娜遭到迫害這一類事件，「總是讓他的工作變得極度困難」。[34]

一月十八日，這消息終於被公諸於世。《紐約時報》描述伊文斯卡亞之所以會被判刑，是因為「她長期與鮑里斯．帕斯特納克密切合作，是他的密友，也是小說《齊瓦哥醫生》的靈感來源，小說中女主角拉拉的原型」，這是「純粹的復仇之舉」。[35]

一月二十一日，莫斯科電台做出了回應。[36]回應內容以英語播出，描述走私現金的經過，還引述了費爾特內里在七月間寫的信，信中他要求伊文斯卡亞不要讓他和帕斯特納克的合約落入蘇聯當局，或帕斯特納克家族手裡。電台報導還表示，伊文斯卡亞已經認罪，報導以哈姆雷特對其母親的諷刺評語做結尾：「弱者，你的名字是女人！」一週後，向各國廣播的莫斯科電台進行後續報導，以義大利語重述起訴重點，並且加上一段長篇評論：「她的致富美夢誘使她犯罪，讓她以各種方式出賣帕斯特納克的名號。帕斯特納克的健康狀況越糟，她的生意就做得越大，而且這事業在他死後仍未停止。」[37]

報導接著詳述「那整個密謀的體系，簡直像我們常在驚悚小說裡看到的橋段。他們把各種手段都用上了：暗語、祕密會面、假名，甚至身分代號，還把一張義大利紙鈔割成兩半，當成身分憑據」。

報導的結語是，「這一則骯髒故事已經畫上句點：在我們的國家被這些社會敗類弄髒、被他們出賣，賺取了大批美元、里拉、法郎與馬克之後，莫斯科市法院代替千百萬個蘇聯公民伸張公義，宣判了刑期」。

但在西方各國，這故事還沒出現任何要結束的跡象。伊文斯卡亞的遭遇被當成諾貝爾獎爭議期間反帕斯特納克運動的延續。退休的美國外交官喬治・凱南投書《紐約時報》，表示「西方國家人民有充分理由提出質問：對於一個幾乎不曾鼓勵與善待本國公民的政權，一個應該好好呵護該國偉大文化，但對文化卻幾乎沒有任何敬意的政府，我們還能有什麼期待？國與國之間能有什麼友善關係？」[38]倫敦《泰晤士報》做出結論：「該電台的報導在措辭上充滿太多惡意，而且也太戲劇性，讓人完全無法信以為真。」[39]

蘇聯政府用來指控伊文斯卡亞的諸多理由也遭到質疑。一月二十八日，費爾特內里發表一則聲明：「身為鮑里斯．帕斯特納克的出版商，迄今我始終選擇保持緘默，因為我認為這件事所引發的爭議對於相關人士沒有任何好處——就連對於帕斯特納克的遺族也是。然而，由於各種報導內容充斥著嚴重錯誤，因此如今我有責任把我自己了解的事實說出來。」[40]

「就我所知，那全部或一部分被換成盧布，運進莫斯科的十萬美元，其來源是一筆存在西方國家，鮑里斯．帕斯特納克可以全權處理的資金。一九五九年十二月六日，他將自己的指示親手寫成文件，表示要提領上述金額。」

費爾特內里說，那份文件是在一九六〇年三月送抵西方的。

「結論是，在我看來，那筆錢的運送以及運送目的地都不是歐爾嘉．伊文斯卡亞指定的。我在此重申，當初下令把錢運送過去的，是帕斯特納克本人。其次，也是帕斯特納克自己希望能將那筆金額換成盧布，運送給他，或者給伊文斯卡亞女士也可以。

「還有，任誰也不能否認作者的確認定歐爾嘉．伊文斯卡亞是他的繼承人。因此，我相信蘇聯司法當局將會把我剛剛陳述，而且都有確切文件可以佐證的各種狀況列入考慮。」

丹傑羅也發表了一系列文章，引述了帕斯特納克寫的信件內容，「在在都足以證明是他自己提出要求，希望能拿到那一筆錢，此乃無可反駁之事實」。人在巴黎的尼瓦則是向記者們表示，「我深知鮑里斯．帕斯特納克與伊文斯卡亞女士之間的關係，而且也知道她絕對不會做出任何並非他提議的事。」[41] 尼瓦也透過友人拜託比利時的伊莉莎白女王（Queen Elisabeth）出手援助，因為在一九五八年，她成為在各王室成員中第一位造訪蘇聯的人。「假使我待之如父，深愛不已的鮑里斯．帕斯特納克仍在人世，就不會發生這種事了，」尼瓦寫道。[42]

蘇爾科夫也接受法共所屬日報《人道報》（*L'Humanité*）的專訪，藉此加入爭論。他說他接獲格雷安．葛林等作家的來信時，也感到很訝異。「什麼？你們明明不了解那些壞人，卻還要插手解救他們？這是一個進行非法貨幣交易的案子，與偉大的詩人帕斯特納克無關。必須說明的是，他的遺族與這個下流故事無關。所有謠言都會毀損我們對他的美好回憶。如果外國人想要保留那些回憶，就不該隨那個煽動他去冒險的女性友人起舞，以免把他弄得渾身汙泥。」[43]

蘇爾科夫也寫信給國際筆會的祕書長大衛．卡佛（David Carver），表示伊文斯卡亞「四處宣傳她與帕斯特納克的親密關係」，而且「儘管她年歲已大（四十八歲），但還是常與其他男人保持一樣的親密關係」。[44]

到了隔月，蘇爾科夫與阿列克謝．阿茲胡拜伊一起造訪英國，還帶著一些他們認為可以證明伊文斯卡亞有罪的所謂書面證據，包括一捆捆盧布現鈔的照片、費爾特內里那半張知名千元里拉鈔票的照片，還有一封由費爾特內里寫給伊文斯卡亞的信件，以及伊文斯卡亞親手寫給格別烏的聲明之副本。

「透過我們帶來的文件與信件看來，可說是鐵證如山，可以顯示出她參與了一些只會妨礙帕斯特納克先生之名譽的下流勾當，」阿茲胡拜伊在一場於倫敦舉辦的記者會上表示。[45]

人在倫敦的蘇聯官員不太了解西方各國會怎樣解讀那份據說是伊文斯卡亞親手寫的自白書：「我受到指控的罪狀條條屬實，」她寫道。「就我而言，我沒有任何異議（也許唯一的例外是，因為我太緊張，可能會把某些細節給搞混了）。我反而要感謝偵訊員以同樣老練與精確的方式對待我和我的檔案。檔案已由他仔細分類，一部分歸還給我，一部分送往文學檔案庫，至於我希望保留的也並沒有被銷毀。」[46]

阿茲胡拜伊要求英國媒體照實刊出那些文件，「不要添加任何評論」，但是當編輯告訴他西方的新聞體制並不是這樣運作的，他就開始大肆批評英國的審查制度。英國媒體也指出那些所謂證據先前都未曾出現在蘇聯的媒體上，並且強調伊文斯卡亞的案子也幾乎都因為新聞封鎖而沒讓外界得知。

蘇爾科夫堅持他的立場，把帕斯特納克塑造成一個因為年邁而被伊文斯卡亞玩弄於股掌之間的偉大詩人。而且蘇聯也開始出版帕斯特納克的某些作品，不過當然不包括《齊瓦哥醫生》。蘇爾科夫宣稱，「帕斯特納克有些作品是所有俄國人都很喜愛的，因此在他死後一個月，為了安排出版那些作品的相關事宜」，當局就成立了一個文學委員會。委員會成員包括他的親友，例如維塞沃洛德·伊凡諾夫、愛倫堡、席奈妲和帕斯特納克的兒子，還有一些官員。幾個月後，蘇爾科夫挑選了幾首帕斯特納克的詩作，交給國家出版社編成詩集出版。帕斯特納克的某些親友不喜歡那些詩，也嫌詩集太薄，但是席奈妲樂觀其成，如此一來她才能有些微收入。「我不管那詩集看起來怎麼樣，」她說，「只要趕快出版就好。」47

帕斯特納克死後，席奈妲的處境非常艱難。為了支付他死前幾週的特別照護費用，她花了很多錢，而且她也沒辦法拿到那些存在西方國家銀行裡的版稅。她說蘇聯政府可以把錢都拿走，只要付養老金給她就好。她跟丘柯夫斯基抱怨，說她「是個乞丐」。

一九六一年八月，她問蘇爾科夫他們家是否可以把帕斯特納克的詩作，與其他作品的版稅從國外轉回蘇聯，至於《齊瓦哥醫生》的部分，他們則是會基於「道德上的理由」而予以拒絕。48蘇爾科夫贊成設法幫助她，他在一份備忘錄裡面向同事表示，「她幾乎沒有任何謀生方式」，「而且她總是效忠於蘇維埃政權」。他特別補充說明，她「未曾認同過」帕斯特納克的小說。

中央委員會文化部部長波里卡波夫則是認為，根本不應該設法把那些在外國帳戶裡的錢弄回國，否則可能會導致「反動媒體再度發動反蘇聯運動」。49「為今之計，最好就不要繼續討論這個問題了，」他寫道。

帕斯特納克死後，席奈妲數度心臟病發，到了一九六六年，幾位作家與藝術家寫信向中央政治局陳情，要當局給她一筆養老金。但這件事被波里卡波夫擋了下來，因為他「長期以來都不喜歡席奈妲……覺得她太過直白，欠缺文化涵養」。50

席奈妲根本盼不到半毛錢，一九六六年六月二十八日就去世了。她被安葬在丈夫身邊。十年後，席奈妲與帕斯特納克的兒子李奧尼德把車停在莫斯科市中心的馴馬場廣場（Manège Square）附近，坐在車中的他因為心臟病發而猝死，年僅三十八歲。

版稅在西歐的銀行裡越積越多。費爾特內里在一九六四年以四十五萬美金的價碼把電影版權賣給了米高梅電影公司。51 費爾特內里堅持劇本絕對「不能在任何方面不忠於或者扭曲作者的原意，以免電影被渲染，遭人認定具有某種政治傾向，違背了作者的初衷」。好萊塢的人都認為這只是裝腔作勢，電影製片卡洛·龐蒂（Carlo Ponti）認為費爾特內里「根本毫不在乎，只是想要錢而已」。該部電影由奧瑪·雪瑞夫（Omar Sharif）飾演齊瓦哥醫生，茱莉·克莉絲蒂（Julie Christie）飾演拉拉，由大衛·連（David Lean）執導，主要的場景都是在西班牙與芬蘭拍攝的。蘇聯政府禁止這部電影上映。結果電影非常賣座，讓許多未曾讀過小說的人有機會了解齊瓦哥醫生的故事。美國的駐俄外交人員在自家公寓舉辦私人放映會，蘇俄外交部還為此向美國大使館提出抗議。該部表示那些電影畫面「直接而有煽動性」，還說電影跟小說一樣，都是「竄改蘇俄歷史與蘇俄人民的生活」。52

跟大部分改編電影一樣，電影版《齊瓦哥醫生》也沒有完全忠於小說原著，而且因為對於歷史的詮釋太過天真，還有太過戲劇性而遭到批評。但是電影跟小說一樣，對流行文化產生了巨大衝擊。奧瑪．雪瑞夫飾演的齊瓦哥醫生，還有茱莉．克莉絲蒂飾演的拉拉迄今仍然深植人心，電影的運鏡手法令人屏息，莫里斯．賈爾（Maurice Jarre）創作的配樂〈拉拉的主題曲〉（Lara's Theme）到現在還是有很高的辨識度。如果把通貨膨脹的因素考慮進去，《齊瓦哥醫生》可說是影史上收入最高的電影之一。

許多蘇聯讀者在看過小說版《齊瓦哥醫生》之後改變了想法，其中一位是赫魯雪夫。一九六四年十月，這位蘇俄領導人因為同僚發動政變而下台，主其事者也包括曾任蘇共共青團團長、後來升任格別烏主席一職的佛拉迪米爾．塞米恰斯特尼（他曾經把帕斯特納克比喻為豬）。退休後，赫魯雪夫的兒子給了他一本祕密出版的打字版《齊瓦哥醫生》，他看了好久才看完。「當年我們不該禁這本書的，」他說。「我應該自己讀一讀才對。書裡根本沒有反蘇維埃的成分。」[53]

在回憶錄中，赫魯雪夫也自我反省：「對於《齊瓦哥醫生》沒能出版那一件事而言，也許有人會說，我太晚表達懊悔之意。沒錯，也許是太晚了。但是太晚後悔總比完全不後悔好。」[54]

一九六五年十月，長期受到克里姆林宮支持的諾貝爾獎候選人米哈伊爾．蕭洛霍夫終於獲獎。瑞典皇家科學院表示他之所以會獲獎，是因為「那一部關於頓河的史詩鉅作重現了某個歷史階段裡的俄國人民生活，藉此充分展現出藝術的力量與完善」。

事實證明，蕭洛霍夫是一位沒有風度的獲獎者。「我是第一個獲得諾貝爾獎的俄國與蘇聯作家，」他在一場於莫斯科舉辦的記者會上表示。「我當然應該感到自豪。只不過，這一座獎來得相當晚。」[55]

他說，帕斯特納克只是個「國內移民」，而且「我也不會因為帕斯特納克去世了就改變我對他的看法」。

不過，在那當下蕭洛霍夫的確改變了他對於瑞典皇家科學院的看法：帕斯特納克獲獎時，他曾說該院「不能客觀判斷作家的個人價值」。但是到了一九六五年，他還是「滿懷感激地」接受了諾貝爾獎。[56]

莫斯科當局也不再把該院當成西方列強的走狗。「在所有蘇聯作家看來，這位才華橫溢的作家能夠受到全世界的肯定，可以說是蘇聯文學的勝利，」作家協會的官員列昂尼德·列昂諾夫表示。「諾貝爾獎本身也藉此恢復了客觀性，再度能夠給予文學才華應有的高貴肯定。」[57]

但是，這種評價無法維持太久。索忍尼辛因為描寫了古拉格勞改營的生活而於一九七〇年獲得諾貝爾獎。接著蘇聯作家協會又表示，「可悲的是，諾貝爾獎委員會居然允許自己被捲入一場不得體的遊戲，這遊戲所關切的並非精神價值與文學傳統的發展，背後的唯一動機就只有投機的政治考量。」[58]

一九六四年年底，伊文斯卡亞從監獄獲釋；至於伊芮娜則是在兩年前就出獄了，她被監禁的時間一樣也只有刑期的一半。在波特馬坐牢時，伊文斯卡亞曾經寫信向赫魯雪夫請求寬恕，還特別提及女兒「在我的眼前漸漸衰亡」。[59] 一九六一年六月，《紐約時報》報導伊文斯卡亞與女兒因為罹患重病而住院。報導表示伊芮娜得了胃潰瘍。[60]

「我並不是因為認為帕斯特納克有罪，才認為我自己是無罪的，這並非我的意思，」在日期註明是一九六一年三月十日的那一封信裡面，伊文斯卡亞一開始就寫道。[61] 儘管她坦承的確是帕斯特納克本人設法取得那些版稅的，但並沒有責怪他的意思。「任誰都不能夠把〔帕斯特納克〕描述成無辜的代罪羔羊，」這是她所陳述的最清楚事實之一。「那種說法騙不了任何人，就像我的犯罪事實也瞞不了任何人一樣。」

伊文斯卡亞洋洋灑灑地寫了十六頁長信，主張她的那些罪狀就算並非荒謬無稽，至少也都有缺陷。而且她說，她女兒被關也讓她感到不可思議：「這女孩」也被關了——「為什麼？只因為她幫忙保管那個行李箱……？」

伊文斯卡亞表示，儘管收受來自外國的錢感覺起來不是什麼光彩的事，但她是被抓到格別烏總部之後才知道，那種事對於國家有所損害。跟她的辯護律師們與西方各國那些幫帕斯特納克辯護的人一樣，她也說帕斯特納克收取來自外國的版稅已經有一段時間了，他要靠那些錢養活自己與家人。伊文斯卡亞提及帕斯特納克家買的那輛新車。「任誰都不可能不知道那些錢是來自外國的，」她在信中寫道。

「在我與帕斯特納克共度的十四年裡面，我與他分享的通常並非他的版稅，而是他的不幸，他那起起伏伏的命運，而且我總認為他不該有那些遭遇，」她接著寫道。「但我還是愛他，就像朋友們跟我開玩笑時說的，我用我的『寬闊背部』保護他，而且我總是全力以赴。他相信我是他最親最愛的人，是他最需要的人。」

跟她後來在回憶錄裡的說法一樣，那封信也提及她與丹傑羅一起介入，延緩《齊瓦哥醫生》的出版，而且中央委員會也要她阻止帕斯特納克與外國人見面。就這方面而言，席奈妲・帕斯特納克的立場與她一致，甚至更為堅定。

在結語中，伊文斯卡亞表示，如果帕斯特納克「地下有靈，得知他把我害得那麼悲慘，恐怕也會不得安寧。」

「請讓我與女兒恢復正常生活。我保證我在下半輩子只會做對國家有益的事。」

與這封信一起呈報上去的，是典獄長的一份「囚犯表現報告」。[62]根據報告，伊文斯卡亞認真、謙虛、有禮貌，也強調她對於蘇共與蘇維埃政府的政治立場「有正確的認識」。但典獄長也補充說明，「她覺得她不該被定罪，她因為自己沒有犯的罪而被判刑」。

一九九七年，伊文斯卡亞的幾位繼承人出面與國家文藝檔案館（State Archives of Literature and Art）爭奪帕斯特納克某些文件的所有權，一份莫斯科的報紙刊登了當年伊文斯卡亞寫給赫魯雪夫的陳情信，摘文的方式頗有偏見。那篇文章選擇性地引用信件內容，企圖把伊文斯卡亞抹黑成格別烏的線民。那一封信件並未完整刊出。不幸的是，該報企圖毀壞伊文斯卡亞的聲譽，大致上也達到了目的，因為西方國家媒體也將那篇文章的指控原封不動刊出，並未加以批評。只要到位於莫斯科的俄羅斯聯邦國家檔案館（State Archive of the Russian Federation）把那封信調出來讀一遍，就知道她不該被貼上線民的標籤。根據格別烏內部的祕密評估，伊文斯卡亞是個反蘇維埃分子。那充其量只是一個絕望的女人為了迎合蘇俄領導人而寫的陳情信，其他許許多多囚犯也曾像她那樣請求克里姆林宮寬恕。

出獄後，伊文斯卡亞繼續當起了文學譯者，也開始撰寫她一生的故事。一九七六年，葉夫圖申科幫她把回憶錄的書稿帶出蘇聯，後來在巴黎以俄文出版，書名是《時間的俘虜：我與帕斯特納克共度的歲月》（*A Captive of Time: My Years with Pasternak*）。她在一九九五年才以八十三歲的高齡去世。她女兒伊芮娜·葉米爾楊諾娃（Irina Yemelyanova）目前仍住在巴黎，自己也出版過兩本回憶錄。

塞喬·丹傑羅住在義大利的維泰博市（Viterbo），並且持續撰寫關於齊瓦哥事件的東西，凡是去拜訪他的賓客都覺得他魅力無限，不減當年他吸引帕斯特納克的風采。一九六〇年代，他曾經控告費爾特內里，主張應該把帕斯特納克的一半版稅分給他，但以敗訴收場。丹傑羅提出此一主張的根據是帕斯特納克曾經寫過一封短信，要求費爾特內里獎賞他。丹傑羅原本希望利用版稅來成立一個以帕斯特納克為名的文學獎，藉此「獎賞那些支持自由理念的作家」。這場官司拖延多年，丹傑羅本來訴請由下級法院做出判決，最後也放棄了。他的回憶錄的英文版可以從網路上下載。

一九六六年，在蘇聯當局的支持之下，帕斯特納克的遺族開始與費爾特內里協商版稅相關事宜，並且把帕斯特納克的錢轉到蘇聯，希望能達成和解。帕斯特納克家的協商代表是莫斯科國際法學院（College of International Jurists）的院長亞歷山大·沃爾契科夫（Alexander Volchkov），費爾特內里在寫信給他時表示，「在我看來，似乎該是坦白與表達忠心的時刻了，藉此也可以非常適切地紀念那一位已逝的詩人，」他還說，「我覺得現在時機已經成熟，我們不妨敞開心胸，往前踏出坦然的腳步，包括那些曾經傷害過已逝詩人的高貴形象的人也是。」[63]

他們花好幾年達成協議，用費爾特內里之子的話來說，時間久到那些數度造訪米蘭的蘇聯人「都已經學會怎麼用叉子把義大利麵捲起來」。[64] 史邱維說，伊文斯卡亞「還是跟以往一樣好鬥而不肯妥協」，而且儘管在法律上她無權對任何協議提出異議，但還是不願與其他人分享那些遺產。[65] 到了一九七〇年，各方終於達成最後的和解，她拿到的金額相當於兩萬四千元盧布[66]，算是她身為帕斯特納克的「忠實伴侶」應得的謝禮。[67]

到了那一年，費爾特內里也漸漸因為政治熱忱而嘗到苦果。在與義共決裂後，他覺得自己「不再相信任何事物。不再願意為了任何意識形態或政治理念而付出。」[68] 但是，他在一九六四與一九六五年兩度造訪古巴，本來只是想要出版古巴強人卡斯楚（Fidel Castro）的回憶錄，但是幾度與卡斯楚長談之後，他又恢復了往年的熱情。他在古巴看到一個讓他感到欽佩的政治實驗。隨著國際局勢在一九六〇年代的發展，無論是美國在越南濫殺無辜，或是蘇俄派出坦克鎮壓布拉格之春，都讓他越來越覺得冷戰雙方的陣營都已經腐化到無藥可救的地步。費爾特內里害怕法西斯黨會在義大利復辟。他逐漸開始投入手段激烈的反帝國主義抗爭，完全無法自已，他的觀點也越來越強硬，以至於他開始提倡「藉由有系統而激進的暴力手段來進行反制」，確保義大利勞工階級的勝利。義大利特務機構很快地開始把他當成全民公敵。後來，米蘭的全國農業銀行（Banca Nazionale dell'Agricultura）發生爆炸案，造成十六死八十四傷慘劇，警界也謠傳費爾特內里就是嫌犯。他大可以駁斥這項指控，卻反而開始進行地下活動，就像他說的：設法過著「不著痕跡的生活」。「唯有如此，我才能獻身於社會主義的理念，」他在一封信裡面向員工表示。他在義大利、瑞士、法國與奧地利之間來回遷徙，行蹤不定，也開始使用一些假身分。他不習慣這種逃亡生活，變得越來越憔悴迷惘。「他失去了自己，」他老婆英格．香塔爾．費爾特內里（Inge Schönthal Feltrinelli）在日記裡寫道。到了一九七〇年四月，她在因斯布魯克市（Innsbruck）與他見面時，已經認不出他了。「他看起來像個流浪漢。」一年後，某位駐漢堡市的玻利維亞領事遭人暗殺（對費爾特內里來講，領事無異於國家的惡棍），當局查出他就是槍枝來源。他並未涉及暗殺陰謀，但是很可能透過他的拉丁美洲聯絡人，而與兇手在蔚藍海岸（Côte d'Azur）碰面，給了她一把點三八的柯爾特眼鏡蛇手槍（Colt Cobra）。他已經無法回頭，完全成了一個進行革命的不法之徒。他寫了一封長信給信奉馬列主義的義大利恐怖組織「紅色旅」（Red Brigades），提議雙方應該合作，「建構一個具有政治、戰略與戰術性質的平台」。後來他在一九七一年寫了一篇新的宣言：《階級鬥爭或階級戰爭？》（*Class Struggle or Class War?*）在宣言中呼籲革命運動應該正面迎擊摧毀對手，解除對手的政治與軍事力量。

一九七二年三月十五日，米蘭郊區的高壓電塔下出現了一具男屍。那是費爾特內里。他與一些共犯打算用炸彈炸毀電塔，切斷城裡的電力，沒想到炸彈提早爆炸了。「會發生爆炸，是因為他們在電塔的橫木上往上爬時動作太激烈（導致口袋的纖維摩擦定時器，碰到了引線）？或者是有人誤把分鐘當成小時，設錯了爆炸時間？」費爾特內里之子卡洛在一本關於父親的回憶錄裡寫道。「找出答案就可以把故事結束，但那答案卻無法解決真正重要的問題。」

到了一九八八與一九八九年，每當記者大衛．雷密克（David Remnick）搭乘莫斯科地鐵時，總是有一幅令人難以置信的景象吸引他的目光：「老百姓人手一本藍皮的《新世界》雜誌，裡面連載著帕斯特納克的《齊瓦哥醫生》。」知識分子早就開始讀《齊瓦哥醫生》與過去七十年審查制度下被列為禁書的作品。現在，輪到老百姓也可以開始體驗那種被禁止了好久的刺激感。

一九八〇年代初，政府對於帕斯特納克的態度已經開始軟化——到了後來，改革派的戈巴契夫（Mikhail Gorbachev）成為蘇聯領導人，開始提倡「開放政策」之後，更是全面允許各種禁書的出版。許多帕斯特納克生前的得意門生，包括沃茲涅先斯基與葉夫圖申科，都呼籲應該出版《齊瓦哥醫生》。沃茲涅先斯基表示，出版是時代的試金石，是為了擺脫過去的必要之舉。「如此一來，才能夠推翻當年那種追殺反蘇維埃人士的獵巫行動，」他說。「如果能打破那種好像把帕斯特納克當成巫師的神話，」他接著表示，「關於他的那些謊言就會被破除了。一場革命即將誕生。」

一九八七年十二月，一本名為《星星之火》（*Ogonyok*）的文學週刊刊登了《齊瓦哥醫生》的少部分摘文。後來，《新世界》雜誌也在一九八八年一月到四月連載當年被他們退稿的《齊瓦哥醫生》，蘇聯讀者終於可以公開而且完整地閱讀該本小說。到了隔年，第一個合法的俄文版《齊瓦哥醫生》才在俄國問世，版權聲明上面寫著：「米蘭姜賈柯莫費爾特內里出版社」（Giangiacomo Feltrinelli Editore Milano）。[69]

那本自從一九五九年就藏在國立列寧圖書館（後來改名為俄羅斯國家圖書館〔Russian State Library〕）裡的中情局俄文版《齊瓦哥醫生》也離開了特別收藏部，讓一般民眾都可以借閱，只是因為那本書非常珍貴，借閱人數有所限制。[70] 數以千計原本不見天日的禁書也紛紛出現在俄國各地圖書館，那些都是「珍貴的非共產主義哲學、政治科學、歷史與經濟學著作，還有像寶藏般的俄國流亡分子回憶錄與文學作品」。[71]

《齊瓦哥醫生》開始問世之際，曾於帕斯特納克去世前訪問過他的歐爾嘉·卡利索（Olga

Carlisle）正好在莫斯科。春天的某個傍晚，她跟一位友人在高爾基街（Gorky Street）上看到有兩、三百個民眾在排隊。[72] 卡利索的朋友是個莫斯科人，還沒搞清楚在賣什麼就因為習慣而湊上去排隊，這是蘇聯人多年來培養出來的本能，唯恐錯過了剛剛在商店裡上架的稀罕物品或食物。隊伍是從一家書店開始排起的，他們很快就發現大家在等待的，是一批即將在隔天早上送到店裡的《齊瓦哥醫生》。

差不多在同樣時間，瑞典皇家科學院也邀請葉夫格尼・帕斯特納克前往斯德哥爾摩，多年來他與妻子葉蕾娜都已經成為父親鮑里斯・帕斯特納克完整作品的編纂者，為此一工作而孜孜不倦地付出。十二月九日，該院在大廳裡舉辦了一個簡短的儀式，由常任祕書斯丟列・阿連（Sture Allén）朗讀帕斯特納克那兩封在一九五八年十月發出，先是接受，然後又拒絕受獎的電報。葉夫格尼上前代替父親接下了一九五八年諾貝爾文學獎的金牌，他的情緒激動不已。[73]

尾聲

綽號「基斯」的荷蘭情報官員范登・霍伊維爾（C. C. "Kees" van den Heuvel）說：「這行動挺成功的，你不覺得嗎？」他指的是當年他與中情局合作，印製出第一批《齊瓦哥醫生》那件事。[1]

不光是齊瓦哥行動，包括此一行動所屬的整個贈書計畫，都是非常活躍的。當年曾經幫忙把書帶進鐵幕國家與蘇聯的——從流亡分子到神職人員、運動員、學生、商人、觀光客、士兵、音樂家與外交官，各種人物都有。他們送書的對象包括阿富汗戰爭的俄國戰俘[2]，也把書硬塞給伊朗的俄國卡車司機，拿給過境加那利群島的俄國水手，也在布魯塞爾世博會與維也納世界青年與學生聯歡節的會場上發給與會者。

華特・奇尼與他的荷蘭同事朱普・范德・威登對於齊瓦哥行動的印象是如此深刻，以至於他們到了一九九〇年代還在回味那件事，討論是否可能開設一家以帕斯特納克為主題的博物館。[3]中情局在東方偷偷散布大批書籍，顯示出極為強烈的企圖心。多年來，該局只曾經公開過一個這類贈書計畫，而且表示該計畫「有明顯的效用」，「也可以推斷出該計畫影響及強化了人們對於思想與文化自由的態度，只要在這兩方面沒有自由，就會感到不滿」。[4]

一九六〇年代晚期，中情局於冷戰期間的許多文化活動開始被媒體揭露，這迫使他們的許多政治作戰計畫喊停。即便如此，贈書計畫的祕密大致上仍未曝光，因此得以持續到一九九一年年底。從贈書計畫於五〇年代晚期問世開始算起，直到蘇聯瓦解為止，中情局總計在東歐各國與蘇聯散布了一千萬冊圖書與期刊。[5] 使用的方式，若非中情局資助一些小規模的出版社，由他們將書刊偷渡進鐵幕，不然就是有一些較為特別的任務，像《齊瓦哥醫生》這種的，就由該局自己執行。贈書計畫的最後年月裡，戈巴契夫已經上台，每年至少還是有十六萬五千冊書刊被偷渡進入蘇聯。他們不但請人把小說擺在口袋與行李箱裡，偷渡入境，送進蘇聯的還有「字典、語言書籍、藝術與建築、宗教與哲學、經濟學、管理學、農耕、史書與回憶錄，還有目錄等各種書刊」。[6]

這段奇特歷史已經慢慢地被揭露出來，有時是中情局資助的組織的員工於離職後爆料，也有像阿爾佛列・萊許（Alfred A. Reisch）之類的學者，他們透過東歐各國大學與民間的記錄拼湊出贈書計畫的歷史。「幾百萬人在各方面受到贈書計畫的影響，」萊許總結道，「但卻壓根沒聽過那項計畫的存在。」因為有這項計畫的存在，這幾百萬人才能夠從信得過的朋友那邊，偷偷拿到一本本被讀過許多遍、翻舊了的文學或歷史書籍，然後再繼續傳閱下去。

包括貝佛出版社（以蘇聯為贈書目標的單位）的檔案在內，有許多官方記錄都還沒有解密。

該局的那些記錄都是屬於大眾的珍貴遺產，但我們有理由擔心這種遺產已經不存在了。一位離職的中情局幹員向兩位作者表示，長期以來該局都保留著那些以聖經用紙印製的袖珍版書籍，但有時為了騰出空間保存其他資料，也有大量這類書籍會被銷毀。

中情局把書籍當成政治作戰的利器，這一點可以透過《齊瓦哥醫生》的出版大戰獲得印證，該本小說可說是中情局在這方面的最早成就之一。或許有人覺得這種做法可鄙而憤世嫉俗，也有許多人批評中情局於冷戰期間文化活動中所扮演的角色，認為這種祕密行動在骨子裡就是不道德而腐敗的。但中情局與其外包人員卻確信自己是為了崇高的目的而努力，而且他們所面對的極權強國也有自己的政宣機器，所以訴諸於祕密手段是不可避免的。多年後我們已經置身於一個恐怖主義以及利用無人機鎖定並擊斃目標的時代，回頭去看看當年中情局與蘇聯居然都相信文學具有改變社會的力量，這種想法幾乎可以說是很奇怪。

霸凌帕斯特納克的事件的確損及蘇聯的國際地位。「我們對蘇聯造成了很大的傷害，」赫魯雪夫在回憶錄中寫道，他還說「他對自己對待帕斯特納克的方式感到很遺憾」。[7] 當赫魯雪夫以口述的方式撰寫回憶錄時，他幾乎可以說是已經被當局軟禁在家了，而諷刺的是，他也選擇讓人偷偷把錄音帶帶到國外，在西方出版回憶錄——如果帕斯特納克地下有知，一定會露出會心一笑。

帕斯特納克變成了典範，後來有許多人也走上了他的那條路。許多勇敢的蘇聯作家比照他的模式，一樣在外國出版自己的作品。索忍尼辛也許是其中最有名的例子。此外還有送葬隊伍中幫帕斯特納克拿棺蓋的那兩個年輕作家，西尼亞夫斯基與達尼爾，還有另一位俄國諾貝爾獎得主——詩人約瑟夫．布羅茨基（Joseph Brodsky）。

如同史家弗拉季斯拉夫．祖博克（Vladislav Zubok）所說，帕斯特納克死後，一群新的作家崛起，他們「效法那位已故的詩人，追求一樣的思想與藝術解放」。而且，「他們認為帕斯特納克、他筆下的主角尤里．齊瓦哥與他的生活環境都體現了一個偉大的文化與道德傳統，而他們都是那個傳統的追隨者。因此，就精神層面而言，他們都可以說是『齊瓦哥之子』」。[8]

布羅茨基表示，在《齊瓦哥醫生》問世後，帕斯特納克造成了一股改信俄國東正教的風潮，這趨勢在猶太知識分子之間尤其明顯。[9]「如果你隸屬於俄國文化圈，用俄國文化的範疇去思考，你肯定非常了解這種文化是受到東正教滋養茁壯的，」他說。「姑且不論東正教教會是一股反對力量，光憑上述理由，你就會改信東正教。」

帕斯特納克的墓地變成一個朝聖地。某位詩人就曾說自己在一九七〇年代曾經數度造訪佩羅德爾基諾村，他覺得那墓地是一個可供「所有遭獵殺與被迫害的詩人」去致敬的地方。[10]帕斯特納克的葬禮後，有一群年輕人為了朗誦他的詩歌而在墓地待到很晚，之後他們不斷重返墓地，年復一年，許多新臉孔與新世代持續朗誦著他的〈哈姆雷特〉裡的詩句：

然而，那些行動的秩序已經規劃完畢
那條路通往無可逃避的終局。
我獨自一人，所有人都浸淫在法利賽人的偽善裡。
想要用你的方式生活，可不像穿越原野那樣簡易。[11]

致謝

若非許多人慨然相助，這本書絕不可能問世。感謝你們。

保羅．科迪傑（Paul Koedijk）介紹我們認識，讓我們聊起了《齊瓦哥醫生》，透過交談也決定要合寫這本書。拉斐爾．沙格林（Raphael Sagalyn）是我們的文學經紀人，他引領我們走入出版的世界裡。克里斯．普歐普洛（Kris Puopolo）是我們的編輯，他從一開始就相信這是個很棒的故事。

我們要感謝克諾夫—雙日出版集團（Knopf Doubleday）的總編輯桑尼．梅塔（Sonny Mehta），還有萬神殿出版社的編輯總監丹．法蘭克（Dan Frank），因為他們，我們才能讓這本書跟一九五八年問世的美國版《齊瓦哥醫生》一樣，都由萬神殿出版。我們還要感謝雙日的丹尼爾．梅耶（Daniel Meyer）、倫敦哈維爾—塞克出版社（Harvill Secker）的艾莉．史提爾（Ellie Steel）與馬修．布勞頓（Matthew Broughton）。

這本書最早在初稿階段曾經獲得肯恩．卡爾佛斯（Ken Kalfus）、派崔克．法雷利（Patrick Farrelly）、凱特．歐卡拉漢（Kate O’Callaghan）與保羅．科迪傑的意見回饋。

特別要感謝《華盛頓郵報》莫斯科分社的娜塔莎．阿巴庫莫娃（Natasha Abbakumova），她對我們助益良多。

有幾位關鍵人士促成我們了解這個故事的全貌。包括住在《齊瓦哥醫生》第一個誕生地米蘭的卡洛・費爾特內里與英格・香塔爾・費爾特內里。住在維泰博市的塞喬・丹傑羅。已經去世的葉夫格尼・帕斯特納克，還有住在莫斯科的娜塔莉雅・帕斯特納克（Natalya Pasternak）、葉蕾娜・丘柯夫斯卡亞（Yelena Chukovskaya）以及狄米崔・丘柯夫斯基（Dmitri Chukovsky）。住在巴黎的伊芮娜・葉米爾楊諾娃與賈克琳・德・波雅（一九九八年）。住在法國赫克洛（Reclos）的羅曼・伯諾特（Roman Bernaut）與艾利瑟斯・伯諾特（Alexis Bernaut）。住在慕尼黑的葛德・魯格。還有住在舊金山的梅根・莫洛（Megan Morrow）。

下列中情局人士的支持讓我們非常感激：喬・蘭伯特（Joe Lambert）、瑪莉・威爾遜（Mary Wilson）、布魯斯・巴坎（Bruce Barkan）、黛比・勒博（Debbie Lebo）、瑪莉・哈夫（Marie Harf）以及普列斯頓・葛爾森（Preston Golson）。同時我們也要感謝任職於該局歷史典藏部（Historical Collections Division）的所有官員。一開始我們希望能閱覽該局的齊瓦哥事件相關文件，但遭到很客氣的拒絕，隨後曾任職該局的記者布魯斯・范沃斯特（Bruce van Vorst）透過幾位中間人的幫助，讓該局的一些關鍵人士注意到我們的寫作計畫。一路走來，已離職的中情局人員伯頓・葛伯（Burton Gerber）與班傑明・費雪（Benjamin Fischer）始終為我們提供許多洞見。荷蘭情報安全局（AIVD，國家保安局就是該局前身）所屬的歷史研究員迪爾克・恩格倫（Dirk Engelen）也幫了我們的忙。另外兩位提供珍貴協助的，包括已故的前國家保安局幹員范登・霍伊維爾，還有該局幹員朱普・范德・威登的遺孀瑞秋・范德・威登（Rachel van der Wilden）；她自己也曾是英國情報機構軍情六處〔MI6〕的幹員）。還有一些離職的中情局人員為我們提供協助，但不願在此揭露其姓名。

歐美各地都有許多圖書館館員與研究人員協助過我們，特此致謝：在胡佛研究所檔案館（Hoover Institution Archives）進行研究的朗恩・巴希西（Ron Basich）。密西根大學圖書館的珍妮・克雷恩（Janet Crayne）與凱特・赫欽斯（Kate Hutchens）。艾森豪總統博物館暨圖書館（Dwight D. Eisenhower Presidential Museum and Library）的瓦樂伊絲・阿姆斯壯（Valoise Armstrong）。馬里蘭州大學公園市（College Park）國家檔案館（National Archives）的大衛・朗巴特（David A. Langbart）與米莉安・克萊曼（Miriam Kleiman）。哥倫比亞大學巴克米塔夫檔案館（Bakhmeteff Archive）的坦雅・契波塔列芙（Tanya Chebotarev）。在倫敦國家檔案館（National Archives）做研究的庫斯・庫維二世（Koos Couvée Jr.）。萊登大學圖書館（Leiden University Library）的揚・保羅・辛利克斯（Jan Paul Hinrichs）、凡克・巴克爾（Joke Bakker）以及布賴恩・畢莫（Bryan Beemer）。阿姆斯特丹社會史國際研究院（International Institute of Social History）的威勒克・泰森（Willeke Tijssen）。布魯塞爾皇宮檔案局（Archive of the Royal Palace）的古斯塔夫・詹森斯（Gustaaf Janssens）教授。比利時魯汶市宗教、文化與社會檔案與研究中心（Documentation and Research Centre for Religion, Culture and Society，簡稱KADOC）的派翠西雅・夸格博（Patricia Quaghebeur）。在布魯塞爾多所學術圖書館進行研究的約漢娜・庫維（Johanna Couvée）。設在義大利塞里亞泰市安比維里莊園

（Villa Ambiveri in Seriate）裡的俄國克里斯汀尼亞基金會（Fondazione Russia Christiana）人員，包括黛爾芬娜・波耶羅（Delfina Boero）、寶拉・派勒加塔（Paola Pellegatta）以及佛拉迪米爾・柯魯帕耶夫（Vladimir Kolupaev）。諾貝爾圖書館的拉斯・瑞德奎斯特（Lars Rydquist）。斯德哥爾摩的馬格努斯・瓊格倫（Magnus Ljunggren）。感謝斯德哥爾摩的伊莉莎白・林德（Elisabet Lind）熱情招待我們。也感謝琳達・奧騰布拉德（Linda Örtenblad）、歐德・席德立奇（Odd Zschiedrich）與烏爾莉卡・克林（Ulrika Kjellin）在瑞典皇家科學院的協助。俄羅斯聯邦國家檔案館的所有人員。莫斯科俄羅斯國家圖書館的葉蕾娜・馬卡芮琦（Yelena Makareki）。法蘭克福書展（Frankfurter Buchmesse）的安・庫瑞什（Anne Qureshi）。柏林阿克塞爾・施普林格集團企業檔案館（Axel Springer AG Unternehmensarchiv）的萊納・拉伯斯（Rainer Laabs）。

我們還想向下列人士致謝：莫斯科的絲薇特蘭娜・普魯德妮科娃（Svetlana Prudnikova）、沃洛迪亞・亞歷山德洛夫（Volodya Alexandrov）、瑪利亞・李普曼（Maria Lipman），以及安娜・瑪絲特洛娃（Anna Masterova）。柏林的夏儂・史邁利（Shannon Smiley）。倫敦的李・透納（Leigh Turner）。牛津大學的提奧・馬丁・范林特（Theo Maarten van Lint）。根特（Ghent）的彼耶特・克拉豪特（Pieter Claerhout）。萊登大學的柯雷（Maghiel van Crevel）以及吳錦華。還有台拉維夫大學（Tel Aviv University）的馬克・甘薩（Mark Gamsa）。

就美國方面，我們想要感謝下列人士的幫助：荻妮絲・多尼根（Denise Donegan）、麥克斯・

法蘭克爾、愛德華・羅贊斯基（Edward Lozansky）、金恩・索辛（Gene Sosin）、歌莉雅・多南・索辛（Gloria Donen Sosin）、馬農・范德・瓦特（Manon van der Water）、吉姆・克利奇洛（Jim Critchlow）、艾倫・瓦爾德（Alan Wald）、安東・特羅安諾夫斯基（Anton Troianovski）、傑克・馬塞（Jack Masey）、烏爾夫與英格麗・羅勒夫婦（Ulf and Ingrid Roeller）、安斯加・葛洛（Ansgar Graw），還有以撒・派屈（Isaac Patch）與其家人。

在荷蘭，我們要感謝已故的彼得・德・里德為我們提供許多善意的協助。對其遺族，尤其是他的兒子羅伯・德・里德（Rob de Ridder），我們要表達感激之意。我們想要感謝已故的科內里烏斯・范斯庫內維爾德（Cornelius van Schooneveld），還有桃樂絲・范斯庫內維爾德（Dorothy van Schooneveld）、芭芭拉與艾德華・范德・比克夫婦（Barbara and Edward van der Beek），還有史塔林克（Starink）家族。感謝儒洛夫・范・提爾（Roelf van Til）在一九九九年一月於荷蘭公共電視節目上，提及作者庫維寫的幾篇關於齊瓦哥事件的文章，才引起荷蘭民眾的廣泛注意，也感謝巴特・揚・史普魯伊特（Bart Jan Spruyt）把基斯・范登・霍伊維爾介紹給我們。此外，還要感謝的包括・布莉姬・索圖特（Brigitte Soethout）；米榭・克瑞斯（Michel Kerres）與伊荻絲・魯沁（Edith Loozen）；伊格・科內里森（Igor Cornelissen）、羅伯・哈特曼斯（Rob Hartmans）、伊莉莎白・史班傑（Elisabeth Spanjer）、凱蒂・范丹森（Kitty van Densen）、漢恩・維穆倫（Han Vermeulen），以及狄克・庫廷荷（Dick Coutinho）。

彼得・芬恩寫道：很榮幸能為《華盛頓郵報》的葛拉罕家族工作十八年。特別要感謝唐・葛拉罕（Don Graham）與凱薩琳・魏茅斯（Katherine Weymouth）為員工創造出如此美好而專業的工作環境。《華盛頓郵報》的編輯們允許我請假，專心寫這本書。感謝馬提・拜隆（Marty Baron）、凱文・梅里達（Kevin Merida）、卡麥隆・巴爾（Cameron Barr）、安・科恩布魯特（Anne Kornblut），還有傑森・烏克曼（Jason Ukman）。多年來我曾與許多很棒的編輯和記者合作過，包括《華盛頓郵報》國家安全組的同事們，但讓我特別感激的是喬比・瓦瑞克（Joby Warrick）、大衛・霍夫曼（David Hoffman）、史考特・海厄姆（Scott Higham）、珍・麥克（Jean Mack）、華特・平克斯、羅伯特・凱薩（Robert Kaiser）、安奴普・凱佛（Anup Kaphle）、茱莉・泰特（Julie Tate），感謝他們在我寫這本書時幫助我、鼓勵我。

請假後，我都待在伍德羅威爾遜國際學者中心（Woodrow Wilson International Center for Scholars），那是個讓我有時間能夠思考與寫作的完善機構。我很感激彼得・瑞德（Peter Reid）為我引路，帶我接觸該中心的領導人與員工，包括珍・哈曼（Jane Harman）、麥可・范杜森（Michael Van Dusen）、羅伯特・里特瓦克（Robert Litwak）、布萊爾・盧布（Blair Ruble）、克里斯提安・歐斯特曼（Christian Osterman）、威廉・波莫蘭茲（William Pomeranz）、愛莉森・里亞利科夫（Alison Lyalikov）、珍妮・史派克斯（Janet Spikes）、蜜雪兒・卡馬利許（Michelle Kamalich）和達格內・吉召（Dagne Gizaw）。我也要感謝傑克・漢米爾頓（Jack Hamilton）、史蒂夫・李・麥爾斯（Steve Lee Myers）、馬克・馬札提（Mark Mazetti）、麥克・阿德勒（Michael Adler）以及伊藍・格林伯格（Ilan Greenberg），他們跟我一樣都是該中心的訪問學人。我很感激羅斯・強森（A. Ross Johnson）持續對我的計畫感到很有興趣。我也有幸與該中心的兩位優秀實習生合作，包括錢德勒・葛里格（Chandler Grigg）與艾蜜莉・歐爾森（Emily Olsen），他們都是在國家檔案館與國會圖書館（Library of Congress）進行研究的。

我也要感謝下列人士的支持：華德與史黛芬妮・多爾曼夫婦（Walter and Stephanie Dorman）、約翰與席拉・哈維坎普夫夫婦（John and Sheila Haverkampf），還有巴瑞・巴斯金德（Barry Baskind）與艾琳・費茲傑羅（Eileen FitzGerald），約瑟夫・費茲傑羅二世（Joseph FitzGerald Jr.），還有已故的約瑟夫與迪爾德麗・費茲傑羅夫婦（Joseph and Deirdre FitzGerald）。

我要感謝愛爾蘭老家的兩位兄弟葛瑞格與比爾（Greg and Bill），與他們的家人。很遺憾的是，我的雙親比爾與派特（Bill and Pat）已經不在人世，無法看到這本書。還有，我也要向我的愛爾蘭老友們致敬，包括傑瑞米與瑪莉・克里恩夫婦（Jeremy and Mary Crean），還有羅南與格蘭妮・法瑞爾夫婦（Ronan and Grainne Farrell）。

感謝我的家人，瑞秋、里恩、大衛與芮雅（Rachel, Liam, David, and Ria Finn），他們看著這本書慢慢成形，始終很有耐性，也為我感到驕傲。諾拉・費茲傑羅（Nora FitzGerald）是我做任何事的伴侶。（我愛你！）

佩特拉・庫維寫道：在莫斯科，我有幸受到荷蘭王國大使館文化參事提曼・高文納（Thymen Kouwenaar）的鼓勵，還有曼諾・克拉恩（Menno Kraan）的明智襄助。聖彼得堡的荷蘭學院（Netherlands Institute）為我提供各種一般性與技術性的援助。我要感謝的人包括荷蘭學院的蜜拉・謝瓦里耶（Mila Chevalier）、安娜・維波洛娃（Anna Vyborova）、艾伊・普林斯（Aai Prins），還有傑拉德・范德・瓦特（Gerard van der Wardt）。還有我在莫斯科羅蒙諾索夫國立大學（Lomonosov State University）的俄國同事們，尤其是佛拉迪米爾・別洛索夫（Vladimir Belousov），還有聖彼得堡國立大學（State University of Saint Petersburg）的伊芮娜・米哈伊洛娃（Irina Mikhailova）。也要感謝我所有的俄國學生。感謝荷蘭語言聯盟（Nederlandse Taalunie）、英格麗・德格拉夫（Ingrid Degraeve），還有我在荷蘭宰斯特鎮（Zeist）開設課程時的同事與學生，在他們的同意之下，我才得以在二〇一三年夏季停開課程，把這本書的最後定稿寫出來。

對於我的親友，我始終感激不已：馬農・范德・瓦特、哈可・艾爾克馬（Harco Alkema）、基斯・德・柯克（Kees de Kock）、艾芮・范德・安特（Arie van der Ent）、馬丁・穆斯（Maarten Mous）、諾尼・維舒爾（Nony Verschoor）、柯雷，你們為我帶來許多啟示。感謝亨克・麥爾（Henk Maier）與我分享文學，一輩子都深愛我、忠於我。感謝我的爸媽庫斯・庫維一世（Koos Couvée Sr.）與寶拉・范羅森（Paula van Rossen）能夠長相廝守，並且為我帶來不同的靈感。

資料來源說明

多年來，兩位作者一直對於《齊瓦哥醫生》的出版史感到很有興趣。目前於聖彼得堡國立大學任教的佩特拉．庫維最初是在一九九九年寫了一篇關於《齊瓦哥醫生》的文章，內容聚焦在荷蘭情報機構國家保安局在祕密出版《齊瓦哥醫生》時所扮演的角色。該局的離職資深官員基斯．范登．霍伊維爾在諮詢以前的同事之後，向庫維表示國家保安局是在中情局的請求之下，幫忙在海牙印製了一批《齊瓦哥醫生》。這是第一次有官方的相關人士出來承認中情局牽涉其中。庫維把她的發現寫成文章，刊登在阿姆斯特丹的文學雜誌《採珠人》（*De Parelduiker*）上。至於彼得．芬恩撰文揣出中情局有可能是為了讓帕斯特納克贏得諾貝爾獎而出版那本小說，則是於二〇〇七年，他還在當《華盛頓郵報》莫斯科分社社長的時候。在鑽研冷戰史的荷蘭史家兼記者保羅．科迪傑的介紹之下，兩位作者相識，並且開始為了「齊瓦哥事件」而聯絡。

最後，兩位作者開始考慮寫一本書，從全新的角度去看待《齊瓦哥醫生》於冷戰時期的出版經過。他們相信，除非釐清中情局當時所扮演的確切角色，否則就不可能寫得出這一本書。在此之前，中情局未曾承認過他們涉及《齊瓦哥醫生》的祕密出版。到了二〇〇七年，彼得．芬恩向帕斯特納克之子葉夫格尼表示，他想要設法取得那一次中情局祕密行動的相關記錄。葉夫格尼·帕斯特納克對此抱持懷疑態度。但在他離世以前，始終沒看到中情局釋出任何資料，而且他曾經向芬恩表示，中情局涉及此事的說法實在令人感到難過，有一種「很低級的感覺」。他父親肯定不會同意。對於自己的小說成為冷戰時期的政宣工具，帕斯特納克也感到不悅。他生前從來都不知道中情局涉及俄文版《齊瓦哥醫生》的祕密印製工作。他有充分理由相信那是俄國流亡分子的傑作，不過，他也很清楚那些人本來就會偶爾做一些與西方情報機構有關的祕密勾當。

芬恩請中情局提供任何有關《齊瓦哥醫生》印製工作的資料。他是在二〇〇九年初次向該局公關處提出請求。直到二〇一二年八月，他與庫維才拿到資料。中情局釋出了大約一百三十五份先前未曾解密的內部文件，全都涉及了《齊瓦哥醫生》俄文本的印製工作，而且也顯示出中情局版的《齊瓦哥醫生》有兩本：一本是在布魯塞爾印製發送的精裝本，隔年又在中情局總部印製了一個平裝本。中情局所屬的歷史研究人員把該局的文件找了出來，重新檢視，然後促成了內部的解密過程。在他們正式釋出以前，我們就已經可以看到那些文件了。中情局並未針對文件用途開出任何條件，也完全沒看過這本書的書稿。

透過那些文件，我們看出該局在第一次印製那本小說時犯了好幾個錯，導致任務幾乎告吹，因此也使得該局在印製平裝版時採取了完全祕密的方式。中情局本來打算自己出版那些文件，並且在網站上全部予以公開。無疑的，該局手裡應該還有一些相關文件尚未解密，但是有一位美國官員曾表示，絕大部分經過內部搜尋後所找到的記錄都已經釋出了，那些尚未釋出的部分並不會影響大眾對於該局當年所扮演角色的認知。該位官員表示，釋出的資料裡面提及了一些文件，但那些文件想必已經遺失，因為該局也找不到。中情局雖然把文件中的人物名字還有某些盟友與機構的名稱都改寫過了，但透過與其他資料進行比對，還是有辦法確認當年的主其事者是哪些人。當年到底是誰提供小說書稿給英國情報機構的？這問題的解答仍然是個祕密。我們做了一些推敲工作，也把推論的詳細過程寫在這本書八、九章的書末註釋裡。我們希望，這批資料的釋出能夠促使中情局進一步將更多冷戰時期的資料解密，讓我們了解當年他們如何在文化上與蘇聯對抗，包括該局資助了數十年之久的贈書計畫。

蘇聯的瓦解導致大量豐富資料陸續問世，其中包括克里姆林宮的檔案，還有許許多多回憶錄與信件。本書作者在寫書時所依據的，是俄羅斯聯邦國家檔案館的蘇聯時期文件，還有蘇聯共黨中央委員會的檔案，而這兩部分資料早已於二〇〇一年在莫斯科出版，書名是《我身後的爭奪噪音：鮑里斯·帕斯特納克與蘇聯政權，一九五六年到七二年之間的文件》（*"A za mnoyu shum pogoni ..." Boris Pasternak i Vlast' Dokumenty: 1956–1972*），也就是尾註裡面的 *Pasternak i Vlast'*（《帕斯特納克與蘇聯政權》）。那本書裡的蘇聯時期文件並沒有英文譯文，但曾經被翻譯成法文後出版，書名是《齊瓦哥事件的卷宗：蘇共中央委員會與中央政治局的檔案》（*Le Dossier de l'affaire Pasternak, Archives du Comité central et du Politburo*）。

葉夫格尼．帕斯特納克與其妻葉蕾娜（帕斯特納克之子與媳婦）編了一套十一冊的帕斯特納克全集，書名是《十一冊完整選集與附錄》（*Polnoe Sobranie Sochinenii, s prilozheniyami, v odinnadtsati tomakh*），裡面收錄了幾乎所有帕斯特納克的作品，包括散文、小說、詩歌、自傳隨筆、書信，還有親友為他寫的傳略，其中有一些未曾被譯成英文出版。全集第十一冊是「同時代人眼中的鮑里斯．帕斯特納克」，書中收錄了各種回憶錄以及回憶錄的摘文，因此每當我們引用《十一冊完整選集與附錄》時，都會把該篇回憶錄的作者列出來。在尾註與參考書目裡，任何資料只要是有英文譯文的（無論是書籍或文章），我們會向讀者們特別註明。

帕斯特納克與費爾特內里之間的信件已經由葉蕾娜與葉夫格尼於二〇〇一年發表在《大陸》（*Kontinent*）期刊的一〇七與一〇八期上面。信件的英文譯文可參閱費爾特內里之子卡洛為父親寫的回憶錄：《費爾特內里：一個關於財富、革命與死於非命的故事》（*Feltrinelli: A Story of Riches, Revolution and Violent Death*），還有鮑羅．曼可蘇（Paolo Mancosu）寫的《齊瓦哥事件的風暴中：帕斯特納克的經典之出版歷險記》（*Inside the Zhivago Storm: The Editorial Adventures of Pasternak's Masterpiece*）。

我們也曾做過許多訪談工作，採訪對象都是此一事件之親身參與者還有同時代的見證人，以及他們的一些親戚或子孫，包括葉夫格尼．帕斯特納克、卡洛．費爾特內里、塞喬．丹傑羅、安德烈．沃茲涅先斯基、伊芮娜．葉米爾楊諾娃、葉蕾娜．丘柯夫斯卡亞、狄米崔．丘柯夫斯基、葛德・魯格、麥克斯・法蘭克爾、華特・平克斯、羅曼・伯諾特、彼得・德・里德、瑞秋・范德・威登、基斯・范登・霍伊維爾、科內里烏斯・范斯庫內維爾德，還有賈克琳・德・波雅。有些專訪是在我們計畫寫這本書以前就已經做過的，當時我們各自寫過一些關於齊瓦哥事件各種面向的短文。

我們也引用了大量關於那個時代的回憶錄，其中許多都是在蘇聯瓦解後才問世。卡洛・費爾特內里把丹傑羅從蘇聯帶出來的《齊瓦哥醫生》書稿拿給我們翻閱，對我們來講，那真是個內心澎湃洶湧、好像觸電一樣的時刻。紐約出版商菲利克斯・莫洛的口述歷史記錄仍然沒有問世，但是他的女兒梅根・莫洛把與這事件相關的部分先拿給我們看，內容描述他替中情局執行《齊瓦哥醫生》印製工作的經過，而他的口述記錄目前是由哥倫比亞大學保存著。在當時穆彤出版社其中一位高層人員彼得・德・里德的同意之下，荷蘭的情報安全局（國家保安局就是該局前身）才把關於他的所有檔案提供給我們。我們在二〇〇九年九月收到那些檔案，文件內容只記錄了他代表穆彤公司前往蘇聯與東歐的經過。

我們參考過來自俄國、美國、義大利、英國、荷蘭、德國、比利時與瑞典的許多檔案資料與個人文件。所有東西都詳列在本書的參考書目裡。至於我們參考的所有報紙、雜誌、期刊，請參閱尾註。

列昂尼德．帕斯特納克與妻子蘿薩莉雅，約繪於一九二〇年代。

鮑里斯．帕斯特納克與弟妹們，由他們的父親列昂尼德於一九一四年所繪。從左至右：鮑里斯、約瑟芬、莉荻雅與亞歷山大。

帕斯特納克與蘇聯最受歡迎的童書作家科涅依．丘柯夫斯基，攝於一九三六年第十屆蘇共共青團會議上。他們均是佩羅德爾基諾村的居民。

歐爾嘉．伊文斯卡亞。她與帕斯特納克相識於一九四六年，後來成為他的情人與作品經紀人。《齊瓦哥醫生》裡拉拉一角有部分的創作靈感即來自伊文斯卡亞。

出版人姜賈柯莫・費爾特內里。他藐視克里姆林宮與義大利共黨的出版壓制，於一九五七年出版了《齊瓦哥醫生》的義大利版。

紐約出版商菲利克斯・莫洛。他受中情局所託，祕密地進行《齊瓦哥醫生》俄文版製作。及後中情局與莫洛鬧翻，雙方合作破局。

БОРИС
ПАСТЕРНАК
ДОКТОР
ЖИВАГО

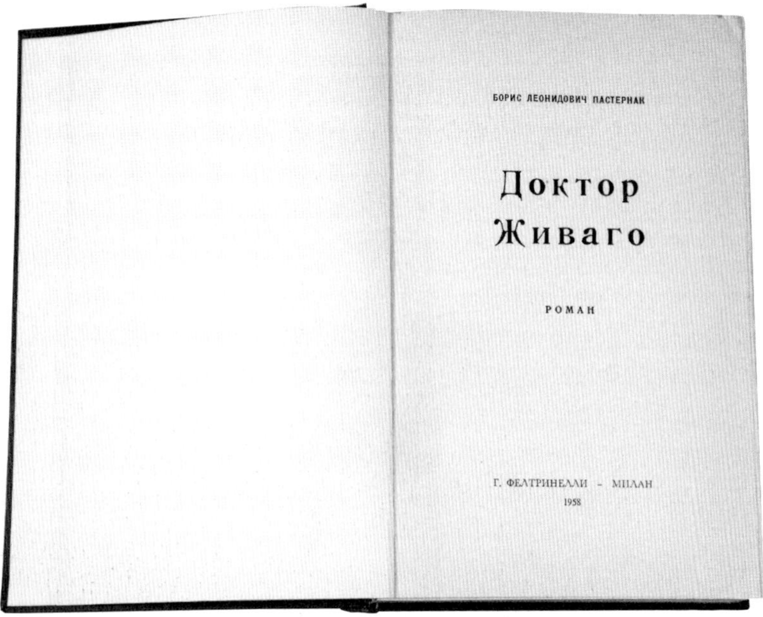
БОРИС ЛЕОНИДОВИЧ ПАСТЕРНАК
Доктор
Живаго
РОМАН
Г. ФЕЛТРИНЕЛЛИ - МИЛАН
1958

（右頁上圖）精裝版《齊瓦哥醫生》的亞麻材質藍色封面書皮，由荷蘭穆彤出版公司在海牙印製。一九五八年，三百六十五冊精裝版《齊瓦哥醫生》運送到比利時於布魯塞爾世博會上派發。

（右頁下圖）精裝版《齊瓦哥醫生》的書名頁。啟人疑竇的是書名頁上用俄文註明著版權所有者：「G．費爾特內里——米蘭」，然而出版商「費爾特內里」的俄文名字卻拼錯了。書名頁上也印上了帕斯特納克的全名，甚至加上了來自父親的中名「列昂尼多維奇」，這也說明了印書的人並非以俄語為母語，因為俄國人不會在書名頁上面使用來自父親的名字。

（下圖）一九五九年袖珍平裝版《齊瓦哥醫生》的書名頁，中情局總部印製了一萬冊，其中一冊現藏於維吉尼亞州蘭利市的中情局博物館。

一九五八年布魯塞爾世博會梵諦岡館內設立了一間隱蔽的小圖書館。精裝版《齊瓦哥醫生》就是在這裡發送到蘇聯遊客手上。

帕斯特納克於「作家村」（佩羅德爾基諾村）的房子。他在這裡生活及寫作數十年，現為帕斯特納克故居博物館。

帕斯特納克剛獲悉自己取得諾貝爾文學獎不久後，攝於他位於莫斯科郊區的住所附近。

帕斯特納克正在閱讀他得到諾貝爾文學獎的祝賀電報。右邊是其妻席奈妲，左為友人妮娜．塔比澤，她是喬治亞詩人提齊安．塔比澤的遺孀。提齊安．塔比澤於一九三七年的清算運動中被處死。

歐爾嘉·伊文斯卡亞、女兒伊芮娜和帕斯特納克。母女倆成了帕斯特納克的第二個家庭。

諷刺畫家比爾．莫爾丁的畫作，他把帕斯特納克畫成一個衣衫襤褸的古拉格囚犯，腳上拖著帶鉛球的腳鐐，莫爾丁為此獲得一九五八年的普立茲獎。原圖說寫道：「我的罪名是獲得諾貝爾獎。你的呢？」

United Press International

Accompanied by Russian Ambassador Mikhail Menshikov (left), Anastas I. Mikoyan, 63, Deputy Premier of the Soviet Union, looks at volumes in the window of the Reprint Book Shop at 1402-A New York ave. nw., while walking in Washington's not to notice the red-lettered sign advertising "Dr. Zhivago," the Nobel-prize-winning novel by Russian author Boris Pasternak. The novel, politically embarrassing to the Communists, was not published in the Soviet Union. Another picture and

一九五九年一月，蘇聯部長會議第一副主席阿納斯塔斯．米高揚造訪美國華頓盛，他到街上四處閒晃參觀時，被拍了一張很有名的照片：他站在某間書店的櫥窗前，注視著裡面擺著滿滿的《齊瓦哥醫生》。

上圖：帕斯特納克的棺木自他佩羅德爾基諾村的別墅中被抬出。
下圖：席奈妲（前景最右者）注視著丈夫帕斯特納克的遺體，而帕斯特納克的情人歐爾嘉．伊文斯卡亞（最左者）在哭泣。攙扶著席奈妲的是她與帕斯特納克的兒子李奧尼德。

帕斯特納克位於佩羅德爾基諾村的墓園，從他的別墅就可以看到那裡。

帕斯特納克在別墅二樓的書房內往外看，攝於一九五八年。

圖片來源（Photographic Credits）

Self portrait with the wife, 1920's: User:Alex Bakharev/Wikimedia Commons / Public Domain

A 1914 painting by Leonid Pasternak of the Pasternak children, left to right: Boris, Josephine, Lydia, Alexander Pasternak. The occasion was their parents' 25th wedding anniversary :L. Pasternak/ Public Domain

Boris Pasternak and Korney Chukovsky on the first Congress of Soviet writers in 1934: user: Okoli /Wikimedia Commons / Public Domain

Olga Ivinskaya in overcoat: Axel Springer AG, Berlin

Giangiacomo Feltrinelli: Archivio Giangiacomo Feltrinelli Editore

Felix Morrow: Meghan Morrow

Case of the CIA hardcover edition of Doctor Zhivago: Tim Gressie

Title page of the CIA hardcover edition: Tim Gressie

Title page of the miniature paperback edition: CIA Museum Collection

Vatican Pavilion at the 1958 World's Fair: www.studioclaerhout.be/Gent/Belgium

Dacha in the village of Peredelkino: AP Photo

Pasternak near his home in the countryside: AP Photo/Harold K. Milks Dacha in the village of Peredelkino: AP Photo

Pasternak reads telegrams with wife, Zinaida, friend Nina Tabidze: Bettmann/Corbis

Olga Ivinskaya and her daughter, Irina, with Pasternak: Axel Springer AG, Berlin

Cartoon by Bill Mauldin: © Bill Mauldin, 1958. Courtesy of the Bill Mauldin Estate LLC

Front page of The Washington Post: The Washington Post; Bettmann/ Corbis

Carrying the casket of Pasternak: Bettmann/Corbis

Pasternak's funeral with wife, Zinaida, and Olga Ivinskaya: Axel Springer AG, Berlin

Boris Pasternak Russian writer, one of the greatest poets of the XX century, Nobel prize for literature (1958). The grave at the cemetery in Peredelkino. : © ID1974 / Shutterstock.com

Boris Pasternak looks out from the upstairs study in his dacha: Bettmann/Corbis

尾註

序曲

1 關於帕斯特納克與丹傑羅兩人在一九五六年五月二十日見面的情況，請參閱丹傑羅的回憶錄 *Delo Pasternaka* (The Pasternak Affair)。我們曾於二〇〇七年九月與二〇一二年五月與丹傑羅進行訪談，地點分別是在莫斯科與義大利維泰博市。兩位作者也曾數度與丹傑羅以電子郵件進行聯絡。丹傑羅也提供了未出版的回憶錄英文版給兩位作者。該英文版回憶錄可以透過他的專屬網站瀏覽：http://www.pasternakbydangelo.com。丹傑羅也承認，他的回憶錄裡面提及莫斯科電台是在五月發布那一則關於《齊瓦哥醫生》的新聞，其實是搞錯了，時間應該在四月才對。不過，他堅持他與帕斯特納克見面的日期是五月二十日。

2 “Boris Pasternak: The Art of Fiction No.25,” interview by Olga Carlisle, *The Paris Review* 24 (1960): 61–66.

3 Lobov and Vasilyeva, “Peredelkino: Skazanie o pisatel’skom gorodke.”

4 Carlisle, *Under a New Sky*, 13.

5 K. Zelinsky, “Odna vstrecha u M. Gor’kogo. Zapis’ iz dnevnika” (A meeting at M. Gorky’s. Entry from the diary), *Voprosy literatury* 5 (1991), 166; Ruder, *Making History for Stalin*, 44.

6 Tsvetaeva, *Art in the Light of Conscience*, 22.

7 “Boris Pasternak: The Art of FictionNo. 25,” interview by Olga Carlisle, *The Paris Review* 24 (1960): 61–66.

8 Berlin, *Personal Impressions*, 230.

9 Boris Pasternak, *Safe Conduct*, 71.

10 Berlin, *Personal Impressions*, 220.

11 Boris Pasternak, *Family Correspondence*, 376.

12 Shentalinsky, *The KGB’s Literary Archive*, 145.

13 同上，頁一四一。

14 Berlin, *Personal Impressions*, 225.

15 Shentalinsky, *The KGB’s Literary Archive*, 139.

16 同上，頁一五六。

17 同上，頁一五七。

18 Westerman, *Engineers of the Soul*, 188.

19 Zinaida Pasternak, *Vospominaniya*, in Boris Pasternak, *Vtoroe Rozhdenie*, 293.

20 Chukovsky, *Diary*, December 10, 1931, 262.

21 Boris Pasternak, letter to Olga Freidenberg, January 24, 1947, in Boris Pasternak and Olga Freidenberg, *Correspondence*, 263.

22 *Novy Mir* (New World) board to Pasternak, September 1956 letter published in *Literaturnaya Gazeta* (Literary Gazette) October 25, 1958. See Conquest, *Courage of Genius*, Appendix II, 136–63.

23 Ivinskaya, *A Captive of Time*, 195.

24 Conquest, *Courage of Genius*, 37–38.
25 "Boris Pasternak: The Art of Fiction No. 25," interview by Olga Carlisle, *The Paris Review* 24 (1960): 61–66.
26 丹傑羅取得的那一份原始書稿目前收藏在米蘭的姜賈柯莫·費爾特內里基金會圖書館（La Biblioteca della Fondazione Giangiacomo Feltrinelli）。
27 D'Angelo, *Delo Pasternaka*, 13.
28 Shentalinsky, *The KGB's Literary Archive*, 6.
29 Garrard and Garrard, *Inside the Soviet Writers' Union*, 27.
30 Caute, *Politics and the Novel During the Cold War*, 150.
31 Gladkov, *Meetings with Pasternak*, 172.
32 Victor Frank, "The Meddlesome Poet: Boris Pasternak's Rise to Greatness," *The Dublin Review* (Spring 1958): 52.
33 Fyodor Dostoevsky, *Dnevnik Pisatelya* (A Writer's Diary), quoted in Wachtel, *An Obsession with History*, 13.
34 Boris Pasternak, *Doctor Zhivago* (2010), 360.
35 Felix Morrow letter to Carl R. Proffer, October 20, 1980, in University of Michigan Special Collections Library: Box 7 of the Ardis Collection Records, Folder heading Ardis Author/Name Files—Morrow, Felix.
36 Boris Pasternak, *Lettres à mes amies françaises (1956–1960)*, 41.
37 多位荷蘭情報機構官員深信，印製《齊瓦哥醫生》的目的是為了幫帕斯特納克獲得諾貝爾獎。請參閱：C. C. van den Heuvel, interview by Petra Couvée, February 22, 1999。還有：Chris Vos, *De Geheime Dienst: verhalen over de BVD* (The Secret Service: Stories about the BVD)。俄國作家伊凡·托爾斯泰（Ivan Tolstoy）最近也提倡這種說法，請參閱：*Otmytyi roman Pasternaka, "Doctor Zhivago" mezhdu KGB i TsRU* (Pasternak's Laundered Novel: Between the KGB and the CIA)。關於飛機迫降馬爾他島的傳聞，請參閱："A Footnote to the Zhivago Affair, or Ann Arbor's Strange Connections with Russian Literature," in Carl R. Proffer, *The Widows of Russia*。
38 The Stanford Universityscholar Lazar Fleishman made this argument in *Vstrecha russkoi emigratsii s "Doktorom Zhivago": Boris Pasternak i "kholodnaya voina."*

壹

1 Alexander Pasternak, *A Vanished Present*, 204.
2 同上，頁二〇五。
3 同上，頁二〇六。
4 Boris Pasternak, "Lyudi i polozheniya" (People and Circumstances), in Boris Pasternak, *Polnoe Sobranie Sochinenii*, vol. 3, 328.
5 Barnes, *Boris Pasternak*, vol. 1, 224; Konstantin Loks, "Povest' ob odnom desyatiletii 1907–1917" (Tale of a Decade 1907–1917) in Boris Pasternak, *Polnoe Sobranie Sochinenii*, vol. 11, 56.
6 Josephine Pasternak, *Tightrope Walking*, 82.
7 這一句話與上一段所有引言都出自小說《齊瓦哥醫生》：Boris Pasternak, *Doctor Zhivago*(2010), 128。
8 同上，頁一七三。
9 Smith, *The Russian Revolution* 40.
10 Boris Pasternak, *Doctor Zhivago* (2010), 303.
11 同上，頁三〇四。
12 Mark, *The Family Pasternak*, 1[illegible]0.

13 Boris Pasternak, *I Remember*, 67.
14 Barnes, *Boris Pasternak*,vol. 1, 20; Boris Pasternak letter to M. A. Froman, June 17, 1927, in Boris Pasternak, *Polnoe Sobranie Sochinenii*, vol. 8, 42.
15 Mark, *The Family Pasternak*, 111.
16 Boris Pasternak, *I Remember*, 38.
17 Barnes, *Boris Pasternak*, vol. 1, 82; Alexander Pasternak, *Vanished Present*, 135.
18 Boris Pasternak, *I Remember*, 40.
19 Boris Pasternak, *Safe Conduct*, 23.
20 Barnes, *Boris Pasternak*, vol. 1, 94; Konstantin Loks, "Povest' ob odnom desyatiletii 1907–1917" (Tale of a Decade 1907-1917), in Boris Pasternak, *Polnoe Sobranie Sochinenii*, vol. 11, 37.
21 Tsvetaeva, *Art in the Light of Conscience*, 22.
22 Boris Pasternak and Olga Freidenberg, *Correspondence*, 3.
23 同上・頁一〇。
24 Barnes, *Boris Pasternak*, vol. 1, 140; Boris Pasternak letter to A. Stikh, July 4/17 and June 29/July 11, 1912, in Boris Pasternak, *Polnoe Sobranie Sochinenii*, vol. 7, 125.
25 Boris Pasternak letter to A. Stikh, June 29/July 11, 1912, in *Boris Pasternak, Polnoe Sobranie Sochinenii*, vol. 7, 122.
26 Boris Pasternak, *I Remember*, 76.
27 Andrei Sinyavsky, "Boris Pasternak" (1965) in Davie and Livingstone, *Pasternak: Modern Judgments*, 157.
28 Christopher Barnes, "Notes on Pasternak" in Fleishman, *Boris Pasternak and His Times*, 402.
29 Fleishman, *Boris Pasternak: The Poet and His Politics*, 109.
30 "O, kak ona byla smela" (Oh, How Bold She Was) in Yevgeni Pasternak, *Ponyatoe i obretyonnoe, stat'i i vospominaniya*, 517.
31 Barnes, *Boris Pasternak*, vol. 1, 299; Boris Pasternak letter to Yevgenia Lurye, December 22, 1921, in Boris Pasternak, *Polnoe Sobranie Sochinenii*, vol. 7, 376–77.
32 "O, kak ona byla smela" (Oh, How Bold She Was) in Yevgeni Pasternak, *Ponyatoe i obretyonnoe, stat'i i vospominaniya*, 520.
33 Yevgeni Pasternak, *Boris Pasternak: The Tragic Years*, 12.
34 "O, kak ona byla smela" (Oh, How Bold She Was) in Yevgeni Pasternak, *Ponyatoe i obretyonnoe, stat'i i vospominaniya*, 511.
35 Zinaida Pasternak, *Vospominaniya*, in Boris Pasternak, *Vtoroe Rozhdenie*, 237–44.
36 Boris Pasternak letter to parents and sisters, March 8, 1931, in Boris Pasternak, *Family Correspondence*, 195.
37 Translated by Raissa Bobrova. In Boris Pasternak, *Poems*, 167.
38 Boris Pasternak letter to Jacqueline de Proyart, August 20, 1959, in Boris Pasternak, *Lettres à mes amies françaises (1956–1960)*, 194–95.
39 Zinaida Pasternak, *Vospominaniya*, in Boris Pasternak,*Vtoroe Rozhdenie*, 273–74.
40 Boris Pasternak, letter to Josephine Pasternak, February 11, 1932, in Boris Pasternak, *Family Correspondence*, 207.
41 Gerstein, *Moscow Memoirs*, 32.
42 Boris Pasternak letter to Josephine Pasternak, February 11, 1932, in Boris Pasternak, *Family Correspondence*, 209.
43 同上。
44 同上。
45 Boris Pasternak, letter to parents and sisters, November 24, 1932, in Boris Pasternak, *Family Correspondence*, 230.
46 "O, kak ona byla smela" (Oh, How Bold She Was) in Yevgeni Pasternak, *Ponyatoe i obretyonnoe, stat'i i vospominaniya*, 511.

貳

1 Alexander Pasternak, *Vanished Present*, 194; Barnes, *Boris Pasternak*, vol. 1, 244, 274, and 276.
2 Shklovsky, *Zoo, or Letters Not About Love*, 63.
3 Boris Pasternak and Olga Freidenberg, *Correspondence*, page xviii.
4 Berlin, *Personal Impressions*, 2[illegible]2.
5 Boris Pasternak, *Doctor Zhivago* (2010), 110.
6 Isaiah Berlin, letter to Edmund Wilson, December 23, 1958, in Berlin, *Enlightening: Letters 1946–1960*, 668。
7 Jhan Robbins, "Boris Pasternak's Last Message to the World," *This Week*, August 7, 1960.
8 Tsvetaeva, *Art in the Light of Conscience*, 21.
9 Osip Mandelstam, *Critical Prose and Letters*, 168.
10 Tsvetaeva, *Art in the Light of Conscience*, 22.
11 Lydia Pasternak Slater, "About These Poems," in Boris Pasternak, *Poems of Boris Pasternak*, 35.
12 Barnes, *Boris Pasternak*, vol. 1, 286.
13 Trotsky, *Literature and Revolution*, 31.
14 Service, *Trotsky*, 315.
15 Accounts of the meeting in Vilmont, *O Borise Pasternake, vospominaniya i mysli*, 93–95; and Boris Pasternak, letter to V. F. Bryusov, August 15, 1922, in Boris Pasternak, *Polnoe Sobranie Sochinenii*, vol. 7, 398.
16 Nadezhda Mandelstam, *Hope Against Hope*, 161.
17 Montefiore, *Stalin*, 108.
18 Yevgeni Pasternak, *Sushchestvovan'ya tkan' skvoznaya, Boris Pasternak. perepiska s Yev. Pasternak*, 379.
19 Montefiore, *Stalin*, 12.
20 Ibid., 3–22; Chuev, *Molotov Remembers*, 172–75.
21 Boris Pasternak's message to Stalin in *Literaturnaya Gazeta*, November 17, 1932.
22 Gerstein, *Moscow Memoirs*, 343.
23 Akhmatova, *My Half-Century*, 85.
24 Nadezhda Mandelstam, *Hope Against Hope*, 13.
25 Shentalinsky, *The KGB's Literary Archive*, 172.
26 Ivinskaya, *A Captive of Time*, 61.
27 Akhmatova, *My Half-Century*, 101.
28 Shentalinsky, *The KGB's Literary Archive*, 175.
29 Cohen, *Bukharin and the Bolshevik Revolution*, 238.
30 Bukharin, letter to Stalin, June 1934, in Russian State Archive of Socio-Political History. Col. : 558, I.: 11, F.: 709, S.: 167.
31 Shentalinsky, *The KGB's Literary Archive*, 182.
32 關於這一段對話的內容為何，至少有十一種說法，請參閱：Benedikt Sarnov in *Stalin and the Writers*。我們的根據是詩人曼德爾施塔姆的遺孀娜德茲妲的說法，她曾經直接與帕斯特納克談過這件事，不過他們是在那通電話過後一段時間才談起此事。請參閱：Nadezhda Mandelstam, *Hope Against Hope*, 146–48。然而，我們在翻譯時是根據娜德茲妲．曼德爾施塔姆回憶錄的用詞，直接翻成「大師」，而非「天才」。
33 Nadezhda Mandelstam, *Hope Against Hope*, 149.

34 同上，頁一四八。
35 Berlin, *Personal Impressions*, 223.
36 De Mallac, *Boris Pasternak*, 145.
37 Clark et al., *Soviet Power and Culture: A History in Documents*, 322–23.
38 Gladkov, *Meetings with Pasternak*, 119.
39 Ivinskaya, *A Captive of Time*, 81.
40 Service, *Stalin*, 592.
41 Conquest, *Stalin: Breaker of Nations*, 203.
42 Anatoli Tarasenkov, "Pasternak, Chernovye zapisi [Pasternak, Draft Notes], 1934-1939," in Boris Pasternak, *Polnoe Sobranie Sochinenii*, vol. 11, 178–79.
43 Boris Pasternak and Olga Freidenberg, *Correspondence*, 175.
44 Ivinskaya, *A Captive of Time*, 81.
45 Barnes, *Boris Pasternak*, vol. 2, 138.
46 Eduard Shneiderman, "Benedikt Livshits: Arest, sledstvie, rasstrel" (Benedikt Livshits: Arrest, Investigation, Execution), *Zvezda* (Star) 1, (1996): 115.
47 Barnes, *Boris Pasternak*, vol. 2, 148.
48 同上，頁一四四。
49 Berlin, *Personal Impressions*, 226.
50 Ehrenburg, *Post-War Years*, 277.
51 Gladkov, *Meetings with Pasternak*, 127.
52 Shentalinsky, *The KGB's Literary Archive*, 192.
53 Nadezhda Mandelstam, *Hope Against Hope*, 132.

參

1 Boris Pasternak, letter to Nina Tabidze, January 24, 1946, in Boris Pasternak, *Polnoe Sobranie Sochinenii*, vol. 9, 438.
2 Yevgeni Pasternak, *Boris Pasternak: The Tragic Years*, 178.
3 Boris Pasternak, *Letters to Georgian Friends*, 151.
4 Nina Tabidze, "Raduga na rassvete" (Rainbow at Dawn), in Boris Pasternak, *Polnoe Sobranie Sochinenii*, vol. 11, 333.
5 Boris Pasternak, letter to E. D. Romanova, December 23, 1959, quoted in Ivinskaya, *A Captive of Time*, 186.
6 Gladkov, *Meetings with Pasternak*, 87.
7 Barnes, *Boris Pasternak*, vol. 1, 268.
8 同上，頁一六九。
9 同上。
10 Boris Pasternak, *Doctor Zhivago* (2010), 58.
11 Gladkov, *Meetings with Pasternak*, 113.
12 Tamara Ivanova, "Boris Leonidovich Pasternak," in Boris Pasternak, *Polnoe Sobranie Sochinenii*, vol. 11, 281.

13 Gladkov, *Meetings with Pasternak*, 115.
14 同上，頁八七。
15 Barnes, *Boris Pasternak*, vol. 2, 213.
16 Akhmatova, *My Half-Century*, 39.
17 Osip Mandelstam, *Critical Prose and Letters*, 562.
18 Boris Pasternak, letter to sisters, end of December 1945, in Boris Pasternak, *Family Correspondence*, 365.
19 Gladkov, *Meetings with Pasternak*, 124.
20 Boris Pasternak, letter to Nadezhda Mandelstam, in Boris Pasternak, *Polnoe Sobranie Sochinenii*, vol. 9, 421.
21 Gladkov, *Meetings with Pasternak*, 125.
22 Boris Pasternak, letter to sisters, end of December 1945, in Boris Pasternak, *Family Correspondence*, 370.
23 Boris Pasternak, letter to Olga Freidenberg, February 24, 1946, in Boris Pasternak and Olga Freidenberg, *Correspondence*, 251.
24 Yevgeni Pasternak, *Boris Pasternak: The Tragic Years*, 162.
25 De Mallac, *Boris Pasternak*, 18.
26 Boris Pasternak, letter to sisters, end of December 1945, in Boris Pasternak, *Family Correspondence*, 368.
27 Barnes, *Boris Pasternak*, vol. 2, 252.
28 Yevgeni Pasternak, *Boris Pasternak: The Tragic Years*, 163.
29 Max Hayward, introduction to Gladkov, *Meetings with Pasternak*, 20–24; De Mallac, *Boris Pasternak*, 194.
30 Nadezhda Mandelstam, *Hope Abandoned*, 375.
31 Dalos, *The Guest from the Future*, 54.
32 Gerd Ruge, "Conversations in Moscow," *Encounter* 11, no. 4 (October 1958): 20–31.
33 Dalos, *The Guest from the Future* , 95.
34 Testimony of Yuri Krotkov, aka George Karlin, before the U.S. Senate subcommittee to investigate the administration of the Internal Security Act. November 13, Committee on the Judiciary, Karlin Testimony, at 171, U.S. Government Printing Office, pt. 3 (1969).
35 Nadezhda Mandelstam, *Hope Abandoned*, 594–95.
36 Dalos, *The Guest from the Future*, 95.
37 Ivinskaya, *A Captive of Time*, 205.
38 Valentin Berestov, "Srazu posle voiny" (Right After the War), in Boris Pasternak, *Polnoe Sobranie Sochinenii*, vol. 11, 485.
39 Boris Pasternak, letter to Olga Freidenberg, October 5, 1946, in Boris Pasternak and Olga Freidenberg, *Correspondence*, 253.
40 Boris Pasternak, letter to Lydia Pasternak Slater, June 26, 1946, in Boris Pasternak, *Family Correspondence*, 373.
41 Transcript of Orgburo meeting in Moscow, August 9, 1946, in Clark et al., *Soviet Culture and Power*, 412.
42 Resolution published in *Pravda* on August 21, 1946, in Ibid., 421.
43 Service, *Stalin*, 437–38.
44 Dalos, *The Guest from the Future*, 56.
45 同上，頁五六—七。
46 Boris Pasternak and Olga Freidenberg, *Correspondence*, 252–53.
47 Conquest, *Stalin*, 277.
48 Hingley, *Pasternak*, 166.
49 Barnes, *Boris Pasternak*, vol. 2 233.

50 Chukovsky, *Diary*, September 10, 1946, 359.
51 Mikhail Polivanov, "Tainaya Svoboda" (Silent Freedom), in Boris Pasternak, *Polnoe Sobranie Sochinenii*, vol. 11, 471.
52 這個詞是帕斯特納克在寫給一位讀者的信裡面使用的。請參閱：Barnes, *Boris Pasternak*, vol. 2, 296。
53 Boris Pasternak, "Three Letters," *Encounter* 15, no. 2 (August 1960): 3–6.
54 Tamara Ivanova, "Boris Leonidovich Pasternak," in Boris Pasternak, *Polnoe Sobranie Sochinenii*, vol. 11, 285.
55 Emma Gerstein, commentary on *Doctor Zhivago*, Boris Pasternak, *Polnoe Sobranie Sochinenii*, vol. 4, 653.
56 Yevgeni Pasternak, *Boris Pasternak: The Tragic Years*, 181.
57 Muravina, *Vstrechi s Pasternakom*, 46–52.
58 Varlam Shalamov, "Pasternak," in Boris Pasternak, *Polnoe Sobranie Sochinenii*, vol. 11, 645–46.
59 關於這一晚的描寫，請參閱：Ivinskaya, *A Captive of Time*, 182; Chukovskaya, "Otryvki iz *dnevnika*" (Diary fragments), in Boris Pasternak, *Polnoe Sobranie Sochinenii*, vol. 11, 407–8; and Yelena Berkovskaya, "Mal'chiki i devochki 40-kh godov" (Boys and Girls of the 1940s), in ibid., 540–41。
60 Maria Yudina, in A. M. Kuznetsova, "'Vysokii stoikii dukh': Perepiska Borisa Pasternaka i Marii Yudinoi" ("High Resilient Spirit": Correspondence of Boris Pasternak and Maria Yudina), *Novy Mir*, no. 2 (1990): 171.
61 Ehrenburg, *Post-War Years*, 165.
62 Gladkov, *Meetings with Pasternak*, 75.
63 Ivinskaya, *A Captive of Time*, 141.
64 Nikolai Lyubimov, *Boris Pasternak iz knigi "Neuvyadaemyi tsvet"* (Boris Pasternak from the book "The Unfading Blossom"), in Boris Pasternak, *Polnoe Sobranie Sochinenii*, vol. 11, 620.
65 Max Hayward's notes in Gladkov, *Meetings with Pasternak*, 188.
66 同上，頁一三一。
67 同上。
68 Vladimir Markov, "An Unnoticed Aspect of Pasternak's Translations," *Slavic Review* 20, no. 3 (October 1961): 503–8.
69 Gladkov, *Meetings with Pasternak*, 136–37.
70 Boris Pasternak, lettter to Olga Freidenberg, March 26, 1947, Boris Pasternak and Olga Freidenberg, *Correspondence*, 269.

肆

1 Boris Pasternak, letter to Renate Schweitzer, quoted in Ivinskaya, *A Captive of Time*, 185.
2 Interview with Lyusya Popova, *Komsomol'skaya Pravda*, August 19, 1999.
3 Quotes up to "Her present condition" from Boris Pasternak, letter to parents, October 1, 1937, in Boris Pasternak, *Family Correspondence*, 321–22.
4 Zinaida Pasternak, *Vospominaniya*, in Boris Pasternak, *Vtoroe Rozhdenie*, 295.
5 Barnes, *Boris Pasternak*, vol. 2, 27.
6 Feinstein, *Anna of All the Russias*, 242.
7 Barnes, *Boris Pasternak*, vol. 2, 189.
8 Zinaida Pasternak, *Vospominaniya*, in Boris Pasternak, *Vtoroe Rozhdenie*, 330.

9 同上，頁三四〇。
10 在這一章裡面，有關伊文斯卡亞與帕斯特納克認識以及後來談戀愛的經過，還有他們倆的對話內容，除非特別註明其他資料來源，否則都是引述自她的回憶錄：*A Captive of Time*。
11 Boris Pasternak, letter to Nina Tabidze, September 30, 1953, in Boris Pasternak, *Letters to Georgian Friends*, 154.
12 Vyacheslav Ivanov, "Perevyornutoe nebo. Zapisi o Pasternake" (The Upturned Sky. Notes on Pasternak), *Zvezda* 8 (August 2009): 107.
13 Zinaida Pasternak, *Vospominaniya*, inBoris Pasternak, *Vtoroe Rozhdenie*, 344.
14 Yemelyanova, *Legendy Potapovskogo pereulka*, 16.
15 Voznesensky, *An Arrow in the Wall*, 270.
16 Lydia Chukovskaya, "Otryvki iz dnevnika" (Diary fragments), January 6, 1948, in Boris Pasternak, *Polnoe Sobranie Sochinenii*, vol. 11, 426.
17 Emma Gerstein, "O Pasternake i ob Anne Akhmatovoi" (About Pasternak and Anna Akhmatova), in Boris Pasternak, *Polnoe Sobranie Sochinenii*, vol. 11, 392.
18 Yevgeni Yevtushenko, "Bog stanovitsya chelovekom" (God Becomes Man), in Boris Pasternak, *Polnoe Sobranie Sochinenii*, vol. 11, 721.
19 Zinaida Pasternak, *Vospominaniya*, in Boris Pasternak, *Vtoroe Rozhdenie*, 340–42.
20 Yemelyanova, *Legendy Potapovskogo pereulka*, 21.
21 Boris Pasternak, letter to Olga Freidenberg, August 7, 1949, in Boris Pasternak and Olga Freidenberg, *Correspondence*, 292.
22 Interview with Lyusya Popova, *Komsomol'skaya Pravda*, August 19, 1999.
23 Pamela Davidson, "C. M. Bowra's 'Overestimation' of Pasternak and the Genesis of *Doctor Zhivago*," in Fleishman, *The Life of Boris Pasternak's Doctor Zhivago*, 42
24 Conquest, *Courage of Genius*, 86.
25 International Conference of Professors of English, The National Archives, London, 1950, FO 954/881.
26 Livanov, *Mezhdu dvumya Zhivago, vospominaniya i vpechatleniya, p'esy*, 177.
27 Ivinskaya, *A Captive of Time*, 36：某些作家認為，伊文斯卡亞是因為她在某位編輯手下工作，當局在調查那編輯的詐欺罪嫌時，她因為涉案才會遭到逮捕。但這種說法並沒有確切證據。在漫長的偵訊過程中，問話的焦點幾乎都是帕斯特納克，而她並未受到詐欺罪起訴，是個政治犯。
28 關於她被羈押在盧比揚卡大樓的過程，除非特別註明其他資料來源，否則都是引述自她的回憶錄，請參閱：ibid., 91–110。
29 Montefiore, *Stalin*, 539.
30 Yemelyanova, *Pasternak i Ivinskaya: provoda pod tokom*, 97–107.
31 Ivinskaya, *A Captive of Time*, 86.
32 Lydia Chukovskaya, *Zapiski ob Anne Akhmatovoi*, vol. 2,173.
33 Nikiforov letter, in Ivinskaya, *A Captive of Time*, 113–14。伊文斯卡亞說，她原諒了尼基佛洛夫，而且等到他獲釋返回莫斯科時，她母親還幫他找教英文的工作。尼基佛洛夫原本的姓氏是葉皮胥金（Yepishkin）。他曾經當過商人，因此很容易獲咎，所以等到他在一九一七年革命後從澳洲返回俄國，才會改姓妻子的姓。
34 伊文斯卡亞懷孕一事曾經受到某位傳記作家的懷疑。理由是，他們的戀情吵吵鬧鬧，而且看似數度分分合合，再加上他自己的家庭生活有許多地方都讓他感到不快樂，所以在伊文斯卡亞被捕前，他們倆不太可能發生過親密關係。伊文斯卡亞的女兒伊芮娜在她的書中引述了一份監獄文件，但也不能完全確證她懷孕，不過的確證實了伊文斯卡亞的說法。某位醫生在文件中宣稱伊文斯卡亞「因為子宮出血」而住進了監獄診所，而且他說她自稱已經懷孕。請參閱：Yemelyanova, *Pasternak i Ivinskaya: provoda pod tokom* 103。除此之外，公開文件裡面找不到其餘醫療記錄。
35 這是柳西雅．波波娃（Lyusya Popova）的說法，請參閱：Ivinskaya, *A Captive of Time*, 107–8。

伍

1 Boris Pasternak, letter to Olga Freidenberg, January 20, 1953, in Boris Pasternak and Olga Friedenberg, *Correspondence*, 309.
2 Boris Pasternak, letter to Nina Tabidze, January 17, 1953, in Boris Pasternak, *Letters to Georgian Friends*, 149–59.
3 Zinaida Pasternak, *Vospominaniya*, in Boris Pasternak, *Vtoroe Rozhdenie*, 347.
4 Lydia Chukovskaya, *Zapiski ob Anne Akhmatovoi*, vol. 2, 57.
5 Boris Pasternak, *Doctor Zhivago* (2010), 430.
6 Ivinskaya, *A Captive of Time*, 118.
7 同上，頁一一九。
8 Boris Pasternak, letter to Olga Freidenberg, December 9, 1949, in Boris Pasternak and Olga Freidenberg, *Correspondence*, 298.
9 Barnes, *Boris Pasternak*, vol. 2, 273.
10 Lydia Chukovskaya, letter to Boris Pasternak, August 28, 1952, in Lydia Chukovskaya, *Sochineniya*, vol. 2, 438–39.
11 Voznesensky, *An Arrow in the Wall*, 258–61.
12 Testimony of Yuri Krotkov, aka George Karlin, before the U.S. Senate subcommittee to investigate the administration of the Internal Security Act. November 3, Committee on the Judiciary, Karlin Testimony, at 6, U.S. Government Printing Office, pt. 1 (1969).
13 關於帕斯特納克日常餐點之描寫，請參閱："BorisPasternak: The Art of Fiction No. 25," interview by Olga Carlisle, *The Paris Review* 24 (1960): 61–66。
14 Boris Pasternak, letter to S. I. and M. N. Chikovani, June 14, 1952, in Boris Pasternak, *Letters to Georgian Friends*, 142–43.
15 Brent and Naumov, *Stalin's Last Crime*, 212.
16 Boris Pasternak, letter to V. F. Asmus, March 3, 1953, in Boris Pasternak, *Selected Writings and Letters*, 409.
17 Barnes, *Boris Pasternak*, vol. 2, 10.
18 Zinaida Pasternak, *Vospominaniya*, in Boris Pasternak, *Vtoroe Rozhdenie*, 351.
19 Ivinskaya, *A Captive of Time*, 24.
20 Boris Pasternak, letter to Olga Freidenberg, July 12, 1954, in Boris Pasternak and Olga Freidenberg, *Correspondence*, 328.
21 Ivinskaya, *A Captive of Time*, 37.
22 Matthews, *Stalin's Children*, 157.
23 關於丘柯夫斯卡亞與阿道夫－娜德茲迪納對於伊文斯卡亞提出的質疑，請參閱：Lydia Chukovskaya, *Zapiski ob Anne Akhmatovoi* vol. 2, 658–61；還有：Adol'f-Nadezhdina, letter to Chukovskaya in Mansurov, *Lara Moego Romana*, 266–68。
24 Reeder, *Anna Akhmatova*, 357.
25 Yesipov, *Shalamov*, 226–29.
26 Varlam Shalamov, letter to Nadezhda Mandelstam, September 1965, in http://shalamov.ru/library/24/36.html.
27 Frankel, *Novy Mir: A Case Study*, 22.
28 同上，頁三〇。
29 Chukovsky, *Diary*, entry October 20, 1953, 379.
30 Yevgeni Pasternak, *Boris Pasternak: The Tragic Years*, 207.
31 Boris Pasternak, letter to Olga Freidenberg, March 20, 1954, in Boris Pasternak and Olga Freidenberg, *Correspondence*, 320.
32 Quoting Surkov. See "The Official Intervention in the Literary Battle," *Soviet Studies* 6, no. 2 (October 1954): 179–86.
33 Ruge, *Pasternak: A Pictorial Biography*, 90–91.

34 Boris Pasternak and Olga Freidenberg, *Correspondence*, xii.
35 Lydia Chukovskaya, *Zapiski ob Anne Akhmatovoi*, vol. 2, 105.
36 Voznesensky, *An Arrow in the Wall*, 260.
37 Barnes, *Boris Pasternak*, vol. 2, 296; Ruge, *Pasternak: A Pictorial Biography*, 88–89.
38 Barnes, *Boris Pasternak*, vol. 2, 298.
39 Ivinskaya, *A Captive of Time*, 195.
40 Boris Pasternak, letter to Nina Tabidze in Zubok, *Zhivago's Children*, 1.

陸

1 關於費爾特內里的家庭背景，請參閱：Carlo Feltrinelli, *Feltrinelli*, 1–36。
2 同上，頁六五。
3 De Grand, *The Italian Left in the Twentieth Century*, 100.
4 同上。
5 Calvino, *Hermit in Paris*, 128.
6 Carlo Feltrinelli, *Feltrinelli*, 52.
7 Anna Del Bo Boffino, *L'Unità*, March 1992, quoted in Carlo Feltrinelli, *Feltrinelli*, 45.
8 Carlo Feltrinelli, *Feltrinelli*, 38.
9 同上，頁五五。
10 同上，頁六一。
11 同上，頁七八。
12 Taubman, *Khrushchev*, 271.
13 Medvedev, *Khrushchev*, 86–88.
14 D'Angelo, *Delo Pasternaka*, 5–6.
15 Carlo Feltrinelli, *Feltrinelli*, 10[illegible].
16 Vyacheslav Ivanov in *Zvezda* 1 (2010): 152.
17 Ivinskaya, *A Captive of Time*, 197.
18 Yevgeni Pasternak, *Boris Pasternak: The Tragic Years*, 215.
19 Ivinskaya, *A Captive of Time*, 201.
20 Carlo Feltrinelli, *Feltrinelli*, 102–3.
21 同上，頁一〇三—〇五。
22 August 31, 1956, note of the deputy foreign minister, and appendix with Central Committee's culture department report in Afiani and Tomilina, *Boris Pasternak i Vlast'*, 63.
23 D'Angelo, *Delo Pasternaka*, 13[illegible].
24 Ivinskaya, *A Captive of Time*, 200.
25 Boris Pasternak, letter to Lydia Pasternak Slater, November 1, 1957, in Boris Pasternak, *Family Correspondence*, 389.
26 一九六一年三月十日，當時再度被關進同一個西伯利亞勞改營的伊文斯卡亞寫了一封陳情信給蘇聯領導人赫魯雪夫；後來到了一九九七年，俄國報紙《莫斯科共青報》（*Moskovsky Komsomolets*）把信的部分引文刊登在報上（也可以參閱：Alessandra Stanley, "Model for Dr. Zhivago's Lara Betrayed Pasternak to KGB," *The New York Times*, September 27, 1997）。由於陳情信並未被完整刊出，選擇性引文造成伊文斯卡亞被塑造出格別烏線民的形象。為了加強陳情信的力道，伊文斯卡亞向赫魯雪夫表示，她曾經阻止過帕斯特納克與外國人見面，也與中央委員會配合，延緩《齊瓦哥醫生》在西方國家的出版。她說，帕斯特納克並非與一切無關的「無辜羔羊」。若看完整封信，我們會覺得她的出發點只是個母親以及家中生計的維持者（當時她母親仍在人世）。信裡面沒有任何字句足以把她貼上格別烏線民的標籤（關於這個問題的更完整說明，請參閱本書尾聲）。而且，事實上她之所以會與蘇聯當局打交道，大都是帕斯特納克要她代勞的。格別烏也許認為她溫順可欺，但未曾覺得她是個可靠的人（請參閱下一個註釋）。完整的信件收藏在俄羅斯聯邦國家檔案館：Col.: 8131, I.: 31, F.: 89398, S.: 51–58。兩位作者也持有該封陳情信的副本。

27 KGB to the Council of Ministers, memo on Pasternak's connections with Soviet and foreign individuals, February 16, 1959, in Afiani and Tomilina, *Boris Pasternak i Vlast'*, 181.

28 Ivinskaya, *A Captive of Time*, 219.

29 Benedikt Sarnov, "Tragicheskaya figura" (A Tragic Figure), in *Lekhaim* (October 2003), http://www.lechaim.ru/ARHIV/138/sarnov.htm; Yevtushenko, *Shestidesantnik, memuarnaya proza*, 162–92.

30 D'Angelo, *Delo Pasternaka*, 31.

31 Varlam Shalamov, letter to Boris Pasternak, August 12, 1956, in http://shalamov.ru/ library/24/1.html.

32 Boris Pasternak, letter to Hélène Peltier, September 14, 1956, in Boris Pasternak, *Lettres à mes amies françaises (1956–1960)*, 58.

33 那一張紙片目前收藏在米蘭的姜賈柯莫費爾特內里基金會圖書館。

34 Berlin, *Personal Impressions*, 227.

35 Boris Pasternak, letter to sisters, August 14, 1956, Boris Pasternak, *Family Correspondence*, 380.

36 Mikhail Polivanov, "Tainaya Svoboda" (Silent Freedom), in Boris Pasternak, *Polnoe Sobranie Sochinenii*, vol. 11, 469.

37 Berlin, *Personal Impressions*, 229.

38 Isaiah Berlin, letter to David Astor, October 27, 1958, in Berlin, *Enlightening: Letters, 1946–1960*, 652–53.

39 Boris Pasternak, letter to sisters, August 14, 1956, in Boris Pasternak, *Family Correspondence*, 380.

40 Patricia Blake, introduction to Hayward, *Writers in Russia, 1917–1978*, xlvii.

41 KGB to the Council of Ministers, memo on Pasternak's connections with Soviet and foreign individuals, February 18, 1959, Afiani and Tomilina, *Boris Pasternak i Vlast'*, 183.

42 Patricia Blake, introduction to Hayward, *Writers in Russia, 1917–1978*, l.

43 Barnes, *Boris Pasternak*, vol. 1, 308.

44 Boyd, *Vladimir Nabokov: The American Years*, 372.

45 Schiff, *Vera (Mrs. Vladimir Nabokov)*, 243.

46 Patricia Blake, introduction to Hayward, *Writers in Russia, 1917–1978*, l.

47 同上，頁 xlix。

48 同上，頁 li。

49 Isaiah Berlin, letter to James Joll, November 25, 1958, in Berlin, *Enlightening: Letters*, 1946–1960, 658.

柒

1 一九五八年十月二十五日出版的《文藝週報》把那一封信刊登了出來。信的完整內容請參閱：Conquest, *Courage of Genius*, Appendix II, 136–63。

2 Boris Pasternak, *Doctor Zhivago* (2010), 429.
3 Barnes, *Boris Pasternak*,vol. 2, 316.
4 Chukovsky, *Diary*, entry September 1, 1956, 408.
5 Tamara Ivanova, "Boris Leonidovich Pasternak," in Boris Pasternak, *Polnoe Sobranie Sochinenii*, vol. 11, 286–87.
6 Yevgeni Pasternak, *Boris Pasternak: The Tragic Years*, 221.
7 Barnes, *Boris Pasternak*, vol. 2, 317.
8 D'Angelo, *Delo Pasternaka*, 23.
9 Urban, *Moscow and the Italian Communist Party*, 139.
10 October 24, 1956, note of the department of the Central Committee of the Communist Party of the Soviet Union for relations with foreign Communist parties, in Afiani and Tomilina, *Pasternak i Vlast'*, 71.
11 Mancosu, *Inside the Zhivago Storm*, 44; Valerio Riva, "La vera storia del dottor Zivago" (The true story of Dr. Zhivago), *Corriere della Sera*, cultural supplement, January 14, 1987, in Carlo Feltrinelli, *Feltrinelli*, 108.
12 McLean and Vickery, *The Year of Protest 1956*, 25.
13 De Grand, *The Italian Left in the Twentieth Century*, 125.
14 Carlo Feltrinelli, *Feltrinelli*, 89.
15 Giorgio Amendola, quoted in ibid., 94.
16 同上，頁九五。
17 Puzikov, *Budni i prazdniki*, 202.
18 D'Angelo, *Delo Pasternaka*, 75.
19 Carlo Feltrinelli, *Feltrinelli*, 110–11.
20 同上，頁一一二。
21 Boris Pasternak, letter to Andrei Sinyavsky, June 29, 1957, in Boris Pasternak, *Polnoe Sobranie Sochinenii*, vol. 10, 235.
22 Taubman, *Khrushchev*, 307–8.
23 Conquest, *Courage of Genius*, 54.
24 August 30, 1957, and September 18, 1957, Central Committee culture department notes on *Opinie*, in Afiani and Tomilina, *Pasternak i Vlast'*, 81–82 and 83–84.
25 Zinaida Pasternak, *Vospominaniya*, in Boris Pasternak, *Vtoroe Rozhdenie*, 364.
26 D'Angelo, *Delo Pasternaka*, 95.
27 Boris Pasternak, letter to Nina Tabidze, August 21, 1957, in Boris Pasternak, *Polnoe Sobranie Sochinenii*, vol. 10, 249–50.
28 Boris Pasternak, letter to Pietro Zveteremich, July 1957, in Valerio Riva, *Corriere della Sera*, January 14, 1987.
29 Boris Pasternak, *Family Correspondence*, 388. One of the letters is quoted in a KGB memo, February 18, 1959, in Afiani and Tomilina, *Pasternak i Vlast'*, 184.
30 Ivinskaya, *A Captive of Time*, 216. 伊文斯卡亞在她的回憶錄裡把這次會議的日期錯誤記錄成一九五八年。
31 Alexander Puzikov in Boris Pasternak, *Polnoe Sobranie Sochinenii*, vol. 10, 249; and Puzikov, *Budni i prazdniki*, 206.
32 Boris Pasternak, letter to Nina Tabidze, August 21, 1957, in Yevgeni Pasternak, *Boris Pasternak: The Tragic Years*, 228–29.
33 同上。
34 D'Angelo, *Delo Pasternaka*, 90.
35 Carlo Feltrinelli, *Feltrinelli*, 114.

36 D'Angelo, *Delo Pasternaka*, 90–91.
37 Carlo Feltrinelli, *Feltrinelli*, 115.
38 Miriam H. Berlin, "A Visit to Pasternak," *The American Scholar* 52, no. 2 (Summer 1983): 327–35.
39 Carlo Feltrinelli, *Feltrinelli*, 113.
40 Yevtushenko, *A Precocious Autobiography*, 104.
41 Yevtushenko, *Shestidesantnik, memuarnaya proza*, 386.
42 The International Book Association to the Central Committee of the Communist Party of the Soviet Union, note, October 3, 1957, in Afiani and Tomilina, *Pasternak i Vlast'*, 84–85.
43 Philip de Zulueta, British Foreign Office, letter to British ambassador in Moscow, titled "Vetting and Translation of Dr. Zhivago," March 8, 1958, in the National Archives, London. Prime Minister's file. Classmark, PREM 11/2504.
44 Carlo Feltrinelli, *Feltrinelli*, 116.
45 D'Angelo, *Delo Pasternaka*, 98.
46 Mancosu, *Inside the Zhivago Storm*, 76.
47 Carlo Feltrinelli, *Feltrinelli*, 116.
48 Mancosu, *Inside the Zhivago Storm*, 241.
49 同上，頁一一七。
50 November 16, 1957, note for the Central Committee of the CPSU, in Afiani and Tomilina, *Pasternak i Vlast'*, 86.
51 Giangiacomo Feltrinelli quoted indirectly in "Pubblicato in URSS il libro di Borghese sulla 'X Mas' mentre si proibisce la stampa dell'ultimo romanza di Pasternàk" (Borges Book Will Be Published in the USSR by Christmas while Pasternak's Last Novel Remains Banned), *Corrispondenza Socialista*, October 27, 1957.
52 Carlo Feltrinelli, *Feltrinelli*, 116.
53 Gino Pagliarani, "Boris Pasternak e la cortina di ferro" (Boris Pasternak and the Iron Curtain), *L'Unità*, October 22, 1957, in Conquest, *Courage of Genius*, 66.
54 Alexei Surkov, *Mladost*, October 2, 1957, 同上，頁六七。
55 Mancosu, *Inside the Zhivago Storm*, 91.
56 November 16, 1957, letter of Boris Pasternak attached to note for the Central Committee of the CPSU, in Afiani and Tomilina, *Pasternak i Vlast'*, 86.
57 Carlo Feltrinelli, *Feltrinelli*, 118–19.
58 關於《齊瓦哥醫生》義大利文版的出版以及在書店上架後的情況，都是卡洛·費爾特內里在電子郵件中向我們透露的。
59 Giorgio Zampa, "Si cerca il libello politico e si trova un'opera d'arte," review of *Doctor Zhivago*, *Corriere della Sera*, November 22, 1957.

捌

1 CIA, Dispatch to Chief, WE [Western Europe], "Transmittal of Film of Pasternak Book," January 2, 1958。上述文件發送者之姓名，還有膠卷提供者的姓名都已經被中情局改掉了。即便文件的歷史已經超過五十年了，中情局還是會遵循此一標準程序，藉此避免與盟國情報機構的合作關係曝光。然而，從這一份一九五八年一月二日的文件中，我們還是可以清楚看出膠卷的來源是倫敦。該份文件宣稱，膠卷的提供者也希望中情局打算怎麼做，以便提供者在行動上與之配合。此一提供者只有可能是英國情報單位軍情六處（MI6）。此外，一位不願讓身分曝光的美國官員也向作者確認，書稿的來源就是英國。作者曾與英國政府接觸，一位發言人表示：軍情六處曾於二〇一〇年出版其官方的歷史，但後來他們決定不要再度開啟檔案資料。

2 CIA, Memorandum for Deputy Director (Plans) from Chief, SR Division, "Request for Authorization to Obligate up to [redacted] from AEDINOSAUR," July 9, 1958.

3 Trento, *The Secret History of the CIA*, 497, note 4。跟出現在中情局文件中的所有名字一樣，莫瑞分局長的名字也被改掉了，但是曾有很多本書都確認了他就是蘇聯分局局長，一些前中情局官員也在訪談中與兩位作者確認了他的身分。

4 Chavchavadze, *Crown and Trenchcoats*, 224.

5 同上。

6 CIA, Memorandum for PP Notes,"Publication of Pasternak's Dr. Zhivago," September 8, 1958。顯然英國方面曾要求不要在美國出版，可以印證這一點的，包括中情局後來所採取的種種行動以及許多顧慮，而且上述備忘錄也直接提及此事，只不過，如前所述，英國方面提供者的名稱已經被改寫了。

7 CIA, Memorandum, "Pasternak's Dr. Zhivago," December 12, 1957。撰寫這一份備忘錄的，很可能是該局的心戰與準軍事行動部門（Psychological and Paramilitary Staff）。

8 CIA, Memorandum for the Record, "Exploitation of Dr. Zhivago," March 27, 1959。這份備忘錄並未指出行動協調委員會是在何時下達此一指令。艾森豪總統圖書館的館員們找不到該委員會下令的記錄，所以很可能只是口頭指令。一九五八年十一月七日，該委員會召開會議，中情局杜勒斯局長也出席，會議記錄裡面有一句話寫道：「討論帕斯特納克一案，並裁示該採取哪些行動。」請參閱：Eisenhower Presidential Library. White House Office, Office of the Special Assistant for National Security Affairs: Records, OCB series, Administration subseries, Box 4: OCB Minutes of Meetings 1958 (6)。

9 Meyer, *Facing Reality*, 114.

10 Wilford, *The Mighty Wurlitzer*, 147.

11 關於文化領域冷戰活動的完整討論，還有對於中情局行動的功績與效用提出的不同觀點，請參閱：Saunders, *The Cultural Cold War*，還有：Wilford, *The Mighty Wurlitzer*。

12 Michael Warner, "Sophisticated Spies: CIA Links to Liberal Anti-communists, 1947–1967," *Journal of Intelligence and Counterintelligence* 9, no. 4 (1996): 425–33.

13 同上。

14 Jeffreys-Jones, *The CIA and American Democracy*, 35.

15 Thorne et al., *Foreign Relations of the United States, 1945–1950*, 622.

16 Gaddis, *George F. Kennan*, 317.

17 Emergence of the Intelligence Establishment, 668–72.

18 Thomas, *The Very Best Men*, 21–23.

19 Dobbs, *Six Months in 1945*, 14.

20 Thorne et al., *Foreign Relations of the United States, 1945–1950*, 730–31.

21 U.S. Senate, *Final Report of the Select Committee to Study Government Operations with Respect to Intelligence Activities*, book 1, 107.

22 Colby and Forbath, *Honorable Men*, 73.

23 Tom Braden, "I'm Glad the CIA Is Immoral," *The Saturday Evening Post*, May 20, 1967.

24 Winks, *Cloak & Gown*, 54.

25 Cord Meyer, letter to Robie Macauley, September 19, 1996, Cord Meyer Papers, box 1, folder 8, Manuscript Division, Library of Congress.

26 Saunders, *The Cultural Cold War*, 246.

27 Meyer, *Facing Reality*, 63–64.
28 Saunders, *The Cultural Cold War*, 131; and Wilford, *The Mighty Wurlitzer*, 31.
29 Johnson, *Radio Free Europe and Radio Liberty*, 15.
30 Wilford, *The Mighty Wurlitzer*, 31.
31 Meyer, *Facing Reality*, 115. 這也是強森的論文。
32 Critchlow, *Radio Hole-in-the-Head*, 15.
33 同上，頁八七。
34 Johnson, *Radio Free Europe and Radio Liberty*, 184.
35 Solzhenitsyn, *The Mortal Danger*, 129.
36 Simo Mikkonen, "Stealing the Monopoly of Knowledge? Soviet Reactions to U.S. Cold War Broadcasting," *Kritika: Explorations in Russian and Eurasian History* 11, no. 4 (2010): 771–805.
37 "Propaganda: Winds of Freedom," *Time*, August 27, 1951.
38 Hixon, *Parting the Curtain*, 65–66.
39 Reisch, *Hot Books in the Cold War*, 10.
40 Johnson, *Radio Free Europe and Radio Liberty*, 72.
41 John P. Matthews, "The West's Secret Marshall Plan for the Mind," *Journal of Intelligence and Counterintelligence* 16, no. 3 (2003): 409–27.
42 Reisch, *Hot Boots in the Cold War*, 15.
43 Alfred A. Reisch, "The Reception and Impact of Western and Polish Émigré Books and Periodicals in Communist-Ruled Poland Between July 1, 1956 and June 30, 1973," *American Diplomacy*, November 2012, http//www.unc.edu/depts/diplomat/item/2012/0712/comm/reisch reception.html.
44 Reisch, *Hot Books in the Cold War*, 251.
45 Patch, *Closing the Circle*, 255–62.
46 Burton Gerber, former CIA station chief in Moscow, interview by Finn, in Washington, D.C., November 20, 2012.
47 Ludmilla Thorne, letter, *The New Yorker*, November 21, 2005, 10.
48 Reisch, *Hot Books in the Cold War*, 515.
49 Mark Kramer, introduction, 同上，頁 xxiii。
50 Richard Elman, "The Aesthetics of the CIA," Richard Elman Papers, box 1 (1992 accession), "Writings-Essays," Special Collections Research Center, Syracuse University Library.
51 Chief of Covert Action, CIA, in U.S. Senate, *Final Report of the Select Committee to Study Governmental Operations with Respect to Intelligence Activities*, book 1, 192–95.
52 John M. Crewdson and Joseph B. Treaster, "The CIA's 3-Decade Effort to Mold the World's Views," *The New York Times*, December 25, 1977.
53 Garrand and Garrand, *Inside the Soviet Writers' Union*, 42.

玖

1 American Consul General in Munich to the Department of State, Foreign Service Dispatch, March 7, 1958, Department of State Central

File, 1955–59, 961.63: "Censorship in the USSR," The National Archives, College Park, Maryland.
2 Boris Pasternak, letter to Jacqueline de Proyart, January 7, 1958, in Boris Pasternak, *Lettres à mes amies françaises (1956–1960)*, 81.
3 Yevgeni Pasternak, "Perepiska Borisa Pasternaka s Elen Pel'te-Zamoiskoi" (Pasternak–Hélène Peltier-Zamoiska Correspondence), *Znamya* 1 (1997): 118.
4 CIA, Memorandum, October 29, 1957.
5 A former CIA officer who discussed the agency and its practices on condition of anonymity, interview by Finn.
6 CIA, "Notes on PASTERNAK'S novel, Dr. Zhivago," January 13, 1958.
7 Pluvinge, *Expo 58: Between Utopia and Reality*, 11.
8 Travel by Soviet Officials to Belgium, RG 59, 1955–59, 033.6155, National Archives, College Park, MD.
9 CIA, Memorandum for SR Division Branch Chiefs, "Availability of Dr. Zhivago in English," April 24, 1958.
10 Les Evans, introduction to Cannon, *The Struggle for Socialism*, 14.
11 Jason Epstein, "The CIA and the Intellectuals," *The New York Review of Books*, April 20, 1967.
12 Saunders, *The Cultural Cold War*, 157.
13 同上，頁四四三，註四。
14 Wald, *The New York Intellectuals*, 287.
15 Alan M. Wald, who interviewed Morrow several times, phone conversation with Finn, November 12, 2012.
16 Excerpt from the oral history of Felix Morrow, Oral History Project, Columbia University。（上述口述歷史文件的完整版仍未公開，但在莫洛之女的允許之下，我們閱讀並且改寫使用了一部分文字，都是關於莫洛如何幫中情局工作的經過。）
17 Felix Morrow, letter to Carl Proffer, October 6, 1980, in Correspondence of Felix Morrow and Carl and Ellendea Proffer, University of Michigan Special Collections Library, Ann Arbor, Box 7 of the Ardis Collection Records, Folder heading Ardis Author/Name Files—Morrow, Felix。在所有中情局文件中，莫洛的名字都被改寫掉了，但是在一九八〇與一九八六年他都曾寫過許多信給亞迪斯出版社（Ardis Publishers）的卡爾·普洛佛（Carl Proffer），提及他自己扮演的角色。在口述歷史記錄裡，莫洛也曾做過相關描述（請參閱本章上一個註釋）。
18 同上。
19 CIA, Contact Report, June 20, 1958.
20 CIA, Memorandum for the Record, June 20, 1958.
21 CIA, copy of contract, June 19, 1958.
22 CIA, Soviet Russia Division Memorandum, "Background Information and Outstanding Problems on the Publication of *Doctor Zhivago*," June 26, 1958.
23 Felix Morrow, letter to Carl Proffer, October 6, 1980, in Correspondence of Felix Morrow and Carl and Ellendea Proffer, University of Michigan Special Collections Library, Ann Arbor, Box 7 of the Ardis Collection Records, Folder heading Ardis Author/Name Files—Morrow, Felix.
24 Felix Morrow, letter to Ellendea Proffer, November 4, 1986, in Correspondence of Felix Morrow and Carl and Ellendea Proffer, University of Michigan Special Collections Library, Ann Arbor.
25 CIA, letter, July 7, 1958。密西根大學的名字也被改寫了，但透過莫洛的證詞，其餘中情局文件與後續事件看來，顯然就是密西根大學。
26 CIA, Memorandum for the Record, "AEDINOSAUR Meeting of July 17, 1958," July 17, 1958.
27 Excerpt from oral history of Felix Morrow（請見上一個註釋）。
28 CIA, Memorandum for the Record,"AEDINOSAUR—RecentDevelopments," July 28, 1958.
29 CIA, Memorandumfor the Record, "AEDINOSAUR—Eventsof 15–20 August."

30 CIA, "Report of Trip to [the University ofMichigan] Regarding Publication of *Doctor Zhivago*," September 2,1958。密西根大學校長與該校出版社編輯總監佛列德・韋克的名字都被改寫了。莫洛在一封給卡爾・普洛佛的信裡面寫道：「中情局持續派員去找韋克與海契」。
31 Burton Gerber, former CIA station chiefin Moscow, interview by Finn, in Washington, D.C., November 20,2012.
32 CIA, Memorandum for Chief, Soviet Russia Divisionfrom Commercial Staff, "Chronology of AEDINOSAUR," October14,1958.
33 CIA, Memorandumfor the Record, September 10, 1958.
34 CIA, Telex, February 24,1958; CIA, Memorandum, February 28, 1958; CIA, Memorandum forthe Record, March 3, 1958.
35 Mancosu, *Inside the Zhivago Story*,112–13.
36 Bob de Graaff and Cees Wiebes, "Intelligence andthe Cold War Behind the Dikes: The Relationship between the American and Dutch Intelligence Communities, 1946–1994," in Jeffreys-Jones and Andrew, *Eternal Vigilance? 50 years of the CIA*, 46.
37 CIA, Memorandum for the Record, "AEDINOSAUR—Recent Developments," July 28, 1958。無論是在上述備忘錄或其他中情局的備忘錄裡面，只要提到穆彤出版公司與荷蘭國內保安局的部分，兩者的名字就會被改寫，但是從後來的事件與其他中情局文件可以看得出來，這就是中情局進行這件事的方向。一九五八年十一月二十八日，該局人員寫了一份備忘錄給該局負責計畫事務的代理副局長，表示穆彤已經同意了中情局的條件，條件之一就是該出版公司必須把印製的頭一千本小說提供給中情局。
38 CIA, Memorandum for Acting Deputy Director (Plans) from the Acting Chief, Soviet Russia Division,"Publication of the Russian edition of Dr. Zhivago," November 25,1958.
39 關於荷蘭國內保安局採取的配合行動之細節，我們所根據的是下列訪談：interviews with Kees van den Heuvel from 1999 to 2000 in Leidschendam, the Netherlands; Rachel vander Wilden, widow of BVD officer Joop van der Wilden, in The Hague,August 16, 2012; Barbara and Edward van der Beek, children of Rudyvan der Beek, January 14, 2012, in Voorburg, the Netherlands; correspondence with the retired in-house historian of the BVD, Dirk Engelen(email February 9, 2010); and discussions with the Cold War historian Paul Koedijk over the last years. See also Petra Couvée, "Leemten in het lot. Hoe Dokter Zjivago gedrukt werd in Nederland" (Fateful Gaps. How *Doctor Zhivago* Was Printed in the Netherlands), *De Parelduiker* 2 (1998): 28–37; Petra Couvée, "Een geslaagde stunt, Operatie Zjivago,de ontknoping" (A Successful Stunt. Operation Zhivago, Dénouement)in *De Parelduiker* 1 (1999): 63–70;and Vos, *De Geheime Dienst*.
40 Peter de Ridder, interview by Couvée in Lisse, the Netherlands, October 2008.
41 Peter de Ridder, "Geheimzinnige uitgave van Pasternak. Door Russen verbannen roman in Nederland—clandestien?—gedrukt?" (Mysterious Edition of Pasternak. Nove lBanned by Russians in the Netherlands—Secretly?—Printed?), *Haagsche Post*, October 4, 1958, 5–6.
42 Peter de Ridder, interviews inLisse, the Netherlands, by Couvée on August 13, 1997, and by Finn andCouvée on July 29, 2008.
43 CIA, Memorandum for PP Notes, "Publication of Pasternak's *Dr. Zhivago*," September 8, 1958.
44 朱普・范德・威登的遺孀瑞秋・范德・威登也曾是英國情報機構軍情六處的幹員，本書作者庫維曾於二〇一二年八月十六日在海牙訪問她。朱普・范德・威登生前保存的那一本俄文版《齊瓦哥醫生》仍然包在棕色的紙張裡，上面寫著九月六日。那本小說仍在瑞秋・范德・威登手裡。日期註明為一九五八年十一月二十五日的中情局備忘錄也聲稱那本小說是在「九月初」印製的。
45 CIA, Memorandum for Chief, PRD, "Distribution of Russian Copies of *Dr. Zhivago*," October 31, 1958.
46 For descriptions of the Expo, see *The New York Times*, April 27, 1958, and May 11, 1958; *The Washington Post*, May 25, 26, and 27, 1958.
47 Pluvinge, *Expo 58: Between Utopia and Reality*, 93.
48 Rydell, *World of Fairs*, 200.
49 同上，頁一九七。
50 Tour guide Betty Rose to William Buell, office memorandum, Travel by Soviet Officials to Belgium, RG 59, 1955–59, 033.6155, National Archives, College Park, MD.; "2 Red Leaders Visit U.S. Pavilion at Fair," *The Washington Post*, July 5, 1958.
51 Boris Agapov, "Poezdka v Bryussel' " (A Trip to Brussels), *Novy Mir* (January 1959): 162.

52 Joos, *Deelneming van de H. Stoel aan de algemene Wereldtentoonstelling van Brussel 1958*, 627.
53 Boris Agapov, “Poezdka v Bryussel’ ” (A Trip to Brussels), *Novy Mir* (January 1959): 155–59.
54 Kozovoi, *Poet v katastrofe*, 250.
55 CIA, Memorandum for the Record, “Status of AEDINOSAUR as of 9 September 1958,” September 9, 1958.
56 Rachel van der Wilden, who has the inscribed copy of *Doctor Zhivago*, interview by Couvée in The Hague, August 16, 2012.
57 Mancosu, *Inside the Zhivago Story*, 131–36.
58 *Der Spiegel*, October 29, 1958, 63–64.
59 Boris Pasternak, letter to Valeria Prishvina, December 12, 1958, in Boris Pasternak, *Polnoe Sobranie Sochinenii*, vol. 10, 408.
60 Lewis Nichols, “In and Out of Books,” *The New York Times*, November 2, 1958.
61 One such ad appeared in *The New York Times Book Review*, January 22, 1959, 22.
62 Draft of statement made by Antoine Ilc of the organization Pro Russia Cristiana, at a press conference in the Foyer Oriental Chrétien, Brussels, November 10, 1958. Life with God Papers, folder I. 6. 3, Fondazione Russia Cristiana, Seriate, Italy.
63 Quincy (pseudonym), *National Review Bulletin*, November 15, 1958.
64 Cornelius van Schooneveld, letter to Roman Jakobson, November 11, 1958, in the C. H. van Schooneveld Collection, University of Leiden, the Netherlands.
65 CIA, Memorandum, November 21, 1958.
66 *The New York Times*, November 2, 1958.
67 Carlo Feltrinelli, *Feltrinelli*, 155.
68 Mancosu, *Inside the Zhivago Story*, 165–66; Couvée, *De Parelduiker* 2 [1998], 28–37.
69 Boris Pasternak, letter to Jacqueline de Proyart, March 30, 1959, in Boris Pasternak, *Lettres à mes amies françaises (1956–1960)*, 152（後來，德・波雅還真的與密西根大學出版社合作，編輯出版了一個修正過的版本）。
70 Giangiacomo Feltrinelli, letter to the University of Michigan Press, October 8, 1958, in University of Michigan Press Papers, University of Michigan Special Collections Library, Ann Arbor, Box 1, folder entitled University of Michigan Press Pasternak Records—Dr. Zhivago—Pre-Publication Records—Copyright Negotiations.
71 Fred Wieck, letter to Giangiacomo Feltrinelli Editore, October 20, 1958, in University of Michigan Press Papers, University of Michigan Special Collections Papers, Ann Arbor.
72 Kurt Wolff, letter to Harlan Hatcher, November 13, 1958, in University of Michigan Press Papers, University of Michigan Special Collections Library, Ann Arbor.
73 Harlan Hatcher, letter to Kurt Wolff, November 21, 1958, in University of Michigan Press Papers, University of Michigan Special Collections Library, Ann Arbor.
74 CIA, Cable from Director, November 5, 1958.
75 “From the Other Shore,” *Encounter* 11, no. 6 (December 1958): 94.

拾

1 Max Frankel, interview by Finn in New York City, March 5, 2013.
2 Frankel, *The Times of My Life*, 169.
3 Blokh, *Sovetskii Soyuz v Interere Nobelevskikh premii*, 407, note 11。這句話是艾哈邁托娃在一九六二年向某位瑞典學者說的。

4 Max Frankel, "Author Hoped for Prize," *The New York Times*, October 25, 1958.
5 Espmark, *The Nobel Prize in Literature*, 1.
6 Svensén, *The Swedish Academy and the Nobel Prize in Literature*, 44.
7 *Haagsche Courant*, October 11, 1958.
8 Kjell Strömberg, The 1958 Prize in the Nobel Prize Library: Pasternak, page 375.
9 Boris Pasternak, letter to Olga Freidenberg, November 12, 1954, Boris Pasternak and Olga Freidenberg, *Correspondence*, 336.
10 Boris Pasternak, letter to Lydia Pasternak Slater, December 18, 1957, in Boris Pasternak, *Family Correspondence*, 391.
11 Renato Poggioli, letter to the Swedish Academy, January 20, 1958, in Pasternak file, Archive of the Swedish Academy.
12 Ernest Simmons, letter to the Swedish Academy, January 14, 1958, in Pasternak file, Archive of the Swedish Academy.
13 Harry Levin, letter to the Swedish Academy, January 15, 1958, in Pasternak file, Archive of the Swedish Academy.
14 Quoted in Kjell Strömberg, The 1958 Prize in the Nobel Prize Library: Pasternak, page 375.
15 November 1957 translations in Afiani and Tomilina, *Pasternak i Vlast'*, 101–4.
16 February 20, 1958, note of the Department of Culture of the Central Committee, in Afiani and Tomilina, *Pasternak i Vlast'*, 101–5.
17 Calvino, *Why Read the Classics?*, 185.
18 Victor Frank, "A Russian Hamlet," *The Dublin Review* (Autumn 1958): 212.
19 Boris Pasternak, letter to Yelena Blaginina, December 16, 1957, in Yevgeni Pasternak, *Boris Pasternak: The Tragic Years*, 230–31.
20 *Literaturnaya Gazeta*, November 28, 1957.
21 Pyotr Suvchinsky, letter to Boris Pasternak, January 28, 1958, in Kozovoi, *Poet v katastrofe*, 219–20.
22 Gerd Ruge, "A Visit to Pasternak," *Encounter* 10, no. 3 (March 1958): 22–25. Ruge visited Pasternak for the first time in late 1957. See also Ruge, *Pasternak: A Pictorial Biography*, 96–101.
23 Chukovsky, *Diary*, entry February 1, 1958.
24 Ibid., entry February 3, 1958.
25 Ibid., entry February 7, 1958.
26 Boris Pasternak, letter to G. V. Bebutov, May 24, 1958, in Boris Pasternak, *Letters to Georgian Friends*, 170.
27 Lydia Chukovskaya, "Otryvki iz dnevnika" (Diary fragments), entry April 22, 1958, in Boris Pasternak, *Polnoe Sobranie Sochinenii*, vol. 11, 433.
28 Kornei Chukovsky, *Diary*, entry April 22, 1958, 431.
29 Kurt Wolff, letter to Boris Pasternak, February 12, 1958, in Wolff, *A Portrait in Essays and Letters*, 176–77.
30 Hingley, *Pasternak*, 235.
31 Boris Pasternak, letter to Jacqueline de Proyart, July 9, 1958, in Boris Pasternak, *Lettres à mes amies françaises (1956–1960)*, 102.
32 Albert Camus, letter to Boris Pasternak, June 9, 1958, in *Canadian Slavonic Papers/Revue Canadienne Des Slavistes* 22, no. 2 (June 1980): 276–78.
33 *The New York Times*, September 7, 1958.
34 *Frankfurter Allgemeine Zeitung*, October 4, 1958, in Sieburg, *Zur Literatur 1957–1963*, 92.
35 Orville Prescott, "Books of the Times," *The New York Times*, September 5, 1958.
36 R. H. S. Crossman, "London Diary," *New Statesman*, November 29, 1958.
37 Chukovsky, *Diary*, entry April 22, 1958, 431.
38 Ivinskaya, *A Captive of Time*, 214.

39 Markov to the Central Committee, note, April 7, 1958, in Afiani and Tomilina, *Pasternak i Vlast'*, 136.
40 Werth, *Russia under Khrushchev*, 237.
41 Espmark, *The Nobel Prize in Literature*, 106–7.
42 Pasternak file, Archive of the Swedish Academy.
43 October 10, 1958, note for the Central Committee, in Afiani and Tomilina, *Pasternak i Vlast'*, 139.
44 Blokh, *Sovetskii Soyuz v Inter'ere Nobelevskikh premii*, 406–7.
45 Boris Pasternak, letter to Hélène Peltier, July 30, 1958, in Boris Pasternak, *Lettres à mes amies françaises (1956–1960)*, 111.
46 De Mallac, *Boris Pasternak*, 225.
47 Nils Åke Nilsson, "Pasternak: We Are the Guests of Existence," *The Reporter*, November 27, 1958.
48 Boris Pasternak, letter to Lydia Pasternak Slater, August 14, 1958, in Boris Pasternak, *Family Correspondence*, 402.
49 Hingley, *Pasternak*, 235.
50 Chukovsky, *Diary*, entry June 14, 1958, 433.
51 Ivinskaya, *A Captive of Time*, 219.
52 Pasternak file, Archive of the Swedish Academy.
53 同上。

拾壹

1 Max Frankel, "Soviet's Writers Assail Pasternak," *The New York Times*, October 26, 1958.
2 Zinaida Pasternak, *Vospominaniya*, in Boris Pasternak, *Vtoroe Rozhdenie*, 368.
3 Tamara Ivanova, "Boris Leonidovich Pasternak," in Boris Pasternak, *Polnoe Sobranie Sochinenii*, vol. 11, 289.
4 UPI, October 23, 1958.
5 Zinaida Pasternak, *Vospominaniya*, in Boris Pasternak, *Vtoroe Rozhdenie*, 369.
6 Kornei Chukovsky, *Diary*, entry October 27, 1958, 435.
7 Dmitri Polikarpov, note to Mikhail Suslov, October 24, 1958, in Afiani and Tomilina, *Pasternak i Vlast'*, 146–47.
8 Tamara Ivanova, "Boris Leonidovich Pasternak," in Boris Pasternak, *Polnoe Sobranie Sochinenii*, vol. 11, 290.
9 Yelena Chukovskaya, "Nobelevskaya premiya" (The Nobel Prize), in Boris Pasternak, *Polnoe Sobranie Sochinenii*, vol. 11, 738–39.
10 Tamara Ivanova, "Boris Leonidovich Pasternak," in Boris Pasternak, *Polnoe Sobranie Sochinenii*, vol. 11, 290–91.
11 Chukovsky, *Diary*, entry October 27, 1958, 435.
12 Tamara Ivanova, "Boris Leonidovich Pasternak," in Boris Pasternak, *Polnoe Sobranie Sochinenii*, vol. 11, 291–92.
13 Chukovsky, *Diary*, entry October 27, 1958, 435.
14 Tamara Ivanova, "Boris Leonidovich Pasternak," in Boris Pasternak, *Polnoe Sobranie Sochinenii*, vol. 11, 291–92.
15 Boris Pasternak, letter to Yekaterina Furtseva, October 24, 1958, in ibid., vol. 10, 398.
16 UPI, October 23, 1958.
17 October 26, 1958, instructions to the Soviet embassy in Sweden, in Afiani and Tomilina, *Pasternak i Vlast'*, 147–49; Pasternak file, Archive of the Swedish Academy.
18 Michel Tatu, "En dépit des attaques du congrès des écrivains Russes, <<L'Affaire Pasternak>> semble terminée" (Despite attacks at the

Congress of Russian Writers, "The Pasternak Affair" Seems to Have Reached an End), *Le Monde*, December 11, 1958.

19 Kozlov, *The Readers of Novyi Mir*, 112.
20 Editorial, *Literaturnaya Gazeta*, October 25, 1958. 完整譯文請參閱：Conquest, *Courage of Genius*, Appendix II, 136–6。
21 Kozlov, *The Readers of Novyi Mir*, 128.
22 Yemelyanova, *Legendy Potapovskogo pereulka*, 106–7.
23 Ivinskaya, *A Captive of Time*, 224.
24 October 28, 1958, note for the Central Committee, in Afiani and Tomilina, *Pasternak i Vlast'*, 155.
25 Polikarpov memo, October 28, 1958, 同上，頁一五七。
26 *Le Monde*, October 26 and 27, 1958.
27 Kozlov, *The Readers of the Novyi Mir*, 128.
28 Kemp-Welsh, *Stalin and the Literary Intelligentsia*, 63.
29 Fleishman, *Boris Pasternak: The Poet and his Politics*, 289.
30 *Pravda*, October 26, 1958。這篇文章的完整譯文，請參閱：Conquest, *Courage of Genius*, Appendix III, 164–72。
31 Kadare, *Le Crépuscule des dieux de la steppe*, 138.
32 Gladkov, *Meetings with Pasternak*, 166.
33 Ivinskaya, *A Captive of Time*, 225.
34 同上，頁二二六。
35 Gladkov, *Meetings with Pasternak*, 167.
36 Ivinskaya, *A Captive of Time*, 230.
37 Vitale, *Shklovsky: Witness to an Era*, 29–30.
38 Gladkov, *Meetings with Pasternak*, 167.
39 Boris Pasternak, letter to the board of the Union of Soviet Writers, October 27, 1958, in Afiani and Tomilina, *Pasternak i Vlast'*, 153.
40 Vyacheslav Ivanov, *Zvezda*, 2 (2010): 113.
41 Polikarpov report to the Central Committee, October 28, 同上，頁一五七。
42 Ivinskaya, *A Captive of Time*, 272.
43 Konstantin Vanshenkin, "Kak isklyuchali Pasternaka" (How Pasternak Was Expelled), in Boris Pasternak, *Polnoe Sobranie Sochinenii*, vol. 11, 740–47.
44 Lydia Chukovskaya, *Zapiski ob Anne Akhmatovoi*, vol. 2, 311.
45 Dmitri Chukovsky, interview by Finn and Couvée, in Moscow, May 2012.
46 Tass, October 28, 1958。完整的決議文內容請參閱：Conquest, *Courage of Genius*, Appendix IV, 173–75。
47 Ivinskaya, *A Captive of Time*, 233.
48 Lydia Chukovskaya, *Zapiski ob Anne Akhmatovoi*, vol. 2, 316–19.
49 Ivinskaya, *A Captive of Time*, 233–36.
50 Fedin, letter to Polikarpov, October 28, 1958, in Afiani and Tomilina, *Pasternak i Vlast'*, 160.
51 Yevgeni Pasternak, "Poslednie gody" (The last years), in Boris Pasternak, *Polnoe Sobranie Sochinenii*, vol. 11, 684.
52 "Three Rejections of Nobel Prizes Preceded Pasternak's," *The New York Times*, October 31, 1958.
53 Conquest, *Courage of Genius*, 93.
54 Yevgeni Pasternak, *Boris Pasternak: The Tragic Years*, 237.

55 Ivinskaya, *A Captive of Time*, 236.
56 "Judgment on Pasternak: The All-Moscow Meeting of Writers, Oct. 31,1958, Stenographic Report," *Survey* (July 1966): 134–63.

拾貳

1 Semichastny, *Bespokoynoe serdtse*, 72–74.
2 Max Frankel, "Young Communist Head Insists Writer Go to 'Capitalist Paradise,'" *The New York Times*, October 30, 1958.
3 *Komsomol'skaya Pravda*, October 30, 1958. For the full passage on Boris Pasternak, see Conquest, *Courage of Genius*, Appendix V, 176–77.
4 Zinaida Pasternak, *Vospominaniya*, in Boris Pasternak, *Vtoroe Rozhdenie*, 372–73.
5 Ivinskaya, *A Captive of Time*, 238.
6 同上。
7 同上，頁一四〇。
8 Gladkov, *Meetings with Pasternak*, 168.
9 British Embassy in Moscow to the Foreign Office, confidential memo, December 8, 1958, in Nobel Prize for Boris Pasternak Classmark FO 371/135422, National Archives, London.
10 Yemelyanova, *Pasternak i Ivinskaya: provoda pod tokom*, 212.
11 Vyacheslav Ivanov, *Zvezda*, 2 (2010): 120.
12 Yemelyanova, *Legendy Potapovskogo pereulka* (Legends of Potapov Street), 136–37.
13 "Judgment on Pasternak: The All-Moscow Meeting of Writers, October 31, 1958, Stenographic Report," *Survey* (July 1966): 134–63.
14 Ivinskaya, *A Captive of Time*, 260.
15 同上，頁一六一。
16 Vyacheslav Ivanov, *Zvezda*, 2 (2010): 119.
17 Lipkin, *Kvadriga*, 510–11.
18 Vladimir Soloukhin, "Time to Settle Accounts," *Sovetskaya Kul'tura* (Soviet Culture), October 6, 1988.
19 Yevgeny Yevtushenko, "Execution by One's Own Conscience," *Sovetskaya Kul'tura* (Soviet Culture), October 13, 1988.
20 Kornei Chukovsky, *Dnevnik*, entry January 14, 1967, 518.
21 De Mallac, *Boris Pasternak*, 161.
22 同上，頁一三〇。
23 Chukovsky, *Dnevnik*, entry December 6, 1965.
24 Konstantin Vanshenkin, "Kak isklyuchali Pasternaka" (How Pasternak was expelled), in Boris Pasternak, *Polnoe Sobranie Sochinenii*, vol. 11, 747.
25 "Pasternak and the Pygmies," *The New York Times*, October 27, 1958.
26 "Pasternak Fate Studied," *The Washington Post*, November 3, 1958.
27 British embassy in Stockholm to the Foreign Office, confidential memorandum, Nobel Prize for Boris Pasternak Classmark FO 371/135422, National Archives, London.
28 Max Frankel, "Young Communist Head Insists Writer Go to 'Capitalist Paradise,'" *The New York Times*, October 30, 1958.
29 *Pravda*, October 29, 1958. See Conquest, *Courage of Genius*, 81.
30 Carlo Feltrinelli and Inge Schönthal-Feltrinelli, interview by Finn and Couvée, in Milan, June 2, 2012.

31 Conquest, *Courage of Genius*, 97.
32 Ivinskaya, *A Captive of Time*, 276.
33 Kurt Wolff, letter to Boris Pasternak, October 25, 1958, in Wolff, *A Portrait in Essays and Letters*, 180.
34 Kurt Wolff, letter to Boris Pasternak, December 14, 1958, 同上，頁一八一。
35 Associated Press, October 29, 1958.
36 Notes from Meeting, November 4, 1958, Albert Washburn Papers, box 16. Eisenhower Presidential Library.
37 CIA, Classified Message from the Director, October 24, 1958.
38 CIA, Memorandum for Director of Central Intelligence, October 30, 1958.
39 CIA, Memorandum for the Record, November 5, 1958.
40 CIA, Classified Message to the Director, October 28, 1958.
41 CIA, Current Intelligence Weekly Review, November 6, 1958.
42 Conquest, *Courage of Genius*, 99.
43 CIA, Current Intelligence Weekly Review, November 6, 1958.
44 Sean O'Casey, letter to O. Prudkov, November 7, 1958, in O'Casey, *The Letters of Sean O'Casey*, vol. 3, 645.
45 British embassy in Reykjavik, memo to Foreign Office, October 31, 1958, Nobel Prize for Boris Pasternak. Classmark FO 371/135422, National Archives, London.
46 Associated Press, May 31, 1959.
47 Nehru Regrets Soviet Stand," *The New York Times*. November 8, 1958.
48 Conquest, *Courage of Genius*, 100.
49 CIA, Current Intelligence Weekly Review, November 6, 1958.
50 Sergei Khrushchev, *Khrushchev on Khrushchev*, 209.
51 Ivinskaya, *A Captive of Time*, 262（對於伊文斯卡亞與波里卡波夫互動過程之描述，除非另外特別註明，我們所根據的都是她的回憶錄二六二到二六八頁）。
52 Maslenikova, *Portret Borisa Pasternaka*, 118.

拾參

1 "Gnev i vozmushchenie. Sovetskie lyudi osuzhdayut deistviya B. Pasternaka" (Rage and Indignation: Soviet People Condemn B. Pasternak's Behavior), *Literaturnaya Gazeta*, November 1, 1958.
2 Lydia Chukovskaya, *Zapiski ob Anne Akhmatovoi*, vol. 2, 331.
3 Kozlov, *The Readers of Novyi Mir*, 116.
4 同上，頁一一五。
5 Barghoorn, *The Soviet Cultural Offensive*, 156.
6 Kozlov, *The Readers of Novyi Mir*, 126.
7 Reference in Boris Pasternak, letter to O. Goncharyov, February 18, 1959, in Boris Pasternak, *Polnoe Sobranie Sochinenii*, vol. 10, 430.
8 Ivinskaya, *A Captive of Time*, 275.
9 Boris Pasternak, letter to N. B. Sologub, July 29, 1959, in Boris Pasternak, *Polnoe Sobranie Sochinenii*, vol. 10, 509.

10 Zinaida Pasternak, *Vospominaniya*, in Boris Pasternak, *Vtoroe Rozhdenie*, 375.
11 "Boris Pasternak, The Art of Fiction No. 25," interview by Olga Carlisle, *The Paris Review* 24 (1960): 61–66.
12 Gladkov, *Meetings with Pasternak*, 171.
13 Boris Pasternak, letter to George Reavy, December 10, 1959, in "Nine Letters of Boris Pasternak," *Harvard Library Bulletin* 15, no. 4 (October 1967): 327.
14 Boris Pasternak, letter to Kurt Wolff, May 12, 1959, in Lang, *Boris Pasternak–Kurt Wolff*, 105.
15 Reuters, November 1, 1958.
16 UPI, November 2, 1958.
17 Boris Pasternak, *Doctor Zhivago* (2010), 39.
18 Ivinskaya, *A Captive of Time*, 278.
19 *Pravda*, November 6, 1958. See Conquest, *Courage of Genius*, Appendix VII, 180–81.
20 Solzhenitsyn, *The Oak and the Calf*, 292.
21 Reeder, *Anna Akhmatova*, 365.
22 同上，頁三六六。
23 Ivinskaya, *A Captive of Time*, 278.
24 Carlo Feltrinelli, *Feltrinelli*, 151.
25 CIA, Memorandum for the Record, April 2, 1959; Central Committee Memo, January 20, 1959, in Afiani and Tomilina, *Pasternak i Vlast'*, 179–80.
26 Carlo Feltrinelli, *Feltrinelli*, 146.
27 D'Angelo, *Delo Pasternaka*, 143.
28 Yevgeni Pasternak, *Boris Pasternak: The Tragic Years*, 228.
29 Yemelyanova, *Pasternak i Ivinskaya: provoda pod tokom*, 240.
30 Boris Pasternak, letter to Valeria Prishvina, December 27, 1958, in note 1 to letter of December 12, 1958, Boris Pasternak, *Polnoe Sobranie Sochinenii*, vol. 10, 409.
31 Chukovsky, *Diary*, entry January 7, 1959, 437.
32 Boris Pasternak, letter to Olga Ivinskaya, February 24, 1959, in Ivinskaya, *A Captive of Time*, Appendix A, 378.
33 Gerd Ruge, interview by Finn and Couvée, in Munich, May 29, 2012。在訪談中，魯格無法明確指出他是在哪一天把錢運送進去的，但收購與運送盧布的時間大約都是在一九五九年三月。帕斯特納克在二月二日寫信給費爾特內里，請他幫忙送錢給一些在西方國家的親友與譯者。但是費爾特內里並未立刻拿到那一張名單，後來帕斯特納克在四月又將名單加以修正，除了原先那一萬美金之外，又加了一筆五千美元要還給魯格的金額。他在三月二十日寫信給德．波雅也提到他要還這一筆錢給魯格。
34 Boris Pasternak, letter to Jacqueline de Proyart, February 3, 1959, in Boris Pasternak, *Lettres à mes amies françaises (1956–1960)*, 141.
35 Central Committee Memo, April 16, 1959, with attachments, in Afiani and Tomilina, *Pasternak i Vlast'*, 251.
36 Ivinskaya, *A Captive of Time*, 237.
37 Giangiacomo Feltrinelli, letter to Heinz Schewe, November 13, 1959, Heinz Schewe Papers, Nachlass Heinz Schewe, Unternehmensarchiv, Axel Springer AB, Berlin.
38 Barnes, *Boris Pasternak*, vol. 2, 364.
39 Carlo Feltrinelli, *Feltrinelli*, 14[illegible].
40 Edmund Wilson, "Doctor Life and His Guardian Angel," *The New Yorker*, November 15, 1958, 213–37.

41 Photograph captioned "Sightseeing in Washington," *The New York Times*, January 5, 1959.
42 Barbara Thompson, "Locked-in Guests Dine on Steak with Mikoyan," *The Washington Post*, January 6, 1959.
43 CIA, Memorandum for the Record, April 2, 1959.
44 Soviet Ministry of Foreign Affairs memo, February 12, 1959, Afiani and Tomilina, in *Pasternak i Vlast'*, 242.
45 *The New York Times*, March 8, 1959.
46 *Haagsche Courant*, February 7, 1959.
47 "Pasternak Cited at Nobel Session," *The New York Times*, December 11, 1958.
48 Boris Pasternak, telegram to sisters, November 10, 1958, Boris Pasternak, *Family Correspondence*, 407.
49 Barnes, *Boris Pasternak*, vol. 2, 352.
50 Conquest, *Courage of Genius*, 95.
51 CIA, Memo from the Chief, Soviet Russia Division, April 9, 1959.
52 KGB memo on Pasternak, February 18, 1958.
53 Conquest, *Courage of Genius*, 96.
54 "Pasternak Stands on 'Zhivago Views,' " *The New York Times*, February 19, 1959.
55 Carlo Feltrinelli, *Feltrinelli*, 144。（費爾特內里後來一直沒有收到這封信，因為信寄給了德．波雅，但她並未轉寄出去）。
56 Ivinskaya, *A Captive of Time*, 297.
57 這段詩句譯文是一九五九年二月十二日出現在《每日郵報》上的。這首詩的其他英文譯文都稍有不同。
58 Anthony Brown, "Pasternak on My Life Now," *Daily Mail*, February 12, 1959.
59 February 13, 1959, memo on Western media coverage of Pasternak's birthday [February 10], in Afiani and Tomilina, *Pasternak i Vlast'*, 243.

拾肆

1 Ivinskaya, *A Captive of Time*, 300.
2 Yevgeni Pasternak, *Boris Pasternak: The Tragic Years*, 240.
3 Boris Pasternak, letter to Olga Ivinskaya, February 22, 1959, in Ivinskaya, *A Captive of Time*, Appendix A377.
4 Boris Pasternak, letter to Olga Ivinskaya, February 28, 1959, in Ivinskaya, *A Captive of Time*, Appendix A 380.
5 Bykov, *Boris Pasternak*, 834.
6 Boris Pasternak, letter to Chukurtma Gudiashvili, March 8, 1959, Boris Pasternak, *Polnoe Sobranie Sochinenii*, vol. 10, 439.
7 Barnes, *Boris Pasternak*, vol. 2, 356.
8 Report on the interrogation of B. L Pasternak, March 14, 1959, in Afiani and Tomilina, *Pasternak i Vlast'*, 192.
9 Isaiah Berlin, letter to Edmund Wilson, December 23, 1958, in Berlin, *Enlightening*, 688.
10 Ivinskaya, *A Captive of Time*, 294.
11 Zinaida Pasternak, *Vospominaniya*, in Boris Pasternak, *Vtoroe Rozhdenie*, 378.
12 Conquest, *Courage of Genius*, page 104.
13 CIA, Memo to Acting Chief, Soviet Russia Division, November 18, 1958; Memo to the Chief, Psychological and Paramilitary Staff, November 21, 1958; Memo to CIA Director, November 21, 1958; Dispatch from SR Chief, December 17, 1958.
14 CIA, Memo for the Record, March 27, 1959.

15 CIA, Memo from the Chief, Soviet Russia Division, April 8, 1958.
16 CIA, Memo from the Chief, Soviet Russia Division, April 9, 1959.
17 CIA, Memo for the Record, March 27, 1959.
18 CIA, Memo for the Office of General Counsel, February 5, 1959.
19 CIA, Memo from the Chief of the Soviet Russia Division, August 9, 1958.
20 CIA, Memo for Acting Deputy Director (Plans) from the Acting Chief, SR Division, November 19, 1958.
21 CIA, Classified Message to the Director, November 5, 1958.
22 CIA, Memo from the Chief of the Soviet Russia Division, December 17, 1959.
23 Barghoorn, *The Soviet Cultural Offensive*, 119.
24 Yelena Makareki, former employee of the V. I. Lenin State Library's Special Collections section, interview by Couvée, in Moscow, May 8, 2011.
25 Former CIA Moscow station chief Burton Gerber, interview by Finn, in Washington, D.C., November 20, 2012.
26 CIA, Memorandum, July 16, 1959.
27 Memorandum for the Acting Deputy Director (Plans), November 19, 1958.
28 CIA, Memorandum, "Publication of the Miniature Edition of *Dr. Zhivago*," July 16, 1959.
29 有幾本袖珍版《齊瓦哥醫生》收藏在位於維吉尼亞州蘭利市的中情局博物館。
30 November 4, 1958, editions of the newspapers *Haagsche Courant* and *Vaderland*.
31 Boris Filippov, letter to Gleb Struve, November 24, 1977, quoted in Ivan Tolstoy, *Otmytyi Roman Pasternaka*, 331.
32 Kotek, *Students and the Cold War*, 213.
33 Independent Service for Information, *Report on the Vienna Youth Festival*, 19.
34 Robert G. Kaiser, "Work of CIA with Youths at Festivals Is Defended," *The Washington Post*, February 18, 1967.
35 Walter Pincus, interview by Finn, in Washington, D.C., April 24, 2013.
36 Stern, *Gloria Steinem*, 119–20.
37 Walter Pincus, interview by Finn, in Washington, D.C., April 24, 2013. (Pincus has used this phrase in several different interviews.)
38 Heilbrun, *The Education of a Woman*, 89.
39 Independent Service for Information, *Report on the Vienna Youth Festival*, 93.
40 Youth Festival, Vienna, General Correspondence 1959, C. D. Jackson Papers, Box 115, Folder 4, Eisenhower Presidential Library.
41 Reisch, *Hot Books in the Cold War*, 297.
42 "Final Report of the Activities of the Person-to-Person (Polish) Program at the 7th World Youth Festival," Samuel S. Walker Papers, Box 8, Hoover Institution Archives.
43 Samuel S. Walker, letter to C. D. Jackson, July 31, 1959, Samuel S. Walker Papers, Box 1, Hoover Institution Archives.
44 Samuel S. Walker to C. D. Jackson, status report on Vienna Youth Festival, June 25, 1959, C.D. Jackson Papers, Box 110, Eisenhower Presidential Library.
45 Samuel S. Walker, letter to C. D. Jackson, February 2, 1959, C. D. Jackson Papers, Box 115, Folder 5, Eisenhower Presidential Archives.
46 Klaus Dohrn, letter to C. D. Jackson, December 8, 1958, C. D. Jackson Papers, Box 115, Folder 5, Eisenhower Presidential Library.
47 C. D. Jackson, letter to Klaus Dohrn, January 5, 1959, C. D. Jackson Papers, Box 115, Folder 5, Eisenhower Presidential Library.
48 "Vienna Youth Festival: Book Program," February 20, 1959, and C. D. Jackson, letter to Fritz Molden, January 5, 1958, C. D. Jackson Papers, Eisenhower Presidential Library; George Trutnovsky, letter to Samuel S.Walker, plus attachment, May 4, 1959, Samuel S. Walker Papers, Box 1, Hoover Institution Archives.

49 Huang Wei, "*Doctor Zhivago* in China," Ph.D. diss., Jinan University, 2006.
50 CIA, Memo for the Record, "Editions for Dr. Zhivago," March 23, 1959.
51 臧克家，《癰疽．寶貝——諾貝爾文學獎為什麼要送給帕斯捷爾納克?》。《世界文學》第一期（一九五九年出版）。引自："*Doctor Zhivago* in China," Ph.D. diss., Huang Wei.
52 Summary of April 23, 1959, *Volkstimme* article in Samuel S. Walker Papers, Box 8, Hoover Institution Archives.
53 "Final Report of the Activities of the Person-to-Person (Polish) Program at the 7th World Youth Festival," Samuel S. Walker Papers, Box 8, Hoover Institution Archives.
54 George Trutnovsky to Samuel Walker, "Progress Report on Preparations for the World Youth Festival," attachment to letter, May 4, 1959, Samuel S. Walker Papers, Box 1, Hoover Institution Archives.
55 Kavanagh, *Nureyev*, 74.
56 "Final Report of the Activities of the Person-to-Person (Polish) Program at the 7th World Youth Festival," Samuel S. Walker Papers, Box 8, Hoover Institution Archives.
57 Armen Medvedev, "Tol'ko o kino" (Only on Cinema), Chapter 4, in *Iskusstvo kino* (Cinema Art) 4 (1999): http://kinoart.ru/archive/1999/04/n4-article22.
58 "Boris Pasternak: The Art of Fiction No. 25," interview by Olga Carlisle, *The Paris Review* 24 (1960): 61–66.
59 Jhan Robbins, "Boris Pasternak's Last Message to the World," *This Week* magazine, August 7, 1960.
60 Boris Pasternak, letter to Lydia Pasternak Slater, July 31, 1959, Boris Pasternak, *Family Correspondence*, 412.
61 Ivinskaya, *A Captive of Time*, 310.
62 Harrison E. Salisbury, "Khrushchev's Russia," *The New York Times*, September 14, 1959.
63 Dewhirst and Farrell, *The Soviet Censorship*, 13.
64 Max Hayward, "The Struggle Goes On," in Brumberg, *Russia under Khrushchev*, 385.
65 Barnes, *Boris Pasternak*, vol. 2, 366.
66 關於伯恩斯坦的俄國之旅以及和帕斯特納克見面的經過，請參閱：Burton, *Leonard Bernstein*, 304–10。
67 Briggs, *Leonard Bernstein: The Man, His Work and His World*, 233–34.
68 Barnes, *Boris Pasternak*, vol. 2, 366.
69 Hans N. Tuch, "A Nonperson Named Boris Pasternak," *The New York Times*, March 14, 1987.

拾伍

1 Schewe, *Pasternak privat*, 17–18.
2 De Mallac, *Boris Pasternak*, 256.
3 Yekaterina Krasheninnikova, "Krupitsy o Pasternake" (Nuggets on Pasternak), *Novy Mir* 1 (1997): 210.

4 Barnes, *Boris Pasternak*, vol. 2, 368.
5 Boris Pasternak, letter to Jacqueline de Proyart, November 14, 1959, in Boris Pasternak, *Lettres à mes amies françaises (1956–1960)*, 206.
6 Ivinskaya, *A Captive of Time*, 315.
7 Schweitzer, *Freundschaft mit Boris Pasternak*, 6.
8 Maslenikova, *Portret Borisa Pasternaka*, 247.
9 Zinaida Pasternak, *Vospominaniya*, in Boris Pasternak, *Vtoroe Rozhdenie*, 386.
10 Ivinskaya, *A Captive of Time*, 317.
11 Boris Pasternak, *Pasternak privat*, 43–46.
12 Ivinskaya, *A Captive of Time*, 385（這段時間帕斯特納克寫給伊文斯卡亞的所有短信都被完整收錄在她的回憶錄的附錄A裡面）。
13 Yevgeni Pasternak, "Poslednie gody" (The Last Years), in Boris Pasternak, *Polnoe Sobranie Sochinenii*, vol. 11, 710.
14 Anna Golodets, "Poslednie dni" (The Last Days), in Boris Pasternak, *Polnoe Sobranie Sochinenii*, vol. 11, 747–62.
15 Ivinskaya, *A Captive of Time*, 320.
16 Priscilla Johnson,"Death of a Writer," *Harper's* magazine (May 1961): 140–46.
17 Zinaida Pasternak, *Vospominaniya*, in Boris Pasternak, *Vtoroe Rozhdenie*, 388.
18 同上，頁三六二。
19 Boris Pasternak, letter to Jacqueline de Proyart, September 21, 1959, in Boris Pasternak, *Lettres à mes amies françaises (1956–1960)*, 197.
20 Zinaida Pasternak, *Vospominaniya*, in Boris Pasternak, *Vtoroe Rozhdenie*, 388.
21 Alexander Pasternak, telegram to Lydia Pasternak Slater, May 27, 1960, in Boris Pasternak, *Family Correspondence*, 418.
22 Yevgeni Pasternak, "Poslednie gody" (Last Years), in Boris Pasternak, *Polnoe Sobranie Sochinenii*, vol. 11, 712.
23 Zinaida Pasternak, *Vospominaniya*, in Boris Pasternak, *Vtoroe Rozhdenie*, 391.
24 Anna Golodets, "Poslednie dni" (Last Days), in Boris Pasternak, *Polnoe Sobranie Sochinenii*, vol. 11, 761.
25 Ivinskaya, *A Captive of Time*, 323.
26 Anna Golodets, "Poslednie dni" (Last Days), in Boris Pasternak, *Polnoe Sobranie Sochinenii*, vol. 11, 762.
27 Ivinskaya, *A Captive of Time*, 324.
28 Boris Pasternak, "August," in *Doctor Zhivago* (2010), 478–80.
29 Reeder, *Anna Akhmatova*, 366.
30 Chukovsky, *Diary*, entry May 31, 1960, 444.
31 Carlo Feltrinelli, *Feltrinelli*, 177.
32 Central Committee memo on the funeral of Pasternak, June 4, 1960, in Afiani and Tomilina, *Pasternak i Vlast'*, 289.
33 Dewhirst and Farrell, *The Soviet Censorship*, 61.
34 Priscilla Johnson, "Death of a Writer," *Harper's* (May 1961): 140–46; Ivinskaya, *A Captive of Time*, 326.
35 Voznesensky, *An Arrow in the Wall*, 285.
36 Central Committee memo on funeral of Pasternak, June 4, 1960, in Afiani and Tomilina, *Pasternak i Vlast'*, 287.
37 Associated Press, "1,000 at Rites for Pasternak," June 2, 1960.
38 Krotkov, "Pasternaki" ("The Pasternaks"), *Grani* 63 (1967), 84–90.
39 Kaverin, *Epilog*, 390.
40 Chukovsky, *Diary*, entry June 16, 1960, 446.
41 Ivinskaya, *A Captive of Time*, 325.

42 Priscilla Johnson, "Death of a Writer," *Harper's* (May 1961), 140–46.
43 同上，頁三三八。
44 Gladkov, *Meetings with Pasternak*, 179.
45 Central Committee memo on the funeral of Pasternak, June 4, 1960, in Afiani and Tomilina, *Pasternak i Vlast'*, 287.
46 Gladkov, *Meetings with Pasternak*, 176.
47 Orlova, *Memoirs*, 147.
48 Kaminskaya, *Final Judgment*, 163.
49 Voznesensky, *An Arrow in the Wall*, 286.
50 阿斯穆斯的悼詞內容有好幾個稍微不同的版本。這個版本的出處是：Priscilla Johnson, in "Death of a Writer," *Harper's* (May 1961): 140–46.
51 "O Had I Known," in Boris Pasternak, *Poems of Boris Pasternak*, 60.
52 Priscilla Johnson, "Death of a Writer," *Harper's* (May 1961): 140–46.
53 Zinaida Pasternak, *Vospominaniya*, in Boris Pasternak, *Vtoroe Rozhdenie*, 396.
54 De Mallac, *Boris Pasternak*, 271.
55 Ivinskaya, *A Captive of Time*, 331.
56 Lydia Chukovskaya, *Zapiski ob Anne Akhmatovoi*, vol. 2, 401.
57 Priscilla Johnson, "Death of a Writer," *Harper's* (May 1961): 140–46.
58 Central Committee memo on the funeral of Pasternak, June 4, 1960, in Afiani and Tomilina, *Pasternak i Vlast'*, 289.
59 Lydia Chukovskaya, *Zapiski ob Anne Akhmatovoi*, vol. 2, 397.

拾陸

1 Ivinskaya, *A Captive of Time*, 339–40.
2 同上，頁三四〇。
3 Yemelyanova, *Legendy Potapovskogo pereulka*, 211.
4 D'Angelo, *Delo Pasternaka*, 154.
5 同上，頁一六二。
6 Carlo Feltrinelli, *Feltrinelli*, 191.
7 Ivinskaya, *A Captive of Time*, 338.
8 同上，頁二九六。
9 D'Angelo, *Delo Pasternaka*, 201–2.
10 Mancosu, *Inside the Zhivago Storm*, 216.
11 Olga Ivinskaya, letter to Giangiacomo Feltrinelli, in Schewe, *Pasternak privat*, 54–57.
12 D'Angelo, *Delo Pasternaka*, 183.
13 Ivinskaya, *A Captive of Time*, 351.
14 Olga Ivinskaya, letter to Giangiacomo Feltrinelli, July 28, 1960, Heinz Schewe Papers, Nachlass Heinz Schewe, Unternehmensarchiv, Axel Springer AB, Berlin.
15 Giangiacomo Feltrinelli, letter to Olga Ivinskaya, June 24, 1960, Heinz Schewe Papers, Nachlass Heinz Schewe, Unternehmensarchiv, Axel

Springer AB, Berlin.

16 "Publisher Backs Pasternak Ally," *The New York Times*, January 28, 1961.

17 Ivinskaya, *A Captive of Time* 338.

18 Schewe, *Pasternak privat*, 78

19 Zinaida Pasternak, *Vospominaniya*, in Boris Pasternak, *Vtoroe Rozhdenie*, 384.

20 Ivinskaya, *A Captive of Time*, 333.

21 Yemelyanova, *Legendy Potapovskogo pereulka*, 209.

22 Zinaida Pasternak, *Vospominaniya*, in Boris Pasternak, *Vtoroe Rozhdenie*, 406–7.

23 Ivinskaya, *A Captive of Time*, 342.

24 Yemelyanova, *Legendy Potapovskogo pereulka*, 232.

25 Giangiacomo Feltrinelli, letter to Heinz Schewe, September 3, 1960, Heinz Schewe Papers, Nachlass Heinz Schewe, Unternehmensarchiv, Axel Springer AB, Berlin.

26 D'Angelo, *Delo Pasternaka*, 165.

27 Ivinskaya, *A Captive of Time*, 343.

28 State Archive of the Russian Federation, Col.: 8131, I.: 31, F.: 89398, S.: 35.

29 For description of Ivinskaya on trial, see Ivinskaya, *A Captive of Time*, 351–54.

30 Ivinskaya, *A Captive of Time*, 355.

31 Yemelyanova, *Legendy Potapovskogo pereulka*, 276.

32 Yemelyanova, *Pasternak i Ivinskaya: provoda pod tokom*, 309.

33 Conquest, *Courage of Genius*, 108.

34 "Khrushchev Gets Inquiry in Jailing," *The New York Times*, January 20, 1961.

35 Harry Schwartz, "Woman Friend of Pasternak Said to Be Imprisioned by Soviet," *The New York Times*, January 18, 1961.

36 電台廣播內容的全文請參閱：Conquest, *Courage of Genius*, Appendix VIII, 182–86。

37 廣播內容的全文請參閱：同上，Appendix IX, 187–91。

38 "Pasternak's Collaborator's Arrest," Letters, *The New York Times*, January 26, 1961.

39 *The Times*, January 23, 1961.

40 Conquest, *Courage of Genius*, 111.

41 W. Granger Blair, "Frenchman, Who Studied in Moscow, Denies Mme. Ivinskaya Accepted Smuggled Foreign Royalties," *The New York Times*, January 25, 1961.

42 Georges Nivat to Queen Elisabeth of Belgium, letter, January 21, 1960, Archive of the Private Secretariat of Queen Elisabeth, Archive of the Royal Palace, Brussels.

43 Conquest, *Courage of Genius*, 116.

44 Stephen S. Rosenfeld, "Soviet See 'Honest' Pasternak Misled by 'Evil' Woman," *The Washington Post*, October 15, 1961.

45 "Russian Backs Jailing," *The New York Times*, February 21, 1961.

46 Conquest, *Courage of Genius*, 120.

47 Chukovsky, *Diary*, entry May 1, 1961, 454.

48 Alexei Surkov, letter to Mikhail Suslov, August 19, 1961, in Afiani and Tomilina, *Pasternak i Vlast'*, 289–90.

49 Memo on request of Pasternak's widow, September 20, 1961, 同上，頁二九一。

50 De Mallac, *Boris Pasternak*, 276.
51 Carlo Feltrinelli, *Feltrinelli*, 196.
52 *The New York Times*, April 16, 1977.
53 Taubman, *Khrushchev*, 628.
54 Nikita Khrushchev, *Khrushchev Remembers: The Last Testament*, 77.
55 Peter Grose, "Sholokhov Proud of Role as 'Soviet' Nobel Winner," *The New York Times*, December 1, 1965.
56 Tass, October 16, 1965.
57 Associated Press, October 15, 1965.
58 James F. Clarity, "Soviet Writers Union Criticizes Nobel Prize Given Solzhenitsyn," *The New York Times*, October 10, 1970.
59 Olga Ivinskaya to Nikita Khrushchev, letter, March 10, 1961. The full letter is available in the State Archive of the Russian Federation, Col.: 8131, I.: 31, F.: 89398, S.: 51.
60 "Pasternak Friends Now Seriously Ill," *The New York Times*, June 17, 1961.
61 Olga Ivinskaya, letter to Nikita Khrushchev, March 10, 1961, State Archive of the Russian Federation, Col.: 8131, I.: 31, F.: 89398, S.: 51.
62 同上，頁 S.: 50。
63 Carlo Feltrinelli, *Feltrinelli*, 198.
64 同上，頁一九九。
65 Heinz Schewe, letter to Giangiacomo Feltrinelli, January 27, 1965, Heinz Schewe Papers, Nachlass Heinz Schewe, Unternehmensarchiv, Axel Springer AB, Berlin.
66 Schewe, *Pasternak privat*, 94.
67 費爾特內里的新聞稿刊登在一九七〇年三月一日的《米蘭晚郵報》上，引自：D'Angelo, *Delo Pasternaka*, 238。
68 關於費爾特內里晚年的遭遇，包括所有引文，請參閱：Carlo Feltrinelli, *Feltrinelli*, 235–334。
69 Carlo Feltrinelli, *Feltrinelli*, 200.
70 Yelena Makareki, former employee of the V. I. Lenin State Library's Special Collections section, interview and visit to library by Petra Couvée in Moscow, May 8, 2011.
71 Zubok, *Zhivago's Children*, 343.
72 Olga Carlisle, *Under a New Sky*, 74.
73 Linda Örtenblad, archivist at the Swedish Academy, email message to the authors, March 1, 2013.

尾聲

1 Kees van den Heuvel, interview by Petra Couvée in Leidschendam, February 22, 1999.
2 Reisch, *Hot Books in the Cold War*, 515.
3 Rachel van der Wilden, interview by Couvée in The Hague, August 16, 2012.

4 "Foreign Relations of the United States, 1969–1976," *Soviet Union* 12 (January 1969-October 1970): 463.
5 "ILC: A Short Description of Its Structure and Activities," George C. Minden Papers, box 3, Hoover Institution Archives.
6 Reisch, *Hot Books in the Cold War*, 525.
7 Nikita Khrushchev, *Khrushchev Remembers: The Glasnost Tapes*, 196.
8 Zubok, *Zhivago's Children*, 20
9 Adam Miknik, 1995 interview by Joseph Brodsky, in *Kniga Interv'yu* (Book of Interviews), 713.
10 Bakhyt Kenzheyev, email message to Couvée, May 10, 2006.
11 Boris Pasternak, "Zhivago's Poems," *Doctor Zhivago* (1958), 467.

參考文獻

檔案資料

美國

The National Archives, College Park, Maryland:
General Records of the Department of State, 1955–1959:
  Travel by Soviet Officials to Belgium
  Awards by Sweden to Citizens of the USSR
  Internal Political Affairs of the USSR
  Literature in the USSR
  Censorship in the USSR
  Assistant Secretary of State for Public Affairs, Records Relating to the Brussels Universal and International Exhibition, 1956–1959
  Intelligence Reports on the USSR and Eastern Europe, 1942–1974, IR 7871
Eisenhower Presidential Library, Abilene, Kansas:
  C. D. Jackson Papers
  Abbott Washburn Papers
  White House Office, Office of the Special Assistant for National Security Affairs Records, Operations Control Board
Hoover Institution Archives, Stanford, California:
  Samuel S. Walker Papers
  George C. Minden Papers
University of Michigan Special Collections Library, Ann Arbor:
  University of Michigan Press Papers
  Correspondence of Felix Morrow and Carl and Ellendea Proffer
University of California, Irvine:
  Guy de Mallac Papers
Syracuse University Library, Special Collections Research Center:
  Richard Elman Papers
Columbia University, Bakhmetoff Archives of Russian and East European History and Culture:
  S. L. Frank Papers

義大利

La Biblioteca della Fondazione Giangiacomo Feltrinelli, Milan:

Doctor Zhivago manuscript
Pasternak-Feltrinelli correspondence
Fondazione Russia Cristiana, Seriate:
Papers of Life with God organization

俄羅斯

State Archive of the Russian Federation (GARF):
File on Olga Ivinskaya
Russian State Archive of Socio-Political History (RGASPI):
Bukharin-Stalin letter, June 1934

瑞典

Archive of the Swedish Academy, Stockholm:
File on Boris Pasternak

英國

The National Archives, London:
Foreign Office Files:
Nobel Prize for Boris Pasternak
International Conference of Professors of English
Persia: Persian edition of *Dr. Zhivago*
Prime Minister's Files: Vetting and Translation of *Dr. Zhivago* by Boris Pasternak

比利時

Archive of the Royal Palace, Brussels:
Archive of the Private Secretariat of Queen Elisabeth
Leuven University, Kadoc (Documentation and Research Centre for Religion, Culture and Society):
Jan Joos Papers

荷蘭

University of Leiden:

The C. H. van Schooneveld Collection
The Hague:
Archives of the Dutch intelligence service (AIVD):
File on Peter de Ridder
The Hague City Archives (Haags gemeente archief):
City maps and real estate records

德國

Unternehmensarchiv Axel Springer AG, Berlin:
Heinz Schewe Papers
Schewe-Feltrinelli correspondence
Pasternak-Feltrinelli correspondence

Afiani, V. Yu, and N. G. Tomilina, eds. "*A za mnoyu shum pogoni . . .*" *Boris Pasternak i Vlast': Dokumenty 1956–1972* (Behind Me the Noise of Pursuit. Boris Pasternak and Power: Documents 1956–1972). Moscow: Rosspen, 2001.
Akhmatova, Anna. *My Half-Century: Selected Prose*. Evanston, IL: Northwestern University Press, 1997.
Alliluyeva, Svetlana. *Twenty Letters to a Friend*. New York: Harper & Row Publishers, 1967.
Barghoorn, Frederick C. *The Soviet Cultural Offensive: The Role of Cultural Diplomacy in Soviet Foreign Policy*. Princeton, NJ: Princeton University Press, 1960.
Barnes, Christopher. *Boris Pasternak: A Literary Biography. Vol. 1, 1890–1928*. Cambridge: Cambridge University Press, 1989.
——. *Boris Pasternak: A Literary Biography*. Vol. 2, 1928–1960. Cambridge: Cambridge University Press, 1998.
Berghahn, Volker R. *America and the Intellectual Cold War in Europe*. Princeton, NJ: Princeton University Press, 2001.
Berlin, Isaiah. *Enlightening: Letters 1946–1960*. London: Chatto & Windus, 2009.
——. *Personal Impressions*. London: Pimlico, 1998.
——. *The Soviet Mind: Russian Culture under Communism*. Washington, DC: Brookings Institution Press, 2004.
Blokh, Abram. *Sovetskii Soyuz v Inter'ere Nobelevskikh premii* (The Soviet Union in the Context of the Nobel Prize). Saint Petersburg: Gumanistika, 2001.
Boyd, Brian. *Vladimir Nabokov: The American Years*. Princeton, NJ: Princeton University Press, 1991.
Brent, Jonathan, and Vladimir P. Naumov. *Stalin's Last Crime: The Plot Against the Jewish Doctors*. New York: HarperCollins, 2003.
Briggs, John. *Leonard Bernstein: The Man, His Work and His World*. Cleveland, OH: The World Publishing Co., 1961.
Brodsky, Iosif (Joseph). *Kniga Interv'yu* (Book of Interviews). Edited by V. Polukhina. Moscow: Zakharov, 2005.
Brumberg, Abraham, ed. *Russia Under Khrushchev*. London: Methuen & Co., 1962.
Burton, Humphrey. *Leonard Bernstein*. New York: Doubleday, 1994.
Bykov, Dmitri. *Boris Pasternak*. Moscow: Molodaya Gvardiya, 2011.
Calvino, Italo. *Hermit in Paris: Autobiographical Writings*. New York: Vintage Books, 2003.

——. *Why Read the Classics?* New York: Pantheon Books, 1999.
Cannon, James. P. *Writings and Speeches, 1945–47: The Struggle for Socialism in the "American Century."* New York: Pathfinder Press, 1977.
Carlisle, Olga Andreyev. *Under a New Sky: A Reunion with Russia*. New York: Ticknor & Fields, 1993.
Caute, David. *Politics and the Novel During the Cold War*. New Brunswick, NJ: Transaction Publishers, 2010.
Chavchavadze, David. *Crowns and Trenchcoats: A Russian Prince in the CIA*. New York: Atlantic International Publications, 1990.
Chuev, Felix. *Molotov Remembers: Inside Kremlin Politics, Conversations with Felix Chuev*. Chicago: Ivan R. Dee, 1993.
Chukovskaya, Lydia. *The Akhmatova Journals*. Vol. 1, *1938–1941*. New York: Farrar Straus and Giroux, 1994.
——. *Iz dnevnika, Vospominaniya* (From the Diary, Memoirs). Moscow: Vremya, 2010.
——. *Zapiski ob Anne Akhmatovoi* (Notes on Anna Akhmatova). 3 vols. Moscow: Soglasie, 1997.
——. *Sochineniya v 2 tomakh* (Works in Two Volumes). Moscow: Gudyal Press, 2000.
Chukovsky, Kornei. *Diary, 1901–1969*. New Haven, CT: Yale University Press, 2005.
——. *Dnevnik, v 3 tomakh* (Diary, in 3 volumes). Moscow: ProzaiK, 2011.
Clark, Katerina, and Evgeny Dobrenko, eds. *Soviet Culture and Power: A History in Documents, 1917–1953*. Compiled by Andrei Artizov and OlegNaumov. New Haven, CT: Yale University Press, 2007.
Cohen, Stephen. F. *Bukharin and the Bolshevik Revolution*. New York: Alfred A. Knopf, 1973.
Colby, William, and Peter Forbath. *Honorable Men: My Life in the CIA*. New York: Simon and Schuster, 1978.
Coleman, Peter. *The Liberal Conspiracy: The Congress for Cultural Freedom and the Struggle for the Mind of Postwar Europe*. New York: The Free Press, 1989.
Conquest, Robert. *Courage of Genius: The Pasternak Affair*. London: Collins and Harvill Press, 1961.
——. *Stalin: Breaker of Nations*. New York: Penguin Books, 1991.
Critchlow, James. *Radio Hole-in-the-Head: Radio Liberty*. Washington, DC: The American University Press, 1995.
Dalos, György. *The Guest from the Future*. New York: Farrar, Straus and Giroux, 1998.
——. *Olga, Pasternaks letzte Liebe* (Olga, Pasternak's Last Love). Hamburg: Europäische Verlagsantsalt/Rotbuch Verlag, 1999.
D'Angelo, Sergio. *Delo Pasternaka: Vospominaniya Ochevidtsa* (The Pasternak Affair: Memoirs of a Witness). Moscow: Novoe Literaturnoe Obozrenie, 2007.
Davie, Donald, and Angela Livingstone, eds. *Pasternak: Modern Judgments*. London: Macmillan, 1969.
De Grand, Alexander. *The Italian Left in the Twentieth Century: A History of the Socialist and Communist Parties*. Bloomington: Indiana University Press, 1989.
De Mallac, Guy. *Boris Pasternak: His Life and Art*. London: Souvenir Press, 1983.
Dewhirst, Martin, and Robert Farrell, eds. *The Soviet Censorship*. Metuchen, NJ: The Scarecrow Press, 1973.
Dobbs, Michael. *Six Months in 1945*. New York: Alfred A. Knopf, 2012.
Ehrenburg, Ilya. *Post-War Years, 1945–54*. Cleveland, OH: The World Publishing Co., 1967.
Espmark, Kjell. *The Nobel Prize in Literature: A Study of the Criteria Behindthe Choices*. Boston: G. K. Hall & Co., 1986.
Feinstein, Elaine. *Anna of All the Russias: The Life of Anna Akhmatova*. London: Weidenfeld & Nicolson, 2005.
Feltrinelli, Carlo. *Feltrinelli: A Story of Riches, Revolution and Violent Death*. Translated by Alistair McEwen. New York: Harcourt, 2001.
Fleishman, Lazar. *Boris Pasternak, The Poet and His Politics*. Cambridge, MA: Harvard University Press, 1990.
——. *Vstrecha russkoi emigratsii s "Doktorom Zhivago": Boris Pasternak i "kholodnaya voina"* (Encounter of the Russian Emigration with *Doctor Zhivago*: Boris Pasternak and "The Cold War"). Stanford Slavic Studies, 2009.
Fleishman, Lazar, ed. *Boris Pasternak and His Times: Selected Papers*. Berkeley: Berkeley Slavic Specialties, 1989.

——, ed. *Eternity's Hostage: Stanford International Conference on Boris Pasternak*. 2 vols. Berkeley: Berkeley Slavic Specialties, 2006.
——, ed. *The Life of Boris Pasternak's Doctor Zhivago*. Berkeley: Berkeley Slavic Specialties, 2009.
Frankel, Edith. *Novy Mir: A Case Study in the Politics of Literature, 1952–1958*. Cambridge: Cambridge University Press, 1981.
Frankel, Max. *The Times of My Life and My Life with The Times*. New York: Random House, 1999.
Gaddis, John Lewis. *George F. Kennan: An American Life*. New York: The Penguin Press, 2011.
Garrand, John, and Carol Garrand. *Inside the Soviet Writers' Union*. New York: The Free Press, 1990.
Gerstein, Emma. *Memuary* (Memoirs). Saint Petersburg: Inapress, 1998.
——. *Moscow Memoirs*. Woodstock, NY, and New York: The Overlook Press, 2004.
Gladkov, Alexander. *Meetings with Pasternak: A Memoir*. New York and London: Harcourt Brace Jovanovich, 1977.
Grose, Peter. *Gentleman Spy: The Life of Allen Dulles*. New York: Houghton Mifflin, 1994.
Hayward, Max. *Writers in Russia, 1917–1978*. Edited and with an introduction by Patricia Blake. San Diego: Harcourt Brace Jovanovich, 1983.
Heilbrun, Carolyn G. *The Education of a Woman: The Life of Gloria Steinem*. New York: Ballantine Books, 1995.
Hingley, Ronald. *Pasternak, a Biography*. New York: Alfred A. Knopf, 1983.
Hinrichs, Jan Paul. *The C. H. van Schooneveld Collection in Leiden University Library*. Leiden: Leiden University Library, 2001.
Hixson, Walter L. *Parting the Curtain: Propaganda, Culture and the Cold War*. New York: St. Martin's Griffin, 1998.
Independent Service for Information. Report on the Vienna Youth Festival (with a foreword by Senator Hubert H. Humphrey). Cambridge, MA: Independent Service for Information, 1960.
Ivinskaya, Olga. *A Captive of Time: My Years with Pasternak*. New York: Doubleday, 1978.
Jeffreys-Jones, Rhodri. *The CIA and American Democracy*. New Haven: Yale University Press, 2003.
Jeffreys-Jones, Rhodri, and Christopher Andrew, eds. *Eternal Vigilance? 50 Years of the CIA*. London and Portland, OR: Frank Cass, 1997.
Johnson, A. Ross. *Radio Free Europe and Radio Liberty: The CIA Years and Beyond*. Washington, DC: Woodrow Wilson Center Press, 2010.
Johnson, Ian. *A Mosque in Munich: Nazis, the CIA, and the Rise of the Muslim Brotherhood in the West*. New York: Houghton Mifflin Harcourt, 2010.
Joos, Jan. *Deelneming van de H. Stoel aan de algemene Wereldtentoonstelling van Brussel 1958* (Participation of the Holy See in the Universal and International Exhibition of Brussels 1958). Brussels: Commissariaat van de Heilige Stoel, 1962.
Kadare, Ismail. *Le Crépuscule des dieux de la steppe* (Twilight of the Steppe Gods). Paris: Fayard, 1981.
Kaminskaya, Dina. *Final Judgment: My Life as a Soviet Defense Attorney*. New York: Simon and Schuster, 1982.
Kavanagh, Julie. *Nureyev*. New York: Pantheon Books, 2007.
Kaverin, Veniamin. *Epilog* (Epilogue). Moscow: Vagrius, 2006.
Kemp-Walsh, Anthony. *Stalin and the Literary Intelligentsia 1928–39*. London: Macmillan, 1991.
Khrushchev, Nikita. *Khrushchev Remembers: The Glasnost Tapes*. New York: Little, Brown, 1990.
——. *Khrushchev Remembers: The Last Testament*. New York: Little, Brown, 1974.
Khrushchev, Sergei. *Khrushchev on Khrushchev*. Boston: Little, Brown, 1990.
Kotek, Joël. *Students and the Cold War*. New York: St. Martin's Press, 1996.
Kozlov, Denis. *The Readers of Novyi Mir: Coming to Terms with the Stalinist Past*. Cambridge, MA: Harvard University Press, 2013.
Kozovoi, Vadim. *Poet v katastrofe* (Poet in the Catastrophe). Moscow: Paris Institut d'Études Slaves, Gnozis, 1994.
Lamphere, Robert J., and Tom Shachtman. *The FBI-KGB War*. Macon, GA: Mercer University Press, 1995.
Lipkin, Semyon. *Kvadriga* (Quadriga). Moscow: Agraf, 1997.
Livanov, Vasili. *Mezhdu dvumya Zhivago, vospominaniya i vpechatleniya, p'esy, Sobranie Sochinenii* (Between Two Zhivagos, Memoirs and Impressions, Plays. Collected Works). Vol. 2. Saint Petersburg: Azbuka, 2010.

Lobov, Lev, and Kira Vasilyeva. "Peredelkino. Skazanie o pisatel'skom gorodke" (Peredelkino: The Tale of a Writers' Village). Moscow, 2011, http://www.peredelkino-land.ru.

Mancosu, Paolo. *Inside the Zhivago Storm: The Editorial Adventures of Pasternak's Masterpiece*. Milan: Fondazione Giangiacomo Feltrinelli, 2013.

Mandelstam, Nadezhda. *Hope Abandoned*. New York: Atheneum, 1974.

——. *Hope Against Hope*. New York: Modern Library, 1999.

Mandelstam, Osip. *Critical Prose and Letters*. Woodstock, NY, and New York: Ardis, 2003.

Mansurov, Boris. *Lara, moego romana, Boris Pasternak i Ol'ga Ivinskaya* (The Lara of My Novel: Boris Pasternak and Olga Ivinskaya). Moscow: Infomedia, 2009.

Mark, Paul J., ed. *The Family Pasternak—Reminiscences, Reports*. Geneva: Éditions Poésie Vivante, 1975.

Masey, Jack, and Conway Lloyd Morgan. *Cold War Confrontations: U.S. Exhibitions and Their Role in the Cultural Cold War*. Zurich: Lars Müller Publishers, 2008.

Maslenikova, Zoya. *Portret Borisa Pasternaka* (Portrait of Boris Pasternak). Moscow: Sovietskaya Rossiya,1990.

Matthews, Owen. *Stalin's Children: Three Generations of Love, War and Survival*. New York: Walker & Co., 2008.

McLean, Hugh, and Walter N. Vickery, eds. *The Year of Protest 1956: An Anthology of Soviet Literary Materials*. New York: Vintage Books, 1961.

Medvedev, Roy. *Khrushchev*. Oxford: Basil Blackwell, 1983.

Merton, Thomas. *The Literary Essays of Thomas Merton*. New York: New Directions, 1985.

Meyer, Cord. *Facing Reality: From World Federation to the CIA*. Lanham, MD: University Press of America, 1980.

Montefiore, Simon Sebag. *Stalin. The Court of the Red Tsar*. New York: Alfred A. Knopf. 2004.

Muravina, Nina. *Vstrechi s Pasternakom* (Meetings with Pasternak). Tenafly, NJ: Ermitazh, 1990.

O'Casey, Sean. *The Letters of Sean O'Casey, 1955–1958*. Edited by David Krause. Washington, DC: The Catholic University of America Press,1989.

Orlova, Raisa. *Memoirs*. New York: Random House, 1983.

Pasternak, Alexander. *A Vanished Present: The Memoirs of Alexander Pasternak*. New York: Harcourt Brace Jovanovich, 1985.

Pasternak, Boris. *Doctor Zhivago*. Translated by Max Hayward and Manya Harari. New York: Pantheon Books, 1958.

——. *Doctor Zhivago*. Translated by Richard Pevear and Larissa Volokhonsky. New York: Pantheon Books, 2010.

——. *Family Correspondence 1921–1960*. Translated by Nicolas Pasternak Slater. Stanford, CA: Hoover Institution Press, 2010.

——. *I Remember: Sketch for an Autobiography*. New York: Pantheon,1959.

——. *Lettres à mes amies françaises (1956–1960)*. Introduction and notes by Jacqueline de Proyart. Paris: Gallimard, 1994.

——. *Letters to Georgian Friends*. New York: Harcourt, Brace & World, 1967.

——. *Poems*. Moscow: Raduga Publishers, 1990.

——. *Poems of Boris Pasternak*. Trans. Lydia Pasternak Slater. London: Unwin, 1984.

——. *Polnoe Sobranie Sochinenii* (Complete Collected Works). 11 Vols. Edited by Yevgeni and Yelena Pasternak. Moscow: Slovo, 2003–5.

——. *Safe Conduct*. New York: New Directions, 1959.

——. *Vtoroe Rozhdenie. Pis'ma k Z.N. Pasternak. Z.N. Pasternak, Vospominaniya. Sostavlenie i podgotovka teksta, N. Pasternak, M. Feinberg* (Second Birth. Letters to Z. N. Pasternak. Z. N. Pasternak, Memoirs). Edited by N. Pasternak and M. Feinberg. Moscow: Dom-muzei Borisa Pasternaka, 2010.

——. *Selected Writings and Letters*. Moscow: Progress Publishers, 1990.

Pasternak, Boris, and Freidenberg, Olga. *The Correspondence of Boris Pasternak and Olga Freidenberg, 1910–1954*. New York: Harcourt Brace Jovanovich, 1982.

Pasternak, Boris, and Kurt Wolff. *Im Meer der Hingabe: Briefwechsel 1958–1960* (In A Sea of Devotion: Correspondence 1958–1960). Frankfurt am Main: Peter Lang, 2007.
Pasternak, Josephine. *Tightrope Walking: A Memoir by Josephine Pasternak*. Bloomington, IN: Slavica, 2005.
Pasternak, Leonid. *The Memoirs of Leonid Pasternak*. New York: Harcourt Brace Jovanovich, 1985.
Pasternak, (Yevgeni) Evgeny. *Boris Pasternak: The Tragic Years, 1930–1960*. London: Collins Harvill, 1991.
——. *Sushchestvovan'ya tkan' skvoznaya, Boris Pasternak: Perepiska s Yev. Pasternak* (The Transparent Fabric of Being, Boris Pasternak: Correspondence with Yevgeni Pasternak). Moscow: Novoe Literaturnoe Obozrenie,1998.
——. *Ponyatoe i obretyonnoe, stat'i i vospominaniya* (The Understood and Found, Articles and Memoirs). Moscow: Tri Kvadrata, 2009.
Pasternak, Zinaida. *Vospominaniya*. In Pasternak, Boris. *Vtoroe Rozhdenie*.
Patch, Isaac. *Closing the Circle: A Buckalino Journey Around Our Time*. Self-published.
Pluvinge, Gonzague. *Expo 58: Between Utopia and Reality*. Tielt, Belgium: Lannoo, 2008.
Poretsky, Elizabeth K. *Our Own People: A Memoir of "Ignace Reiss" and His Friends*. Ann Arbor: The University of Michigan Press, 1969.
Proffer, Carl R. *The Widows of Russia*. Ann Arbor: Ardis, 1987.
Puzikov, Alexander. *Budni i prazdniki: Iz zapisok glavnogo redaktora* (Weekdays and Holidays: From the Notes of an Editor-in-Chief). Moscow: Khudozhestvennaya Literatura, 1994.
Reeder, Roberta. *Anna Akhmatova: Poet and Prophet*. New York: St. Martin's Press, 1994.
Reisch, Alfred A. *Hot Books in the Cold War: The CIA-Funded Secret Western Book Distribution Program Behind the Iron Curtain*. Budapest: Central European University Press, 2013.
Richmond, Yale. *Cultural Exchange & The Cold War*. University Park: Pennsylvania State University Press, 2003.
Ruder, Cynthia. *Making History for Stalin. The Story of the Belomor Canal*. Gainesville: University Press of Florida, 1998.
Ruge, Gerd. *Pasternak: A Pictorial Biography*. New York: McGraw-Hill, 1959.
Rydell, Robert R. *World of Fairs*. Chicago: University of Chicago Press, 1993.
Sarnov, Benedikt. *Stalin i pisateli* (Stalin and the Writers). Moscow: Eksmo, 2008.
Saunders, Francis Stonor. *The Cultural Cold War: The CIA and the World of Arts and Letters*. New York: The New Press, 2001.
Schewe, Heinz. *Pasternak privat* (Private Pasternak). Hamburg: Hans Christians Verlag, 1974.
Schiff, Stacy. *Vera (Mrs. Vladimir Nabokov): Portrait of a Marriage*. New York: Random House, 1999.
Schweitzer, Renate. *Freundschaft mit Boris Pasternak* (Friendship with Boris Pasternak). Munich: Verlag Kurt Desch, 1963.
Semichastny, Vladimir. *Bespokoynoe serdtse* (Restless Heart). Moscow: Vagrius, 2002.
Service, Robert. *Stalin: A Biography*. London: Macmillan, 2004.
——. *Trotsky*. Cambridge, MA: The Belknap Press of Harvard University Press, 2009.
Shentalinsky, Vitaly. *The KGB's Literary Archive*. Translated, abridged, and annotated by John Crowfoot. With an introduction by Robert Conquest. London: The Harvill Press, 1995.
Shklovsky, Viktor. *Zoo, or Letters Not About Love*. Ithaca, NY: Cornell University Press, 1971.
Sieburg, Friedrich. *Zur Literatur 1957–1963* (On Literature 1957–1963). Munich: Deutsche Verlags-Anstalt, 1981.
Smith, S. A. *The Russian Revolution: A Very Short Introduction*. Oxford: Oxford University Press, 2002.
Solzhenitsyn, Aleksandr. *The Mortal Danger. How Misconceptions About Russia Imperil America*. New York: HarperCollins, 1986.
——. *The Oak and the Calf*. New York: Harper & Row, 1979.
Sosin, Gene. *Sparks of Liberty: An Insider's Memoir of Radio Liberty*. University Park: Pennsylvania State University Press, 1999.
Stern, Sydney Ladensohn. *Gloria Steinem: Her Passions, Politics and Mystique*. Secaucus, NJ: Birch Lane Press, 1997.

Strömberg, Kjell. Nobel Prize Library. New York: Alexis Gregory, 1971.

Svensén, Bo. *The Swedish Academy and the Nobel Prize in Literature*. Stockholm: Swedish Academy, 2011.

Taubman, William. *Khrushchev: The Man and His Era*. New York: W. W. Norton & Company, 2003.

Thomas, Evan. *The Very Best Men: Four Who Dared: The Early Years of the CIA*. New York: Touchstone, 1995.

Thorne, C. Thomas, Jr., David S. Patterson, and Glenn W. LaFantasie, eds. *Foreign Relations of the United States, 1945–1950: Emergence of the Intelligence Establishment.* Washington, DC: U.S. State Department Office of the Historian / GPO, 1996.

Tolstoy, Ivan. *Doktor Zhivago: novye fakty i nakhodki v Nobelevskom arkhive (Doctor Zhivago*: New facts and Finds in the Nobel Archive). Prague: Human Rights Publishers, 2010.

——. *Otmytyi roman Pasternaka, "Doctor Zhivago" mezhdu KGB i TsRU* (Pasternak's Laundered Novel: *Doctor Zhivago* Between the KGB and the CIA). Moscow: Vremya, 2009.

Trento, Joseph J. *The Secret History of the CIA*. New York: Basic Books, 2001.

Trotsky, Leon. *Literature and Revolution*. Chicago: Haymarket Books, 2005.

Tsvetaeva, Marina. *Art in the Light of Conscience: Eight Essays on Poetry*. Translated by Angela Livingstone. Northumberland, UK: Bloodaxe Books, 2010.

U.S. Senate. *Final Report of the Select Committee to Study Governmental Operations with Respect to Intelligence Activities*. Washington, DC: U.S. Government Printing Office, 1976.

——. *Subcommittee to investigate the administration of the Internal Security Act, Committee on the Judiciary. Karlin Testimony.* Washington, DC: U.S. Government Printing Office, 1969.

Urban, Joan Barth. *Moscow and the Italian Communist Party: From Togliatti to Berlinguer.* Ithaca, NY: Cornell University Press, 1986.

Vil'mont, Nikolai. *O Borise Pasternake, vospominaniya i mysli* (On Boris Pasternak, Memories and Thoughts). Moscow: Sovetskii pisatel', 1989.

Vitale, Serena. *Shklovsky: Witness to an Era*. Champaign, IL: Dalkey Archive Press, 2012.

Vos, Chris. *De Geheime Dienst: Verhalen over de BVD* (The Secret Service: Stories about the BVD). Amsterdam: Boom, 2005.

Voznesensky, Andrei. *An Arrow in the Wall: Selected Poetry and Prose.* New York: Henry Holt, 1978.

Wachtel, Andrew Baruch. *An Obsession with History: Russian Writers Confront the Past*. Stanford, CA: Stanford University Press, 1994.

Wald, Alan M. *The New York Intellectuals: The Rise and Decline of the Anti-Stalinist Left from the 1930s to the 1980s*. Chapel Hill: The University of North Carolina Press, 1987

Werth, Alexander. *Russia Under Khrushchev.* New York: Hill and Wang, 1961.

Westerman, Frank. *Engineers of the Soul: The Grandiose Propaganda of Stalin's Russia.* New York: The Overlook Press, 2011.

Wilford, Hugh. *The Mighty Wurlitzer: How the CIA Played America*. Cambridge, MA: Harvard University Press, 2008.

Winks, Robin. *Cloak & Gown. Scholars in the Secret War, 1939–1961*. New York: William Morrow, 1987.

Wolff, Kurt. *A Portrait in Essays and Letters.* Edited by Michael Ermarth. Chicago: University of Chicago Press, 1991.

Yemelyanova, Irina. *Legendy Potapovskogo pereulka* (Legends of Potapov Street). Moscow: Ellis Lak, 1997.

——. *Pasternak i Ivinskaya: provoda pod tokom* (Pasternak and Ivinskaya: Live Wires). Moscow: Vagrius, 2006.

Yesipov, Valery. *Shalamov.* Moscow: Molodaya Gvardiya, 2012.

Yevtushenko, Yevgeni. *Shesti-desyatnik, memuarnaya proza* (Memoirs). Moscow: Ast Zebra, 2008.

——. *A Precocious Autobiography*. London: Collins and Harvill Press, 1963.

Zubok, Vladislav. *Zhivago's Children: The Last Russian Intelligentsia*. Cambridge, MA: The Belknap Press of Harvard University Press, 2009.